Ein mörderisches Osterwunder

ECON **Krimi**

»Ein Satz des Kardinals hatte Gregor wirklich überrascht: ›Niemand, der in diesen Unsinn im Black Rock Park verwickelt war, hätte Andy Walsh umgebracht, nur damit ich nichts darüber herausfände.‹«

Zum Buch:

Gregor Demarkian will eigentlich nur einem Freund einen Gefallen tun, als er sich in die Ermittlungen um den Tod einer offenbar vom Leben gebeutelten Frau einschaltet. Sollte der Mörder tatsächlich ein Geistlicher sein? Schneller, als es Demarkian lieb ist, wird er in ein sich immer mehr verdichtendes Lügen- und Intrigenspiel innerhalb der Colchester Glaubensgemeinde verwickelt. Welche Bedeutung hat die Broschüre »Leben mit den Heiligen«? Und welches Geheimnis verbergen die Priester und Nonnen im Black Rock Park?

Die Autorin:

Jane Haddam lebt zusammen mit ihrem Mann, Kind und Katze in Litchfield County, Connecticut. Ihr erster Krimi wurde für den Edgar nominiert, den Preis der Mystery Writers of America. Ihren richtigen Namen verschweigt die geborene Neuengländerin wohlweislich, erinnert er doch zu stark an eines jener Gerichte, an denen man sich in exotischen Restaurants meist die Zunge verbrennt.

Im ECON Taschenbuch Verlag erschienen bisher folgende Gregor-Demarkian-Krimis:
Mörderfisch zum Muttertag (TB 25061)
All überall auf den Tannenspitzen (TB 25066)
Weitere Titel sind in Vorbereitung.

Jane Haddam

Ein mörderisches Osterwunder

Ein Gregor-Demarkian-Krimi

Aus dem Amerikanischen von
Carmen v. Samson-Himmelstjerna

ECON Taschenbuch Verlag

Dieses Buch ist gedruckt auf 100 % Recyclingpapier.

Deutsche Erstausgabe

First published in the United States of America by Bantam Books
Titel des amerikanischen Originals: Precious Blood
Aus dem Amerikanischen übersetzt von
Carmen v. Samson-Himmelstjerna
Umschlaggestaltung: Molesch/Niedertubbesing, Bielefeld
Titelabbildung: Reiner Tintel
Lektorat: Kersten Müngersdorf
Gesetzt aus der Baskerville
Satz: Formsatz GmbH, Diepholz
Druck und Bindearbeiten: Ebner Ulm
Printed in Germany
ISBN 3-612-25068-X

In gleicher Weise nahm er nach dem Mahle auch diesen wunderbaren Kelch in seine heiligen und ehrwürdigen Hände, dankte abermals, segnete ihn mit den Worten: »Nehmet hin und trinkt alle daraus. Das ist der Kelch meines Blutes, des neuen und ewigen Bundes, das für Euch und für viele vergossen wird zur Vergebung der Sünden. Tut dies, sooft ihr es tut, zu meinem Gedächtnis.«

aus dem Meßbuch, nach Matth. 26, 27–28, Markus 14, 23–25, Lukas 22, 19–20 und 1. Korinther 11, 25.

Geheiligt sei Gott
Geheiligt sei sein Name
Geheiligt sei Jesus Christus, wahrer Gott und wahrer Mensch
Geheiligt sei der Name Jesu
Geheiligt sei sein heiligstes Herz
Geheiligt sei sein teuerstes Blut …

aus den Lobpreisungen Gottes

PROLOG

Aschermittwoch

Herr, segne diese Asche, mit der wir zeigen, daß wir Staub sind.

aus dem Meßbuch zum Aschermittwoch

Vor zwanzig Jahren, als Cheryl Cass zum ersten Mal von zu Hause wegging, hatte es drei Busbahnhöfe in Colchester, New York, gegeben: Greyhound, Trailways und RydeAmerican. Jetzt, nach zehn Jahren High-Tech-Wohlstandsentwicklung, gab es nur noch einen. Cheryl stieg aus dem Sieben-Uhr-fünfzehn-Bus aus Baltimore und schlenderte hinein, gerade als es anfing, zu schneien.

Es war ein kalter Februarmorgen, naß und träge. Cheryl fühlte sich selbst auch durchnäßt und träge. Ihre Mitfahrer sahen schmuddelig und mitgenommen aus. Auf der Suche nach einer Telefonzelle wand Cheryl sich durch sie hindurch und ignorierte, so gut es ging, die ganzen verschreckten Unteroffiziere und die alten Frauen mit den glasigen Augen und mit ihren in Einkaufstüten gestopften Kleidern. Ihr einziges Gepäck war eine gesteppte blaue Nylontasche mit Tragegurt, wie sie Woolworth als »Bordcase« verkaufte, vorrangig an Leute, die es sich niemals im Leben würden leisten können, mit dem Flugzeug zu fliegen. Ihre einzige Wertsache war ihr Ehering. Er war breit gearbeitet und aus Gold, schwer und teuer, und sie trug ihn immer noch auf ihrem Ringfinger. Wann immer sie nervös wurde, drehte sie ihn. Als sie bemerkte, was sie da tat, fühlte sie sich schuldig. Sie war in Nevada geschieden worden, als Jimmy Carter noch Präsident war. Es war albern, sich weiterhin als verheiratet und bereits vergeben auszugeben. Es könnte sogar unrecht sein. Manchmal – wenn sie wirklich ernst darüber nachdachte und sich zwang, sich zu konzentrieren – dachte sie, daß es etwas damit zu tun haben könnte, daß sie katholisch erzogen worden war. Ihre Ehe war in einer Kirche gesegnet worden. Scheidung oder nicht, in den Augen der Kirche war sie noch verheiratet.

Cheryl erreichte das Telefon gerade, als ein dicker alter Mann in einem schlammfarbenen Trenchcoat eine Münze in den Schlitz warf. Es gab noch ein Telefon am anderen Ende des Wartesaals, aber sie hatte schon im Hereinkommen bemerkt, daß es defekt war. Der Hörer war herausgerissen worden und der Münzkasten aufgestemmt. Sie setzte sich ans Ende der Plastikbank, das sich am dichtesten bei dem dicken Mann befand und faltete ihre Hände im Schoß. Vor ihr an der Wand war ein poliert aussehendes Greyhound-Schild, das mit roten Plastikostereiern und fusseligen elektrisch-blauen Osterhasen dekoriert war. Unter ihrem Hemd schmerzten ihre Brüste an der Stelle, wo die Narben gegen den Büstenhalter rieben. Der BH brachte sie fast genauso durcheinander wie ihr Ehering. Sie hatte noch nie viel Oberweite gehabt, und jetzt hatte sie gar nichts mehr. Wozu gab sie sich überhaupt noch Mühe? Mit einer schnellen, ruckartigen Bewegung schüttelte sie ihren Kopf, so daß einer der Plastikkämme aus ihrem Haar fiel. Das war die Art Frage, die die Nonnen immer stellten, als sie noch zur Schule ging, genau die Art Frage, die sie immer so irrsinnig wütend gemacht hatte. Es gab darauf keine Antwort und auch keine Hoffnung, jemals eine zu finden.

Sie kramte ihre Zigaretten hervor und zündete sich eine an. Da sie ja sowieso schon Krebs hatte, sah sie keinen Grund, sich wegen des Rauchens Gedanken zu machen. Es war sowieso nichts, woran sie irgend etwas ändern konnte. Sie war Sklavin ihrer Umstände, genau wie diese Leute von nebenan, die immer in den Fernsehshows interviewt wurden. Diese Umstände plagten sie seit nunmehr sechsunddreißig Jahren. Sie waren kurz davor, sie unter sich zu begraben. Cheryl versuchte, sich an manches zu erinnern – Kellnerjobs und Zweizimmerwohnungen, Biere und Pizzas, verkaterte Sonntage und Samstagabende in Truckerkneipen –, aber es war alles zu Matsch geworden. Die einzigen Dinge, an die sie sich mit absoluter Klarheit erinnerte, waren die Tage, die sie im Krankenhaus verbracht hatte, und ihre Hochzeit.

Der Dicke knallte den Hörer auf. Cheryl stand auf und durchquerte rasch den Raum, um nach ihm dran zu sein. Sie wollte ihre Chance nicht verpassen. Er stampfte in Richtung Herrentoilette davon, und sie steckte ihre Hand in die Tasche ihres Mantels, um dort nach einer Münze zu suchen. Als sie eine gefunden hatte, durchforstete sie auf der Suche nach einer zweiten weitere Taschen. Sie würde die Auskunft anrufen müssen. Es war ihr vorher nicht aufgefallen, aber sie kannte die Nummer nicht, die sie wählen wollte.

Sie bekam die Nummer von einer schnippischen Telefonistin, die sie mit der Tonbandansage verband, ehe sie überhaupt aufgehört hatte, zu reden. Cheryl wiederholte sich die Nummer immer und immer wieder, bis sie es geschafft hatte, sie zu wählen. Ihr Erinnerungsvermögen war nie besonders gut gewesen, und mit der Strahlentherapie und den Schmerzmitteln war es schlimmer damit geworden. Sie hatte nur noch drei Dollar übrig, abgesehen von den zwei Vierteldollarmünzen, die sie ins Telefon geworfen hatte. Die Busfahrkarte war teurer gewesen, als sie es erwartet hatte, und sie hatte in New York noch was für Kartoffelchips und eine Cola ausgegeben. Wenn sie sich jetzt verwählt hätte – oder wenn die Auskunft, die sie gerade bekommen hatte, falsch war, wie so viele Informationen, die sie bekam –, dann wüßte sie nicht, was sie noch tun könnte.

Das Telefon klingelte und klingelte, zehnmal, ehe abgehoben wurde. Dann sagte eine müde weibliche Stimme: »Pfarrbüro von St. Agnes, Mrs. Donovan am Apparat.«

Cheryl holte tief Luft. Sie hatte vorher keine Angst gehabt, aber jetzt hatte sie welche. Sie hatte keine Idee mehr, was sie eigentlich hier machte. Sie sah am Telefon vorbei aus dem Fenster mit Sicht auf die State Street, die vor den Stufen der Kathedrale endete. Dann dachte sie an Judy Eagan und Peg Morrissey und Kathleen Burke, wie sie im zweiten Jahr ihrer High School nach der Messe diese Stufen hinabstiegen und an ihr vorbeirauschten, als ob sie sie nicht gesehen hätten.

Leicht verärgert unterbrach die Frauenstimme ihre Gedanken. »Ist da jemand?« sagte sie. »Wenn jemand am Apparat ist, sollten Sie sich melden.«

Cheryl meldete sich. Sie sagte: »Verzeihung.« Dann zog sie noch einmal an ihrer Zigarette.

»Kann ich Ihnen irgendwie behilflich sein?« fragte Mrs. Donovan.

Cheryl nickte, völlig außer acht lassend, daß Mrs. Donovan sie nicht sehen konnte. »Ich würde gerne mit Pater Andrew Walsh sprechen.«

»Pater Andrew Walsh«, wiederholte Mrs. Donovan. »Sind Sie ein Gemeindemitglied?«

Cheryl wußte, was die Frage sollte. Es war eines der wenigen Dinge, die sie wirklich wußte. »Ich bin kein Mitglied irgendeiner Gemeinde momentan«, sagte sie. »Ich glaube aber, ich wäre es gerne.«

Mrs. Donovan zögerte. »Sie meinen, Sie überlegen sich, zum Katholizismus zu konvertieren?«

»Ich meine, daß ich überlege, wieder katholisch zu werden.«

»Ah.« Mrs. Donovan seufzte. »Muß es unbedingt Pater Walsh sein? Wir haben jetzt zwei Priester hier. Es gibt auch noch Pater Declan Boyd.«

»Ich möchte lieber mit Pater Walsh reden.«

»In Ordnung.« Mrs. Donovan klang nicht besonders glücklich darüber. »Warten Sie einen Moment. Ich werde mal versuchen, ob ich ihn finden kann. Sie müssen wissen, heute ist Aschermittwoch.«

Aschermittwoch. Das hatte sie nicht gewußt. Sie war immer noch irgendwo im Dezember hängengeblieben, als die Ärzte versuchten, ihr das Unvorstellbare in Worten von wenigen Silben zu erklären. Noch einmal schaute sie aus dem Fenster und fragte sich, was aus ihnen allen geworden ist: Judy Eagan, Peg Morrissey, Kathleen Burke, Tom Dolan, Barry Field, der geheime Insider-Kreis der katholischen Jugendorganisation der Kathedrale. Andy Walsh war natürlich Priester der St.-Agnes-Gemeinde geworden, der Gemeinde, deren Privatschule sie alle besucht hatten. Das hatte sie in einem Artikel in *The American Catholic* herausgefunden. Eine der Zeitschriften, die sie im Warteraum der Strahlenmedizin ausliegen hatten.

Sie fing gerade an, sich Sorgen zu machen, daß sie möglicherweise länger würde warten müssen als die drei Minuten, die ihr für ihr Geld zustanden, als sie am anderen Ende der Leitung Geräusche hörte. Jemand hob den Hörer auf und ließ ihn wieder fallen. Jemand anderes sagte dem ersten, er solle nicht so tolpatschig sein, da sei ein Soufflé im Ofen und wenn er weiter so das Telefon in die Wand hineinhaue, dann würde es bestimmt zusammenfallen. Dann hörte man ein Atmen auf der Leitung, und eine Stimme sagte: »Ja? Hier spricht Pater Walsh.«

»Oh«, sagte Cheryl. Sie hätte nicht erleichterter sein können, wenn ihr die Ärzte damals gesagt hätten, es sei alles ein Irrtum gewesen. »Andy.«

»Andy? Wer ist da überhaupt dran?«

»Ich bin's. Ich kann es nicht fassen. Ich hab' über dich in *The American Catholic* gelesen, und ich dachte, ich besuch' dich mal, aber dann kam ich hier an und konnte es gar nicht fassen, daß ich mich nicht geirrt habe. Ich meine, jetzt bin ich hier in Colchester, New York, und ich dachte, vielleicht hätte ich alles durcheinander gebracht, und du bist eigentlich in Rom. Oder überhaupt kein Priester.«

»Ich bin Priester, wahrhaftig. Aber es tut mir leid. Ich kann Sie irgendwie nicht unterbring-«

»Du weißt nicht, wer ich bin?«

»Vielleicht, wenn Sie mir Ihren Namen nennen würden?«

Cheryl kicherte. Ihr war plötzlich höllisch schwindlig. Wenn sie nicht neulich aufgehört hätte, das Zeug zu nehmen, hätte sie gedacht, es wären ihre Schmerzmittel.

»Vergiß mal den Namen«, sagte sie ihm. »Ich nenne dir einen Ort. Black Rock Park. Juni neunzehn –. Ich erinnere mich nicht mehr, neunzehnhundertwas das war. Es ist lange her, mehr als zwanzig Jahre. Kannst du dich daran erinnern?«

Die Pause am anderen Ende der Leitung dauerte und dauerte, lange genug, um Cheryl in Panik zu versetzen. Vielleicht war das hier ein anderer Andrew Walsh, und er erinnerte sich nicht. Vielleicht war es auch der richtige Andrew Walsh, und er wollte sich nicht erinnern. Aber das konnte sie sich nicht vorstellen. Dieser Tag in Black Rock Park war einer der glücklichsten in ihrem Leben gewesen, übertroffen nur von dem Tag, an dem sie heiratete. Es war merkwürdig, wie sie bei ihrer Hochzeit hatte so glücklich sein können, wo sie doch wußte, daß die Ehe keinen Monat überdauern würde.

»Andy?« sagte sie.

»Ich bin noch dran. Jesus! Black Rock Park.«

»Das hatte ich gesagt.«

»Ich fasse es nicht. Ich kann es wirklich nicht fassen. Nach so langer Zeit.«

»Kannst du dich erinnern, wer ich bin?«

»Es würde mir schwerfallen, das nicht zu tun.«

»Wer bin ich?«

Cheryl dachte, sie hörte, wie Andy Walsh lange und tief Luft holte. »Du«, sagte er, »bist Cheryl Theresa Cass.«

Um 7:45 Uhr, als die Glocken der Kathedrale gerade ihr Tänzchen zur Dreiviertelstunde machten, lenkte Judy Eagan ihren silbergrauen Mercedes 300 SEL auf den Parkplatz des *State Street Diner.* Sie würgte den Motor ab, steckte ihren Schlüsselbund ein und überprüfte noch einmal ihr Gesicht im Rückspiegel. Die Schmierspur von Asche auf ihrer Stirn war riesig: Andy Walsh hatte sich mit ihr einen Scherz erlaubt. Andererseits hatte Andy sich mit jedem Besucher der Sechs-Uhr-Messe in St. Agnes einen Scherz erlaubt. Es machte ihm Spaß, sagte er, die alten Damen aufzuwecken. Und das hatte er. Seine Predigt an diesem Morgen war eine lange Klage über eine besonders häßliche Form von analer Retentionspsychose, an der seiner Meinung nach der Papst litt.

Judy stieg aus dem Auto, knackte zur Entspannung mit den Fußgelenken – wenn sie so hohe Hacken trug, dann verkrampften sich ihre Zehen – und sah sich auf dem Parkplatz um, um sicher zu gehen, daß Stuart Reeve vor ihr angekommen war. War er. Sein kleiner roter Jaguar war am anderen Ende des Parkplatzes quer über zwei Flächen geparkt und von einem Ford Comanche auf der einen und einem Jeep Wagoneer auf der anderen Seite umgeben. Sie sah auf die Heckscheibe, und durch sie hindurch konnte sie sein letztes Werk von Eigenwerbung lesen: STUART REEVE. IHR MANN IN ALBANY. Judy seufzte. Manchmal dachte sie, Stuart hätte einen politischen Sterbebettwunsch – daß er sichergehen wollte, nie über die örtliche Winkelpolitik in Albany hinauszukommen. Sie hatte ihm immer und immer wieder gesagt, er solle an Orten wie dem *State Street Diner* nicht über zwei Flächen hinweg parken. Das brachte die anderen in Rage. Es ließ Stuart wie einen Oberschnösel wirken.

Im übrigen war er das tatsächlich.

Judy schob den Tragegurt ihrer schwarzledernen Dior-Handtasche zurecht und nahm sich noch einen Moment Zeit, um die mit Strebepfeilern verzierte Seite der *Holy Name Cathedral* zu betrachten. Wenn sie auf die Kathedrale schaute, fühlte sie sich immer besser, vor allem, seit der Papst John O'Bannion neben seinem Rang als Erzbischof auch noch zum Kardinal gemacht hatte. Colchester war seit ihrer Kindheit weit gekommen, als es wirklich nichts anderes gewesen war als eine sterbensschwache Industriestadt, die ins Alter gekommen war. Jetzt gab es allenthalben Computerfirmen und Niederlassungen von *Saks* und *Lord & Taylor* mitten in der Stadt. Wenn man in einem der neuen, teuren *Stadthäuser* wohnte, die heute die Grenze zwischen den Gemeinden von St. Agnes und der Kathedrale markierten – wie es Judy tat –, dann konnte man sogar die *New York Times* vor die Haustür geliefert bekommen. Es war einfach zu schade, daß das Kaff so weit ab vom St. Lawrence Seaway gelegen war. Etwas zentraler gelegen, und es wäre vielleicht zu etwas geworden.

Judy schob sich durch die Glastür in den *Diner*, winkte Mike, dem Mann am Tresen, und fand Stuart hinten in ihrer beider Stammsitzecke. Er sah aus, als hätte er lieber eine Gasmaske getragen.

Judy ging hinüber zur Sitzecke, schwang sich aus ihrem Calvin-Klein-Kaschmirmantel und warf jeden der sechshundert Dollar, die er wert war, über den Metallhaken am vorderen Ende der Sitzecke. Wenn sie nicht seit ihrem sechsten Lebensjahr in den *State Street Diner* gekommen wäre, hätte sie sich das nie im Leben leisten können. Wie die Dinge aber standen, tendierten Mike und seine »Arbeitskumpel« dazu, sie voller Zuneigung als »Mädchen-Aus-Dem-Dorf-Das-Es-Geschafft-Hat«, zu betrachten.

Sie rutschte auf die Bank gegenüber von Stuart und sagte: »Um Himmels willen. Versuch wenigstens, so auszusehen, als würdest du dich freuen.«

»Du hast schon deine Asche bekommen«, sagte Stuart. »Ich dachte, wir würden mittags in die Kathedrale fahren. Um sie vom Kardinal zu bekommen.«

»Du gehst mittags in die Kathedrale. Ich werde mit Marcia Bremmen essen gehen. Sie will die Debütantinnen-Party ihrer Tochter von mir beliefert haben, und sie will, daß alle Gerichte rosa sind.«

Stuart starrte in seinen Kaffee. Er hatte etwas davon getrunken – zu dieser frühen Morgenstunde konnte er sich nicht davon abhalten –, aber er wollte offensichtlich nicht mehr davon trinken. Er wollte auch nichts von seinem Frühstück, das aus einem großen Teller mit Ham und Eggs,

Toast und Bacon bestand, den er in die Mitte des Tisches geschoben hatte. Judy fragte sich, ob der Anzug, den er trug, neu war. Sie konnte sich nicht an ihn erinnern, aber sie achtete auch nicht sonderlich auf Stuarts Anzüge, außer wenn etwas mit ihnen nicht in Ordnung war. Dieser hier war ein maßgeschneiderter grauer Flanelldreiteiler. Vielleicht hatte Stuart gerade mal wieder einen seiner periodisch auftauchenden Flirts mit moderner Kleidung.

»Also«, sagte sie, »du wirst also zur Kathedrale gehen, und wenn du dann deine Asche abbekommen hast, wirst du herumstehen und mit ein paar der alten Damen schwatzen.«

»Es regnet, weißt du, Judy. Die alten Damen werden vielleicht keine Lust haben, herumzustehen und sich zu unterhalten.«

»Die werden sich in der Vorhalle unterhalten. Es ist wichtig, Stuart. Die alten Damen wollen das Gefühl haben, daß sie einen netten katholischen Jungen wählen.«

»Und was ist mit den jungen Damen?«

»Die jungen Damen wollen, daß ihr Junge nicht allzu katholisch ist. Das wird schon klappen, Stuart. Du gehst zur Kathedrale und regelst das mit den Alten, ich beliefere St. Agnes, was die Yuppies angeht. Das funktioniert prächtig.«

Stuart schüttelte den Kopf. »Ich weiß nicht, Judy. Ich weiß nicht, warum du dir zusätzlich zu allem anderen auch noch St. Agnes aufgeladen hast.«

»Ich wurde als Vorsitzende des Gemeindekirchenrates gewählt.«

»Du hast dafür kandidiert.«

»Ja, das habe ich. Andy Walsh hat mich darum gebeten.«

»Du machst sonst nichts, worum Pater Walsh dich bittet. Und ich mag ihn nicht. Ich finde, er ist gefährlich.«

»Ich glaube, er ist verrückt, aber das ist jetzt unwesentlich. Wir versuchen hier, dir ein Image aufzubauen.«

In Momenten wie diesen wünschte sich Judy Eagan, zu trinken oder zu rauchen. Oder irgend etwas. Sie brauchte etwas, um sich von der Tatsache abzulenken, daß sie diesen törichten Arsch in weniger als drei Monaten heiraten sollte und wahrscheinlich mittlerweile da nicht mehr herauskonnte, selbst wenn sie es wollte. Wollte sie es? Sie drehte sich zur Seite, um neben sich aus dem Spiegelglasfenster auf den Block kleiner Geschäfte auf der anderen Seite der Straße zu schauen. Die Geschäfte waren geschlossen und bar aller weltlichen Osterdekorationen. Der Kardinal mißbilligte das Aufstellen von rosaroten Häschen und flauschigen Babyküken während der Fastenzeit, und niemand wollte dem Kardinal – vor allem so direkt vor seiner Haustür – zu nahetreten.

Judy nahm einen Schluck von ihrem Kaffee, schloß die Augen und zählte bis zehn. Natürlich, das Problem war, daß sie Stuart einfach nicht heiraten wollte. Er war ein Snob, ein Idiot und ein vollkommen ungenierter und unverbesserlicher Chauvinist, aber eine Sache sprach total für ihn: für Fernsehinterviews war er wie geschaffen. Wenn man ihm eine Minicam ins Gesicht hielt, konnte er über ein neues Klärwerk, das in Oswego, New York, gebaut werden sollte, reden und klang am Ende so wie Jack Kennedy, der an der Berliner Mauer alle beieinanderhält.

Zur Zeit war Stuart nur eines der unwichtigeren Mitglieder in der Regierung des Staates New York, ein unbedeutendes Rädchen in der großen Maschinerie der New Yorker *Demokraten* – aber er war sowohl bei den Wählern als auch bei den Medien beliebt, und sein bemerkenswertes Talent hatte ihm schon jede Menge Sendezeit eingebracht. Jetzt stand eine vorgezogene Wahl an, und der Sitz im Kongreß seines Wahlbezirkes war vakant. Wenn er für die Kandidatur aufgestellt würde – wofür Judy Überstunden machte, um sicherzugehen, daß er es würde –, dann würde er die Wahl gewinnen. Und wenn er erst einmal die Wahl gewonnen hätte, dann konnte ihn nichts mehr aufhalten. Er war ein Blödmann, aber ein Blödmann mit Chancen auf das Präsidentenamt.

Judy nahm noch einen Schluck Kaffee und setzte ihre Tasse sorgfältig auf ihre Untertasse. Eine Frau war gerade auf der anderen Seite der Straße in ihr Blickfeld getreten. Sie war klein und gebeugt und in eine formlose Jacke eingemummelt, und sie schlurfte da vorbei, als trüge sie Hausschuhe statt der schmutzigen weißen Turnschuhe, die sich tatsächlich an ihren Füßen befanden. Billig, dachte Judy verschwommen, und dann: Das ist jemand, den ich kenne.

Die Frau hielt an, um sich die Auslage eines Geschäfts anzusehen. Stuart sagte: »Ich glaube nicht, daß Pater Walsh jemand ist, den zu kennen sich für uns lohnt. Es ist egal, wie modern katholisch er uns erscheinen läßt. Der Mann ist – unzuverlässig.«

»Unzuverlässig«, wiederholte Judy in einem Ton, der ihn spüren lassen sollte, wie sehr sie dieses Wort ärgerte.

Stuart wurde rot und borstig und legte mit einer anderen Schimpfkanonade los. Judy bekam noch den Anfang mit – »manchmal denke ich, du machst dich wirklich lustig über mich, Judy« –, aber mehr auch nicht, denn die Frau auf der anderen Straßenseite hatte sich vom Schaufenster abgewandt. Sie war an die Ecke gegangen und wartete darauf, die Straße zu überqueren, wodurch Judy einen guten Blick auf ihr Gesicht hatte.

Die kenne ich, dachte Judy. Dann drehte sich ihr der Magen einmal um, und es wurde ihr übel.

»Judy?« sagte Stuart.

»Was?«

Die Fußgängerampel schaltete auf Grün, und die Frau ging herüber und verschwand in Richtung der North Carter Street. Judy drehte sich vom Fenster weg und sah in ihren Kaffee.

Cheryl Cass, dachte sie.

Black Rock Park.

Das war damals –

»Judy«, sagte Stuart. »Du hörst mir nicht zu.«

Und das stimmte. Sie hörte ihm fast nie zu. Es gab auch nichts, was das Zuhören wert gewesen wäre. Andererseits gab es viel zum Nachdenken.

Sie hatte gerade Cheryl Cass gesehen, und seit zwanzig Jahren war sie der festen Überzeugung gewesen, daß Cheryl Cass tot sei.

Zuerst war Pater Tom Dolan nicht sehr glücklich darüber, daß man ihn der Holy Name Cathedral zugewiesen hatte.

Er wäre über keine Zuweisung in diese Gegend von Upstate New York glücklich gewesen. Sein wichtigster Grund, in das Priesterseminar zu gehen war es, zumindest am Anfang, von Cholchester und all dem hier wegzukommen. Aber auch von all den Städtchen in der unmittelbaren Nachbarschaft, in denen er viel zu bekannt war. Deshalb war er Ordensmann der Tertiarier geworden, anstatt wie Andy die Diözesanpriesterweihe anzustreben. Das Tertiarierseminar, das er besucht hatte, befand sich mitten in Ohio. Tom war sich sicher, daß er sein Leben als Priester in einer Universität nach der anderen im Mittleren Westen verbringen würde. Dann war John O'Bannion zuerst zum Erzbischof und dann zum Kardinal ernannt worden. Selbst die Regularen der Tertiarier zogen nicht los und erzählten einem Kardinal, er könne den Priester, den er als Assistenten haben wollte, nicht bekommen.

Jetzt saß Tom Dolan in John O'Bannions Büro, fühlte sich in seiner Franziskanerkutte kratzig und machte sich auf einem gelben Block Notizen. Der Kardinal kreiste um seinen Schreibtisch, wobei er seine Hände hinter seinem Rücken hielt und mit jeder Minute mehr wie ein Priester in einem Film aussah. Tom dachte, daß es nicht so schlimm war, wie er befürchtet hatte. O'Bannion hatte ihn immer schon gemocht, selbst in seinen wilderen Tagen, und der alte Mann war viel zu klug, als daß er beiläufige Bemerkungen über die weniger heiligen Aspekte von Toms Pubertät machte. Außerdem war sein Dienst in der Kathedrale fast so, als wäre er noch im Priesterseminar. Er war durch die Ordensregel zwar nicht an das Gebäude gebunden, aber er hätte es sozusagen sein können. Der Kardinal hielt ihn beschäftigt, der Papierkram hielt ihn beschäftigt, und er hatte nie etwas zu tun, das ihn nach draußen geführt hatte. Fast hätte er es geschafft, allen Kontakt mit Menschen, die er damals kannte, zu vermeiden. Mit Kath mußte er dann und wann immer mal reden – sie war Nonne geworden und Direktorin der *St. Agnes Parochial School* –, aber Barry Field war nur ein Gesicht im Fernseher, Peg Morrissey war in die höheren Hausfrauensphären verschwunden, und Judy Eagan hätte sich genausogut auf dem Mars befinden können. Der einzige aus der alten Clique, von dem er sich nicht hatte fernhalten können, war Andy gewesen, und das war vorhersehbar gewesen. Wenn er jemals in der Hölle enden würde, dann würde die Hölle darin bestehen, eine Ewigkeit mit Pater Andrew Walsh in einem kleinen Zimmer eingeschlossen zu sein.

Der Kardinal hatte seinen Rundgang beendet und setzte sich auf eine Ecke des Schreibtisches. Er war groß, dick und hatte Hängebacken. Jedesmal, wenn er sich entschloß, diese Haltung einzunehmen, machte Tom sich die größten Sorgen, ob der Schreibtisch unter ihm wohl zusammenbrechen würde.

»Also«, sagte der Kardinal, »jetzt erklären Sie mir das, Tom. Warum weigert sich dieser Demarkian-Mensch, hier rauf zu kommen?«

»Ich glaube nicht, daß er sich weigert, herzukommen, Eure Eminenz. Wenn Sie ihm sagen würden, daß Sie ihn hier oben brauchen, dann würde er wahrscheinlich kommen. Wenn aus keinem anderen Grund, dann doch, um Tibor Kasparian einen Gefallen zu tun.«

»Ich mag es nicht, den Leuten dauernd Anweisungen zu geben, wissen Sie. Ich habe ihm schon genügend Winke mit dem Zaunpfahl gegeben.«

»Vielleicht gehört er zu denen, die für Winke nicht empfänglich sind.«

»Aber das muß er doch, um Himmels willen. Schließlich ist er Detektiv.«

Tom sah auf seinen Notizblock herab. Oben hatte er geschrieben: »Katechismen für die Gemeinde von St. Stanislaus. Vierundzwanzig, bis Freitag.« »Vielleicht«, sagte er, »würde es hilfreich sein, wenn Sie wüßten, was er hier tun soll, wenn er denn herkommen sollte.«

Der Kardinal wurde rot, stand auf und schüttelte die Falten seiner Soutane aus. Meistens hielt er sich an sachliche schwarze Anzüge, aber heute war Aschermittwoch.

»Ich habe gestern abend diese Sendung ›Pater Brown‹ im Fernsehen gesehen«, erzählte er Tom. »Das war so eine ganz ausgetüftelte Geschichte mit einem abgekarteten Spiel. Vielleicht ist es das, was wir brauchen.«

»Jemanden, der mit Andy Walsh ein abgekartetes Spiel macht?«

»Man würde meinen, ich könnte mich eines Mannes entledigen, der dem *Women's University Club* erzählt, die Empfängnisverhütung sollte ein Sakrament sein«, sagte der Kardinal, »aber nein. Da haben wir die neue Kirche, Pater Dolan. Früher wäre ich ihn losgeworden, wenn mir nur sein Gesicht nicht gepaßt hätte.«

Tom überlegte, ob er den Kardinal fragen sollte, ob er schon erwogen habe, in Rom vorstellig zu werden, entschied sich aber dagegen. Natürlich hatte O'Bannion daran gedacht, und selbstverständlich hatte O'Bannion beschlossen, daß das nichts taugen würde. Zum einen war die Erzdiözese von Colchester eine derjenigen, die am meisten unter dem Mangel an Priestern litten. O'Bannions Vorgänger war einer der Sorte kirchlicher Liberaler gewesen, der das Evangelium klingen ließ wie eine Prophezeiung von Roosevelt. Tatsächlich hatte er Tausende von Gemeindemitgliedern seiner Diözese, die mehrheitlich konservative Arbeiter waren, entfremdet und sie direkt in die Arme der aufblühenden fundamentalistischen Bewegungen getrieben. Er hatte Dutzende von Priestern so weit verärgert, daß sie Anträge auf Säkularisation stellten. Er hatte sich in einem Maße in das katholische Erziehungsmodell eingemischt, daß drei der traditionellsten Nonnenorden sich aus dem Schulsystem der Gemeinden zurückgezogen hatten. Dann war er im Schlaf gestorben und hatte den ganzen Schlamassel John O'Bannion überlassen: zu viele Gemeinden ohne Priester, zu viele Schulen ohne Nonnen und zu hohe Schulden. Schulden waren nämlich das, was übrigblieb, wenn man die katholische Kirche mit Laien managen wollte. Eine Nonne bekam als Lehrerin Verpflegung und Unterkunft und zehn Dollar die Woche, wenn sie in einer Gemeindeschule unterrichtete. Ein Laie bekam als Lehrer ein Gehalt von 22 000 Dollar im Jahr, Krankenversicherung, .Lebensversicherung, Arbeitsunfallversicherung und die Hälfte seiner Sozialbeiträge. O'Bannion konnte Andy Walsh ohne guten und beweisbaren Grund nicht loswerden.

Außerdem konnte O'Bannion sich Andy Walshs nicht entledigen, wenn er niemanden fand, der bereit wäre, ihn aufzunehmen – und dazu war niemand bereit. Selbst die paar flammenden Radikalen, die es in der Hierarchie noch gab, wollten sich nicht einen Spinner wie Andy aufbürden lassen. Die hatten sowieso schon genug Ärger mit Rom.

»Ich wünschte, es wären die *Knights of Columbus* gewesen, vor denen er über Empfängnisverhütung gesprochen hat«, sagte der Kardinal. »Dann hätten wir eine reelle Chance gehabt.«

»Warum?«

»Einer der Ritter wäre bereit gewesen, in einem Kirchenprozeß auszusagen. Viele wären es. Aber du kennst doch den *Women's University Club.*«

Der *Women's University Club* hatte in der Colchester *Tribune* eine Anzeige schalten lassen, in der die Kirche im allgemeinen und Kardinal John O'Bannion im besonderen angegriffen wurden – wegen ihrer »konservativen Einstellung und chauvinistischen Unsensibilität«, die sie dazu führe, »die wissenschaftliche Untersuchung der Sexualität im Labor« zu verurteilen. Damit hatten sie die *Colman-Brooks Clinic* gemeint, in der Frauen beigebracht wurde, sich selber zu einem Orgasmus zu verhelfen, indem sie »anatomisch korrekte« Vibratoren mit angeklebten wasserfesten Taubenfedern verwandten.

»Ich denke die ganze Zeit, wenn ich ihn nur hierhin bekäme, dann könnte er etwas für uns tun«, sagte O'Bannion. »Tibor findet ihn so – intelligent und praktisch. Vielleicht will ich einfach, daß er uns sagt, was wir tun sollen.«

»Das ist nicht die Art von Ratschlägen, die er üblicherweise erteilt, Eure Eminenz. Er ist auf Mordfälle spezialisiert.«

»Oh, das weiß ich doch. Aber Andy Walsh würde nie jemanden umbringen. So viel Glück habe ich nicht im Leben.«

Tom Dolan hüstelte, und der Kardinal machte während seines Rundgangs eine Pause. Der Kardinal war schon wieder rot geworden. »Wissen Sie, worüber ich die meiste Zeit mit meinem Beichtvater spreche?« fragte er. »Phantasien. Ich habe Phantasien darüber, diesen Spinner nicht nur aus der Erzdiözese herauszukriegen, sondern aus der gesamten heiligen römisch-katholischen und apostolischen Kirche.«

»Laden Sie ihn doch einfach nicht mehr zum Gespräch ein. Wenn Sie das machen, gibt er jedesmal eine Predigt von sich über die ach so schlechten alten Männer der Kirche.«

»Ich werde ihn auch nicht mehr herbestellen. Ich habe sowieso schon zu hohen Blutdruck.«

»Ich werde mich jetzt an die Sachen für St. Stanislaus machen, Eure Eminenz. Wann gehen Sie hinunter, um Asche auszugeben?«

»Was? Oh. Mittags, glaube ich. Die Schwester hat meinen Tagesplan.«

»Ich frage sie dann.«

»Sagen sie ihr, sie soll mir noch einmal Tibor Kasparian ans Telefon holen«, sagte O'Bannion. »Es muß doch irgend etwas geben, was ich tun kann. Ich kann doch nicht hier rumsitzen und dem Verrückten zusehen, wie er jedes Schulkind von St. Agnes in einen praktizierenden Pantheisten verwandelt.«

»Natürlich nicht, Eure Eminenz.«

O'Bannion beendete seinen Rundgang am Fenster, das auf den Hof hinausging. Tom Dolan schaute ihn noch einmal an – ein Hinterhof-Ire, der dem heiligen Thomas Morus ähnelte, als er sich über den Zeitpunkt seiner Enthauptung Gedanken machte – und verschwand aus dem Büro in den Flur.

Sekunden später ging er in den Empfangsraum und dachte über die Katechismen für St. Stanislaus nach und daß er gleich Schwester Marietta »guten Tag« sagen müsse. Schwester Marietta war die eigentliche Sekretärin des Kardinals. Sie war eine sehr traditionelle Benediktinerin, mit einem Schleier, der bis über ihre Hüfte hinabfiel, und einer Robe, die über den Boden strich, und sie machte ihn teuflisch nervös. Alle alten Nonnen erinnerten ihn an seine Kindheit.

Er sagte das Nötigste – »Da bin ich wieder, Schwester. Ich gehe jetzt zurück in mein Büro« – und nahm wieder sein Tempo auf. Er konnte sich den Tagesplan des Kardinals jederzeit von jemand anderem holen. Dutzende von Leuten in der Kanzlei mußten ihn haben. Dann, als er schon auf halbem Weg in der sicheren Nähe der Tür war, klopfte Schwester Marietta ihre Knöchel auf den Schreibtisch.

Tom Dolan hielt an, drehte sich um und versuchte, nicht resigniert zu klingen, als er »Ja?« sagte.

Schwester Marietta war eine einzige Studie an Ungerührtheit. »Es tut mir leid, daß ich Sie aufhalte, Pater, aber ich habe ein Telefonat für Sie angenommen, während Sie beim Kardinal waren. Ihre Sekretärin war nicht in ihrem Raum.«

Seine Sekretärin hatte sich den Tag freigenommen, aber das würde er nicht Schwester Marietta sagen. Seine Sekretärin war eine Nonne. In Schwester Mariettas Welt hatten Nonnen keine freien Tage. »War es irgend etwas Wichtiges?« fragte er.

»Ich weiß nicht. Eine Frau hat angerufen, mit einem Namen, den ich nie zuvor gehört hatte. Aber es ist natürlich so, daß ich die Namen nur dann höre, wenn jemand zum Kardinal geht, und nicht alle tun das.«

»Nein«, sagte Tom, »es scheint nur immer so, als würden es alle tun.«

»Der Kardinal ist ein sehr beschäftigter Mann, ich weiß. Das sind Kardinäle immer.« Sie durchwühlte einen kleinen Stapel Papier auf ihrem Schreibtisch und entdeckte einen rosa Nachrichtenzettel. »Hier ist es. Nicht viel dran, befürchte ich. Ich konnte sie nicht dazu bewegen, eine Telefonnummer zu hinterlassen. Sie sagte, sie hätte keine.«

»Das ist ja merkwürdig.« Tom kam zurück und nahm den Zettel. Die Handschrift der Schwester war von den *Mesdames of the Sacred Heart* geprägt und so rund und exakt wie die Schrift auf dem Kugelkopf einer IBM-Schreibmaschine. Tom las: »Cheryl Cass hat angerufen, 8:30 Uhr. Konnte keine Nummer hinterlassen. Wird noch einmal anrufen.«

»Ich versuchte, ihr zu sagen, daß heute Aschermittwoch ist«, sagte die Schwester, »und daß Sie am Aschermittwoch sehr viel zu erledigen haben, aber das schien sie nicht sonderlich zu beeindrucken. Ich weiß nicht, ob sie überhaupt jemals von Aschermittwoch etwas gehört hat.«

Atme durch, atme durch, atme durch, dachte Tom, atme durch und beruhige dich. Er zerknüllte den Zettel in seiner Faust und ließ ihn auf den Schreibtisch fallen.

»Soll das irgendein Witz sein?«

»Witz?«

»Sie sind sich sicher, daß Sie die Stimme am Telefon

nicht erkannt haben? Es war nicht Schwester Scholastica von St. Agnes?«

»Natürlich war sie es nicht. Pater –«

»Und es war auch nicht Pater Walsh?«

»Es war die Stimme einer Frau«, sagte Schwester Marietta steif. »Ich weiß nicht, was Sie andeuten wollen, Pater Dolan, aber ich bin nicht hier, um einen Scherz mit Ihnen zu treiben. Ich bin auch nicht hier, um Ihre Telefonate entgegenzunehmen.«

»Nein«, sagte Tom, »natürlich sind Sie das nicht.« Er warf den zerknüllten Zettel in den Papierkorb. Dann drehte er ihr den Rücken zu und marschierte zur Tür hinaus.

Andy Walsh mußte jemanden dazu angestiftet haben. Mußte er einfach. Die einzige Sache, die Cheryl Cass niemals tun würde, war, hier aufzukreuzen.

»Ich weiß nicht«, sagte die Ehrwürdige Mutter Generaloberin, während sie den Schnee von der Oberseite ihres Schleiers abbürstete, »ich kann mich nicht erinnern, daß ich jemals eine solche Predigt gehört habe.«

Es war elf Uhr morgens, und die Messe der St.-Agnes-Schule war gerade vorbei. Schwester Mary Scholastica – einst Kathleen Burke – stand oben auf der Kirchentreppe neben ihrer Ehrwürdigen Mutter Generaloberin und sah zu, wie die Kinder durch die Kirchentür herauskamen. Die Kinder waren in ihren grünen Uniformen sehr ordentlich angezogen und defilierten mit großer Präzision. Die Schlangen, die sie bildeten, hätten von der alten Schwester Bonaventura inszeniert sein können, denn die hatte ein Rückgrat wie ein Lineal. Wirklich, dachte Scholastica, es gab nichts, weswegen sie hätte nervös sein müssen. Zugegeben, die Ehrwürdige Mutter Generaloberin machte keine Zufallsbesuche bei Gemeindeschulen. Zugegeben, Andy Walshs Predigt war einer seiner patentierten Monologe über Nicaragua und die einer Entscheidung zur Selbstverwirklichung gewesen. Ich bin immer noch die Leiterin eines guten Hauses und einer guten Schule, dachte Scholastica. Jeder, der Augen im Kopf hat, kann das sehen.

Das letzte Kind kam durch die Kirchentür, gefolgt von Schwester Peter Rose. Peter Rose nickte fragend in Richtung Scholastica und lächelte ehrerbietig zur Ehrwürdigen Mutter Generaloberin. Dann eilte sie Timmy Moore hinterher, der gerade dabei war, einen Keks aus Janie O'Briens Tasche zu klauen. Scholastica seufzte. Ostern sollte ein Fest des Frühlings sein. Die Fastenzeit sollte ein langsam auftauender Rutsch ins wärmere Wetter hinein sein. Aber die Fastentage und Ostern lagen dieses Jahr früh. Es war Aschermittwoch, aber Februar statt März. Seit der Ankunft der Ehrwürdigen Mutter Generaloberin um zehn Uhr gestern abend hatte es unablässig geschneit. So wie es aussah, würde es noch den Rest der Woche weiter schneien.

»Manchmal«, sagte Scholastica zur Ehrwürdigen Mutter Generaloberin, während sie die Treppe hinuntergingen, »manchmal wünschte ich, wir hätten nie die volle Ordenstracht aufgegeben. Oh, ich weiß, der Schleier schnitt –«

»Er hat mehr als geschnitten«, sagte die Generaloberin. »Er hat mir eine Schramme im Gesicht beschert, die mehr als ein Jahr brauchte, um zu heilen, nach dem wir die Tracht änderten und der Schleier nicht mehr schnitt.«

»Mir gab er eine Delle im Kinn. Trotzdem. Vielleicht hätten wir die Schleier aus weicherem Material anfertigen lassen sollen, wie die Benediktinerinnen, ohne Stärke. Die volle Ordenstracht sah besser aus. Und wenigstens hielt sie einen warm bei diesem Schnee.»

»Ich weiß nicht, ob Sie es bemerkt haben, Schwester, aber wir hatten die Tracht schon verändert, ehe Sie überhaupt zu uns kamen. In den fünfziger Jahren trugen wir noch fünf Sets Unterwäsche.«

»In dieser Kälte könnte ich fünf Sets Unterwäsche tatsächlich gut gebrauchen«, sagte Scholastica. Sie führte die Ehrwürdige Mutter Generaloberin den Bürgersteig entlang, öffnete das schmiedeeiserne Tor, das auf den Pfad über den Hof zur Schule ging, und trat dann zurück, um sie vorbeizulassen. Es war gut, daß sie die Generaloberin mochte, dachte sie. Besser noch, daß sie sie respektierte. Es wäre furchtbar gewesen, wenn sie sich unwohl und deplaziert gefühlt hätte neben jemandem, der ihr auch noch Respekt einflößte – die Ehrwürdige Mutter Generaloberin war so klein, und Scholastica selbst war so hochgewachsen.

Scholastica schloß das Tor. Dann sagte sie: »Es tut mir leid mit Pater Walsh, Ehrwürdige Mutter. Er ist so voller – Begeisterung.«

»Ich habe schon von Pater Walshs Begeisterung gehört.« Die Ehrwürdige Mutter lächelte. »Hat er wirklich mit Müslibrötchen bei einer Messe für die katholische Jugend die Wandlung vollzogen?«

»Hafer-Müslibrötchen«, sagte Scholastica. »Der Kardinal-Erzbischof war außer sich.«

»Das kann ich mir vorstellen.«

»Ich persönlich denke, O'Bannion hätte froh sein sollen, daß es nicht Sojakeimlinge waren. Das ist noch eher die Sorte Sache, die Andy machen würde.«

»Kennen Sie Pater Walsh schon lange?«

»Mein ganzes Leben lang. Wir wuchsen als Nachbarskinder auf der Garrison Street auf. Ich kenne Kardinal O'Bannion auch schon seit Urzeiten. Er war Schulkaplan, als ich an der *Cathedral Girls' High School* war.«

»Hat es Ihnen etwas ausgemacht, hierher nach Colchester zurückzukommen, Schwester? Wäre es für Sie besser gewesen, wenn wir Sie irgendwohin – in eine exotische Gegend geschickt hätten?«

»Es gab nichts Exotisches, wo Sie mich hätten hinschicken könne, Ehrwürdige Mutter. Wo wäre ich hingekommen? Nach Maine?«

»Wir haben ja noch die High School in New York City.«

»Nein, danke. Ich hätte Angst, überfallen zu werden.«

»Und wie wäre es im Mutterhaus?«

»Wie bitte?«

Sie waren nur einige Schritte von der Schultür entfernt, standen mit ihren Füßen bis zu den Knöcheln im Schnee. Die Ehrwürdige Mutter war stehengeblieben, und ohne darüber nachzudenken, war auch Scholastica stehengeblieben. Was sie durcheinanderbrachte war, daß die Ehrwürdige Mutter offenbar nicht weitergehen wollte, obwohl der Wind steif und hart blies und sie zum Erbarmen frieren mußte. Gott allein wußte, daß Scholastica selbst bis zum Erbarmen fror.

»Wollen wir nicht hineingehen, Ehrwürdige Mutter?« fragte sie. »Ich könnte uns einen Tee kochen und wir würden etwas auftauen.«

»Nein.« Die Ehrwürdige Mutter schüttelte nachdrücklich ihren Kopf. »Falls Sie das noch nicht erraten haben, Schwester, da ist etwas, worüber ich mit Ihnen sprechen möchte. Ich möchte nicht von Sekretärinnen gehört werden.«

»Von Sekretärinnen?«

»Von Nonnen, wie Sie wollen. Es wird uns nicht umbringen, ein bißchen an der frischen Luft zu bleiben.«

»Diese frische Luft wird uns allerdings eine Lungenentzündung bescheren, Ehrwürdige Mutter.«

»Unsinn«, überging die Generaloberin diesen Gedanken. Dann biß sie sich auf die Lippe und sah auf die Fenster der Klassenzimmer im ersten Stock. Die Fenster waren mit Kreuzen aus Bastelpapier und Eucharistiesymbolen für die Fastenzeit bedeckt. »Ich habe eine schlechte Nachricht für Sie«, sagte sie. »Schwester Mary Jerome hatte letzte Woche einen Schlaganfall.«

»Oh, Herrje.« Scholastica zuckte zusammen. Schwester Jerome war seit Menschengedenken Novizenmeisterin des Ordens gewesen. Es war nicht gerade eine Stellung, die einen normalerweise im Orden beliebt machte, aber Jerome war schwer in Ordnung. Selbst die Mädchen, die sie wieder nach Hause geschickt hatte, hatten nicht ein einziges schlechtes Wort über sie verloren. »Ist alles in Ordnung, Ehrwürdige Mutter? Sie ist doch nicht –«

»Tot? Nein. Leider ist sie aber auch nicht mehr einsatzfähig. Sie ist rechtsseitig gelähmt. Der Arzt sagt, es wird noch Monate dauern, ehe sie wieder sprechen kann. Danach –« Die Generaloberin zuckte mit den Achseln. »Jerome ist neunundsiebzig. Ich vermute, wir hätten ihr schon vor Jahren erlauben müssen, sich zurückzuziehen.«

»Jerome ist die beste Novizenmeisterin in den Vereinigten Staaten. Sie verliert weniger Berufene als irgend jemand sonst, von dem ich je gehört hätte.«

»Ich weiß«, sagte die Ehrwürdige Mutter Generaloberin. »Und wir brauchen diese Berufenen. Wie geht es Ihnen hier, mit fünf Nonnen?«

»Es sind sechs, Ehrwürdige Mutter. Mich mitgerechnet. Es ist ein einziger Schlamassel. Die Schulgebühren betragen jetzt fünfhundert Dollar im Jahr. Im Herbst steigen sie auf sechshundertfünfzig. In fünf Jahren werden wir zu teuer geworden sein, als daß sich die Gemeindemitglieder uns noch leisten können.«

» So sieht's aus. Und bedenken Sie, die meisten Schulen, die wir betreiben, haben nur vier Nonnen. Manche haben sogar nur zwei. Es ist alles schön und gut, über die Beteiligung der Laien in der Kirche zu sprechen, aber ein Lehrer oder eine Lehrerin muß als Laie wie ein Mensch bezahlt werden.«

»Wir werden nicht gerade gut bezahlt, Ehrwürdige Mutter.«

»Ich weiß. Ich weiß. Ihr wart alle sehr engagiert. Aber wir müssen der Sache ins Gesicht sehen, Schwester. Wenn das Gemeindeschulsystem überleben soll, brauchen wir Nonnen. Und das heißt, wir brauchen Mädchen, die dem Kloster beitreten wollen und Mädchen, die auch im Kloster bleiben wollen, wenn sie erst einmal da sind.«

»Mary Jerome hatte die Gabe, uns den Wunsch zu vermitteln, daß wir bleiben wollten.«

»Ich weiß.« Die Generaloberin klopfte Schnee von ihren Schultern. Dann sah sie Scholastica direkt in die Augen und sagte: »Und die haben Sie auch.«

»Ich?« Das erinnerte Schwester Scholastica an den Tag, an dem sie eine Berufung spürte. Zuerst waren die Dinge unglaublich verwirrend, völlig diffus und ohne Ziel. Dann dämmerte das Licht auf, und mit ihm kam eine fast physische Aufregung. Glück empfand sie wie eine stimmungsverändernde Droge. »Ich«, wiederholte sie.

»Sie wissen es vielleicht nicht, Schwester, aber Ihre Mitschwestern schreiben die besten Berichte des ganzen Ordens über Sie. Sie arbeiten mit Begeisterung unter ihnen.«

»Das ist sehr – schmeichelhaft, Ehrwürdige Mutter.«

»Es ist auch sehr ungewöhnlich. Ich hatte schon lange, ehe Jerome ihren Schlaganfall hatte, über diese Sache nachgedacht, Schwester. Ich hatte vor – nun ja, ich hatte vor, viel zu verändern, aber das habe ich ja immer. Natürlich ist es jetzt zu spät. Wir brauchen noch in diesem Herbst eine neue Novizenmeisterin.«

»Ich war noch nicht mal auf einem Ausbildungsseminar, Ehrwürdige Mutter. Ich wüßte gar nicht, was ich zu tun hätte.«

»Wir können Schwester Alice Marie für das nächste Jahr einteilen. Sie können unter ihr als Postulantinnenmeisterin arbeiten. Im Jahr darauf wird Alice Marie dann wieder Postulantinnenmeisterin sein, und sie werden die Novizen übernehmen.«

»Würde Alice Marie das nicht übelnehmen?«

»Alice Marie und ich verstehen uns«, sagte die Ehrwürdige Mutter. »Ich weiß, daß die Kirche sich verändern soll, Schwester, aber ich bin eine alte Frau. Ich bin fast so alt wie Jerome. Und Alice Marie ist mit diesem Jungen durchgebrannt.«

»Aber Ehrwürdige Mutter«, sagte Scholastica, »sie war damals noch nicht einmal im Kloster. Und so, wie ich gehört habe, ist sie nur für einen Tag weggelaufen. Das war – das muß vor fünfundzwanzig Jahren gewesen sein.«

»Ich weiß, Schwester. Aber selbst einmalige Ereignisse stellen einen Hinweis auf den Charakter dar. Auf die Art und Weise, wie eine Schwester unter Streß reagieren wird.«

»Ich finde, Sie sind sehr hart, Ehrwürdige Mutter.«

»Ich bin einfach nur praktisch veranlagt«, sagte die Generaloberin. »Die Novizenmeisterin ist die wichtigste Nonne in jedem Orden, wichtiger als die Mutter Generaloberin. Sie formt den Charakter der Gemeinschaft. Ich muß mich auf die Zukunft dieses Charakters verlassen können, Schwester.«

»Ich glaube, auf Alice Marie können Sie sich verlassen.«

»Ich glaube, Sie würden den Orden besser sichern. Wollen Sie Novizenmeisterin werden, Schwester?«

Der Schnee schien heftiger zu werden. Er türmte sich überall um sie herum auf und auf ihnen auch. Der Schleier der Ehrwürdigen Mutter hatte eine kleine konische Spitze bekommen. Scholastica wollte gar nicht erst daran denken, wie ihr eigener Schleier aussah. Sie hatte ihn nicht regelmäßig abgeklopft.

»Natürlich möchte ich Novizenmeisterin werden«, sagte sie. »Alle wollen das.«

»Das ist nicht wahr, Schwester. Aber ich gebe zu, viele wollen es.«

»Muß es da nicht irgendeine Form von Wahl geben?«

Die Ehrwürdige Mutter Generaloberin lächelte. »Es muß einen Wahlgang unter dem Vorstand geben, natürlich, aber der Vorstand ist das mir zugeordnete Gremium. Wir haben diese Sache bereits diskutiert, ehe ich hierher kam. Sie haben die Stelle, wenn Sie sie wollen, Schwester.«

»Ich denke, wir sollten hineingehen«, sagte Scholastica.

Diesmal ging die Generaloberin, wobei ihre schweren altmodischen Schuhe durch den Schnee schlurften wie winzige Motorboote in einem verschmutzten Ozean. Scholastica beobachtete sie für einen Moment und beeilte sich dann, nach vorne zu kommen, so daß sie vor der Generaloberin ankam. Natürlich wollte sie Novizenmeisterin werden, dachte sie. Jetzt, da ihr die Stelle angeboten wurde, wollte sie sie geradezu verzweifelt haben. Es war nur, daß sie sich etwas schuldbewußt fühlte.

Alice Marie war ehrlich genug gewesen, der Ehrwürdigen Mutter über ihre Vergangenheit zu berichten, und das hatte sie aus dem Rennen geworfen. Scholastica dagegen...

Die Ehrwürdige Mutter Generaloberin erreichte die Tür. Sie tätschelte Scholasticas Hand.

»Sie werden das sehr gut meistern, Schwester. Warten Sie nur ab. Ich kenne meine Nonnen.«

Die Generaloberin verschwand im Vorraum. Scholastica starrte ihr hinterher, bis ein Windstoß ihren Rock hochwirbelte und ihn um ihre Knie wickelte. Dann ging sie auf die Tür zum Vorraum zu.

Dumme Gans, sagte sie sich. Niemand weiß es, und niemand wird es jemals erfahren.

Peg Morrissey Monaghan bewahrte alle vier ihrer High-School-Jahrbücher auf dem Regal neben dem Fernseher im Wohnzimmer auf.

Dort hatte sie auch ihre Sammlung an Zeitungen untergebracht, in limonengrüne Pappe eingebunden. Manchmal, wenn sie alleine zu Hause war, dann holte sie sich die Jahrbücher herunter und sah sie sich noch einmal an. Sie rührte die Zeitungen nie an. Der Jahrgangs-Ball in ihrem Junior-Jahr war ein Ereignis, an das sie sich gerne erinnerte: ihre Kür zur Ballkönigin; wie hübsch sie in puderblauem Chiffon ausgesehen hatte; wieviel hübscher Kath in elfenbeinfarbenem Taft ausgesehen hatte, obwohl Kath damals schon wußte, daß sie Nonne werden würde. Ein Attentat hingegen war eine Sache, die man am besten vergaß, und es waren viele Attentate in den alten Ausgaben der *Colchester Tribune* zu lesen. John F. Kennedy. Robert Kennedy. Martin Luther King. Wenn sie daran zurückdachte, wie es war, in den sechziger Jahren aufzuwachsen, dann bemerkte sie immer wieder, daß sie Visionen vom kriegszerstörten Beirut hatte.

Jetzt war Aschermittwoch, Viertel vor eins, Gott allein wußte, wieviel Jahre seitdem vergangen waren, und Peg steckte mal wieder mitten in einer ihrer Schwangerschaftsdepressionen. Ihre fünf älteren Kinder waren sicher in der

St. Agnes Parochial School untergebracht. Ihre vier jüngeren waren in der Küche, wo ihr Mann ihnen Thunfisch-Sandwiches machte. Joe war in dieser Hinsicht wirklich toll. Während ihrer Schwangerschaft kam er immer nach Hause, um den Kindern Lunch zu machen, und dann nahm er sie auch für eine halbe Stunde unter seine Fittiche und räumte hinterher auf, wenn er fertig war. Außer Freitag nachmittags, wenn ihre Schwester vorbeikam, um ihre Kinder »auszuführen«, war das die einzige Zeit, in der Peg zur Ruhe kam.

Peg ertappte sich dabei, wie sie auf die Jahrbücher und die Zeitungen starrte und schüttelte den Kopf. Es waren nicht die Attentate, an die sie gedacht hatte, klar, es waren nie die Attentate, aber was das alles wieder hochgeholt hatte, wußte sie nicht. Vielleicht hatte sie nur mal wieder einen ihrer zerstreuten, ziellosen Tage. Schwangerschaften ließen einen so werden. Peg hatte es einmal ihrer »Bibel und Selbsterfahrung«-Gruppe so geschildert: »Es ist so, als würde man ertrinken – alle schlimmen Momente des Lebens rollen vor den Augen ab, und sie machen einen total euphorisch.«

Sie verließ das Wohnzimmer und ging den Flur entlang zur Küche, wo Joe eine monotone, aber sehr energische Version von *»Lord of the Dance«* zum Besten gab. Wenigstens war es ein katholisches Lied. Sie konnte es oft kaum glauben, wenn er manchmal mit der Musik ankam, die er gelernt hatte, als er im Süden groß wurde. Es gab ein Lied – »Kick mich, Jesus, durch das Tor des Lebens« –, von dem sie bis heute nicht glauben konnte, daß es kein Witz sein sollte.

An der Küchentür hielt sie inne, tunkte ihre Finger ins Weihwasser, das sie in einem winzigen Wandbecken aufbewahrte, und bekreuzigte sich. Dann ging sie hinein und betrachtete die Szene. Susan, Charlie, Maria und Agnes saßen mit dem Rücken ihr zugewandt entlang einer der Bänke, die vor dem Refektoriumstisch standen. Joe stand am Arbeitstisch neben dem Spülstein und hackte Zwiebeln auf einem kleinen viereckigen Schneidebrett. Seine Haare fingen oben an, dünner zu werden. Von hinten sah er aus, als hätte er eine Tonsur.

»Vergiß nicht«, sagte Peg, »wenn du zuviel Zwiebeln reintust, dann haben sie den ganzen Nachmittag Blähungen.«

»Weinen sie dann oder riechen sie einfach nur schrecklich?« fragte Joe.

»Beides.«

Peg setzte sich an dem Tisch auf den Stuhl, den sie aus dem Eßzimmer hereingeschleppt hatte, um es sich als Schwangere etwas leichter zu machen. Sie war schon im siebten Monat und so groß wie ein Babywal. Ihr Rücken schmerzte, und ihre Taille hatte sich nach Katmandu verabschiedet. Sie lehnte sich vor und strich einen Toastkrümel von Charlies Backe. Charlie hatte sich mal wieder hinter dem Rücken seines Vaters über die Lunchvorbereitungen hergemacht.

»Ich glaube, ich werde Linda anrufen und zum Gebetsabend heute abend absagen«, sagte sie.

Joe drehte sich herum, um sie genauer anzusehen. »Was ist los? Bist du müde?«

»Nicht wirklich.«

»Und was ist dann los? Du gehst unheimlich gerne zum Gebetsabend. Da kommst du mal aus dem Haus. Hinterher gehst du immer rüber ins Kloster und unterhältst dich die halbe Nacht mit deiner Freundin, der Nonne.«

»Kath«, sagte Peg.

»Schwester Mary Scholastica«, sagte Joe.

»Andy Walsh hat heute morgen die Zehn-Uhr-Messe gelesen«, sagte Peg.

»Aha.« Joe stellte das Glas Mayonnaise wieder ab und drehte sich, um sie anzusehen. »Jetzt verstehe ich. Ich gehe mal davon aus, daß er auch den Gebetsabend übernimmt.«

»Ja, genau.«

»Weißt du, Peg, nicht alle Leute behalten die Freunde von der High School für den Rest ihres Lebens. Ich glaube nicht, daß es so schlimm wäre, wenn du mit dem Kerl nicht mehr reden würdest.«

»Der Kerl ist der Priester unserer Gemeinde.«

»Der Kerl sollte keinerlei Art von Priester sein. Ich weiß nicht, warum sich der Kardinal alles von ihm gefallen läßt, aber vielleicht muß er das. Du mußt es nicht.«

Peg zuckte mit den Achseln. »Es ist nicht, daß ich mir so viel gefallen ließe. Ich meine, ich sehe ihn kaum. Er ist so ein – so ein Wesen mit festen Angewohnheiten. Das muß das erste Mal seit seinem Amtsantritt hier sein, daß er die Zehn-Uhr-Messe übernommen hat. Pater Boyd muß todkrank sein.«

»Er übernimmt mindestens einen Gebetsabend im Monat.«

»Ich weiß. Normalerweise stört er mich auch nicht. Heute war er einfach – ich weiß nicht.«

»Beleidigend?«

»Andy beleidigt nie jemanden direkt. Er läßt einfach dein ganzes Leben lächerlich erscheinen.«

Joe nahm die Schüssel mit dem Thunfisch und den Toastteller und kam an den Tisch. »Du hast ein Recht darauf, daß man sich nicht lustig über dich macht«, sagte er. »Du bist eine gutherzige Frau und eine rechtschaffene Katholikin. Wenn man mich fragt, bist du eine bessere Katholikin als so manch anderer. Und ich glaube nicht, daß sich der Papst besonders darüber freuen würde, wenn er Pater

Walsh hören würde, wie er überall herumerzählt, der Rosenkranz wäre altmodisch.«

»Oder sollten wir alle ein bißchen mehr wie die Protestanten sein?« lachte Peg.

Joe runzelte die Stirn. »Das ist nicht komisch, Peg, wirklich. Wir sind gute Katholiken. Wir folgen den Lehren der Kirchenobrigkeit. Wir sind nicht diejenigen, die sich in dieser Gemeinde unwohl fühlen sollten.«

»Mhmm«, sagte Peg.

»Was soll denn ›mhmm‹ heißen? Oder bist du einfach mal wieder schwanger?«

»Nicht alles, was ich tue, hängt mit meiner Schwangerschaft zusammen«, sagte Peg. Dann dachte sie bei sich: Lügnerin. »Du mußt wissen, ich kenne Andy schon mein ganzes Leben. Damals in, hmm, in der zehnten Klasse, da waren wir einander praktisch zur Verlobung versprochen.«

»Und das soll entschuldigen, daß er Kommunionshelferinnen einsetzt?« Joe schien es nicht zu fassen.

Peg seufzte. »Es entschuldigt gar nichts. Ich verstehe Andy einfach, das ist alles. Er will die Kirche nicht zerrütten –«

»Gut. Ich möchte nicht wissen, was er tun könnte, wenn er sich wirklich mal Mühe gäbe.«

»– er ist einfach für ein bißchen Abwechslung. Er war schon immer so. Einmal, bei einem offiziellen Bankett, brachte er sein eigenes Essen in einer Tüte mit. Er sagte, das Hotel serviere das schlechteste Essen in ganz Colchester und er würde es nicht zu sich nehmen.«

»Na wunderbar«, sagte Joe.

»Andy meint es gut. Es ist einfach, daß er jetzt gerade ganz im Fahrwasser vom Zweiten Vatikanischen Konzil schwimmt oder was auch immer und daß er sozusagen geradeheraus auf mich zugeht und mich beschuldigt, ich allein würde für die Überbevölkerung der Erde verantwortlich sein. Und dann schwänzelt er um Judy so herum und raspelt Süßholz, wie toll sie doch ist, daß sie ihr eigenes Unternehmen so erfolgreich führt. Ich fühle mich zum Schluß immer wie diejenige, die ihr Studium abgebrochen hat, und immerhin bin ich diejenige, die ihr Examen wirklich noch gemacht hat.«

Joe reichte ihr ein Thunfisch-Sandwich. »Wie lange bist du eigentlich mit ihm zusammen gewesen?« fragte er neugierig. »Ich dachte, Priester wüßten praktisch vom Tag ihrer Geburt an, daß sie Priester werden würden.«

»Wenn Andy das wußte, dann erzählte er es jedenfalls nicht. Wir waren die ganze zehnte Klasse über zusammen und dann noch ein bißchen in den Sommer hinein. Dann ging er mit Judy während der elften Klasse, während ich mit Tom zusammen war, und wir machten viel zusammen.« Black Rock Park, dachte sie. »Ich vermute, er entschied sich im Jahr danach, ins Priesterseminar zu gehen.«

»Vielleicht aus Enttäuschung. Weil du ihn hast sitzen lassen, verstehst du.«

»Ich habe ihn nicht sitzen lassen. Wir haben uns gegenseitig sitzen lassen. Und ich glaube nicht, daß es ihm auf die eine oder andere Art besonders viel ausmachte. Selbst als er mit Judy befreundet war, lief er auf Schulfêten mit einem Mädchen namens Cheryl Cass rum.«

»Ich hab dich nie eine Cheryl Cass erwähnen hören.«

»Natürlich hast du das nicht. Sie war das Schulflittchen. Sie hat die Schule am Ende der elften Klasse abgebrochen und verschwand irgendwie.«

»Ja«, sagte Joe. »Die Sorte macht das meistens. Es ist mir egal, was die ganzen Feministinnen sagen. Ein Mann kann so viel herumbumsen, wie er will und doch immer noch den Weg zurückfinden. Aber bei Mädchen ein Fehltritt, und es geht einfach nur noch bergab.«

»Mhmm«, sagte Peg wieder. Sie sah um den Tisch herum und freute sich, daß alle Kinder Thunfisch-Sandwiches hatten. Weniger freute sie sich allerdings darüber, daß alle sie mit großen Augen ansahen und alles, was ihre Eltern gesagt hatten und auch einige der Dinge, die sie nicht gesagt hatten, aufsaugten wie vier kleine Schwämme. Sie vergaß immer, wie vorsichtig man mit Kindern sein mußte – und das hieß, sie würde sich nie daran erinnern, denn alles, was sie jetzt noch nicht über Kinder wußte, würde sie auch wohl nie in der Lage sein, zu lernen. Sie nahm einen Bissen von ihrem Sandwich und zwang sich, ihre schlechten Gefühle zu ignorieren.

»Vielleicht ist es sowieso besser, wenn ich nicht zum Gebetsabend gehe«, sagte sie. »Ich schlaf ja schon im Stehen.«

»Quatsch«, sagte Joe glücklich. »Guck mal deinen Bauch an. Die Zwillinge legen gerade einen Cha-Cha-Cha hin.«

Es war zwei Uhr dreißig, als die beiden roboterhaften kleinen Männer von *Mark Candor's All Christian Good News Gospel Network* Barry Fields Hauptstudio verlassen hatten, und zu dem Zeitpunkt befand sich Barry bereits kurz vor einem Nervenzusammenbruch. Oder kurz vor dem, was er für einen Nervenzusammenbruch hielt. Das war eines der wenigen Dinge, die sich in seinem Leben nicht verändert hatten, nachdem er Christus als seinen persönlichen Erretter ausgesucht hatte: die Art und Weise, wie er auf Streß reagierte. Manche Leute, wie Judy Eagan zum Beispiel, konnten mehr leisten, wenn sie unter Strom standen. Barry Field konnte dann gar nichts mehr. Sobald er nervös wurde, fing er an, sich geistig und körperlich wie gelähmt zu fühlen. Sobald er Angst hatte, machte er komplett dicht. Er war jemand, dessen Anwesenheit in einer Notsituation sogar fehl am Platze war, denn er war genau wie dieses alte weißhaarige Kaninchen vor der Schlange. Wenn die Dinge schwierig wurden, dann verwandelte er sich in eine Statue und ließ sich von den Stärkeren niedermachen.

Aber immerhin war es gut, daß er konvertiert war, dachte er, nachdem er die beiden Marsmenschen zur Tür gebracht hatte. Sein Leben als Katholik war ein einziges Trauma von langatmigen Episoden gewesen, eine ständige Wiederholung von Schuldgefühlen und Konfusion. Es gab so viele Regeln. Sobald man dachte, man hätte gerade eine eingehalten, hatte man gerade eine andere verletzt. Nie hatte man die Sicherheit, daß man das Richtige tat, obwohl es gerade das war, wozu die katholische Kirche da sein sollte. Und wenn man seine Fehler gestand, wie es die Nonnen einem beigebracht hatten, dann fand man heraus, daß man sich einer weiteren Sünde schuldig gemacht hatte, nämlich der Überängstlichkeit. Barry hatte diese Überängstlichkeit nie verstanden. Ihm schien es einfach eine hochgestochene Bezeichnung für ein reines Gewissen zu sein.

Jetzt verstand er ja, daß alles ein einziger Betrug war. Der Gott, der ihm immer so wichtig gewesen war, war gar kein Monster, das darauf aus war, die Menschen ins Unglück zu treiben. Seine Regeln waren klar und einfach und gering an der Zahl, und er hatte Christus auf die Erde geschickt, um ihre Interpretation klarzustellen. Christus zu finden hatte Barrys Leben völlig von Angst und Selbsthaß befreit. Er konnte es kaum aushalten, daran zu denken, wie er gewesen war, ehe er seine Seele von der katholischen Kirche befreit hatte. Ihm wurde schlecht, wenn er an all die Leute dachte, die noch in ihr gefangen saßen. Das war der Grund, warum er gerade so handeln mußte – egal was irgend jemand sonst davon hielt. – Das war auch der Grund, warum es für ihn so wichtig war, einen Sendeplatz in *Mark Candor's All Christian Good News Gospel Network* zu bekommen.

Barry ging in sein Büro und fand Andy Walsh dort vor, wo er ihn verlassen hatte, in den Sessel neben dem Fenster hineingelümmelt, mit auf der Brust gefalteten Händen und geschlossenen Augen. Andy war heute nachmittag sein Gast in der ›Stunde der Bekenntnis‹ gewesen, ein Auftritt, den Barry genau deswegen so gelegt hatte, weil sich die Roboter angesagt hatten. Andy Walsh' ausführlichen Abhandlungen über die Perfiditäten der katholischen Kirche waren bei Hochwürden Mark ein großer Hit, vielleicht sogar der Grund, warum er an Barry Field interessiert war. Barry war davon überzeugt, daß Gott alle Dinge auf seine eigene Art zu seiner eigenen Zeit tat, aber er hatte noch genug Katholizismus in sich, um zu glauben, daß man auch mit der Gnade kooperieren mußte. In diesem Fall bedeutete Kooperation, daß man dem Publikum auch geben mußte, was es verlangte.

Barry schloß leise die Tür. Andy sah auf. »Ich nehme an, die Schauspieler aus ›Der Tag der lebenden Toten‹ sind wohl gerade gegangen«, sagte er.

»Ich habe sie persönlich bis zu ihrem Wagen gebracht.«

»Bist du sicher, daß du für diese Leute arbeiten willst, Barry? Die erinnern mich an diese Typen, die am Ende jeden Menschen im örtlichen Einkaufscenter mit einer Knarre wegblasen.«

»Ich würde nicht für die arbeiten. Ich würde für Hochwürden Mark Candor arbeiten. Ich habe Candor schon mal kennengelernt. Er ist nett.«

»Daneben ist er auch reich. Er könnte dich ebenfalls reich machen.«

»Ich dachte, wir wollten über Cheryl Cass reden.«

Andy lehnte sich nach vorne, und Barry sah weg. Sie hatten diese Diskussion in den letzten Monaten schon unzählige Male geführt, seitdem Barry Andy erzählt hatte, daß Candor daran interessiert war, diese kleine lokale christliche Sendung für sein nationales Kabelsendernetz zu übernehmen. Andy war ein Zyniker. Als er Mark Candors Namen hörte, dachte er nur noch in Dollarzeichen, gebührenfreien Telefonnummern und steuerabzugsfähigen Spenden.

»Es war nicht so, daß wir gerade über Cheryl Cass sprachen«, sagte Andy. »Ich habe dir nur gesagt, daß sie mich heute besucht hat.«

»Das heißt nicht, daß wir darüber gesprochen haben?«

»Nun ja, du hast ja gar nichts gesagt. Sagen wir mal, ich hielt eine Rede.«

»Okay.«

»Also.« Andy lächelte. »Cheryl Cass kam heute vorbei, um mich zu sehen. Wenn man ihr Glauben schenken kann, ist es tatsächlich so, daß sie bis hierher nach Colchester kam, um mich zu sehen. Sie hatte mein Bild in einer Zeitschrift gesehen und beschloß, zu mir zu kommen.«

»Ist das nicht ziemlich merkwürdig? Sie kann nirgendwo hier in der Nähe gewohnt haben. Der eine oder andere von uns wäre ihr doch schon vorher begegnet.«

»Sie lebt im Süden. Beziehungsweise lebte. Ich glaube nicht, daß sie im Moment einen festen Wohnsitz hat.«

»Sie kam den ganzen Weg aus dem Süden hier hoch, nur um dich zu sehen?«

»Cheryl war nie das hellste Kirchenlicht, Barry. Und jetzt ist sie nicht mehr nur dumm, jetzt ist sie auch noch völlig benebelt. Medikamente.«

»Wogegen?«

»Krebs.«

Barry zuckte zusammen. »Das ist ja schrecklich. Wirklich. Sie war ja eigentlich kein schlechtes Mädchen. Sie meinte es immer gut.«

»Das Gute an ihr war, daß man immer mit ihr bumsen konnte, und das weißt du ganz genau. Naja, egal. Ich denke mal, sie war nicht wirklich schlecht im moralischen Sinne, nur einfach nicht so ganz beieinander. Gott! Als mir klar wurde, wen ich am Telefon hatte, dachte ich, ich würde in Ohnmacht fallen.«

»Wieso?«

Andy war überrascht. »Machst du Witze? Ich will nicht allzusehr diesen Eindruck erwecken, aber ich bin tatsächlich gerne katholischer Priester. Ich bin wirklich gerne Gemeindepfarrer. Und beides würde ich gerne bleiben.«

»Und was hat Cheryl Cass mit all dem zu tun?«

»Guter Gott«, sagte Andy, »manchmal denke ich, du bist genauso dämlich wie sie. Wie du vielleicht schon bemerkt haben könntest, mag mich unser geschätzter Kardinal-Erzbischof nicht so besonders.«

»Nun ja, Andy, schließlich hast du ihn einen dicken, versteinerten Holzkopf genannt. Auf Sendung.«

»Ich weiß, das habe ich. Ich habe außerdem noch ein paar andere Sachen gemacht, damit die Leute mal ein bißchen aufwachen. Katholiken müssen aufgeweckt werden. Die meisten von ihnen leben noch in der Zeit von Pius XII. O'Bannion würde mich liebend gerne loswerden.«

»Und warum tut er es nicht?«

»Weil wir uns in einer anderen Welt befinden, lieber Barry. Er kann mich nicht einfach rausschmeißen, weil er dazu Lust hat, oder auch nur, weil ich mich ein bißchen daneben benehme. Er muß einen guten Grund haben. Cheryl könnte ihm da einen sehr guten liefern, weißt du. Er würde es gerne sehen, daß ich einer derjenigen war, die für das, was in Black Rock Park passiert ist, verantwortlich sind.«

»Aber das ist lächerlich«, sagte Barry. »Das ist – das ist zwanzig Jahre her.«

»Damals war es ein *cause célèbre*. Und wenn sie nichts anderes zu tun haben, dann holen sie das jedes Jahr oder jedes zweite Jahr wieder hoch in der *Tribune*.«

»Ich kann mir nicht vorstellen, daß O'Bannion das in die eine oder andere Richtung beeinflussen könnte. Nach all diesen Jahren.«

Andy legte seinen Kopf auf die Seite. »Sag mal«, meinte er, »glaubst du, deinem Mark Candor würde das etwas ausmachen? Wenn er dasselbe über dich herausfände?«

Barry Field wurde starr. »Oh, nein«, sagte er. »Candor ist –«

»Sehr nervös dieser Tage, wen er auf Sendung läßt? Würde mich nicht wundern. Er ist einer der wenigen Trottel mit einem anständigen Ruf. Er will ihn wahrscheinlich behalten.«

»Ich mußte einen Sicherheitscheck durchmachen«, sagte Barry. »Und Candor hat mich schon davor untersuchen lassen. Er meinte, ich wäre der erste saubere Kandidat, der ihm seit Jahren untergekommen wäre.«

»Außer, daß du genau das nicht bist.«

»Ich könnte es aber sein«, sagte Barry. »Du wirst niemandem davon erzählen. Ich werde es Candor nicht beichten. Und alle anderen –«

»– haben auch ihre guten Gründe, den Mund zu halten? Da stimme ich dir zu. Mit einer Ausnahme: Cheryl Cass.«

»Aber warum sollte sie so etwas wollen? Versucht sie, dich zu erpressen? Will sie Geld?«

»Nein, Barry, sie will mich nicht erpressen. Sie denkt nur nicht über Black Rock Park wie wir.«

»Wie könnte man sonst noch darüber denken? Die ganze Sache war – grotesk.«

»Wenn man Cheryl Cass hört, dann war das der zweitbeste Tag ihres Lebens.«

»Wie bitte?«

Andy stand auf. »Barry, Barry, Barry. Cheryl Cass ist dumm, und sie war nie wirklich hübsch, und ihre Eltern waren ein Säuferpaar, und sie hatte nie irgendwelche Freunde, bis wir aufkreuzten. Und wir waren keine echten Freunde, aber sie hatte nie genug Grips, um das zu begreifen.«

»Ich fühlte mich immer schuldig wegen der Art und Weise, wie wir sie behandelt haben«, sagte Barry verzweifelt.

»Du hast dich immer wegen allem schuldig gefühlt. Das Problem ist, daß sie hier ist und daß sie stirbt und daß sie durch die Stadt wandert und mit den Leuten redet. Sie sagt, es macht sie glücklich, über die alten Zeiten zu reden.«

»Oh mein Gott.«

»Genau«, sagte Andy.

»Aber was sollen wir denn da machen?« Es war eine völlig nutzlose Frage. Aber wenn er sich so fühlte wie jetzt, dann war er unfähig, irgend etwas zu tun. Er starrte Andy an, so glatt und perfekt, so sehr derselbe, der er in der High School gewesen war. Andy hatte immer den Dreh raus, wie man einfach gut aussah. Auch wenn er Schlechtes tat. »Andy«, sagte Barry, »was können wir tun?«

Andy warf sich wieder in den Clubsessel. »Denken«, sagte er. »Was wir tun können, ist – nachdenken.«

Es war sieben Uhr, und Cheryl Cass saß auf dem großen Doppelbett in ihrem Zimmer im dritten Stock eines der teuersten Hotels in Colchester. Ob es auch so »›exklusiv« war, wie sie es sich wünschte wußte sie nicht. Sie wußte aber, daß es das schönste Zimmer war, in dem man sie jemals hatte schlafen lassen. Der Teppichboden war aus dickem malvenfarbenen Velours. Im Badezimmer gab es eine Duschkabine und eine Badewanne mit Whirlpool, und es war fast so groß wie ihr Wohnzimmer in Maryland. Die Lampen waren aus Messing und mit gefalteten malvenfarbenen Schirmen versehen. Am besten war der Zimmerservice. Sie hätte viel zu viel Angst gehabt, selber eine Bestellung aufzugeben, geschweige denn, ein Zimmer in diesem Hotel zu nehmen, selbst wenn sie das Geld bar in ihrer Tasche gehabt hätte. Aber jetzt war alles für sie erledigt und das Essen hochgeschickt worden, sogar für das Trinkgeld war gesorgt worden. Es war alles bestens, sie fühlte sich wie betäubt. Sie hatte keine Vorstellung davon, was das alles gekostet haben mußte. Sie stocherte an ihrem Hummer herum und dachte, daß das Essen, das Zimmer und die Flasche Wein alles ganz nett waren, aber nicht das Wichtigste. Sie hatte einen wunderbaren Tag verbracht. Sie hatte alle gesehen, die sie sehen wollte. Sie hatte alles mit den einzigen Menschen, die sie überhaupt verstehen konnten, besprochen. Sie war so gut behandelt worden, so freundlich, daß ihr fast ein wenig schwindlig dabei wurde. Sogar Peg Morrissey war nett zu ihr gewesen, und Nettigkeit war damals in der High School nicht gerade ihr Ding gewesen. Peg hatte ihre ganzen alten Jahrbücher heruntergeholt, die drei, in denen sie alle zusammen drin waren, und die beiden, die darauf folgten – weil Tom natürlich erst ein Jahr nach ihnen allen die Schule beendet hatte –, und sie verbrachten eine Stunde damit, sich die Bilder anzusehen. Es war genauso gewesen, wie sich Cheryl es erhofft hatte, als sie in den Norden gekommen war.

Cheryl zündete sich eine Zigarette an. Dann goß sie Wein in das Weinglas, das mit dem Tablett vom Zimmerservice hochgekommen war und nahm vor dem Spiegel auf der gegenüberliegenden Wand eine Pose ein, von der sie dachte, daß sie einer Dame von Welt entspräche. Es funktionierte nicht. Sie fühlte sich mehr wie eine Dame von Welt, wenn sie den Wein aus den Wassergläsern im Bad trank, genauso, wie sie es zusammen getan hatten, nachdem sie zum ersten Mal in dieses Zimmer gekommen war. Der Wein kam aus Italien und schmeckte wunderbar, so dick und süß wie Sirup, und sie hatten ihn extra in einem feinen Weingeschäft auf der Compton Street auf dem Weg hierher gekauft. Sie hatten das Taxi anhalten und an der Straßenseite warten lassen, während sie schnell hineinsausten und ihn besorgten. Dann, als sie angekommen waren, hatte es im Badezimmer eine Menge Fummelei mit den Gläsern und den Korken gegeben, was Cheryl aber nur gehört und nicht gesehen hatte. Das kleine mit Kork bezogene Tablett, das eigentlich dazu da war, die Hotelseife und das Parfüm zu präsentieren, wurde zu einem Weintablett umfunktioniert, auf dem sich zwei mit der schweren roten Flüssigkeit gefüllte Gläser befanden, eines auf jeder Seite der Weinflasche. Die Szene hatte sie verzaubert, und der Wein ebenfalls. Er erinnerte sie an den Kommunionswein, den sie einmal in einer dieser modernen Kirchen in Baltimore bekommen hatte, wo die Leute das Abendmahl in Brot und Wein empfingen.

Sie stellte den Wein ab, ohne davon zu trinken, nahm noch etwas von dem Hummer, legte dann ihre Gabel ab und rauchte weiter. Sie war den ganzen Tag herumgelaufen, und sie fühlte sich wirklich schrecklich schlecht. Ihre Gelenke taten ihr weh, und ihr Kopf war schwer. Ihre Knochen fühlten sich an, als wären sie voller Nadeln. Wenn sie nicht mit den Schmerzmitteln aufgehört hätte, dann könnte sie jetzt zwei oder drei gebrauchen, um einzuschlafen.

Vielleicht, dachte sie, nehme ich ganz viele am Ende der Woche, an meinem letzten Abend hier. In der Zwischenzeit konnte sie ihre Freunde bitten, sie zu einem Arzt zu bringen, um ein neues Rezept zu bekommen, oder ihr auf irgendeine andere Weise ein Rezept zu organisieren. Dann könnte sie für die nächsten sechs Tage im Bett liegen bleiben, im Bewußtsein, daß alles wunderbar war und nichts schlimmer werden würde. Es gab Zeiten in ihrem Leben, in denen sie nur dies gewollt hatte: nur zu wissen, daß nichts schlimmer werden würde.

Sie nahm das Weinglas in die eine Hand, den Aschenbecher (mit der Zigarette) in die andere und legte sich auf die Kissen zurück. Schmerz, Schmerz, Schmerz, dachte sie. Wenn ich genug trinke, dann gehen auch die Schmerzen weg. Sie preßte ihren Mund an den Glasrand, um nichts zu verschütten, und nahm einen langen großen Schluck. Der Wein rann heiß ihren Hals herunter und breitete sich dann über dem Krebsgeschwür in ihrem Bauch aus.

Es war gut, daß sie dieses erste Jahr in Maryland erlebt hatte und jenen Tag in Black Rock Park und diesen Tag hier. Niemand sollte sterben, ohne ein bißchen wirkliches Glück in seinem Leben gespürt zu haben. Niemand sollte sterben, ohne einen einzigen Moment des Behagens gekannt zu haben. Ihre eigene Mutter war nach so einem Leben gestorben. Cheryl war immer schon der Ansicht, daß das grausam und unfair gewesen sei.

Sie stellte den Wein und den Aschenbecher auf den Nachttisch. Es war eines der geringeren Probleme, die ihr die Krankheit verursachten, daß sie so oft auf die Toilette mußte. Sie schwang ihre Beine über die Bettkante und ging ins Bad.

Komisch, dachte sie. Ich muß heute zuviel geraucht haben. Alles schmeckt nach Zigaretten.

Sie drehte das Licht an. Sie sah in den Spiegel und dachte: Ich wünschte, ich hätte einmal ein wirklich hübsches Kleid gehabt. Nur ein einziges.

In diesem Moment überfielen sie die Krämpfe.

TEIL EINS

Mittwoch der Karwoche bis Gründonnerstag

Welcher nun unwürdig von diesem Brot esset oder
von dem Kelch des Herrn trinket,
der ist schuldig an dem Leib und Blut des Herrn.

1. Korinther 11,27

EINS

»Das Problem«, sagte Donna Maradanyan gerade, »war, daß er diese Zeitschriften gelesen hatte, in denen stand, daß normale Frauen Orgasmen haben sollten, und wenn sie keinen Orgasmus bekommen, dann würde sie das sehr wütend machen, nur daß es eben so eine Art innerer Wut ist, die man nicht immer gleich erkennen kann, so daß, wenn ich keinen Orgasmus bekam, sogar wenn ich keinen bekam, weil ich überhaupt keinen wollte –«

»Oh«, sagte Bennis Hannaford. »Ich weiß. Dann hat er dich über Stunden hinweg bearbeitet.«

»Genau, und wenn ich sagte, um Himmels Willen, ich bin keine normale Frau, ich bin ich, dann drehte er sich zu mir und sagte: –«

»›Was glaubst du eigentlich, wie ich mich dabei fühle?‹«

Donna brach in Lachen aus. »Genau! Genau! Und dann –«

Im Schlafzimmer gab Gregor Demarkian es auf, eine im Grunde völlig zugrunde gerichtete rote Krawatte zu inspizieren, und schloß die Schlafzimmertür. Dann sah er hinüber zu George Tekemanian, der es sich in einem roten Ohrensessel königlich bequem gemacht hatte, der gerade angeliefert worden war, und sagte: »Die sind schon seit Stunden bei dem Thema. Bennis ist um sechs Uhr von Bryn Mawr hergekommen, Donna war um sieben hier, und dann fingen sie da draußen an, was immer das auch werden soll.

»Lebkuchenhäuser«, sagte George hilfreich. »Ich habe mit Lida Arkmanian gesprochen. Sie basteln haufenweise Lebkuchenhäuser, um sie den Kindern im Krankenhaus zu schenken.«

»Wunderbar«, sagte Gregor. »Außerdem haben sie sich nonstop über Orgasmen unterhalten. Ich weiß Sachen über Peter Desarian, die ich über mich selber nicht weiß. Und ich habe Todesangst, daß Lida hier auftauchen könnte und ich dann feststellen müßte, daß sogar Frauen meiner Generation sich über Orgasmen unterhalten.«

»Krekor, Krekor. Sogar Frauen meiner Generation reden über Orgasmen, und die meisten von ihnen sind tot.« George dachte darüber nach. George war über achtzig, und er sah auch so aus, aber es machte ihm nichts. Nach einer Weile sagte er: »Ich glaube allerdings, die Frauen, mit denen ich groß geworden bin, haben es nicht Orgasmus genannt.«

Gregor betrachtete noch einmal den Schlips, den er wahrscheinlich durch den Abfallschredder hatte laufen lassen und es einfach vergessen hatte. Er warf ihn in den Mülleimer. Seine Frau hatte sich immer gewundert, wie er seine Schlipse ramponieren konnte. Jetzt, wo sie tot war, mußte er sich alleine wundern. Wie schaffte er es, ein ganz normales Stück genähter roter Seide dazu zu bringen, sich in Streifen aufzulösen, in Knoten zu verwickeln und von innen heraus auszufransen? Er griff in seine Schublade mit Unterwäsche, zog eine blaue Seidenkrawatte, die genauso ramponiert war, heraus und warf auch diese in den Mülleimer.

Es war elf Uhr morgens am 27. März, und er packte gerade, um nach Colchester, New York, zu fahren. Endlich. Während der letzten sechs Wochen hatte er das Gefühl bekommen, daß alles, was er machte darin bestand, mit sich selber ins Gericht zu gehen, ob er den Zug in den Norden nun nehmen sollte oder nicht. Auch jetzt war er sich immer noch nicht sicher, warum er sich dazu entschlossen hatte zu fahren. Zugegeben, John Kardinal O'Bannion war ein Freund von Pater Tibor Kasparian. Zugegeben, Gregor war in mancher Hinsicht in Pater Tibors Schuld. Andererseits war O'Bannions Problem nicht von der Sorte, die Gregor zu lösen ausgebildet worden war. Niemand konnte es lösen außer O'Bannion selber. Der Kardinal mußte einfach die nötige Verantwortung auf sich nehmen, einmal tief durchatmen und die Drecksarbeit selbst erledigen.

Trotzdem, dachte Gregor, war es merkwürdig. Vor nicht weniger als vier Monaten, als er allein in dieser Wohnung lebte und keinen Kontakt zu irgendjemandem in der Nachbarschaft hatte, hatte er noch gedacht, er würde mehr als glücklich sein, wieder aus der Cavanaugh Street herauszukommen beziehungsweise aus Philadelphia. Er war nach Elizabeths Tod hierher gekommen, in diese kleine armenisch-amerikanische Enklave, in der er aufgewachsen war, und zwar in erster Linie deswegen, weil ihm kein anderer Ort einfiel, wohin er hätte gehen wollen. Seine zwanzig Jahre beim FBI waren vorbei. Er hatte sich pensionieren lassen, als Elizabeth in ihre letzte Krise kam, und er hatte jetzt keinerlei Drang danach, wieder zurückzukehren, selbst wenn sie ihn lassen würden. Mit fünfundfünfzig Jahren hatte er das Pensionsalter für Agenten erreicht. Für Verwaltungsleiter – den Posten, den er mittlerweile besetzt hatte – machte man Ausnahmen, aber er war es sowieso alles leid. Zehn Jahre am Stück voller Serienmörder hätten jedem gereicht. Einen letzten Fall hatte er gnadenlos versägt, und zwar versägt, weil er nicht über ihn nachdenken konnte, wenn er so viel über Elizabeth nachdenken mußte, und das reichte ihm. Es war Zeit, etwas anderes zu tun. Was, wußte er nicht.

Nun, nach einem Mordfall und einer ersten Weihnachtssaison konnte er genausogut noch hierbleiben. Er hatte hier Freunde gewonnen. Er verliebte sich langsam in Philadelphia, wenn auch nicht in sein Wetter. Die Veränderungen, die in der Cavanaugh Street während seiner langen Abwesenheit stattgefunden hatten und ihn anfänglich störten, amüsierten ihn jetzt eher. Die Kinder und Kindeskinder waren alle groß und reich geworden und hatten die Straße aufgemotzt, bis sie wie ein Werbeplakat aussah. Na und? Sie versuchten ja nur, den alten Leuten, die so lange schwer für wenig Geld gearbeitet hatten, einen Geschmack dafür zu geben, wofür der Rest des Landes schon immer geschuftet hat.

Er wollte O'Bannion erst wieder absagen. Das war es, was er eigentlich wollte. Der Gedanke, daß er vielleicht nur aus dem Grund in den Norden kam, um sich hier endlos gelangweilt zu fühlen, störte ihn.

Er griff noch einmal in seinen Wäscheschrank, fand dort eine grüne Krawatte im selben Zustand wie die rote und die blaue und warf auch diese in den Mülleimer. Er würde sich in Colchester einen Schlips kaufen müssen. Er kaufte dauernd Schlipse. Einmal hatte er tatsächlich drei an einem einzigen Tag gekauft.

Aber das war einer der Tage, an denen er ins Weiße Haus mußte. Das *Weiße Haus* war schon was anderes. Und er war damals jünger.

Er ging zurück zu seinem Koffer, zählte die Socken und die Hosen durch und beschloß, daß er fertig mit dem Packen war. Er war nicht so gut ausgestattet, wie er es gewesen wäre, wenn Elizabeth für ihn gepackt hätte, aber daran konnte er nun nichts ändern. Er war eben erst jetzt fertig geworden mit Packen, und das war alles.

»So«, sagte er zu George. »Das wär's. Jetzt muß ich nur noch dieses Ding rüber zu Tibor schleppen, ein Taxi rufen, und ab geht's.«

»Ich verstehe immer noch nicht, warum du Tibor nicht gebeten hast, hierher zu kommen, Krekor. Er wäre gekommen. Er hätte nicht gewollt, daß du das hinschleppst.«

»Bennis Hannaford«, sagte Gregor.

George zuckte mit den Wimpern, und dann breitete sich ein Lächeln über sein Gesicht aus. Bennis Hannaford. Ah ja. Das erfolgreichste Kind einer sehr alten, sehr reichen Familie der High-Society von Philadelphia. Sie wäre einmal die Hauptverdächtige in einem äußerst undurchsichtigen Mordfall, Gregors erstem Fall als Amateur gewesen. Und nun? Gregor wäre jede Wette darauf eingegangen, daß niemand, selbst Tibor, diese Frage würde beantworten können. Aus verschiedenen Gründen hatte Bennis sich entschieden, nicht mehr in ihr Zuhause in Boston zurückzukehren, nachdem der Mordfall geklärt worden war. Ihre Mutter war ein Pflegefall, und Bennis verbrachte die meiste Zeit damit, sie im Heim zu betreuen. Die Zeit, die ihr blieb, verbrachte sie meistens auf der Cavanaugh Street – normalerweise in Gesellschaft von Donna Moradanyan oder Pater Tibor und heute wie üblich in Gregors Wohnung.

»Du weißt doch«, sagte Gregor, »wie sie bei solchen Sachen reagiert. Sie ist felsenfest davon überzeugt, daß mehr an der Sache in Colchester dran ist, als ich ihr erzähle –«

»Und ist es das?«

»Natürlich ist es das. Wofür hältst du mich? Die Frau ist

wie besessen. Sie glaubt, ich würde diese ganzen Bücher nicht bemerken, die sie dauernd in ihrer Tasche herumschleppt. Agatha Christie. Ellery Queen. Sie hält sich für Jane Marple. Und sie kennt keine Angst, George.«

»Sie ist jedenfalls sehr viel hübscher als Miss Marple«, wies ihn George zurecht, »und sie schreibt selber faszinierende Bücher.«

»Sie schreibt Fantasy-Romane voller Schwerter und Zauberer«, sagte Gregor, »und ich wünschte, sie würde endlich wieder mit der nächsten Story anfangen. Vielleicht würde sie das von der Kriminalistik ablenken. Erinner dich ans letzte Mal, George. Sie wäre fast umgebracht worden.«

»Ja, ja, Krekor. Ich weiß. Aber sie wollte doch nur helfen.«

Gregor überlegte, ob er George erzählen sollte, daß »Ich wollte doch nur helfen« die häufigste Ausrede des zweithäufigsten Mörder Typs war (nach drogeninduzierter Unzurechenbarkeit): das Kind, das einem kranken Elternteil etwas mehr verabreicht, um es von seinem Elend zu befreien. Zum Teufel, es war auch die häufigste Ausrede von routinierten Serienkillern. Gregor war der Ansicht, daß die Welt weniger Blut sehen müßte, wenn die Leute einfach aufhören würden, nur helfen zu wollen.

Aber Gregor sagte nichts von alledem. Er wußte, was George sagen wollte, und er hatte nicht die Zeit, sich mit langatmigen Erläuterungen verständlich zu machen. Er machte seinen Koffer zu, verschloß ihn, legte den Schlüssel an den Schlüsselbund und schleppte den Koffer in die Diele.

»Wenn ich jetzt nur hier herauskäme, ohne daß Bennis das bemerkt«, sagte er.

»Willst du vielleicht durchs Fenster verschwinden, Krekor?«

Gregor warf einen seiner bösesten Blicke in Richtung

George, aber er hätte es wissen müssen. Sobald er die Schlafzimmertür geöffnet hatte, stand sie da – Rührlöffel in der Hand, Teig auf der Nase, Mehl im Haar. Sie hätte fürchterlich aussehen müssen, aber das tat sie nicht. Sie war schließlich Bennis Day Hannaford. Und Bennis Day Hannaford war eine schöne Frau.

Eine schöne junge Frau. Gregor dachte, er hätte sie einmal sagen hören, sie sei fünfunddreißig, aber sie sah aus wie fünfundzwanzig. Gott allein wußte, daß sie die Gene dafür hatte. Sogar ihre Mutter, von ihrer Krankheit gezeichnet, sah jünger aus, als sie tatsächlich war.

Anders als ihre Mutter allerdings, hatte Bennis Hannaford die Charakterstärke einer armenischen Großmutter. Sie sah auf seinen Koffer herab, warf ihre schwarze Mähne zurück und sagte: »Also ehrlich, Gregor. So wie du hier herausschleichst, hat man den Eindruck, du bist ein Ehemann, der seine Frau betrügen will.«

Zwanzig Minuten später hatte Gregor es endlich geschafft, die zwei Häuserblocks und eine Straßenüberquerung zu Pater Tibor Kasparians Wohnung hinter sich zu bringen. Zwei Minuten später klingelte er an Tibors Tür und wünschte sich nur, daß der Koffer nicht so schwer wäre. Er fühlte sich vollkommen ausgequetscht. Bennis konnte ihm immer dieses Gefühl vermitteln, auch wenn er es schaffte, ihr nichts zu sagen, so wie er es diesmal geschafft hatte. Himmel, diese Frau war aber auch eine Zigeunerhexe. Er fragte sich, was sie eigentlich mit sich selber anfing, als sie mit diesem jungen Idioten in Boston gewohnt hatte und die *›perfekte moderne Frau‹* gespielt hatte.

Sie war einfach nicht das perfekte moderne Irgendwas,

egal wie toll ihre Karriere lief oder wieviel Geld sie verdiente. Und: Ihre Karriere verlief großartig, und sie machte jede Menge Geld. Jeder, der auf einem Flughafen an einem Zeitungsstand vorbeikam, kannte die Taschenbuchausgaben ihrer Bücher, die in den Regalen mit ihren Silberfolientitelseiten und goldgeletterten Umschlägen ausgestellt waren. Nun ja, die Bücher waren nicht modern, obgleich die Vergangenheit, von denen sie erzählten, nie existiert hatte. Und wie die Frauen auf der Cavanaugh Street, so hatte auch Bennis die uralte Kunst der Kontrolle über ihren Mann schnell gelernt.

Auf der anderen Seite der Tür schepperten Schlösser und Vorhängeketten – nicht, weil jemand sie aufmachte, sondern weil sich Tibor nie angewöhnen konnte, sie überhaupt zu schließen. Die Tür glitt nach innen, und Tibors Kopf schaute in der Höhe von Gregors Brustkorb heraus. Gregor mußte sich immer wieder selber daran erinnern, daß er es mit jemand zu tun hatte, der den größten Teil seines Lebens verfolgt worden war: im sowjetischen Armenien, in Sibirien, in weiß der Himmel wo noch. Tibor hatte so flinke dunkle Augen, einen derartig tiefgründigen Humor, einen solchen inneren Optimismus. Gregor waren Männern aus der oberen Mittelschicht begegnet, die in ihren Lebensgeschichten keinen größeren Schmerz gekannt hatten als die Langeweile, die von zu viel Freizeit verursacht wurde und die eine weitaus pessimistischere Weltsicht hatten als Tibor.

Tibor trat zurück, zog die Tür noch weiter auf und sagte: »Ich habe nach Spionen Ausschau gehalten. Die Straße ist heute sehr ruhig gewesen, Krekor. Das gefällt mir nicht.«

»Zwei der Spione sind bei mir zu Hause«, sagte Gregor und kam aus der Kälte herein. Das Wetter war typisches Philadelphia-Märzwetter, ein halbgefrorener Dauerregen, der sich sofort in Schlamm verwandelte, wenn er auf dem Boden auftraf. »Bennis hat mich gerade ins Kreuzverhör genommen, und Donna ist in meiner Küche und redet über – redet über –«

»Orgasmen«, sagte Tibor. »Ja, ich weiß. Donna und Bennis, die beiden reden seit fast einer Woche über Orgasmen.«

»Na wunderbar.«

Tibor schloß die Tür und führte Gregor durch einen schmalen Gang, der mit in braunem Packpapier eingewickelten Kisten vollstand, ins Wohnzimmer. Die Kisten waren mit Kleidungsstücken vollgepfropft, die in der Obdachlosenunterkunft verteilt werden sollten, die von Tibors Freund, Pater Ryan, im Keller der römisch-katholischen Kirche geführt wurde.

»Ich warte noch auf Linda Arkmanian«, sagte Tibor. »Ich habe sie noch nicht gesehen, und es ist schon fast Mittag. Das ist seltsam, Krekor. Besonders an einem Tag, an dem du die Stadt verläßt.«

»Wie kommt es eigentlich, daß jeder hier in diesem Kaff weiß, wann ich die Stadt verlasse?«

»Nun, Krekor, das ist doch zu erwarten. Möchtest du, daß ich dir einen Kaffee koche?«

Gregor wollte nicht, daß man ihm einen Kaffee kochte, und vor allen Dingen wollte er nicht, daß Tibor es tat. Tibors Kaffee war tatsächlich noch schlechter als sein eigener und konnte nur durch größere Mengen Zucker genießbar gemacht werden. Und in der Fastenzeit gab es keinen Zucker in Tibors Wohnung.

Gregor nahm vom größten und zugleich einzigen Stuhl in Tibors Wohnzimmer, der für seine Größe und sein Gewicht in Betracht kam, einen Stapel Bücher und setzte sich. Die zwanzig Minuten, die ihn Bennis mit ihren Fragen genervt hatte, hatten seine verbleibende Zeit erheblich reduziert. Er würde keinen Spielraum mehr haben, um die Dinge noch einmal durchzusprechen. Aber er mußte sie noch einmal durchsprechen. Er hätte nicht gedacht, daß er es jemals mit einem so nerventötenden Mann wie John Kardinal O'Bannion zu tun haben würde.

Tibor war kurz verschwunden und kam nun mit zwei dampfenden Kaffeetassen zurück. Er sah sich im Zimmer um, das in Wirklichkeit nichts weiter war als ein Lager für einen Wust an Büchern und ein schwarzes Brett für Nachrichten aus den sowjetischen Blockstaaten, und reichte beide Tassen an Gregor weiter, damit er seine Hände frei bekam, um einen anderen Stuhl frei zu räumen. Bücher waren das erste, was Gregor an Pater Tibor Kasparian aufgefallen war. Bücher lagen bei Tibor auf dieselbe Art herum, wie bei anderen Leuten der Staub.

Tibor kippte sechs Bände der Werkausgabe von Aristoteles aus seinem Schaukelstuhl und setzte sich. »Schau dir mal diesen Kaffee an«, sagte er. »Ich habe eine neue Maschine, die Kaffee kocht. Hannah Krekorian hat sie mir zu Weihnachten geschenkt. Man tut den Kaffee auf ein kleines Tablett. Dann gießt du das Wasser durch einen Trichter, der sich über dem Tablett befindet. Dann kommt das Wasser unten heraus, und du hast Kaffee.« Plötzlich errötete er. »Manchmal hast du Kaffee, Krekor. Ein anderes Mal vergesse ich, das kleine Kännchen auf das Unterteil zu stellen, und der Kaffee läuft auf den Fußboden.«

Gregor probierte den Kaffee. Er war genauso schlecht wie Kaffee bei Tibor sonst immer war. Vielleicht sogar schlechter. Er stellte eine Tasse auf dem Stapel Bücher ab, der sich auf dem Tisch neben seinem Ellenbogen auftürmte und reichte die andere Tibor.

Hannah Krekorian würde sich irgendwann einmal für vieles Verantworten müssen – und jetzt auch noch hierfür!

»So«, sagte Tibor, »du fährst also endlich nach Colchester. Es ist mitten in der Fastenzeit, Krekor. Wie wirst du es schaffen, die Fastenzeit einzuhalten?«

Die Ostkirchen – griechische, armenische, russische und so weiter – folgten einem anderen Kalender als die Westkirchen. Für Cavanaugh Street und die *Holy Trinity Church* würde Ostern dieses Jahr erst drei Wochen nach dem westlichen Ostertermin stattfinden. Für die Kinder, die nicht an der Fastenzeit teilnehmen mußten und die häufig mit zwei Sets von Osterkörbchen, inklusive Osterhasen, aus solchen kalendarischen Verschiebungen hervorgingen, war das immer eine riesige Freude.

Für die Erwachsenen war das anders. Kein Fleisch, keine Eier, kein Käse: Als Kind hatte Gregor oft gedacht, daß die Fastenzeit Fastenzeit hieße, weil man während dieser Zeit fast gar nichts mehr außer Linsen essen durfte. In den Jahren, in denen er weit weg von hier gewohnt hatte, während seines gesamten Erwachsenendaseins, hatte er nicht ein einziges Mal die Fastenzeit eingehalten. Jetzt, wo er wieder in der Cavanaugh Street wohnte, mußte er das. Alles andere wäre eine Ohrfeige für Tibor gewesen und für alle anderen, die ihm hier in der Nachbarschaft am Herzen lagen. Aber er mußte zugeben, daß er sich vor allem aus einem Grund auf Colchester freute. Er sehnte sich nach rotem Fleisch.

»Wenn du dir Sorgen wegen des Fastens machst«, sagte er Tibor, »dann kümmere dich um George. Er ist drüben in meiner Wohnung und bastelt mit diesen beiden Frauen Lebkuchenhäuser.«

»Was ist mit John los?«, fragte Tibor. »Vor zwei Tagen rief er völlig außer sich bei mir an. So kenne ich ihn gar nicht, Krekor.«

Gregor nickte. Er zweifelte nicht daran, daß John

O'Bannion momentan hysterisch gewesen war und daß er in der Regel anders reagierte. Die paar Mal, die Gregor mit ihm gesprochen hatte, erschien ihm der gute Kardinal wie ein Mann, der über ein außergewöhnliches Maß an Selbstdisziplin verfügte. Das machte seine blindwütige Besessenheit mit Pater Andy Walsh um so unerklärlicher.

»Das Problem mit deinem Freund ist«, sagte Gregor, »daß er nur hören will, was ihm paßt, und das war's. Sagt man ihm etwas anderes, dann blockt er einfach.«

»Du hast ihm etwas Unpassendes gesagt?«

»Ich sagte ihm, ich könnte wegen seines Priesters nichts für ihn tun, und das paßte ihm offenbar nicht.« Gregor rückte sich in seinem Sessel zurecht. Irgendwo in der Polsterung war eine Feder gesprungen und stach genau in sein Hinterteil. »Hat er dir irgend etwas über Pater Andrew Walsh und die Müslibrötchen erzählt?«

»Müslibrötchen?«

»Und was ist mit der Gemeinde von St. Agnes? Oder der katholischen Jugendorganisation? Er schmeißt immer mit diesen ganzen Namen und Abkürzungen um sich, und ich tue mich äußerst schwer damit, die irgendwie auseinanderzuhalten.«

»Tja«, sagte Tibor. »In der römischen Kirche gibt es immer komplizierte Namen und Abkürzungen. Sie haben Nonnenorden, deren Namen so lang sind, daß du die erste Hälfte schon vergessen hast, wenn du bei der zweiten angelangt bist.«

»In diesem Fall heißen die Nonnen *Sisters of Divine Grace.* Sie führen die Schule von St. Agnes«, sagte Gregor. »Jedenfalls, soweit mir bekannt ist, liegt die Sache so. Es gab das Zweite Vatikanische Konzil, und danach haben sich die Mitglieder der Kirche in Amerika in zwei Lager gespalten, Liberale und Konservative. Die Konservativen benutzen immer noch keine Verhütungsmittel. Die Liberalen hingegen verwenden sie nicht nur, sondern sie sind auch stark der Meinung, daß alle ihrem Beispiel folgen sollten. Rom ist konservativ. Viele der amerikanischen Erzdiözesen sind liberal. In den Gemeinden –«

»Ja, ja«, sagte Tibor. »In den Gemeinden herrscht Konfusion. Ich weiß, Krekor. Ich spiele jeden Abend mit anderen Priestern Karten. Einer von ihnen ist Harry Ryan. Ich kenne das alles schon zu Genüge. Deswegen ist die Wiedervereinigung so wichtig. Die Ostkirchen alle wieder zusammen, die Ost- und die Westkirchen alle wieder zusammen. Wir brauchen einander.«

»Prima.« Gregor wollte jetzt nicht in eine Diskussion des griechischen Schisma hineingeraten. Das war eines der Lieblingsthemen von Tibor, und dabei fühlte er sich immer, als sei er in eine Vorlesung über Kirchengeschichte hineingestolpert. »Es ist nun mal so: Das Zweite Vatikanische Konzil ist lange her. Und mit diesem Papst ist Rom nicht nur konservativ geworden, es ist stock-konservativ. Die Bischöfe, die er ernennt, wie dein Kardinal O'Bannion, sind kirchliche Hardliner. In gewisser Hinsicht wäre ohne sie das Schlimmste schon vorüber. Die meisten der echten Radikalen sind schon längst in die Politik oder in die anglikanische Kirche abgewandert. In Colchester hat O'Bannion allerdings einen Priester am Hals, der ein Spinner ist. Das wäre vorsichtig formuliert. Sehr vorsichtig. Sein Name ist Pater Andrew Walsh. Er legt darauf Wert, Andy genannt zu werden. Kein Pater, kein Walsh. Frag mich nicht, warum. Frag mich nicht, wozu er überhaupt so was macht. Die Hafer-Müslibrötchen hat er jedenfalls während der Messe geweiht.«

Tibors Augen weiteten sich. »Aber Krekor. Wenn man weiht, dann bringt man den Leib und das Blut des Heilands herbei. Den *wirklichen* Leib und das *wirkliche* Blut. Nicht nur ein Symbol. Es wird doch Krümel gegeben haben auf dem Boden. Es wird doch da –«

»Tu mir das nicht an«, sagte Gregor. »Kardinal O'Bannion hat das schon für dich erledigt. Pater Andy hat noch einige andere Kunststückchen vollbracht. Da war irgendein Damenlunchclub, dem er erzählte, daß die Geburtenkontrolle als Sakrament geachtet werden sollte, oder eine Predigt genau an der Sonntagsmesse, die am meisten Zulauf hat, in der er erzählt hat, wie schrecklich er den Papst findet. Und was die Sache noch schlimmer macht ist, daß die Gemeinde von St. Agnes nur einen Katzensprung von der Kathedrale entfernt ist. Das bedeutet, daß Andy Walsh immer genau vor Kardinal O'Bannions Nase ist.«

Tibor war verwirrt. »Aber Krekor, warum schmeißt John diesen Mann nicht einfach raus? Er ist ja wohl ausreichend provoziert worden.«

»Mehr als das«, sagte Gregor, »er würde ihn liebend gerne herausschmeißen. Leider muß er ihn irgendwohin schmeißen, aber niemand irgendwo sonst will ihn haben.«

»Aber man könnte ihn doch sicher aus der Gemeinde entlassen?«

»Sicher«, sagte Gregor. »Und O'Bannion wird das möglicherweise sogar veranlassen, obwohl er sehr unter Beschuß geraten wird, wenn er es wirklich tut: Es gibt sowohl liberale als auch konservative Mitglieder in dieser Gemeinde. O'Bannion glaubt, daß sie an Andy festhalten werden. Die Konservativen wiederum wollen ihn durch einen erzkonservativen Hardliner ersetzt sehen. O'Bannion will, daß ihm das geistliche Amt entzogen wird. Das ist zur Zeit nicht besonders einfach, wenn es das überhaupt jemals war. Er müßte Beweise oder irgend etwas Ernstzunehmendes haben, um es einem Kirchengericht vorzutragen. Nach dem Zweiten Vatikanischen Konzil reichen Müslibrötchen dazu nicht aus. Deshalb hofft O'Bannion, daß er eine andere Sache zur Lösung aller seiner Probleme machen kann.«

»Welche andere Sache?«

Gregor beäugte argwöhnisch den Kaffee, hob ihn hoch, nahm einen Schluck und setzte ihn wieder ab. Warum waren die einzigen drei Menschen, die genießbaren Kaffee kochen konnten, Frauen? Hinzu kam, daß gerade diese Frauen ihn nicht mehr kochen wollten, wenn auch aus Gründen, von denen Gregor zugeben mußte, daß sie völlig gerechtfertigt waren.

»Vor einigen Wochen, irgendwann zwischen Aschermittwoch und dem Wochenende, gab es einen Todesfall«, erzählte Tibor.

»Einen Todesfall?«

»Es starb eine Frau, die eine Schulkameradin von Andy Walsh gewesen ist und später auf die Parallelschule ging. Ihr Name war Cheryl Cass. Sie war aus der Gemeinde weggezogen. Sie verließ Colchester sogar, noch bevor sie die Schule beendet hatte. Es heißt, sie sei seitdem nie zurückgekehrt.«

»So, sagen das die Leute?«

Gregor verlagerte verlegen sein Gewicht. »Du mußt verstehen, Tibor, ich habe alle meine Informationen über diese Angelegenheit übers Telefon –«

»Und von John O'Bannion?« Tibor lächelte.

»Ich bin kein Idiot, Pater. Nein. Ich habe mehr als einmal mit der Polizei von Colchester telefoniert. Es ist da einiges an dieser Sache sehr faul. Leider nur nicht in die Richtung faul, die der Kardinal gerne hätte.«

»Und in welche Richtung wäre das?«

»Lass' mich das erklären. Cheryl Cass war sterbenskrank.

Sie hatte eine doppelte Brustamputation hinter sich, aber der Krebs war laut Obduktionsbericht nicht rechtzeitig erkannt worden. Die Metastasen waren zu weit fortgeschritten. Aller Wahrscheinlichkeit nach hätte sie nur noch wenige Monate zu leben gehabt. Die Polizei von Colchester ist weitgehend sicher, daß sie seit längerem nicht mehr in der Stadt wohnte, als man sie gefunden hat. Sie war in keinem der Krankenhäuser bekannt, und sie haben auch im Ort keinen behandelnden Arzt gefunden, obwohl die Frau bei irgend jemandem in Behandlung gewesen sein muß. Der Körper wies Zeichen von intensiver Strahlentherapie auf.«

»Wo war sie also?« fragte Tibor.

»Das weiß die Polizei nicht. Sie hatte keinen Führerschein bei sich –«

»Ist das nicht sehr merkwürdig? Ich dachte, ich wäre der einzige Mensch in Amerika ohne Führerschein.«

»Denk' daran, sie war in einer Strahlentherapie. Und sie hat wahrscheinlich Schmerzmittel genommen. Sie war wahrscheinlich schon seit längerem nicht mehr in der Lage, zu fahren. Leider ist es in unserem Amerika ohne Führerschein unmöglich herauszufinden, wo sie gelebt hat.«

»Kreditkarten?«

»Hatte sie keine. Maveronski von der Mordkommission in Colchester sagte, sie sei nicht in einem Zustand gewesen, in dem irgendeine Gesellschaft ihr eine ausgestellt hätte. Ihre Kleider waren jedenfalls sehr billig.«

»Eine Frau, die in Armut lebte also«, sagte Tibor. »Das ist verdammt traurig.«

»Es wird noch trauriger. Soweit irgend jemand das sagen kann, tauchte Cheryl Cass in Colchester am Aschermittwoch auf und trat sofort mit mehreren Leuten in Kontakt.

Andy Walsh war einer von ihnen. Auch Pater Tom Dolan, der Hauptassistent von O'Bannion. Und mit der Direktorin der Gemeindeschule von St. Agnes, Schwester Mary Scholastica, ehemals bekannt als Kathleen Burke. Cheryl hat alle diese Leute im Verlauf des Tages besucht –«

»Kannte sie sie, Krekor?«

»Oh, ja«, sagte Gregor. »Sie waren alle an diesen verschwisterten Schulen gewesen, von denen ich dir erzählt habe. *Cathedral Girls' High School* und *Cathedral Boys' High School.* Sie waren fast alle im selben Jahrgang.«

»Dann ist doch alles klar, Krekor. Eine arme Frau, die bald stirbt. Sie geht zurück in die Stadt ihrer Kindheit und besucht ihre alten Freunde. Nur ein letztes Mal. Das ist verständlich.«

»Stimmt. Das meint übrigens auch die Polizei von Colchester. Sie glaubt, sie hat alle diese Leute besucht und ist dann noch ein bißchen durch die Stadt spaziert, vielleicht ohne Orientierung. Es gab keine Spuren von Schmerzmitteln in ihrem Körper, sie hatte auch keine bei sich. Sie glauben, sie könnte eventuell alle aufgebraucht haben und mit schweren Schmerzen umhergeirrt sein. Jedenfalls hat sie es quer durch die Stadt bis ins Hotelviertel geschafft.«

»Und?«

Gregor seufzte. »Mit gesundem Menschenverstand würde man annehmen, daß sie sich ein Zimmer genommen hat, aber das hätte sie sich vielleicht nicht leisten können. Es wurde zumindest kein Geld bei der Leiche gefunden, aber das hat nichts zu bedeuten. Es hätte ihr ja dort, wo sie lag, jemand stehlen können.«

»Moment mal, Krekor. Sie lag draußen?«

»In einer Gasse, die die Schrencker Street mit der Maydown Avenue verbindet, zwischen zwei der teuersten Hotels der Stadt, dem *Lombard* und dem *Maverick.* Die beiden konnte sie sich nie im Leben leisten. Der Mann von der Mordkommission in Colchester, mit dem ich geredet habe, sagte, es hätte ausgesehen, als hätte sie sich einfach auf den Boden gelegt, um zu sterben.«

»Durch Krebs.«

»Nein«, sagte Gregor explosiv. »Und da stinkt es eben. Und da ist der Knackpunkt. Durch Nikotinvergiftung.«

Tibor runzelte die Stirn. »Aber wie –?«

»Die Polizei von Colchester meinte, daß sie möglicherweise ein paar Zigaretten in heißes Wasser gelegt hat und die Brühe dann getrunken hat. Oder daß sie vielleicht etwas von dem Schädlingsbekämpfungsmittel, das im Gewächshaus vom Kloster St. Agnes aufbewahrt wird, beiseite geschafft hat – die benutzen da ein Mittel, das hauptsächlich aus destilliertem Nikotin hergestellt wird. Wie auch immer, sie sind weitestgehend der Meinung, daß sie das Zeug selber genommen hat. Sie sind davon überzeugt, sie sei nach Colchester gekommen, um eine Art von Abschiedsbesuch zu machen, ehe sie etwas nahm. Um sich vom Schmerz zu befreien.«

»Und du stimmst damit nicht überein?«

»Tibor, Denk' mal nach. Wenn sie wußte, daß sie Selbstmord begehen würde, was kümmert sie da, wie teuer ein Hotelzimmer ist? Sie würde doch einfach ein Zimmer mieten, das Gift trinken und die Hotelangestellten die Dinge am nächsten Morgen regeln lassen. Im übrigen mußte sie ins Hotel, wenn sie ihr Gift aus Zigaretten selber hergestellt hat. Sie hätte dazu kochendes Wasser gebraucht.«

»Wenn sie wirklich arm war«, sagte Tibor, »dann hätte sie Angst davor haben können, in ein Hotel zu gehen. Vor allem in ein gutes Hotel. Sie hätte nicht gewußt, was sie dort erwartet.«

»Es gibt zwei Dutzend Hotels mittlerer Preislage, die fünf

Blocks von dem Ort entfernt sind, an dem sie gefunden wurde.«

»Glaubst du, daß sie ermordet wurde, Krekor?«

Gregor stand auf und ging ans Fenster, wo er auf die Rückseite von Reihenhäusern schauen konnte, die gerade für die neue Generation von Yuppie-Käufern aufgefrischt wurden. »Als ich diese Geschichte zum ersten Mal hörte«, sagte er, »war ich mir sicher, wie es passiert war. Einer der Menschen, die sie an dem Tag gesehen hatte, dachte ich, muß sich entschlossen haben, eine kleine spontane Euthanasie durchzuführen. Ich habe zwar nicht den Leichnam gesehen, aber man erzählte mir, er hätte fürchterlich ausgesehen. Wie mir O'Bannion bestätigte, der es von Pater Dolan gehört hatte, sah Cheryl Cass sogar schrecklich aus, als sie noch lebte. Es wäre einleuchtend, daß einer dieser Menschen sich entschlossen haben könnte, sie von ihrem Leiden zu befreien.«

»Zwei katholische Priester und eine Nonne?«

»Warum nicht? Und wer sagt uns eigentlich, daß das die einzigen Menschen waren, die sie gesehen hat? Aber denk mal genau nach, Tibor. So kann es nicht gewesen sein.«

»Warum nicht?«

»Denn wenn ich mich auf eine Sterbehilfe einlasse – vor allem auf die Sterbehilfe für eine alte Freundin –, dann hätte ich verdammt noch mal dafür gesorgt, daß sie es schön hat, daß sie nicht in irgendeiner Gosse liegt.«

»Vielleicht hat man es ihr ja schön gemacht, Krekor. Vielleicht hat man ihr ein Hotelzimmer gemietet und dann, zwischen dem Zeitpunkt, an dem sie das Gift genommen hat, und dem Zeitpunkt ihres Todes –«

»Sie hätte es nicht aus der Hotelzimmertür hinaus geschafft. Das Nikotin hätte sie innerhalb von Minuten umgebracht.«

»Hätte man sie wegtragen können?« fragte Tibor.

»Man hätte. Ganz bestimmt. Es gibt allerdings zwei Haken bei der Sache. Erstens habe ich die Polizei von Colchester gebeten, die Gästebücher der Hotels in der Stadt durchzusehen, was sie getan haben. Nirgendwo ist eine Cheryl Cass registriert. Zweitens, wenn sie in diese Gasse da transportiert wurde, dann war das, was dort geschah, jedenfalls keine Sterbehilfe.«

»Klar«, sagte Tibor.

»Du hast leicht reden«, sagte Gregor. »Sieh doch mal genau nach. Nichts davon ergibt auch nur ein kleines bißchen Sinn.«

»Was sagt John O'Bannion dazu?«

Gregor lachte. »Oh, Tibor. Das habe ich dir doch gesagt. Der Kardinal denkt, das hier sei die Lösung aller seiner Probleme.«

»Und wie stellt er sich das vor?«

»Nun ja«, erwiderte Gregor, »dem Kardinal gefällt die Selbstmordtheorie. Was er von mir will, ist der Beweis, daß Andy Walsh irgend etwas zu Cheryl Cass gesagt hat, um ihr diese Idee einzupflanzen. Oder um sie über den Rand zu schubsen. Ich habe immer wieder versucht, ihm klarzumachen, daß, selbst wenn es wahr wäre, wir keine Beweise haben, aber er will einfach nicht auf mich hören. Er macht mich noch wahnsinnig.«

»Und warum fährst du dann hin, Krekor?«

Gregor ließ sich wieder in seinen Stuhl zurückfallen. »Ich weiß nicht«, sagte er. »Vielleicht nur, weil ich gerne wüßte, was Cheryl Cass wirklich passiert ist.«

ZWEI

Als sich die englische Krone im Juni des Jahres 1776 die Stadt Colchester einverleibte konnte sie dadurch auch nicht verhindern, daß sich die Stadt kurz darauf der Amerikanischen Revolution anschloß.

Seitdem ist es eine Stadt von kämpfenden Parteien geblieben. Im neunzehnten Jahrhundert war die Stadt geographisch geteilt: Die Farmer kämpften gegen die Städter, und die neuen Industriebarone kämpften um die Streifen Land, die sternenförmig von der alten Gemeinde ins Landesinnere ausstrahlten. Zu Beginn des zwanzigsten Jahrhunderts wurde die Stadt durch die Religion gespalten: Der letzte Rest des wiederaufgelebten Protestantismus kämpfte gegen die neuen Spiritualisten um Herz und Verstand der ländlichen Bewohner von Upstate New York.

Als Gregor Demarkian die Stadt zum ersten Mal sah, war sie wiederum durch ihre Industrie geteilt. Die alten Betriebe starben weg. Die mageren Kohleadern, die einst die Hügel nahe dem See durchzogen hatten, waren erschöpft. Die großen Gießereien und Fabriken, die Werkzeuge und Prägestöcke herstellten, hatten ihr Geschäft an die Deutschen und die Japaner verloren. Die neuen Industrien schienen keinen Platz mehr für die Menschen zu haben, die die Stadt gebaut hatten. Die Arbeitsplätze, die sie anboten, waren gut bezahlt und hatten viele Nebenleistungen zu bieten, aber es gab in der Gegend fast niemanden, der sie hätte annehmen können. Ein Werkzeugmacher konnte sich nicht über Nacht in einen Maschinenbau-Ingenieur verwandeln. Die *Colchester Tribune* war voll mit Stellenangeboten, die fast alle unbeantwortet blieben. Die Jobs wurden andernorts besetzt – in Personalbüros auf den College Campuses in Kalifornien und New Jersey, in den Gastsuiten der Headhunters im *World Trade Center* und durch schwarzgeränderte Anzeigen, die jeden Freitag im *Wall Street Journal* und jeden Sonntag in der *New York Times* erschienen. Die neuen Einwohner waren einfach anders als die Ureinwohner von Colchester, so wie Marsmenschen anders sein müssen als Vesuvianer. Sie hatten zu viel Geld, zu hohe Dispokredite und zu wenig Zeit.

Gregor Demarkians Ansicht nach hatten sie außerdem viel zu wenig Geschmack. Als er müßig im Zug von Grand Central Station nach Norden saß – er konnte auf Zugfahrten nie lesen, das machte ihn nervös –, hatte er die Landschaft genau beobachtet. Zuerst entsprach das, was er sah, seinen Erwartungen. Westchester und Duchess County waren die reichen Vorstädte von New York. Ihre Städte waren an den Zuggleisen angebunden wie die vielen kleinen Nachkriegs-Modellbauten in einem Museum für Architektur. Nur die Bahnhöfe selbst besaßen ein gewisses Maß an Authentizität, und das war die Authentizität der Armut. Ganz offensichtlich waren New Rochelle, Rhinebeck, Hudson und Cleary der Meinung, ihre Bahnhöfe hätten keinen Anspruch darauf, saniert zu werden.

Etwas höher im Norden veränderte sich die Atmosphäre, sowohl im eigentlichen als auch im übertragenen Sinne.

Zum einen wurde es kälter. New York und Philadelphia spürten beide die Auswirkungen der letzten rauhen Züge des Winters, aber in beiden Orten hatte man das Gefühl, daß sich die Dinge zum Besseren wenden würden. Nördlich der Grenze von Duchess County verschwand dieses Gefühl, und Gregor stellte fest, daß er nunmehr in das graue Gesicht eines schneeverhangenen Himmels starrte. Resignierend mußte er feststellen, daß dieses Grau nie verschwand. Um ihn herum hoben sich die Berge immer höher und höher, während die Menschen scheinbar tiefer und tiefer sanken. Die Häuser, die er von seinem Fensterplatz aus sehen konnte, waren bestenfalls schlampig gebaute schachtelförmige Siedlungsbauten. Schlimmstenfalls waren sie kaum besser als Hütten.

Er hatte schon fast die Stadtgrenze von Colchester erreicht, als die Landschaft sich noch einmal veränderte, und diesmal war die Veränderung unerwartet. Auch hier fand man Siedlungshäuschen, aber Häuser in ganz anderem Maßstab: überschwenglich häßliche Nachbildungen von französischen Landhäusern, spanischen Haziendas, Schweizer Châlets und holländischen Mansardenhäusern, insgesamt alle zu groß und zu bunt bemalt. Kutschenlampen dekorierten ihre Türen, Lattenzäune säumten ihre Rasenflächen und grenzten sie von den breiten schwarzen Asphaltstraßen ab, die sich zwischen ihnen umherschlängelten. Gregor ertappte sich dabei, daß er versucht war, John O'Bannion seine Verwirrung zu vergeben. Das hier würde jeden mit ein bißchen Grips verteufelt verwirrt machen.

Dann machten die Gleise noch eine Kurve, und Gregor wurde mit einer Landschaft konfrontiert, die ihm vertrauter war. Eine Plakatwand, in Mattgrün und Stahlblau gehalten, warb für MAVERICK INN – DOWNTOWN COLCHESTER, BESSER GEHT'S NICHT. Ein weißer Streifen in der Ecke unten links meldete: »Wegen Renovierungsarbeiten vom 17. Februar bis zum 1. Juni geschlossen.« Dahinter befanden sich Dutzende von kleinen Betongebäuden, die vom Schnee bedeckt und mit Schildern gekrönt waren, auf denen Warenhäuser, Lieferservices, Klempnerbedarfsläden und zu vermietende Büroflächen angepriesen wurden. Es gab immer Büroflächen zu vermieten in Orten wie diesem hier. Gregor konnte noch nie verstehen, wer sie eigentlich mieten wollte. Gott allein wußte, wie ein Arzt zurecht kommen sollte, wenn seine Patienten in eine Gegend wie diese kommen müßten.

Gregor stand auf, holte seinen Koffer vom Gepäcknetz herunter und sah auf die Krawatte herab, die er sich von George Telemakian ausgeliehen hatte. Sie war immer noch ganz, aber leider auch immer noch rosa. Er zuckte kurz mit den Schultern und zog seinen Mantel an und knöpfte ihn so hoch zu, daß er den Schlips verdeckte.

Der Zug hatte die Betonhäuser hinter sich gelassen. Colchester war eine Stadt aus Backstein und Stein, eine Stadt, die etwas verkommen und vor kurzem wieder aufgemöbelt worden war. Die Anzeichen dafür waren offensichtlich. Er sah noch ein Plakat vom Maverick Inn mit einem anderen Streifen, der die Renovierungsarbeiten ankündigte, und schüttelte den Kopf. Wer auch immer sich diesen Slogan ausgedacht hatte, gehörte erschossen. Er war nichtssagend und drängte sich einem trotzdem auf – und hatte wahrscheinlich denselben Effekt, den früher die Glocken an Leprakranken gehabt hatten.

Irgendwo ganz weit vorne trat der Zugführer auf die Bremse. Die Räder quietschten, und der Zug machte einen Satz. Gregor Demarkian fiel fast auf seinen Hintern.

Irgend etwas sagte ihm, daß das ein schlechtes Omen bedeutete.

Der Bahnhof von Colchester war, was Bahnhöfe angeht, nicht das Schlechteste. Er war in der Zeit gebaut worden, als die Manie nach hohen Decken und Marmorfußböden und Gußeisengittern um sich griff, und er wirkte ein bißchen wie ein kleiner europäischer Justizpalast. Anders als der Bahnhof in Philadelphia, war er mit Zeitungsständen und Souvenirläden bestens ausgestattet. Als Gregor die Bahnsteige verließ, fand er sich in einem Meer von rosa Plastikostereiern, flauschigen gelben Nylonküken, bösartig aussehenden Schokoladenhäschen, die in roter Metallfolie eingewickelt waren, und fusseligen blauen Karnickeln, die rosa-weiß gepunktete Schleifen trugen. Von jedem Zeitungsstand hingen Osterkörbchen von der Decke herab, die in bernsteingelbes Zellophan eingewickelt waren. Jeder Laden hatte Pappschilder in seinem Schaufenster herumstehen, auf denen Küken sich aus ihren Eiern kämpften. Selbst das unmögliche Schild für das Maverick Inn mit seinem unmöglichen Renovierungsstreifen war mit grünen und gelben Schleifen dekoriert worden. Grellgrünes Zellophangras lag in allen Auslagen.

Gregor kaufte sich eine Ausgabe der *Colchester Tribune* am ersten Zeitungsstand, an dem er vorbeikam – wobei er den Körbchen und grünen Papierschlangen aus dem Wege ging –, und steckte sie sich unter den Arm. Die Leiche von Cheryl Cass war am ersten Sonntag der Fastenzeit gefunden worden, nicht mehr als fünf Tage nach ihrem vermutlichen Todesdatum. Das zusammen mit der Tatsache, daß die Erzdiözese von Colchester sich für den Fall interessierte, machte es praktisch unmöglich, daß er irgend etwas über den Fall in der Zeitung finden würde. Den allgemeinen Berichten nach zu urteilen, war sie sowieso mehr oder minder eine Stadtstreicherin gewesen, also kein Mensch, dessen Tod die Medien interessierte. Wenn es

O'Bannion selbst gewesen wäre, der gestorben wäre, dann hätte Gregor natürlich alle Details, die er brauchte, aus jedem Provinz-Käseblättchen bekommen können.

Trotzdem, dachte er, war eine Zeitung eine gute Sache, vor allem in einer Stadt, über die man nichts wußte. Colchester schien der großen Psychopathenmord-Welle der achtziger Jahre entkommen zu sein. Während die Polizei überall in Städten aller Größenordnungen unidentifizierte Leichen in flachen Gräbern entdeckte, mußte es in Colchester relativ ruhig zugegangen sein. Wenn es anders gewesen wäre, so hätte er sicher davon gehört. Denn das war es, was er mit seinem Leben in jenen Tagen angestellt hatte. Ted Bundy, Donald Miller, John Wayne Gacey, der Sternzeichenkiller, der Mörder von Green River, die Würger von Hillside. Es war eine Art Ehrenliste, nur wußte Gregor nicht genau, was für eine Ehrenliste. Kein Wunder, daß er in seinem Job ausgebrannt war. Selbst ohne die schrecklichen Monate von Elizabeths letztem Jahr hätte ihn der unablässige Strom von niedergeknüppelten Körpern und zerschundenen Gesichtern sowieso irgendwann fertiggemacht. Manchmal, wenn er daran zurückdachte, wünschte er, er wäre wirklich das gewesen, als was der *Philadelphia Inquirer* ihn immer bezeichnete: ein armenisch-amerikanischer Hercule Poirot. Denn wenn Hercule Poirot sich auf einen Mord einließ, dann war nie von dreißig Leichen die Rede, und es war nie häßlich.

Für einen Moment erwog er die Möglichkeit, daß Cheryl Cass das erste Opfer eines herumstreunenden Psychopathen hätte sein können, ließ die These aber sogleich fallen. Ein Psychopath von diesem Schlag, der an einer Frau wie Cheryl interessiert gewesen wäre – soll heißen ein Mann, der sich auf die Schwachen stürzt –, hätte kein Gift benutzt. Er hätte ein stumpfes Mordinstrument benutzt.

Nach Gregors Erfahrung waren die einzigen Psychopathen, die Gift verwendeten, Krankenschwestern und Pfleger und, genauso wie die Pest, töteten sie nur die ganz Jungen und die ganz Alten.

»Ich werde alt«, sagte er, leise murmelnd, zu dem Teil von Elizabeth, der immer bei ihm war. »Und wahrscheinlich werde ich auch noch verrückt.«

Er dachte, er könnte hören, wie sie »tscha, tscha, tscha« sagte und seufzte. Elizabeth hatte nie sehr viel mit dem anfangen können, was sie seine »Tendenz zur Selbst-Verunglimpfung« nannte.

Direkt vor sich, am Ende eines langen und sehr breiten Korridors, sah er die mit Marmorbalustraden versehene Freitreppe, von der man ihm erklärte, daß sie in den Hauptwartesaal führen würde, und hielt darauf zu. Mit ein bißchen Glück würde O'Bannion jemand schicken, der mit einem Schild auf ihn wartete, um ihn abzuholen. Sonst würden sie sich möglicherweise völlig verfehlen, dachte Gregor.

Der Mann am oberen Ende der Treppe trug kein Schild, aber er trug einen Priesterkragen und sah von einem Ende der Zwischenstufe zum anderen. Das hätte schon gereicht, wenn er nur nicht so anders gewesen wäre als derjenige, den Gregor sich vorgestellt hatte. Aus irgendeinem seltsamen Grund – nicht einmal wegen einer bestimmten Aussage, die Kardinal John O'Bannion gemacht hatte – nahm Gregor an, daß er von Pater Tom Dolan, O'Bannions Hauptassistent, abgeholt werden würde. Dieser da konnte es einfach nicht sein. Er war viel zu jung und viel zu naiv. Der Hauptberater eines Kardinals müßte intelligent sein. Gregor stufte diesen Priester als gerade an der Grenze zur geistigen Dumpfheit ein. Er hatte sich wahrscheinlich durch das Priesterseminar mit einem gerade noch anständigen Durchschnitt von drei durchgekämpft und war eher wegen seines Charakters als wegen seiner Brillanz ordiniert worden. Andererseits war auch sein Charakter mit einigen Fehlern behaftet. Der Grund, warum Gregor den Priester sah, ehe dieser ihn sah, lag darin, daß die Aufmerksamkeit des Priesters dauernd von einem Arrangement von Schokoladenhäschen abgelenkt wurde, die sich auf dem Weg nach draußen im Schaufenster eines Krimskramsladens befanden. Kein Zweifel, woher der Mann seinen Speck hatte.

Gregor nahm seinen Koffer von der einen Hand in die andere – es war unglaublich, wie Koffer immer schwerer werden konnten, je länger man sie trug – und drängelte sich zum Mondgesicht des Priesters durch. Es war etwas merkwürdig Unstimmiges mit diesem Gesicht, das auf einem großen, aufgeschwemmten Football-Spieler-Körper saß. Ein so engelhaftes Gesicht, daß es eher auf eine kleine Porzellanpuppe gehört hätte.

Gregor tippte den Priester an der Schulter und sagte: »Entschuldigen Sie bitte. Ich bin mir nicht sicher, ob Sie derjenige sind, den ich suche, aber ich heiße –«

»Gregor Demarkian!« Das Engelgesicht strahlte auf. Seine blauen Augen weiteten sich und tanzten. Eine Hand in der Größe eines Virginiaschinkens schoß hervor und ergriff Gregors freie Hand, um sie zu schütteln. »Hallo. Ich bin Declan Boyd. Pater Declan Boyd. Ich bin beigeordneter Priester in der St.-Agnes-Gemeinde.«

»Ah, ich verstehe«, sagte Gregor. Aber eigentlich verstand er nichts. O'Bannion schien ihm Andy Walshs Assistenten geschickt zu haben, und das machte überhaupt keinen Sinn. Aber sogleich dachte er bei sich, daß O'Bannion nach seiner Meinung noch nicht sehr viel Sinniges hervorgebracht hatte. Der Verstand dieses Mannes schien anders gepolt zu sein als der anderer Leute.

Declan Boyd hüpfte mit der Unruhe eines ehemals sportlichen Menschen von einem Fuß auf den anderen. »Der Kardinal hat mich geschickt, Sie zu holen«, sagte er bestimmt, »weil er in der Kirche festsitzt genau wie Pater Dolan und alle anderen, sogar die Nonnen, denn morgen ist ja Gründonnerstag. Sie glauben gar nicht, was hier am Gründonnerstag alles los ist. Das hier ist eine streng katholische Stadt.«

»Das habe ich schon bemerkt«, sagte Gregor. Wirklich, das hatte er. Durch die Ikonen des Kitsches hindurch war ein roter Faden an Ernsthafterem zu erkennen. Die *Knights of Columbus* hatten die Erlaubnis erhalten, einen Tisch aufzustellen, um Geld für die Obdachlosen zu sammeln. Der Erzdiözese war ein kleines Quadrat auf einer Plakatwand eingeräumt worden, das deutlich mit den Worten »Städtischer Beitrag für den Gemeinsinn« gekennzeichnet war, um den Spendencharakter hervorzuheben. Auf dem Poster stand: »Er starb am Kreuz. Alles, was Er von Ihnen verlangt ist, am Sonntag morgen ein bißchen früher aufzustehen.« Am bezeichnendsten war aber die Tatsache, daß der Richtungsweiser am Hauptausgang nicht nur zur *City Hall*, der *Colchester Arcade* und dem *Museum of American Indian Art* wies, sondern auch zur *Holy Name Cathedral.* Gregor fragte sich, wie katholisch eine Stadt noch werden konnte, wenn schon der Bahnhof Schilder aufstellte, die den Leuten den Weg zur Kirche wiesen.

»Es ist herrlich, hier zu sein«, sagte Declan Boyd. »Ich bin in Missouri aufgewachsen, wo praktisch der ganze Bundesstaat protestantisch ist. Als ich ins College nach St. Bonaventure kam, konnte ich es kaum fassen –«

»St. Bonaventure ist ein College hier am Ort?«

»Einen Schritt über die Stadtgrenze. Es war herrlich. Sie können sich das nicht vorstellen. Mir war sofort klar, daß ich hier ordiniert werden wollte und nicht zu Hause.«

Gregor dachte, daß Declan Boyd ganz offensichtlich ein Typ von Mann war, der allen und jedem die Geschichte seines Lebens berichtete – und aller Wahrscheinlichkeit nach auch noch die Geschichte aller anderen um ihn herum dazu. Mit ein bißchen mehr Intelligenz oder Gefallen an Gehässigkeit wäre er jemand, den man besser nicht kennen möchte. Auf den ersten Blick zeigte er glücklicherweise von beidem keine Spur. Gregor fragte sich, was er wohl über den Schlamassel mit Cheryl Cass zu sagen hätte. Leute wie Declan Boyd sahen und hörten und wußten oft mehr, als irgend jemand es von ihnen erwarten würde.

Momentan quasselte der gute Pater weiter, nahm Gregors Koffer in die Hand und machte sich gleichzeitig in Richtung des Hauptausganges auf. Gregor konnte sich ein kleines Lächeln nicht verkneifen. Wenn der Mann das war, was er zu sein schien, dann könnte es sich herausstellen, daß er eine Hilfe für ihn war – aber dennoch würde er es mit einem Helfer zu tun haben, der unmöglich zu kontrollieren war.

»Die Erzdiözese ist immer in solcher Aufregung in der Karwoche«, sagte er gerade. »Sie haben wahrscheinlich statt meiner Pater Dolan erwartet –«

»Pater Dolan ist außer Ihrem Erzbischof auf jeden Fall derjenige, mit dem ich am meisten gesprochen habe«, sagte Gregor.

»Oh, wir nennen den Erzbischof immer Kardinal. Ich meine, er ist ja schließlich ein Kardinal-Erzbischof. Er sagte, Sie würden wahrscheinlich auf der Suche nach Tom sein. Er ist ein wunderbarer Mann, wissen Sie. Ich meine den

Erzbischof, nicht Tom. Er kommt immer gleich zur Sache und gibt auch zu, wenn er sich geirrt hat.«

»Wenn er sich worüber geirrt hat?« fragte Gregor verzweifelt.

»Über Sie und Tom Dolan natürlich. Er sagte, er hätte bei Ihnen besser nicht den Eindruck erwecken sollen. Ich meine, daß Tom Sie abholen würde. Und Sie können ja auch nicht wissen, daß Tom praktisch nirgendwo hingeht –«

»Warum nicht?«

»Warum nicht?« Declan Boyd stoppte mitten im Schritt. Sie waren auf halbem Wege zum Hauptausgang und dem Taxistand und sie wurden von den ersten Strudeln der Rush-hour umspült. Da sie keiner beachtete, stießen gleich mehrere Leute gegen sie. Gregor wurde von einer kleinen molligen Frau in einem braunen Alpacamantel und Schuhen aus Alligatorimitat getroffen. Declan Boyd prallte gegen einen Geschäftsmann mit Toupet, das schon vor dem Zusammenprall nicht allzu fest gesessen hatte, was Declan Boyd jedoch nicht bemerkte.

»Pater Dolan ist ein äußerst beschäftigter Mann«, sagte er und warf seine Arme aus keinem für Gregor einsichtigen Grund in die Höhe, so, als wäre er Charlton Heston, der in der Hauptrolle eines Films über Moses die zehn Gebote verkündet. »Und hinzu kommt: Er ist Ordenspriester. Also praktisch ein Mönch. Verstehen Sie?«

Gregor verstand nicht. Er hatte keinen Schimmer, was ein »Ordenspriester« sein sollte, und er war sich relativ sicher, daß der Kardinal sich keinen echten Mönch als Hauptassistenten nehmen würde. Andererseits war O'Bannion schließlich ein Original, und damit war es nicht außerhalb jeder Möglichkeit, daß er es doch könnte. Gregor hatte das Gefühl vor Neugier sterben zu müssen.

Doch er mußte sich weiter gedulden. Kaum hatte Declan

Boyd die Arme wieder gesenkt, packte er Gregor an der Schulter. Augenblicke später befanden sie sich draußen auf dem Bürgersteig, wo sie mit der blinden Hingabe von Staffelläufern, die sich in der letzten Runde befinden, zügig in Richtung Taxistand marschierten. Boyd ließ seinen Mantel offen flattern, so daß sein Priesterkragen deutlich zu sehen war, was es ihm ermöglichte, sich bis an die Spitze der Schlange vorzudrängeln, ohne daß irgend jemand der Wartenden protestierte. Er riß die Taxitür auf und schob Gregor hinein.

»Rosary House«, sagte Boyd dem Fahrer, während er einstieg. Dann wandte er sich Gregor zu und sagte: »Sie werden Rosary House einfach lieben. Es war eine vorzügliche Idee des Kardinals. Es wird von einer wunderbaren Nonne namens Mary Martha geleitet, und es befindet sich direkt auf dem Gelände von St. Agnes –«

»St. Agnes?«

»Nun ja, natürlich«, sagte Declan Boyd. »Mitten drin sogar. St. Agnes ist schließlich der Grund, warum Sie hier sind.«

Gregor wollte diesen Irrtum gerade klarstellen, doch genau in diesem Moment entdeckte der Fahrer eine Lücke im Verkehr und schoß hinein. Gregor wurde gegen die Rückenlehne geschleudert, und Declan Boyd zuckte beim Geräusch der quietschenden Reifen zusammen.

»Diese Taxifahrer sind doch schrecklich«, sagte er. »Ich habe das Gefühl, sie sehen sich in ihrer Freizeit ausschließlich Action-Filme mit Edward G. Robinson an.« Gregor dachte sich, daß Declan Boyd wohl eher Teenagersendungen bevorzugen würde, aber er sagte nichts.

Wie sich herausstellte, hatte Gregor an diesem Abend keine Chance, Declan Boyd auf Cheryl Cass anzusprechen. Selbst im Berufsverkehr und dem Straßenwirrwarr von Colchester war die Fahrt zu kurz für eine solche Gelegenheit. Gregor mußte sich allerdings fragen, warum er eigentlich gedacht hatte, daß die Fahrt länger sein würde.

Er war noch nie in Colchester gewesen, aber er hatte von Kardinal O'Bannion, Tom Dolan und sogar den Leuten der Mordkommission von Colchester schon einiges über die Stadt gehört. Wenn es im Bahnhof bereits ein Schild gab, das auf die Kathedrale wies, dann mußte die Kathedrale sich folglich in der Nähe des Bahnhofs befinden. Es hieß, St. Agnes sei die Gemeinde, die am dichtesten an der Kathedralgemeinde lag. Er war sich wohl nicht im klaren darüber, wie nahe das eigentlich sein würde.

Es war 17:25 Uhr, als sie den Bahnhof verlassen hatten. Und es war erst 17:37 Uhr, als sie vor einem niedrigen gußeisernen Tor hielten, auf dessen Mitte ein Kreuz prangte. Das Licht hatte sich von der Dämmerung zur völligen Dunkelheit gewandelt und die Kälte zum Gefrierpunkt. Der Wind war stärker geworden, und die Bürgersteige waren mit Eis bedeckt. Während der Zeit, in der sie zusammen gewesen waren, hatte Declan Boyd exakt eine Sache über Cheryl Cass gesagt und auch das erst in der letzten Minute.

»Ich bin ihr begegnet, wissen Sie«, hatte er Gregor gesagt, als das Taxi am Straßenrand anhielt. »Zweimal. Beide Male am Aschermittwoch. Sie kam ins Pfarrhaus, um Pater Walsh zu sehen, einmal am Morgen, und einmal war es fast fünf. Irgendwie ist das unheimlich. Sie war so eine nette, traurige Frau.«

Gregor versuchte sich zu erinnern, was ihn auf dieses Thema gebracht hatte. Mittlerweile war Declan Boyd mit einem Satz aus dem Taxi herausgesprungen, über den Bürgersteig geschliddert und am gußeisernen Tor zum Stehen gekommen.

»Oh, nein«, sagte er.

»Was ist los?« Gregor kämpfte mit seinem Koffer und dem Taxigeld, das er schon in der Hand bereithielt, denn Priester hatten nie genügend Geld, um für irgend etwas zu bezahlen. Der engelhafte Priester sah so traurig aus, daß Gregor dachte, das Pfarrhaus sei abgebrannt.

»Sehen Sie sich das mal an«, sagte Pater Boyd und wies auf das kleinste der drei Backsteingebäude auf der linken Seite des zurückliegenden Geländes. Die Kirche befand sich vorne links und war, egal, welchen Standard man zugrunde legte, groß. »Der Kardinal-Erzbischof wird sich schwarz ärgern.«

»Worüber?«

»Schauen Sie doch nur«, wiederholte Declan Boyd.

Gregor sah ein Fenster, das vor ausgestopften Hasen, Küken, Schokoladenhäschen und rosa Plastikeiern nur so überquoll.

»Der Kardinal haßt diese Sachen. Und Andy weiß das auch«, sagte Declan Boyd.

»Meinen Sie Pater Walsh?«

»Natürlich. Er macht ständig solche Kunststücke. Er wurde benachrichtigt, daß der Kardinal morgen herkommen wird –«

»Warum kommt der Kardinal denn morgen? Sagten Sie nicht vorhin, er wäre am Gründonnerstag so beschäftigt?«

»Ist er auch. Aber er wird zur Zehn-Uhr-Messe da sein. Sie werden alle da sein. Auch Pater Dolan und die Nonne, die Sekretärin des Kardinals. Es hat Gerüchte gegeben.«

»Worüber?«

»Liturgische Albernheiten«, sagte Declan Boyd ernsthaft. »Pater Walsh ist geradezu süchtig danach. Also sehen Sie, er muß dieses ganze Zeug mit Absicht ins Fenster gestellt haben, und jetzt ist doch Fastenzeit, und – oh, da kommt die Schwester.«

Da kam allerdings eine Schwester, eine enorm hochgewachsene Frau in einer modernen Ordenstracht, die durch die Tür des größten der drei Backsteingebäude herausgeschritten kam, wobei sie ihre Arme um sich geschlungen hatte, um sich gegen die Kälte zu schützen. Sie kam unter einer der Straßenlampen durch, als der Wind ihren Schleier einen Moment lüftete, und Gregor sah ihr grelles, fast orangerotes Haar.

»Dec«, sagte sie, als sie die beiden erreichte, »was denkst du dir eigentlich? Es ist unter Null hier draußen.«

»Was denkst du dir denn?« sagte Declan Boyd. »Wo ist dein Cape?«

»Ich habe es in meinem Büro liegenlassen. Heute war ein langer Tag.« Sie reichte Gregor ihre Hand und sagte: »Mr. Demarkian. Ich freue mich sehr, Sie kennenzulernen. Ich bin Schwester Mary Scholastica.«

»Guten Tag«, sagte Gregor.

»Schwester Martha erwartet Sie im Rosary House.« Scholastica wandte sich um und wies durch die Bäume auf das dritte Backsteingebäude. »Ich bin überzeugt, sie wird dafür sorgen, daß Sie sich hier wohlfühlen. Sie wird es jedenfalls versuchen.«

»Ich bin sicher, daß alles in Ordnung sein wird.«

»Sind Sie das? Ich wäre mir da nicht so sicher. Ungeachtet aller Stereotypen können Nonnen sehr unorganisierte Menschen sein.« Sie hakte das Tor auf und zog es weit auf. »Kommen Sie. Das fehlt uns gerade noch, daß Sie uns auf der Türschwelle an einer Lungenentzündung wegsterben. Der Kardinal würde einen Tobsuchtsanfall bekommen.«

»Ich glaube nicht, daß Mr. Demarkian schon etwas gegessen hat«, sagte Declan Boyd, während er und Gregor sich beeilten, sie einzuholen. Schwester Scholastica war schon halb an ihrem Ziel angelangt und offenbar nicht in der Laune, langsamer zu gehen. Gregor konnte ihr das nicht verübeln.

»Er hat wahrscheinlich noch nicht einmal zu Mittag gegessen«, sagte Pater Boyd mit klagender Stimme. »Der Zug aus Philadelphia braucht sehr lange.«

»Der Zug aus Philadelphia braucht ewig«, sagte Schwester Scholastica, »und Martha hat das Abendessen schon fertig. Ich fürchte, Mr. Demarkian, daß sie kein Frühstück für Sie haben wird. Morgen ist Gründonnerstag. Es gibt für uns jede Menge zu tun. Wenn Sie frühstücken möchten, dann müßten Sie ins Kloster herüberkommen.«

»Geht in Ordnung«, sagte Gregor.

Scholastica erreichte weit vor ihnen die Tür des Rosary House, drückte auf die Klingel und drehte sich um, um sie zu empfangen. »Unter normalen Umständen«, sagte sie, »hätten Sie Ihre Mahlzeiten im Pfarrhaus eingenommen und hätten dort auch gewohnt. Leider ist seit einiger Zeit nichts mehr normal in der Gemeinde von St. Agnes.«

»Also, Schwester«, begann Declan Boyd.

Aber die Schwester hatte ihnen schon wieder den Rücken zugekehrt. Die Tür von Rosary House öffnete sich, und eine kleine Nonne kam auf die Veranda, sehr viel jünger und kleiner als ihre Vorgesetzte und noch hilfloser darum bemüht vorzutäuschen, als mache ihr die Kälte nichts aus. Das mußte wohl Schwester Martha sein, dachte Gregor bei sich. Womit er recht hatte.

Auch in bezug auf etwas anderes lag er genau richtig. Sein erster Eindruck von Schwester Scholastica war, daß sie eine kluge Frau sei und daß sie sich dessen auch bewußt war. Sie hatte diese Aura absoluter Autorität um sich, die nur durch lange Jahre von Trial-and-Error erworben wird und in denen letzteres kaum vorkommt. Sie wirkte noch nicht alt genug, um das alles im Kloster erlebt zu haben.

Gregor fragte sich einen Moment lang, wer Scholastica etwas über ihn erzählt haben könnte, daß sie so vorsichtig mit ihm umging, und ließ sich dann einen langen Flur entlang bis zur Küche des Rosary House geleiten. Schwester Martha hatte ihm dort sein Abendessen an einem breiten Eichentisch aufgetischt, an dem acht Personen Platz hatten. Ein kurzes Schnuppern an der Schüssel vor seinem Platz, und Gregor wußte ohne Zweifel, was es zu essen gab.

»Linsen mit Olivenöl«, sagte ihm Schwester Martha glücklich. »Ich habe mich mit Pater Marcovian von der Kirche der armenischen Gemeinde beraten. Solange ich hier bin, werden sie Ihre Fastenzeit nicht unterbrechen müssen.«

DREI

Pater Andrew Walsh wußte genau, was sein Kardinal-Erzbischof von ihm hielt. Spinner, Idiot, Verrückter – die Bezeichnungen, die in der Gemeinde in aller Munde geraten, waren alle Synonyme für den Begriff Vollidiot. Der Kardinal-Erzbischof nannte Andy Walsh keinen Häretiker, weil der Kardinal Andy Walsh nicht für ausreichend intelligent – beziehungsweise ausreichend ernsthaft – hielt, um einer zu sein. Der Kardinal dachte allerdings, daß Andy Walsh gefährlich sei, denn er hielt alle dummen Menschen für gefährlich. Er war jemand, dessen Intelligenz früh entdeckt und auf das strengste geschützt worden war. Irgendwo in sich glaubte er nicht wirklich, daß es dumme Leute gäbe. Wenn jemand begriffsstutzig oder langsam oder unlogisch oder unachtsam war, so war der Kardinal davon überzeugt, daß dieser Jemand sich mit Absicht so anstellte.

Andy Walsh hielt vor dem Spiegel inne, der an der Wand unten am Ende der Hintertreppe des Pfarrhauses hing, checkte noch einmal den Sitz seines Haarschnittes und fragte sich, warum er innerlich darauf bestand, von O'Bannion als dem »Kardinal-Erzbischof« zu denken anstatt einfach »Kardinal«. Vielleicht war es bloß eine instinktive Reaktion. Andy hatte noch nie viel übrig für Autorität, Wichtigtuerei oder maßlose Ernsthaftigkeit. Er glaubte an Gott, aber der Gott, an den er glaubte, machte sehr viel mehr Sinn als der, den Leute wie O'Bannion ihren armen leichtgläubigen Gemeindemitgliedern überzustülpen versuchten. Der Gott von Andy Walsh brauchte keine absurden Verwandlungen. Die Idee, daß Jesus Christus immer noch in Menschengestalt im Himmel herumsauste und Brot und Wein in SEINEN LEIB UND SEIN BLUT verwandelte, war einfach zu albern. Er brauchte auch keine Absurditäten wie Heiligkeit und Tugendhaftigkeit. Der Gott Andy Walshs war ein viel zu guter Gott, als daß er die Leute für ihre Sünden bestrafte oder um überhaupt an Sünden zu glauben. Er war eine große, formlose Masse unkritischer Liebe, die darauf wartete, jede einzelne Menschenseele in ihrer Todesstunde in dem Ozean seines perfekten Friedens aufzunehmen.

Andy Walsh musterte sein Spiegelbild etwas genauer und runzelte die Stirn. Er hatte einen langen Tag hinter sich, und dementsprechend sah er aus. Es gab eine Sache, derer ihn der Kardinal-Erzbischof nie hatte anklagen können. Er war kein planloser Leiter seiner Gemeinde. Er las die Messe und nahm Beichten ab, beides mit strenger Pünktlichkeit. Er sah zu, daß das Dach nicht leckte und die Rechnungen bezahlt wurden. Er organisierte und betreute alle möglichen Laiengruppen vom *Social Action Committee* bis hin zu den Novenengebeten für Fatima, obwohl er nicht daran glaubte, daß Fatima sich jemals ereignet hatte und den Rosenkranz für eine noch lächerlichere Vorstellung hielt als die Wandlung. Er war sich mehr als nur beiläufig der Tatsache bewußt, daß er nicht durch eigenes Verdienst bereits sehr früh die Leitung dieser Gemeinde übertragen bekommen hatte. Der Mangel an Priestern hatte den Vorgänger des Kardinal-Erzbischofs gezwungen, ihn einzusetzen. Er hatte sich damals geschworen, daß niemand sich jemals beschweren könne, er pflege einen schlampigen Führungsstil.

Trotzdem. Er sah noch einmal sein Spiegelbild an, zog eine Grimasse und machte sich durch die Diele zur Küche auf. Die meiste Zeit bedeutete das Dasein eines Gemeindepriesters zuviel Arbeit, aber keineswegs viel zuviel. Wenn man um fünf Uhr aufstand und um zehn ins Bett ging, konnte man in einem halbwegs ruhigen Zustand alles durchziehen, was anstand. Weihnachten und die Fastenwoche machten aus allem einen einzigen Brei – vor allem die Fastenwoche. Plötzlich bekam die ganze Welt einen Anfall von Schuldgefühlen. Es gab zusätzliche Beichten, die man abnehmen mußte, und besondere Bußgottesdienste, um den Schuldgeplagten den Weg zurück in die Kirche zu erleichtern. Am Karfreitag gab es den Stationsgottesdienst. Von Gründonnerstag bis Ostersonntag gab es besondere Messen und besondere Andachten, Zeiten, an denen man die Wandlung vollzog oder auch nicht, Zeiten, zu denen man die Kommunion austeilte oder auch nicht, besondere liturgische Anweisungen, besondere Gebete – und, immerzu, eine neue Herde an Ministranten und Ministrantinnen, die eingewiesen und umsorgt werden mußten. Das war seine Aufgabe, denn sie kriegten das nie richtig hin. Also befaßte Andy sich kurzerhand mit den Ministrantinnen. Wenn O'Bannion morgen zur Messe kam, wäre es vielleicht ganz gut, den Gottesdienst morgen ohne sie abzuhalten. Es wäre vielleicht auch besser, die Kommunion ohne Judy Eagans Hilfe durchzuführen. Andy hatte nichts dagegen, O'Bannion zu provozieren – er gab sich oft genug Mühe, es zu tun –, aber der verdammte Idiot würde wahrscheinlich eine peinliche Szene machen. Andy hatte keine Lust darauf, einen Haufen amtsenthobener Ministrantinnen während der Messe schluchzend hinten in seiner Kirche zu wissen. Er hatte auch keine Lust darauf, Judy Eagan, ihrer Robe beraubt und ihres Platzes am Altar ledig, in höchster Erregung zu erleben. Er konnte nicht verstehen, warum die Kirche nicht einfach aufgab und sich in Einklang mit dem Zeitgeist brachte. Es war nun mal eine neue Welt. Es würde der Kirche in keiner Weise guttun, sich dieser Welt zu verweigern.

Judy Eagan wartete in der Küche auf ihn.

Andy steckte seinen Kopf durch die Küchentür und sagte: »Habe ich dich zu lange warten lassen? Ich komme mir vor wie ein Todgeweihter.«

Judy saß kaffeetrinkend in einem Stuhl und hatte ihre langen Beine auf einem anderen Stuhl ausgestreckt. »Mir geht's gut«, sagte sie. »Ich habe nur nachgedacht.«

»Das klingt wie eine ausgesprochen gefährliche Tätigkeit.« Er trat ein, setzte sich auf einen der freien Stühle und nahm sich einen Kaffee. »Ich vermute, du hast eine Menge, worüber du nachdenken kannst. Jetzt, wo Stuart für das Repräsentantenamt kandidiert und so.«

»Ach, um Himmels willen, Andy. Mach keine Witze. Das ist jetzt ernst.«

»Ich glaube, ich bin es langsam leid, daß mir die Leute dauernd erzählen, die Lage wäre ernst. Was ist ernst? Stuart wird sich um einen Platz im *Repräsentantenhaus* von New York bewerben. Entweder er gewinnt die Wahl, oder er bekommt das Amt nicht. Es wird nicht die geringsten Auswirkungen auf den Allgemeinzustand der Welt machen.«

»Es wird Auswirkungen darauf haben, was den Allgemeinzustand meines Lebens angeht.«

»Stimmt«, sagte Andy. »Wenn er gewinnt, dann wirst du den Idioten heiraten. Ich werde für eine richtig dicke Wahlniederlage beten. Irgendwas richtig Umwälzendes. So wie damals bei Reagan – Mondale.«

»Herzlichen Dank.«

Judy stand auf und begann, in der Küche herumzuschleichen, wobei sie sich vom Friedenstaubenposter auf der Kühlschranktür zum Poster mit den betenden Händen (mit spanischer Beschriftung) am Küchenschrank neben dem Waschbecken bewegte. Andy Walsh wünschte sich, er besäße dieses unbegreifliche Etwas, das allgemein als Sextrieb bezeichnet wurde. Er hatte ihn mal gehabt, früher, aber er schien ihn verloren zu haben. Hätte er ihn behalten, dann wäre Judy genau seine Kragenweite gewesen. Nicht, daß sie eine so überaus schöne Frau gewesen wäre – obwohl sie es möglicherweise war, wenn sie sich nicht immer so übermäßig und demonstrativ kostspielig herausputzen würde. Aber er konnte so etwas auch nicht so gut beurteilen. Auf jeden Fall war alles von der glatten, muskulösen Straffheit ihrer Waden bis hin zur mühevoll hergestellten Lässigkeit ihrer zerzausten blonden Haare, kalkuliert. Und bezahlt. Er fragte sich, was es wohl kostete, zehn Fingernägel zu haben, die immer dieselbe Form hatten, immer dieselbe Länge und immer dieselbe Farbe.

Sie hielt vor einem eingerahmten Photo eines hungernden äthiopischen Kindes inne und sagte: »Um dir die Wahrheit zu sagen, es ist nicht Stuart, der mir Sorgen macht. Es ist diese ganze Aufregung um Cheryl Cass.«

»Wieso?«

Sie sah ihn verwundert über die Schulter an. »Stört dich das denn nie? Der Kardinal versucht, dir die ganze Sache in die Schuhe zu schieben –«

»Was ihm nicht gelingen wird«, entgegnete Andy, »weil

seine Theorie Quatsch ist und ich es auch nicht getan habe. Ich habe noch nicht einmal mit ihr über ihre Krankheit gesprochen.«

»Worüber hast du denn mit ihr gesprochen?«

»Eigentlich über nichts Besonderes. Dies und das. Die High School.«

»Black Rock Park?«

»Natürlich Black Rock Park«, sagte Andy. »Sie dachte nicht darüber wie wir, weißt du. Für sie war es eine sehr angenehme Erinnerung.«

»Das liegt daran, daß sie nicht mehr hier war um den Aufruhr zu erleben, den das Ganze verursacht hat.« Judys Stimme verschärfte sich. »Sie hat sich einfach in Luft aufgelöst.«

»Tatsächlich ist sie in den Süden gegangen. Und sie war viel weniger von Black Rock Park begeistert als von dem darauffolgenden Jahr.«

»Was ist denn in diesem Jahr passiert?«

»Sie heiratete.«

Judy drehte sich um, um ihn erstaunt anzusehen. »Verheiratet? Cheryl Cass?«

»Guck nicht so erstaunt«, sagte Andy. »Sie war damals sehr hübsch.«

»Sie war billig«, sagte Judy. »Himmel. Sie war das billigste Mädchen, das ich je in meinem Leben gesehen habe. Ich frage mich, wer sie wohl geheiratet hat.«

»Wahrscheinlich niemand, für den du dich interessieren würdest.«

»Wahrscheinlich nicht. Hat sie dir einen Namen genannt?«

»Nein.«

»Ich hasse es, wenn du so bist.« Sie kam zurück zum Tisch und setzte sich wieder. »Jedenfalls mache ich mir keine Sorgen darüber, was sie früher gemacht hat. Sondern, was sie hier getan hat. Soll heißen, einfach zu sterben.«

»Judy, was willst du? Es hat einen Bericht über die Todesursache gegeben. Es hat eine gerichtliche Untersuchung gegeben. Das Ergebnis lautet Selbstmord –«

»Ich weiß, Andy. Zufällig weiß ich auch, daß so ein Urteil noch einmal geändert werden kann. Wenn die Polizei zum Beispiel neue Beweise findet.«

»Ich glaube nicht, daß die Polizei auf der Suche nach neuen Beweisen ist.«

»Sie wäre es, wenn sie es nur könnte«, sagte Judy. »Dieser Mann, der hierher kam, dieser Lieutenant –«

»John Smith«, lachte Andy. »Gott, wie er es hassen muß, so einen Namen zu haben. Jedesmal, wenn irgend jemand seinen Namen nannte, wurde er knallrot. Ich kann es ihm nicht verdenken. Wenn ich so einen Namen hätte, dann würde ich –«

»Ach, halt doch den Mund«, erwiderte Judy. »Mein Gott, Andy, manchmal bist du schlimmer als Stuart. Kannst du dich nicht einmal auf eine Sache konzentrieren?«

»Worauf denn, verdammt noch mal?«

Judy lehnte sich über den Tisch. »Was weißt du über deinen Gast da drüben? John Kardinal O'Bannions kleinen persönlichen Gast?«

»Ich weiß, daß er nicht gar so klein ist. Was soll ich dir erzählen, Judy? Ich habe ihn noch nicht einmal kennengelernt. Er ist so gegen halb sechs angekommen, und ich hatte noch in der Kirche zu tun. Ich habe ihn über den Hof gehen sehen, als ich die Roben für den Chor sortiert habe. Er ist größer als Kath.«

»Er ist außerdem ziemlich berühmt«, sagte Judy. »Ich weiß, daß du nie die Zeitung liest, außer, wenn sie einen Bericht bringt, in dem dein Name steht –«

»Sag doch nicht so was, Judy. Ich beobachte sehr genau, was sich in Mittelamerika tut –«

»Oh, Mittelamerika. Vergiß Mittelamerika. Wie ich schon sagte, dieser Gregor Demarkian ist ziemlich berühmt.«

»Weswegen?«

»Wegen seiner Morduntersuchungen.«

»Du meinst, er ist irgendeine Art Polizist?«

Judy seufzte, stand erneut auf, ging wieder zum Kühlschrank und schüttelte den Kopf. Ihr ganzer Körper schien von der unendlichen Müdigkeit, die ihr die Verachtung verursachte, völlig matt zu werden. »Um Gottes willen«, sagte sie, »was soll ich nur mit dir machen?«

»Warum erzählst du mir nicht einfach, was dich beschäftigt?«

»Okay, dann mach ich das. Irgendwann um Weihnachten herum gab es eine Mordserie in dieser Stadt in Pennsylvania. Es fing mit so einem reichen alten Mann an, und dann mußten, glaube ich, ein paar Kinder dran glauben. Nach dem, was die Zeitungen damals geschrieben haben – ich bin in die Bibliothek gegangen und hab' das alles nachgelesen –, jedenfalls, den Zeitungen zufolge hat Gregor Demarkian den ganzen Fall praktisch im Alleingang für die Polizei erledigt. Weißt du, was auch noch in den Zeitungen stand?«

»Was?«

»Daß er früher beim FBI war und zuständig für die Untersuchung von Massenmorden. Männer wie Ted Bundy. Das ist es, womit sich Gregor Demarkian beschäftigt, Andy. Er ist auf Mordfälle spezialisiert.«

Andy saß sehr still da und speicherte dies alles ab. Dann sagte er sehr bedächtig: »Die Sache ist die: Es ist egal, worauf Gregor Demarkian sich spezialisiert hat. Cheryl Cass ist nicht ermordet worden, und ich habe sie auf jeden Fall nicht umgebracht.«

»Ich weiß, daß du sie nicht umgebracht hast, Andy, aber bist du dir auch ganz sicher, daß sie nicht ermordet wurde?«

»Natürlich bin ich das. Wer in Gottes Namen würde einen Mord an –« In Wahrheit wußte er sehr wohl, wer Cheryl Cass hätte ermorden können. Er konnte sich darüber nicht absolut sicher sein – Cheryl war so verdammt langatmig gewesen –, aber da waren Dinge, die sie gesagt hatte, Dinge, die er damals nicht verstanden hatte. Er hatte es vergessen, denn das waren eben jene Dinge gewesen, über die sie beim ersten Mal gesprochen hatte. Als sie zurückgekommen war, total überschäumend vor Euphorie nach ihrem Besuch bei Peg, war sie auf einer anderen Schiene gewesen.

Er sah hoch und merkte, daß Judy ihn anstarrte. Es war ihm peinlich, und er wurde rot. »Also, Judy«, sagte er.

»Nichts da ›Also Judy‹«, erwiderte sie. »Wir müssen den Tatsachen ins Auge sehen, Andy. Es gibt jede Menge Leute, die dieses kleine Flittchen liebend gerne ermordet hätten. Ich hätte sie umgebracht, damit sie ihren Mund wegen Black Rock Park hält.«

»Du hast auch mehr Mumm als andere Leute.«

»Dazu braucht man keinen Mumm, Andy. Dazu muß man nur verzweifelt genug sein.«

»Als ich zuletzt davon hörte, brauchte man eigentlich nur die richtigen Mittel, ein Motiv und die Gelegenheit.«

»Wovon dir alles zur Verfügung stand.«

»Nein. Ein Motiv, sicherlich. Mittel – ich hätte Kath – Pflanzenschutzmittel benutzen können. Aber Gelegenheit – ich glaube, du vergißt, daß es am Aschermittwoch geschah. Ich sah Cheryl um fünf. Um fünf Uhr dreißig stand ich vor dem Kirchenaltar und verschmuddelte die Gesichter von lauter kleinen alten Damen, die auf der Ellery Street wohnen.«

Judy dachte nach. »Es hätte auch nicht am Aschermittwoch sein müssen«, sagte sie. »Man hat sie erst am Sonntag danach gefunden, und sie war praktisch tiefgefroren. Man ist sich nicht sicher, wann sie gestorben ist.«

»Aber es gibt da ziemlich genaue Vorstellungen. Niemand hat sie nach Aschermittwoch gesehen. Ich habe aus einer dieser Zeitungen, von denen du ja nicht glauben willst, daß ich sie lese, daß sie in keinem der Hotels abgestiegen war.«

Judy legte den Kopf schräg und sah ihn an. »Du meinst das alles hier tatsächlich ernst, nicht wahr? Das macht dir alles in keiner Weise Sorgen. Das macht dir beinahe sogar Spaß.«

»Es macht mir nicht nur beinahe Spaß, meine liebe Judy. Es macht mir sogar einen höllischen Spaß.« Er grinste. »Hier stehe ich nun, mit total sauberer Weste, und da ist er, der alte Furz, und bereitet sich darauf vor, sich komplett lächerlich zu machen. Ich amüsiere mich dabei zu Tode.«

Und das war, dachte Andy, während er Judy beobachtete, die ihn mit weit herabgesunkenem Kiefer anstarrte, die reinste Wahrheit, die je in seinem Leben über seine Lippen gekommen war.

Um elf Uhr, genau in dem Augenblick, als er dachte, er hätte alles erledigt und könne sich auf den Weg ins Bett machen, klingelte der Summer der Hausssprechanlage auf Pater Tom Dolans Schreibtisch. Er starrte ihn entsetzt an. Er wußte natürlich, daß der Kardinal noch arbeitete. Er arbeitete unaufhörlich. Mit welcher Mühe er es auch versuchte, er schaffte es nie, vor dem Kardinal im Büro zu sein.

Aber der Kardinal war ein vernünftiger Mann. Er wußte, in welchem Zustand Tom um elf Uhr abends am Mittwoch der Karwoche sein würde. Da waren die endgültigen Planungen für zwei Dutzend Gemeinschaftstaufen gewesen, die heute zu koordinieren waren, der Ablauf der Ostermesse in der Kathedrale wurde geplant, und der Ausflug nach St. Agnes mußte organisiert werden. Von allen Klerikern und Ordensleuten, die an die Kanzlei angebunden waren, wurde erwartet, daß sie die Tage von Gründonnerstag bis Ostersonntag nutzten um in sich zu gehen und zu beten. Das hieß, sie mußten alle vorher ihre Detailaufgaben erledigt haben, und die meisten dieser Aufgaben fielen in das Ressort von Pater Tom Dolan. Pater Tom Dolan stellte sich die Hölle als ewig andauernden Mittwoch der Karwoche vor, an dem alles schief ginge: die Hefte für den Stationsgottesdienst fehlten, der Fahrplan für die Senioren ein einziges Chaos wäre und kein einziger der Osterfestkörbe, die für das Osterabendessen in die Armenhäuser gebracht werden sollten, fertig wäre. Er zählte dabei nicht den normalen Geschäftsablauf, wie zum Beispiel vorübergehende Unterkünfte für Gemeindemitglieder zu finden, die aus ihren Wohnungen hinausgeworfen worden waren, oder irgendeinen katholischen Missetäter einer Jugendorganisation aus den Fängen des Jugendstrafsystems zu befreien. Ganz zu schweigen von den Obdachlosenunterkünften, den Suppenküchen, den offenen Kliniken und den Lesekursen für Erwachsene. Und gar nicht erst zu denken an die *Knights of Columbus*, die *Holy Name Society*, die Novenengebete für Fatima und den Club für Berufungen. Manchmal fragte er sich, wer ihn eigentlich zum Obermufti der katholischen Fürsorge ernannt und ihn dann ohne jeglichen Plan sitzengelassen hatte.

Sein Pieper piepte und summte, kurze scharfe Stöße, die

von langen, leidenden Klagetönen abgelöst wurden. In jedem anderen Jahr wäre er überzeugt gewesen, daß die Kathedrale brenne. Mindestens. Dazu müßte es wohl erst kommen, damit der Kardinal ihn zu solch einer Unzeit aufscheuchte. Dieses Jahr herrschte allerdings ein total verrücktes Chaos. Der Kardinal war seit dem Tag nervös, an dem Peg Morrissey Monaghan die Bühne betreten und Cheryl Cass' Photo in der *Tribune* identifiziert hatte – wie sie dazu kam, würde Tom nie verstehen. Wenn sie ihre Klappe gehalten hätte, dann wäre die Leiche auf den Armenfriedhof gekarrt worden, und es hätte keinen weiter interessiert. Aber jetzt war Demarkian hier, seine Ankunft durch einen Anruf von Scholastica von St. Agnes bestätigt, und nun war der Kardinal noch nervöser. Tom fing mittlerweile an zu glauben, daß die Situation dem Kardinal noch unbehaglicher wurde als ihm selber.

Sein Summer summte immer noch. Er lehnte sich nach vorne, grub die Anlage unter einem unordentlichen Stapel Papier hervor und sagte: »Eure Eminenz?«

»Oh«, sagte O'Bannion. »Gut. Einen Moment lang fürchtete ich, Sie wären schon zu Bett gegangen.«

»Das wollte ich auch gerade, Eure Eminenz.«

»Ja. Nun ja. Könnten Sie das noch einen Moment aufschieben? Es gibt da noch etwas, worüber ich mit Ihnen sprechen möchte.«

»Selbstverständlich, Eure Eminenz.«

»Sie klingen, als würden Sie mich am liebsten umbringen. Lockern Sie mal ein bißchen Ihren Kragen, und kommen Sie in mein Büro. Ich werde Sie nicht lange aufhalten.«

»Ja, Eure Eminenz. Sofort.«

»Sofort ist gut. Ich glaube, ich bekomme ein Magengeschwür.«

Die Sprechanlage verstummte. Tom schüttelte seinen Kopf und stand auf. Der chaotische Stapel Papier war das Ergebnis von hundert verschiedenen Projekten. Er sammelte ihn ein und warf ihn in den Müll. Dann machte er einige Lockerungsübungen, um seine Muskeln zu entspannen. Es fühlte sich gut an, mal nicht in der Kutte zu sein. Sein Zweig der Regulartertiaren war so konservativ, daß er sich normalerweise verpflichtet fühlte, sie zu tragen, aber der Mittwoch der Karwoche war immer eine Ausnahme. Die einzigen Menschen, die ihn am Mittwoch der Karwoche sahen, waren der Kardinal und die Sekretärin des Kardinals, und Tom hatte das Gefühl, daß er in Jeans der kleinen Nonne gut gefiel.

Er verließ sein Büro, ging den leeren Gang entlang, über das dunkle Empfangszimmer und trat ohne anzuklopfen in das Büro des Kardinals ein. Dieser hatte sich auf seiner Couch ausgestreckt, wobei er wie ein fetter Römer wirkte, der sich auf das bevorstehende Bankett einstimmte.

»Da sind Sie ja«, sagte er, als Tom eintrat. »Alles geschafft?«

»Alles, was meiner Meinung nach erledigt werden mußte. Und alles, was der Schwester noch eingefallen ist.«

»Dann ist wirklich alles erledigt Die Schwester vergißt nie etwas. Sie ist die Zuverlässigkeit in Person. Setzen Sie sich.«

Tom war froh, sich setzen zu können. Er war so müde, daß sich seine Beine wie Sandsäcke anfühlten. »Ich habe dafür gesorgt, daß uns morgen ein Auto nach St. Agnes fährt«, sagte er. »Ich weiß, daß Sie es nicht schätzen, herumgefahren zu werden, aber ich sah keine andere Möglichkeit, diesen Besuch in Ihrem Tagesplan unterzubringen. Wenn wir hinter den öffentlichen Verkehrsmitteln herlaufen müssen, dann schaffen wir es nie im Leben, bis zur Halbzwölfuhrmesse pünktlich zurück zu sein.«

»Haben Sie eine Limousine gemietet?«

»Natürlich nicht, Eure Eminenz. Ich habe einen 1986er Buick bestellt. Der einzige wirkliche Kostenpunkt wird der Fahrer sein.«

»Ich hätte auch selber fahren können.«

»Nein, das hätten Sie nicht, Eure Eminenz. Sie haben kein Auto mehr bewegt, seit Sie auf den erzbischöflichen Stuhl erhoben worden sind. Ist das nicht schon drei Jahre her?«

»Vier. Und was ist mit Ihnen?«

»Ich habe seit meinem sechzehnten Lebensjahr in Colchester kein Auto mehr gefahren. Ein Fahrer ist wirklich die sicherste Lösung.«

»Vermutlich.« Der Kardinal seufzte. »Aber Sie wissen, was dann passieren wird, Tom. Dieser kleine Bastard Barry Field wird davon Lunte bekommen, und übermorgen wird es überall im Fernsehen zu sehen sein.«

»*Barry Fields Abendtreff mit Jesus*?«

Der Kardinal richtete sich auf. »Ich wünschte, Sie würden diesen Mann nicht derart amüsant finden. Ich weiß, er war früher einer Ihrer Freunde, aber in den letzten Jahren ist er zu einem gefährlichen Anti-Katholiken geworden. Was auch immer. Wenn ich noch einmal höre, wie ich als Zuhälter der Hure von Babylon bezeichnet werde, dann werde ich ihm seinen speckigen kleinen Hals umdrehen.«

»Es ist doch nur ein kleiner lokaler Fernsehsender, Eure Eminenz. Ich glaube nicht, daß er über mehr als hundert Meilen hinaus gehört wird.«

»Wird er aber bald. Es gibt da ein Gerücht, das Sie wahrscheinlich noch nicht gehört haben. Ich habe es geradewegs vom Päpstlichen Legaten gehört. Fragen Sie mich nicht, wie er dazu kommt, aber er weiß immer alles. Ihr

Barry Field wird von *Reverend Mark Candor's All Christian Good News Gospel Network* übernommen werden.«

»Hui.« Tom war beeindruckt. »Das ist ja das Spitzen-Network, oder?«

»Ist das alles, was Ihnen dazu einfällt?«

»Ich denke, Barry wird sich sehr darüber freuen. Er war schon immer auf Erfolg aus.«

»Erfolg.« Der Kardinal schnaufte. »Wenn ich nur an die ganze Zeit denke, in der ich versucht habe, ihn von seiner Berufung zu überzeugen.«

»Barry auch?«

Der Kardinal sah verlegen aus. »Das war in der elften Klasse der High School. Und er hatte auch eine Berufung, davon bin ich überzeugt. Dann ging er über den Sommer weg, und als er wiederkam, ich weiß nicht, da hatte er sich verändert. Dann lief er für eine Weile von zu Hause weg und kam erst nach drei Monaten wieder. Ich hätte ahnen können, daß es so enden würde.«

Tom stand auf und ging zum Schreibtisch des Kardinals, wo die Schwester drei große Thermoskannen mit Kaffee und einen hohen Stapel Pappbecher hingestellt hatte. Irgendwann innerhalb der letzten Minuten hatte er die Grenze zwischen Müdigkeit und Erschöpfung überschritten. Der Raum drehte sich um ihn, und sein Magen rollte unter seinen Rippen wie eine wildgewordene Murmel umher.

»Ist es das, worüber Sie mit mir sprechen wollten?« fragte er. »Barry Field? Ich fürchte, ich bin zur Zeit nicht mehr besonders fit –«

»Nein, nein«, sagte der Kardinal. »Es war nicht wegen Barry Field. Ich schweifte nur gerade ein wenig ab. Das ist alles.«

»Schon in Ordnung. Was beschäftigte Sie denn dann?«

»Gregor Demarkian.«

Tom Dolan lächelte. »Was ist denn, Eure Eminenz? Haben Sie nun doch Zweifel, jetzt, wo Sie ihn endlich herbekommen haben? Ich habe Ihnen die ganze Zeit gesagt –«

»Ich weiß, ich weiß. Nein, ich habe keine Zweifel. Selbst wenn Andy Walsh nicht für den Tod dieser armen Frau verantwortlich ist, dann bin ich davon überzeugt, daß es jemand anders ist. Es hat vielleicht nicht den Anschein erweckt, aber ich habe zugehört, als dieser Lieutenant John Smith geredet hat. Und auch, als Demarkian geredet hat. Sie haben in einem Punkt recht. Wenn sie wirklich Selbstmord begangen hat, dann hätte sie nicht in dieser Gasse gelegen.«

»Ich weiß nicht, Eure Eminenz, sie kannten Cheryl Cass nicht, aber ich. Es gab eine Zeit, da kannte ich sie sogar sehr gut. Sie war nicht – wie andere Menschen«, sagte Tom.

»Es gibt kein einziges menschliches Wesen auf dieser Erde, das lieber in der Gosse sterben will als in einem schönen weichen Bett, außer vielleicht irgendein Heiliger, der darauf aus ist, als Märtyrer für den Glauben zu sterben. Ich glaube kaum, daß Sie denken, Ihre Cheryl Cass sei eine Heilige gewesen.«

»Nein, Eure Eminenz. Alles andere.«

»Je mehr ich darüber nachdenke, desto mehr bin ich davon überzeugt, daß wir damals etwas voreilig waren.«

»Warum? Eure Eminenz, die gesamte Polizei von Colchester ist davon überzeugt, daß es ein Selbstmord war, mit Ausnahme vielleicht von Lieutenant Smith. Ich habe mir nämlich alle Argumente angehört, wissen Sie. Ich verstehe die Ansicht von Smith. Aber –«

»Schwester Scholastica behauptet, daß nichts von diesem Pflanzenzeug im Kloster fehlt.«

»Schwester Scholastica und Schwester Peter Rose sagen, es würde nichts fehlen. Und Sie kennen doch Schwester Peter Rose, Eure Eminenz. Sie ist eine fromme Frau, aber sie hat ein Hirn wie eine ausgeschleuderte Honigwabe.«

»Vielleicht.« Der Kardinal hatte eine starre Miene angenommen. »Ich glaube immer noch nicht, daß es von Nachteil wäre, Demarkian und Smith für ein Gespräch zusammenzubringen. Demarkian soll sehr gut sein. Vielleicht kann er das hier aufklären.«

»Es ist bereits aufgeklärt.«

»Er soll es für mich aufklären«, sagte der Kardinal. »Dann könnte ich aufhören, mir darüber Gedanken zu machen. Sie ahnen gar nicht, wie sehr mir die ganze Sache auf die Nerven geht.«

»Ich habe eine ungefähre Vorstellung davon, Eure Eminenz. Aber wissen Sie, Mr. Demarkian könnte diese Angelegenheit in einer Art und Weise aufklären, die Ihnen noch weniger gefällt. Sie hätten es vielleicht plötzlich mit einem Skandal und obendrein noch mit Andy Walsh als Priester von St. Agnes zu tun.«

»Das ist es, was ich an Ihnen so mag, Tom. Sie sind voller Zuversicht, Hoffnung und Nächstenliebe – aber nie mehr als gut ist.«

»Dafür hatte ich jetzt mehr Kaffee, als gut für micht ist.« Tom leerte seinen Pappbecher und warf ihn in den Müll. »Wenn das alles ist, Eure Eminenz, dann sollte ich mich jetzt besser zurückziehen, sonst schlafe ich hier im Stehen ein.«

»Was ist mit Demarkian und Smith?«

»Nun, Eure Eminenz, ich gehe davon aus, daß Sie das tun werden, was Sie wollen. Das machen Sie meistens.«

Der Kardinal lachte. »Okay«, sagte er. »Okay. Verschwinden Sie. Aber machen Sie sich für morgen noch ein paar Notizen. Ich möchte, daß Sie Pater Walsh morgen früh gleich als erstes anrufen und ihn daran erinnern, daß wir kommen.«

»Meinen Sie wirklich, daran muß er noch erinnert werden?«

»In schwierigen Situationen läßt oft sein Gedächtnis nach. Ich weiß nicht, was er morgen in der Messe für ein Kunststück vor hat, aber ich habe keine Lust, mich auch noch von seinen Gedächtnislücken ärgern zu lassen.«

»Was noch?«

»Wenn Sie Pater Walsh angerufen haben, rufen Sie Gregor Demarkian an, und machen Sie für den Vormittag mit ihm einen Termin in der Kanzlei aus. Vielleicht können wir drei uns einmal ausführlicher unterhalten.«

»Ich gehe jetzt ins Bett, Eure Eminenz.«

»Gehen Sie«, sagte der Kardinal.

»Bin schon weg.«

Tom stolperte durch das Büro des Kardinals, den Empfangsraum und in den Flur. Ohne genau zu wissen, wie er es dorthin geschafft hatte, kam er bis zur Tür, die die Kanzleibüros mit dem Wohnflügel verband. Er versuchte, seine Müdigkeit zu überwinden und fand sich wenig später stocksteif am Fuße der Treppe stehend. Er hielt die Kugel am Ende des Geländers fest und war kurz davor, in Ohnmacht zu fallen.

Mein Gott, dachte er, bin ich müde. Ich glaube, so müde war ich in meinem ganzen Leben noch nicht.

Aber das stimmte nicht, und Tom wußte das. Schon einmal war er genauso müde gewesen wie jetzt, und das war am Anfang des schrecklichsten Jahres seines ganzen Lebens.

VIER

Gregor Demarkian hatte nie den alltäglichen Abläufen der römisch-katholischen Kirche, oder irgendeiner anderen Kirche, viel Aufmerksamkeit gewidmet. Trotz der Beliebtheit von klerikalorientierten Kriminalromanen und dem aufgeregten Trara, das die Medien veranstalteten, wann immer irgendein Würdenträger aus der Kirche in irgendeine Art von Verbrechen verwickelt war, gab es in Wahrheit solche Dinge sehr selten. Die berühmten Prediger hatten ihre Probleme mit den Steuerbehörden. Die radikaleren Nonnenorden versanken in den politischen Verwirrungen in Lateinamerika. Dann und wann wurde ein Priester oder Pastor oder Rabbi in einen Sexskandal verwickelt. Aber insgesamt waren die Geistlichen und Ordensleute eine Gruppe, die eine bemerkenswerte Fähigkeit hatte, sich im Rahmen des Gesetzes zu halten. Der wirkliche Schauplatz von Kriminalität waren obskure Sekten, in denen eine kleine Elite von Psychopathen am Werke war, die die Religion als eine sehr bequeme Entschuldigung für das Chaos betrachteten, das sie ansonsten auch ohne sie angerichtet hätten. Diese Psychopathen hatten außerdem für sich entdeckt, daß die Religion ein ungemein praktischer Aufhänger für eine Verteidigungsstrategie der Unzurechnungsfähigkeit war. In seinen zehn Jahren als Leiter des Ressorts für Verhaltensforschung im FBI war Gregor auch ein Serienmordfall untergekommen, der ein »religiöses« Motiv vorzuweisen hatte: Ein Mann namens Gunnar Manz hatte versucht, die aufgebotenen Gesetzeshüter aus vierzehn Bundesstaaten davon zu überzeugen, daß seine Passion zu morden und die Enthauptung von vierzigjährigen Hausfrauen ein ihm von Gott selbst erteilter Auftrag war, der ihm vom Erzengel Raphael übermittelt wurde. Manz war kein besonders interessanter Psychopath – keineswegs so wie Gary Gilmore, der Gregor bis heute noch faszinierte –, aber Gregor hatte genug Zeit damit verbracht, Videoaufnahmen anzusehen und die Transkripte von Interviews zu lesen. Ob es nun die Wahrheit war oder ob er phantasierte, nach Gregors Meinung hatte Manz genauso viel Kontakt mit dem Erzengel Raphael gehabt wie Gregor selbst mit sibirischen Fischerdörfern. Also keinen. Manz war weder schizophren noch halluzinierte er. Er war ein routinierter Hochstapler, und er hatte jeden Bundesstaat außer Florida hinters Licht geführt, und Florida hatte ihn hingerichtet.

Wenn Gregor sich dennoch mit der römisch-katholischen Kirche auseinandersetzte, dann stellte er lediglich fest, daß sie den orthodoxen und armenischen Kirchen sehr ähnlich war. Für Hunderte von Jahren nach dem großen Schisma, bis hin zum Tridentiner Konzil, hatten die drei ziemlich weitgehend dieselbe Messe in ziemlich genau denselben Worten lesen lassen, nur in verschiedenen Sprachen. Das Schisma war viel eher ein politisches als ein theologisches Ereignis. Als die armenische Kirche unabhängig wurde, hatte es tatsächlich einen theologischen

Bruch gegeben – aber die armenische Kirche war auf liturgischer Ebene zutiefst konservativ, und die Gottesdienste hatten sich kaum soweit geändert, daß irgend jemand außer einem Patriarchen es je bemerken würde. Die Organisation der Gemeinden hatte sich überhaupt nicht verändert. Gregor brauchte keinen großen Vergleich zu ziehen, um für sich festzustellen, daß es zwischen St. Agnes und der Gemeinde von Holy Trinity in Philadelphia keinen großen Unterschied gab.

Wie sich herausstellte, war dem doch nicht so, auch wenn Gregor große Mühe hatte, herauszufinden, warum das so war. Er stand um fünf Uhr morgens mit einem deutlichen, ungemütlichen Hungergefühl auf – Linsen hielten einfach nicht vor, egal wieviel Olivenöl und Zwiebeln man hineinmischte –, und da er sonst nichts zu tun hatte, setzte er sich ans Fenster, um die Zeit totzuschlagen, bis er zum Frühstück hinüber ins Kloster gehen konnte. Er hatte keine Ahnung, was Nonnen aßen, aber die Brot-und-Wasser-Gerüchte seiner Kindheit erschienen ihm heute kaum mehr glaubwürdig. Auch wenn sie nicht gerade vier Pfund gut ausgelassenen Bacon zu sich nahmen, so wie er es sich jetzt wünschte, so müßten sie doch irgendwas frühstücken, was nach wirklichem Essen aussah. Schließlich gaben Katholiken ja nur eine Sache in der Fastenzeit auf. Und nicht das ganze Leben.

Sein Zimmer war eine kleine viereckige Zelle mit einem Kreuz aus Messing und Walnußholz, das an der Wand hing, sowie einer schmalen Pritsche an der gegenüberliegenden Wand, die mit einer grauen Armeedecke zugedeckt war. Der Schrank war groß genug, um vier oder fünf Besen zu fassen, enthielt jedoch nur drei Kleiderbügel. Der Stuhl hatte einen stabilen, geraden Rücken, wie er einstmals in jedem Klassenraum der Gemeindeschulen zu finden gewesen war. Das einzige, was diesen Raum noch rettete, war die direkte Aussicht: in den Hof hinein.

Er kramte im Koffer nach seinem Bademantel herum und bemerkte, daß Georges rosa Schlips anscheinend an den Kanten auszufransen anfing und ließ die Krawatte fallen, um sich in kariertem Wollflanell einzumummeln. Rosary House war nicht die Art Unterkunft, die man gut beheizt nennen könnte. Er hob den Stuhl auf, schleppte ihn zum Fenster herüber und setzte sich. Es war immer noch dunkel draußen, aber der Hof war sehr hell beleuchtet. Es war ein quadratischer Platz, wie man ihn in jeder Stadt finden konnte. Er wurde auf der Ecke, an der sich die Kreuzung befand, von der Kirche begrenzt sowie auf der anderen Ecke, an der Ellery Street, von einem Gebäude, das nach Gregors Überzeugung die Schule sein mußte. Die Notausgänge waren ein deutlicher Hinweis darauf. Rosary House nahm die Mitte des rückwärtigen Teils des Geländes ein. Wie das Gebäude zu seiner Linken, lag es nicht direkt an der Straße. Das Gebäude zu seiner Rechten lag an der Carver Street. Gregor bot sich bisher noch keine Möglichkeit, herauszufinden, welches der beiden das Kloster und welches das Pfarrhaus war. Das Gebäude an der Carver Street war das kleinste auf dem ganzen Gelände und das am günstigsten gelegene der drei kleineren Gebäude. Gregor ordnete es den Priestern zu und hoffte, daß er damit Recht hatte.

Um fünf Uhr fünfundvierzig, gerade als die Kirchenglocken die Dreiviertelstunde geläutet hatten, gingen der Reihe nach die Lichter in der Kirche an, angefangen im mittleren Teil des Hauses und dann in Richtung des Haupteinganges. Durch die spitzen Buntglasfenster, die an der Wand auf Gregors Seite der Kirche dominierten, fiel Licht auf die Bürgersteige. In dieses Licht lief die hochgewachsene Figur einer in Schleier und Mantel verhüllten Nonne. Gregor hatte überhaupt keine Mühe, sie als Schwester Mary Scholastica zu identifizieren. Sie schritt zur Seite der Kirche, öffnete weiter hinten eine Tür, die Gregor noch nicht bemerkt hatte, und verschwand. Einen Moment später erschien sie wieder, begleitet von einer kleineren Frau in einem langen braunen Mantel. Soweit Gregor es erkennen konnte, sah die Kleinere ziemlich schwanger aus.

Gregor war sich sicher, daß die Frauen wieder in die Kirche zurückgehen würden, oder sonst irgendwohin. Es war kalt da draußen, und der Wind schien sehr stark zu sein. Jedenfalls sah es so aus, da Schwester Scholasticas Tracht um ihre Beine peitschte.

Statt dessen standen die beiden Frauen da und gestikulierten mit den Händen, als ob sie die Kälte völlig ignorieren würden. Einige Minuten später kam noch eine Frau dazu. Sie war blond, mit einem roten Mantel, roten Stiefeln und dazu passenden roten Handschuhen. Selbst aus dieser Entfernung sah sie höllisch teuer gekleidet aus.

Ich frage mich, was sich hier abspielt, dachte Gregor bei sich. Die Blonde war sehr viel entschiedener als Schwester Scholastica oder ihre schwangere Freundin. Sie schüttelte ihren Kopf, stampfte mit den Füßen auf und warf ihre Arme in die Luft. Schwester Scholastica kreuzte ihre Arme über der Brust und sah so störrisch aus, wie sie sich wahrscheinlich auch gerade benahm. Die Schwangere flatterte umher. Dann schoß die eine Hand der Blonden vor, packte die schwangere Frau am Handgelenk und fing an, sie zur Ellery Street hin zu ziehen.

Schwester Scholastica hielt weiter die Stellung, bis die anderen beiden außer Sicht waren. Dann rückte sie ihren Schleier zurecht, drehte sich um und ging die Treppen hoch in die Kirche. Sekunden später läuteten die Kirchenglocken sechs Uhr, und ein Mann, den Gregor nicht erkannte, raste aus dem Gebäude an der Carver Street, ohne Hut, ohne Mantel und zudem noch mit flatterndem Priesterkragen auf der einen Seite. Auch er verschwand durch die Hintertür der Kirche.

Das mußte Pater Andy Walsh sein, dachte Gregor. Und dies hier – er sah auf die Kirche, deren Fenster die Schatten von Köpfen abbildeten – mußte die Sechsuhrmesse sein. Wahrscheinlich fing sie etwas später an. Das entsprach ganz dem, was er über Andy Walsh gehört hatte. Er drehte seinen Kopf nach links, zu dem Gebäude, von dem er mittlerweile überzeugt war, daß es das Kloster sei, und fand seine Vermutungen zumindest teilweise bestätigt. Eine kleine Gruppe von Nonnen kam aus dieser Richtung über den Hof gezockelt. Sie versuchten, fromm auszusehen, aber die meisten von ihnen machten lediglich den Eindruck, als frören sie erbärmlich. Es ist einfach zu schade, dachte er. Diese neuen Trachten sind nicht im mindesten so vornehm wie die, die sie früher in alten Zeiten trugen.

Er lehnte sich zurück und wartete darauf, was jetzt wohl passieren würde und ob die Nonnen aus der Messe wiederkämen. Er war sich ziemlich sicher, daß sie bis dahin noch nicht gefrühstückt haben würden.

Wenn er irgendeine Ahnung von Klöstern gehabt hätte, dann hätte er sein Frühstück schon früher bekommen. Nun aber wartete er bis sieben Uhr, ehe er über den Hof ging, obwohl die Nonnen schon um zwanzig vor zurückgekommen waren. Er dachte, daß er ihnen damit Zeit ließe, mit dem Kochen fertig zu werden.

Als er es endlich bis zum Haupteingang des Klosters geschafft hatte, fand er nicht den Mut – da es noch weitgehend Nacht war –, irgendwo herumzustreunen und den Hintereingang zu suchen. Die Nonnen waren nicht nur mit dem Kochen fertig geworden, sondern hatten das Frühstück auch schon fast hinter sich gebracht. Dies teilte die kleine Schwester mit dem rosigen Gesicht Gregor mit, und sie sagte ihm auch noch eine Menge anderer Sachen, von denen er die meisten jedoch nicht behielt. Er hatte immer den Eindruck gehabt, daß Nonnen schweigsame Menschen seien. Diese hier ließ seine Lieblingsnichte hingegen wie stumm erscheinen.

»Die Schwester Oberin hat sich schon gefragt, ob Ihnen etwas zugestoßen ist«, sagte die kleine Nonne. »Sie sagte, sie hätte Ihnen nicht mitgeteilt, um wieviel Uhr wir frühstücken, und sie wußte auch nicht, wann Sie aufstehen, also dachte sie, es wäre besser, Ihnen einen Teller und einen Zettel mit Anweisungen für den Mikrowellenherd dazulassen, aber Schwester Martha meinte, das wäre nicht nötig, heutzutage wüßte schließlich jeder, wie man mit einer Mikrowelle umgeht. Daraufhin meinte Schwester Francis aber, man könne bei Männern ja nie wissen, was natürlich ein ziemlich chauvinistischer Kommentar ist, weswegen Schwester Oberin ihn auch nicht mochte, also –« Sie schob eine Tür auf und trat zurück, um ihn vorbeizulassen. »Oh«, sagte sie. »Da sind wir.«

Gregor sah in ein langes, schmales Zimmer, das fast vollständig durch einen langen, schmaleren Tisch und mit Stühlen zugestellt war. Das war also der Speisesaal. Am Kopfende des Tisches saß Schwester Scholastica über einer Tasse Kaffee und warf einen bösen Blick auf Gregors Nonnenführerin. Die übrigen Nonnen aßen alle ihr Frühstück und versuchten gleichzeitig, die Schülerarbeiten zu korrigieren. Die meisten hatten ihre Schleier abgenommen und über die Rückenlehnen ihrer Stühle gehängt. Nur zwei von ihnen machten sich überhaupt die Mühe, hochzusehen und ihn anzuschauen.

»Das Zweite Vatikanische Konzil«, sagte Schwester Scholastica und sah dabei immer noch Gregors Begleitung an. Dann wandte sie sich an Gregor selbst und sagte: »Guten Morgen, Mr. Demarkian. Setzen Sie sich doch bitte. Kaffee ist schon auf dem Tisch, und Schwester Martha –«

»Oh«, sagte Schwester Martha. Sie sprang errötend von ihrem Platz auf. »Mr. Demarkian. Entschuldigen Sie. Ich fürchte, ich bin noch nicht ganz wach. Ich bringe Ihnen gleich das Frühstück.«

»Sie hat Ihren Teller bereits gestern vorbereitet«, sagte Schwester Scholastica.

»Es ist so schwierig abzuwägen, was man jemandem anbieten kann, der weder Eier noch Butter essen soll«, sagte Schwester Martha. »Vor allem, wenn es ein Mann ist.«

»Warum soll Mr. Demarkian weder Eier noch Butter mögen?« fragte Gregors kleine Nonne. »Ist er krank?«

Gregor wollte diesem Kind verzweifelt gerne sagen, daß er gerne und jederzeit sowohl Eier als auch Butter zu sich nehmen würde, aber Schwester Scholastica war wieder die erste. Sie erhob sich aus ihrem Stuhl, lehnte sich nach vorne gegen den Tisch und sagte: »Peter Rose, es ist bereits nach sieben Uhr. Demnächst kommt Ihre Klasse und dann Ihre Katechismusschüler. Gibt es heute morgen nicht etwas, was Sie noch tun müssen?«

»Natürlich!«

»Gut.« Schwester Scholastica setzte sich wieder. »Dann ziehen Sie los, und machen Sie sich an die Arbeit.«

Dann wandte sie sich wieder an Gregor. »Bitte setzen Sie sich doch, Mr. Demarkian. Und, bitte setzen Sie sich doch neben mich. Ich werde Ihnen ein bißchen Gesellschaft leisten. Ich vermute, ich sollte besser in der Schule sein und irgendwie versuchen, eine Struktur in die Vorbereitungen für die Kindermesse zu bringen, aber ich habe jetzt einfach nicht die Nerven dazu.«

»Ich habe auch nicht die Nerven dazu, das zu tun, was ich tun muß«, sagte eine der älteren Nonnen, »aber ich werde es tun.«

»Schwester Benedict Marie ist eine wahre Märtyrerin, was ihre Arbeit angeht«, sagte Schwester Scholastica.

»Schwester Benedict Marie ist einige Jahre älter als du«, sagte Schwester Benedict Marie. Sie schnappte ihren Schleier vom Rücken ihres Stuhles und zog ihn sich auf ihren Kopf, wobei sie jedoch eine Menge graublonder Locken über ihrer Stirn vergaß. Mit einer Hand steckte sie das Haar unter den Schleier. »Sechsjährige«, sagte sie zu Gregor. »Das haben sie mir zugeteilt. Sechsjährige. In meinem Alter.«

»Was ist denn Ihr Alter«, fragte Schwester Peter Rose unschuldig aber mit ernstem Unterton.

Benedict Marie schnitt ihr eine Grimasse. »Zu meinen Zeiten, Schwester, wären Sie in der Versammlung der Sündenbekenntnisse *zerrissen* worden. Guten Morgen, Schwestern. Irgend jemand muß hier ja wohl mit der Arbeit anfangen. Es ist Gründonnerstag.«

Sie wandte allen den Rücken zu und stampfte hinaus, wobei sie fast mit Schwester Martha an der Tür zusammenprallte. Dann läutete irgendwo weit entfernt eine Glocke, und auch die restlichen Nonnen standen auf. Es waren gar nicht so viele, wie Gregor ursprünglich gedacht hatte. Nur sechs, mit Schwester Scholastica. Schwester Martha stellte einen zugedeckten Teller vor Gregor und eilte den anderen hinterher, wobei sie ihren Schleier von ihrem Stuhl zog.

Schwester Scholastica lächelte verhalten. Sie nahm ihren Kaffee, verdrehte die Augen und sagte: »Ah, ja. Der Frieden und die heitere Ruhe des Klosters. Der Schoß der Kirche, ein Zufluchtsort von den Kämpfen und Sorgen der Welt. Ein Ort der Geruhsamkeit, Zeitlosigkeit und unverdorbener Gemeinschaft.«

Gregor nahm den Deckel von seinem Teller und sah auf zwei trockene Stücke ungesäuerten Brotes, drei Zitronenscheiben und einen Haufen Linsen, die in Tomatensauce gekocht worden waren.

Was das Frühstück rettete, war die Tatsache, daß Scholastica ihr Wort hielt. Sie leistete ihm Gesellschaft. Im Unterschied zu Peter Rose plapperte sie nicht; aber im Gegensatz zu Benedict Marie hielt sie auch nicht dauernd den Mund und öffnete ihn nur, um zu schimpfen. Eine Weile lang sprach sie gemütlich über den Gründonnerstag und was er für eine Gemeindeschule bedeutete, vor allen Dingen für eine, die sich in einer so konservativen Erzdiözese befand wie dieser.

»Wir versuchen, den Kindern ein Bewußtsein für ein ganzheitliches Erlebnis der Karwoche zu vermitteln«, sagte sie. »Zu viele Katholiken glauben, Ostern wäre das einzig Wichtige. In Wahrheit gehen da sehr viel mehr Dinge ab. Vor allem während des österlichen Triduums. Der Kardinal war ziemlich verärgert über die geringe Besucherzahl der Abendmesse am Gründonnerstag. Es ist die einzige Messe, die überhaupt an diesem Tag gehalten wird, und sie kann ohne –«

»Moment«, sagte Gregor. »Sind Sie nicht gerade von der Messe gekommen?«

»Messe?« Schwester Scholastica sah verwirrt aus. »Oh. Sie müssen uns in der Kirche gesehen haben. Nein, wir kommen nicht aus der Messe. Wir haben die Zehnuhrmesse vorbereitet, und manche der Schwestern hielten Andacht. Wir haben auch eine Kapelle, aber es ist immer nett –«

»Moment«, sagte Gregor. »Was ist mit der Zehnuhrmesse? Ich dachte, die wäre um zehn Uhr morgens.«

»Ist sie auch. Der Kardinal hat den Kirchen, denen eine Gemeindeschule angegliedert ist, seine Erlaubnis gegeben, eine zusätzliche Messe am Morgen zu halten. Für die Kinder. Die meisten sind zu jung, um zur Abendmesse herauszukommen. Die wird in der Regel sehr spät gelesen. Die Priester müssen alle um halb zwölf in die Kathedrale, um dort an der Chrisammesse teil ...«

»Chrisammesse?«

»Eine besondere Messe, während der die Priester ihre Weihegelübde erneuern. Sie wird einmal im Jahr am Gründonnerstag gelesen.«

»Ich habe das Gefühl, das ist hier alles sehr kompliziert, Schwester.«

»Oh, das ist es auch«, sagte Scholastica. »Am Ende der Karwoche habe ich immer das Gefühl, ich wäre ganz betrunken gewesen. Die Regeln sind eigentlich ziemlich klar, aber es scheinen da immer wieder Sondererlaubnisse oder Detailveränderungen aufzutreten. Und die Kommunionshelfer sind auch jedes Jahr neu, so daß eigentlich niemand richtig Bescheid weiß. Es reicht jedenfalls, um einem eine gute Migräne zu bescheren.«

»Das kann ich mir vorstellen.«

»Sie bereiten mit auch Kopfschmerzen.«

Gregor zog langsam und effektvoll die Augenbrauen seiner erstarrten Miene hoch, aber Scholastica winkte ab.

»Geben Sie sich nicht solche Mühe, höflich schockiert

zu sein«, sagte sie. »Von dem Moment an, seit Sie in dieses Zimmer gekommen sind, habe ich darauf gewartet, daß Sie endlich mal zum Punkt kommen. Ich glaubte schon, Sie würden das nie tun.«

»Welcher Punkt ist das?«

»Cheryl Cass natürlich.« Scholastica streckte die Hand nach der Kaffeekanne auf dem Tisch aus, um Gregors Tasse neu zu füllen. »Eins der Dinge, die man im Kloster beigebracht bekommt – beziehungsweise eins der Dinge, die man damals im Kloster beigebracht bekam – ist, wie man direkt zur Sache kommt, wenn es sein muß. Sie wären erstaunt, wieviele Frauen es im normalen Leben nie zu tun lernen.«

»Ich wäre erstaunt, wenn Sie es nicht gewesen wären«, sagte Gregor. Er meinte das ernst. Schwester Mary Scholastica schien eine Frau zu sein, die dazu geboren war, eine *femme formidable* zu werden, obwohl sie hübscher war als die meisten ihrer Sorte. Sogar ihre Körpersprache war geradeheraus. »Sie sind eine sehr – beeindruckende Frau, Schwester.«

»Als ich diesem Orden beitrat, war ich ein Mäuschen. Ich war mehr als ein Mäuschen. Ich war einer dieser Menschen, die jedesmal in Panik geraten, wenn sich mal jemand über sie aufregt.«

»Das kann ich Ihnen kaum glauben.«

»Das kann kaum jemand, aber es ist wahr.«

»In Ordnung. Der Orden hat Ihr Leben verändert. Was hat das mit Cheryl Cass zu tun?«

»Nichts. Ich versuche damit nur zu sagen, daß es mir leid tut, wenn ich unhöflich oder aggressiv sein sollte, aber ich würde so gerne mehr wissen und sehe keine andere Möglichkeit, es herauszufinden.«

»Was möchten Sie denn wissen?«

»Das mit Cheryl Cass«, wiederholte Schwester Scholastica. Sie klang entnervt. »Es ist so schwierig, von irgend jemandem eine klare Auskunft zu bekommen. Nicht, daß die Kanzlei jemals klare Auskünfte gibt. Das ist einfach Bürokratie, und sie kann es eben nicht. Aber seitdem Peg Monaghan dieses Bild identifiziert hat –«

»Wer ist Peg Monaghan?«

»Sie ist diejenige, die Cheryl Cass identifiziert hat«, sagte Scholastica. »Hat Ihnen der Kardinal davon erzählt?«

Jetzt, wo Gregor darüber nachdachte, erinnerte er sich nur daran, daß der Kardinal ihm erzählt hatte, jemand mit Verbindungen zu Andy Walsh und einer Menge anderer Leute in der St.-Agnes-Gemeinde sei aufgrund einer Nikotinvergiftung tot aufgefunden worden. »Der Eindruck, den ich gewonnen habe«, sagte er, »ist, daß diese Cheryl Cass irgendwo aufgetaucht ist, in der Nähe –«

»In der Nähe der Kathedrale vielleicht, aber nicht in der Nähe von St. Agnes.«

»Ist die Kathedrale nicht dicht an St. Agnes gelegen?«

»Sie ist nur ein paar Blocks entfernt. Aber Cheryl wurde in einer Gasse auf der anderen Seite der Kathedrale gefunden. Und das hätte auch keinen großen Unterschied gemacht, wissen Sie. Es sind dort schon mehrfach Leute tot aufgefunden worden. Drogenabhängige meistens, vermute ich mal. Die *Tribune* hat ihr Bild nur vorsichtshalber auf einer der letzten Seiten abgedruckt. Und die lokalen Nachrichten haben es zweimal ausgestrahlt, einmal um sechs und einmal um elf, um der Polizei einen Gefallen zu tun. Und zwar wegen des Eheringes.«

»Welcher Ehering?«

»Cheryls. Sie trug ihn, als sie starb. Und er war teuer, glaube ich. Sie trug ihn, als ich sie sah, und er sah ziemlich schwer aus.«

»Ich verstehe«, sagte Gregor. »Die Polizei dachte wahrscheinlich, wenn sie einen teuren Ring trug –«

»Dann hätte sie vielleicht eine Familie, die sich um sie Sorgen macht. So habe ich das auch verstanden. Jedenfalls, die *Tribune* hat ihr Bild abgedruckt, und Peg Monaghan hat sie erkannt. Sie war damals mit Peg Morrissey in der High School. Sie rief die Polizei an und sagte ihr, wer die Tote war. Das war der Zeitpunkt, ab dem plötzlich die Hölle los war. Und seither ergibt hier nichts mehr einen Sinn.«

Gregor betrachtete neugierig ihr Gesicht. »Ich habe mit der hiesigen Polizei gesprochen«, sagte er, »und die schien zu glauben, daß sie so viel Licht in die Angelegenheit hineingebracht haben, wie irgend möglich.«

»Haben Sie mit John Smith gesprochen?«

»Nein. Ich habe mit einer ganzen Anzahl von Leuten gesprochen. Einer von ihnen hatte einen polnischen Namen –«

»Maveronski«, sagte Scholastica. »Der ist zu nichts zu gebrauchen. Er will einfach nicht die Mühe auf sich nehmen, irgend etwas zu untersuchen. Benedict Marie hat ihn damals in der sechsten Klasse unterrichtet, und sie sagt, er war schon immer so.«

»Ähm. Also, Schwester, momentan ist vorsätzlicher Selbstmord das offizielle Urteil für diesen Fall, und es gibt eine ganze Menge Dinge, die dafür sprechen –«

»Andy Walsh denkt, der Kardinal hätte Sie nur hier hoch geholt, um ihm Schwierigkeiten zu machen«, sagte Scholastica. »Ich glaube nicht, daß dem so ist. Ich denke, der Kardinal hat Sie hierher geholt, weil er nicht viel glücklicher mit diesem – Urteil ist als ich. Eine ganze Menge mag dafür sprechen, Mr. Demarkian, aber es gibt auch einiges, was dagegen spricht.«

Es gab keinen Zucker auf dem Tisch und keine Milch.

Das hatte Gregor gleich, als er hereingekommen war, festgestellt. Jetzt schaute er noch einmal danach, um eine Möglichkeit zu finden, wegzuschauen und nachzudenken. Schwester Scholastica sprach einfach dieselben Zweifel aus, die auch er gegenüber Pater Tibor geäußert hatte. Wenn er diese Zweifel nicht gehabt hätte, dann wäre er nicht hier hoch gekommen. Es gab nur einen einzigen glaubwürdigen Grund dafür, daß er das amerikanisch-christliche Osterwochenende in dieser arktischen Gegend verbrachte, und zwar, daß die Berichte, die er über den Tod von Cheryl Cass erhalten hatte, nicht koscher waren.

Er wollte herausfinden, warum es ihn so störte, daß Schwester Scholastica mit ihm einer Meinung war. Wenn er genauer darüber nachdachte, dann störte ihn Schwester Scholastica selbst. Das war gestern abend und auch heute morgen, als er sie zuerst gesehen hatte, noch nicht der Fall, aber je mehr er mit ihr sprach, desto mehr erweckte sie in ihm ein Gefühl von Unwohlsein. Es war da irgend etwas, was nicht ganz zu dieser ganzen Fassade paßte. Andererseits war sie genauso geradeheraus, wie sie es zu sein schien. Gregor hatte sie innerhalb einer Sekunde als einen jener Menschen erkannt, die nur durch Verschweigen lügen können. Eine wirkliche Falschaussage würde eine viel zu große Anstrengung für ihren guten Charakter bedeuten. Andererseits –

Er wandte sich von den ohnehin nicht vorhandenen Zucker- und Sahnebehältern ab und bemerkte, daß sie ihn anstarrte. »Entschuldigen Sie«, sagte er. »Ich habe wohl gerade geträumt.«

»Wenn Sie über Cheryl Cass nachgedacht haben, dann kann ich es Ihnen nicht übelnehmen. Da ist doch irgend etwas mit diesem Tatbestand nicht in Ordnung, nicht wahr? Und der Kardinal weiß das auch.«

Gregor schüttelte den Kopf. »Der Kardinal hat mir nichts davon gesagt, daß er mit dem Urteil nicht einverstanden wäre.« Soweit wie Gregor das hatte erkennen können, war der Kardinal praktisch in das Urteil verliebt, obwohl es natürlich sein konnte, daß er seit vorgestern seine Meinung geändert hatte. O'Bannion hatte öfter Anwandlungen dieser Art. »Und was mich angeht, Schwester, ich kann dazu nur sagen, daß ich wirklich noch nicht weiß, was passiert ist. Ich habe schon mit ein paar Leuten geredet, aber immer telefonisch und immer nur relativ kurz. Ich habe noch nichts an Beweisstücken gesehen. Ich habe noch nicht einmal die Hälfte der Leute gesehen, die Cheryl Cass am Aschermittwoch getroffen hat. Ich weiß nichts über Colchester. Ich könnte Ihnen nichts geben, was im geringsten einem gesicherten Indiz ähneln würde.«

»Aber das ist es doch, warum Sie hier sind, nicht wahr? Um alle diese Dinge herauszufinden und dann zu einem sicheren Indiz zu kommen?«

»Ich bin hier, um einem Freund von mir einen Gefallen zu tun, einem armenischen Priester namens Pater Tibor Kasparian. Er ist mit Ihrem Kardinal befreundet.«

»Jeder ist ein Freund des Kardinals, Mr. Demarkian. Selbst Andy Walsh. Obwohl keiner von beiden das jemals zugeben würde.« Sie trommelte mit ihren Fingern auf der Tischdecke. Dann schien sie zu irgendeiner Entscheidung gefunden zu haben und nickte. »Ich finde, Sie sollten losgehen und mit Lieutenant John Smith reden«, sagte sie. »Ich weiß, das klingt wie ein Witz, ist es aber nicht. Er heißt wirklich so.«

»Davon bin ich überzeugt. Aber was sollte ich von diesem Lieutenant John Smith herausfinden?«

»Alles«, sagte Scholastica schlicht.

Sie stand auf, schüttelte den Rock ihrer Nonnentracht

aus und rückte ihren Schleier zurecht. »Ich wünsche Ihnen einen guten Tag, Mr. Demarkian.« Sie streckte ihre Hand aus. »Es geht auf acht Uhr zu, und ich muß rüber in die Schule. Es ist Gründonnerstag.«

Gregor wollte gerade seine Hand ausstrecken – und ihr sagen, daß er wisse, wie beschäftigt sie sei, was das anging –, aber ehe er überhaupt eines von beiden tun konnte, war sie schon verschwunden.

FÜNF

Zunächst hatte Gregor für den Rest des Morgens vorgehabt, ein bißchen auf Entdeckungstour zu gehen: herunter vom Gelände von St. Agnes, hinaus auf die Straßen von Colchester und durch die Tür des nächstbesten halbwegs ansehnlichen Lokals. Wenn er gewußt hätte, wo das nächste halbwegs ansehnliche Lokal gewesen wäre – beziehungsweise überhaupt ein Lokal –, dann wäre er vielleicht losgegangen. Die armenische Fastenzeit hatte ihm endgültig die letzten Nerven geraubt. Sein Heißhunger auf Fleisch war so stark geworden, daß er sich vorstellte, wie er in die rohen Oberschenkel von Dinosauriern biß, so wie die Höhlenbewohner in schlecht recherchierten Filmen. Er wollte irgendwo hingehen, wo man ihm um acht Uhr morgens ein Steak und Pommes, in purem Cholesterin gebraten und frittiert, servieren würde – und dann wollte er da bleiben, stundenlang, vielleicht bis zur Mittagszeit.

Statt dessen verließ er das Kloster und stand eine Weile im Hof herum und sah sich um. Die Straßen, die St. Agnes direkt umgaben, schienen ausschließlich Wohnstraßen zu sein. Solide gebaute, dreistöckige Fachwerkhäuser mit ordentlichen winzigen Vorgärten und sorgfältig freigeschaufelten Aufgängen, marschierten nach Osten und nach Westen und nach Norden und nach Süden, ohne eine einzige Unterbrechung. Manche von ihnen hatten Gipsstatuen der Heiligen Jungfrau neben ihren kleinen Veranden, die zum Haus hinaufführten. Die meisten hatten Buntglasverzierungen mit Kreuzen, Tauben oder Lebensrosen an ihren Türen. Als er aufsah und in Richtung Norden blickte, konnte er die Turmspitzen der Kathedrale erkennen. Tatsächlich konnte er sogar fast die Hälfte der südlichen Seite der Kathedrale sehen. Obwohl man es ihm ja gesagt hatte, war er dennoch überrascht, daß sie so nahe lag. Er hatte vergessen, wie wenig Platz katholische Gemeinden in hauptsächlich katholischen Städten beanspruchen konnten. Er ließ seine Augen zu dem Kreuz wandern, das den höchsten Punkt der Kathedrale bildete, und seufzte. Der bloße Anblick dieses Gebäudes verärgerte ihn. Die momentane Situation war nahezu unerträglich. Warum hatte es O'Bannion denn so eilig gehabt, ihn hierher zu holen, wenn er doch gewußt haben mußte, daß Gregor den größten Teil von Gründonnerstag sowieso mit Nichtstun würde verbringen müssen? Soweit es Gregor erkennen konnte, würde er wahrscheinlich den *gesamten* Gründonnerstag mit Nichtstun verbringen. Jedesmal, wenn er sich mit jemand anderen unterhielt, hörte er wieder etwas anderes bezüglich der Aktivitäten, die in der Karwoche stattfanden. Er wäre nicht weiter erstaunt gewesen, wenn man ihm erzählt hätte, daß für die späten Nachtstunden des Gründonnerstags ein für die gesamte Erzdiözese verbindliches Rosenkranzbeten vorgesehen wäre, bei dem alle Gemeindemitglieder auf ihren Knien lägen und Ave Marias murmelten – das einzige, was sie bis zum morgigen Karfreitag hätten sagen dürfen.

Er hätte ins Rosary House zurückgehen können, aber er

wollte nicht. Sein Zimmer war klein und kalt, und er hatte vergessen, sich ein Buch mitzunehmen – noch nicht einmal von Bennis hatte er eins dabei. Natürlich hätte er nach der Mordkommission von Colchester suchen können, aber auch das wollte er nicht tun. Als erstes am Morgen ein unglaublich beschäftigtes Dezernat mit einer Menge unrelevanter Fragen heimzusuchen war nicht das, was er sich unter einem diplomatisch eingefädelten Anfang der Zusammenarbeit vorstellte. Außerdem wollte er mit O'Bannion reden, ehe er mit der Polizei sprach, um ein besseres Bild davon zu bekommen, was los war. Er überlegte, ob St. Agnes eine Möglichkeit wäre, aber er entschloß sich dagegen. Die Kirche war viel zu voll. Sowohl die beiden Türen des Haupteinganges als auch die Seitentür waren offen, und verschiedene Leute eilten hinein und wieder heraus – wobei er mit Interesse bemerkte, daß die beiden Frauen dabei waren, die er vorhin beobachtet hatte, wie sie sich mit Scholastica unterhielten. Sie waren jedoch alle viel zu sehr beschäftigt, um ihn überhaupt zu bemerken. Die Vorbereitungen dieser morgendlichen Messe in St. Agnes wirkten eher wie die Vorbereitungen für eine aufwendige Theateraufführung. Für einen Moment sah er die teuer aussehende Frau im roten Mantel, wie sie aus Richtung Carver Street in den Hof hineintrottete und eine Ziege an der Leine führte.

Eine Ziege!

Er beobachtete, wie sie die Ziege durch die Seitentür der Kirche zerrte. Es gab nirgendwo in der Nähe von St. Agnes ein Thermometer, so daß er keine Möglichkeit hatte, festzustellen, wieviel Grad es waren, aber er war sich sicher, daß es gut unter Null sei. Wie immer war es obendrein noch windig. Colchester schien den Wind gepachtet zu haben. Er richtete den Kragen seines Mantels auf, zog seinen Schal fester und ging los.

Sowohl das Kloster als auch das Rosary House waren leer. Kirche und Schule waren mit ihrer eigenen Arbeit beschäftigt. Blieb noch das Pfarrhaus übrig.

Gregor stieg die niedrigen, metall-umrahmten Zementstufen zur Vordertür des Pfarrhauses hoch und klingelte.

Es war Pater Declan Boyd, der auf Gregors Klingeln reagierte, und nicht Andy Walsh, den Gregor erhofft, aber immer noch nicht kennengelernt hatte. Gregor vermutete, daß Andy Walsh drüben in der Kirche war, um bei dem mitzuhelfen, was dort stattfand. Declan Boyd sah aus, als wäre er gerade aus einem versehentlichen Nickerchen aufgewacht. Seine schwarzen Hosen und sein Hemd mit dem Priesterkragen waren zerknittert, und seine Augen waren rot und trübe. Irgendwo hinter ihm blökte ein Fernseher etwas, was wie eine politische Rede klang.

Declan Boyd musterte ihn. »Oh«, sagte er. »Mr. Demarkian. Oh. Ja. Ähm. Ah –«

»Darf ich hereinkommen?« fragte ihn Gregor.

Boyd gewann seine Fassung wieder, zumindest teilweise. »Natürlich«, sagte er und trat zurück. »Entschuldigen Sie. Ich erwartete nur niemanden. Ich, äh –«

Aber Gregor war schon eingetreten. Während er in dem winzigen Vorraum stand, hatte er überhaupt keine Schwierigkeiten, den Grund für Declan Boyds Nervosität zu ermitteln. Der Fernseher war nicht auf eine politische Sendung eingestellt, sondern auf eine Predigt. Und was für eine Predigt.

»Die römisch-katholische Kirche«, schrie die Stimme, »nennt sich heilig. Die römisch-katholische Kirche nennt sich apostolisch. Wissen Sie, was das bedeutet? Das bedeutet ›von den Aposteln abgeleitet‹. Von Petrus und Paulus und Jakob und Johannes und allen anderen heiligen Männern, auf die Christen in aller Welt schauen, wenn sie Führung brauchen in ihrer Suche nach einem persönlichen Verhältnis mit Unserem Herren Jesus Christus. Nun, lassen Sie mich Ihnen etwas sagen, Brüder und Schwestern: Die römisch-katholische Kirche lügt. Sie ist nicht heilig! Sie ist nicht von den Aposteln abgeleitet. Sie ist die Hure Babylons und der Vorreiter der Hölle, und sie befindet sich auf einer weltweit angelegten Mission, jede Seele auf Erden in das Loch herabzuziehen, in dem sie selbst lebt. Ich sage Ihnen, wenn Sie gerettet werden wollen, dann müssen Sie mehr tun als nur Christus in dieser Welt zu finden. Sie müssen gegen seine Feinde vorgehen, und sein größter Feind ist die Kirche von Rom.«

Gregor Demarkian sah Pater Declan Boyd mit einem langen, forschenden Blick an. Declan Boyd wurde rot.

»Ah«, sagte er. »Ja. Nun –«

»Was ist das?« fragte Gregor.

»Barry Field«, sagte Boyd resigniert. »Es war früher mal katholisch, wissen Sie. Er war Mitglied in der Gemeinde von St. Agnes. Zu alten Zeiten.«

Gregor hatte keine Vorstellung davon, was Boyd mit den »alten Zeiten« meinte – die vor dem Zweiten Vatikanischen Konzil oder vorletzte Woche. »Was ist denn dieser Field-Mensch jetzt?« fragte er. »Der Führer der lokalen Ignoranten-Partei?«

»Er ist ein Fernsehprediger«, sagte Boyd. »Nur auf regionaler Ebene, wissen Sie. Obwohl es Gerüchte gegeben hat.«

»Worüber?«

»Daß er in einem dieser christlichen Sender aufgenommen wird.«

»Wunderbar«, sagte Gregor. Er war bereits eingetreten, aber die Tür hinter ihm stand immer noch offen. Er war so von der Predigt gefangengenommen gewesen, daß er vergessen hatte, sie zu schließen. Jetzt erinnerte er sich. »Weiß Kardinal O'Bannion, daß Sie sich diesen Quatsch anhören? Und Pater Walsh?«

»Wenn es Pater Walsh nicht gäbe, dann würde ich ihn mir nicht anhören«, sagte Boyd. »Nach der – äh – nach dem Vortrag da gibt es diese, naja, diese Art Talk-Show. Pater Walsh ist in der Talk-Show sein Gast.«

»Sein Gast«, wiederholte Gregor erstaunt.

»Pater Walsh ist da oft Gast. Barry Fields Gast, meine ich. Es ist ja für den Kardinal Ehrensache, uns anzuhalten, daß wir dieses Zeug da nicht anschauen sollen, aber da gibt es schließlich noch meinen Selbsterhaltungstrieb. Es tut mir leid. Ich drücke mich nicht ganz verständlich aus. Es ist nur, daß –«

»Wenn Sie Ärger kriegen, dann wollen Sie vorher darüber Bescheid wissen.« Gregor nickte. »Ich kann das verstehen. Muß der Fernseher eigentlich so laut sein?«

»Natürlich nicht.« Boyd drehte sich um und eilte durch einen Bogen neben der Vordertür, und Gregor folgte ihm. Er fand sich in einem kleinen Wohnzimmer wieder, das mit zwei altgedienten Sofas, drei wackligen Stühlen und einem riesengroßen Fernseher eingerichtet war. Declan Boyd stand vor dem Apparat und drehte an den Knöpfen. Barry Fields Stimme sank auf ein Flüstern herab.

»Als er mir erzählt hat, daß er das hier am Gründonnerstag machen würde, konnte ich das gar nicht glauben. Ich meine, er war derjenige, der darauf bestand, die Messe um zehn Uhr zu lesen. Wenn er den halben Vormittag über verschwinden wollte, dann hätte er die Messe heute abend übernehmen sollen. Was ist, wenn er zu spät kommt? Die Zehnuhrmesse ist eine Messe für Kinder, um Himmels willen. Kinder werden unruhig, wenn sie warten müssen.«

Gregor sah auf seine Uhr. »Es ist erst Viertel nach acht. Sicherlich wird er bis zehn Uhr zurück sein.«

»Wenn ich Andy richtig einschätze, wird er um zehn Uhr da sein. Punkt zehn Uhr. So muß er die ganzen langweiligen Arbeiten vorneweg nicht mitmachen, und er wird auch keine Zeit haben, um mit dem Kardinal zu reden. Judy Eagan wird noch nicht einmal die Möglichkeit haben, ihn verbal umzubringen.«

Judy Eagan. Gregor ließ den Namen durch den Fluß an Namen, den ihm O'Bannion bei ihren Telefonaten entgegenströmen ließ, durchlaufen und fand auch tatsächlich eine Identifikation. »Judy Eagan ist die Vorsitzende des Gemeindekirchenrates?«

»Stimmt. Sie haben sie vielleicht heute morgen gesehen. Sie ist diese Blonde im roten Mantel. Sie wird gerade von einem Ziegenbock über den ganzen Hof gezerrt.«

»Ein Ziegenbock«, sagte Gregor. »Ich bin froh, daß Sie mir das erzählt haben. Ich dachte schon, ich hätte –«

»Halluzinationen? Nun, bestimmt nicht. Das war alles Andys Idee. Judy mußte heute morgen zur Knot-Hill-Farm rausfahren und ihn abholen. Knot-Hill-Farm ist der Ort, an dem sie Tiere für Werbefilme und solche Dinge trainieren.«

»Wofür ist denn der Ziegenbock?«

»Ich weiß es nicht«, sagte Boyd und wirkte deprimiert dabei. »Andy sagt mir nie etwas. Andy redet praktisch überhaupt nicht mit mir. Jedenfalls kann man sicher sein, daß es nichts Gutes zu bedeuten hat.«

»Ich habe schon gehört, daß Pater Walsh einen gewissen Ruf genießt.«

»Oh, er hat einen gewaltigen Ruf, das kann man wohl

sagen, aber das ist es eigentlich nicht. Das Problem ist, daß er heute alles viel zu richtig macht.«

»Wie meinen Sie das?«

Declan Boyd setzte sich auf die nahestehende Couch. »Nun«, sagte er, »sehen Sie mal das mit den Ministrantinnen. Wir sollen keine Meßdienerinnen haben. Rom sagt, wir sollen keine nehmen, und der Kardinal hält es sehr genau mit Rom. Und so hat Andy normalerweise und vor allem, wenn er weiß, daß der Kardinal oder irgend jemand von seinen Mitarbeitern kommt, Ministrantinnen. Genauso ist es mit den Kommunionshelferinnen. Außerordentliche Geistliche nennt man sie. Rom will, daß niemand außer einem Priester die Kommunion abhält, außer in einer schrecklichen Notlage, und selbst wenn die Welt gleich untergeht, dürfen keine Frauen dabei sein. Also –«

»Also hat Pater Walsh immer Frauen dabei?«

»Immer«, sagte Declan Boyd. »Er wollte eigentlich auch heute welche einsetzen, aber er hat ihnen abgesagt, ehe er zu seiner Talk-Show gegangen ist. Das nehme ich zurück. Er hat mir gesagt, ich soll ihnen absagen, was ich auch getan habe. Typisch Andy, sich jemanden zu organisieren, der für ihn seine Auseinandersetzungen zu führen hat.«

»Waren die Ministrantinnen wirklich so traurig darüber, daß sie nicht helfen konnten?« fragte Gregor. »Wenn sie so dicht an der Kathedrale wohnen, müssen sie doch eine gewisse Vorstellung davon haben, was die offizielle Politik ist.«

»Es sind auch nicht die Ministrantinnen, die mir Ärger gemacht haben. Viele von denen, die Andy gefragt hat, mußten ihm sowieso absagen. Ihre Eltern haben ihnen nicht erlaubt, am Altar zu dienen, als sie hörten, daß der Kardinal kommt. Es sind die Nonnen, die mir Probleme machen. Andy überläßt die Ausbildung der Kommunionshelferinnen immer den Nonnen. Was er im übrigen auch nicht darf.«

»Ich bin erstaunt, daß er Ihnen den Job nicht überläßt.«

»Er überläßt mir nichts. Er hat an dem Tag, an dem ich hier ankam, klargemacht, daß er mich für einen Idioten hält, und seine Meinung hat er nicht geändert. Wenn ich die Messe lese, dann steht er im Hinterraum der Kirche und gibt mir quasi Regieanweisungen.«

»Und die Nonnen?«

»Schwester Benedict Marie hat mir fast den Kopf abgerissen«, sagte Declan Boyd düster. »Jeden Moment kann Schwester Scholastica hier anrufen und drohen, daß sie mir die Kehle durchschneidet. Und ich kann es ihr nicht verübeln. Es wäre schon schlimm genug, wenn es sich um eine normale Messe handeln würde, aber das hier ist keine normale Messe.«

Gregor lächelte. »Nein, mit einem Ziegenbock wahrlich nicht.«

»Selbst ohne Ziegenbock wäre es keine.« Declan Boyd schüttelte seinen Kopf. »Sie sind nicht katholisch, also können Sie das vielleicht nicht wissen. Heute ist der Tag, an dem der Priester die Fußwaschungen vornehmen soll.«

Eigentlich wußte Gregor das sehr wohl, wenigstens das mit dem Füßewaschen. Es war ihm nur nicht klar, daß es am Gründonnerstag stattfand, und daß es ein Teil der Messe war und kein eigener Ritus. Zwölf Männer aus der Gemeinde wurden ausgesucht, die die Apostel repräsentierten. Der Priester goß dann Wasser auf die bloßen Füße eines jeden und trocknete sie mit einem Handtuch ab. So wie Gregor das verstand, war es eine Erinnerung an die Selbsterniedrigung Christi beim letzten Abendmahl.

»Was mich am meisten bei der Fußwaschung beunruhigt«, sagte Boyd, »ist, daß Andy nie irgend etwas Merkwürdiges damit angestellt hat. Selbst am Anfang nicht. Letztes Jahr hat er nur die Füße von Frauen gewaschen.«

»Und man soll die Füße von Frauen überhaupt nicht waschen?«

»Die Leute finden, das wäre sexistisch«, sagte Boyd, »aber das ist es eigentlich gar nicht. Es soll eine Wiederholung der Szene beim letzten Abendmahl sein. Und alle Apostel beim letzten Abendmahl waren Männer. Wenn man da vorne Frauen hinstellt, ist es, als führte man *King Lear* auf und ließe Jane Fonda die Titelrolle spielen, ohne das auch nur ein bißchen zu erklären.«

Gregor fragte sich, ob diese Erklärung Bennis Hannaford oder selbst Donna Moradanyan ausgereicht hätte und beschloß, daß dem durchaus so sein könnte. Es würde von der Laune abhängen, in der sie sich gerade befänden. »Vielleicht fand Pater Walsh, daß er genug an der Messe herumgefummelt hat«, wies er Boyd auf einen Punkt hin. »Er hatte schon die Ministrantinnen und Frauen, die die Kommunion austeilen –«

»Andy findet nie, daß er genug an der Messe herumgefummelt hat. Wenn er nicht wüßte, daß er dafür rausgeschmissen würde, dann würde er eine neue Messe schreiben. Und außerdem ist es so, wenn er nicht irgend etwas geplant hätte, dann hätte er nie seine Zustimmung gegeben, den Frauen abzusagen. Den Mädchen. Was auch immer. Egal, was Tom Dolan sagt.«

»Was hat Tom Dolan mit all dem zu tun?«

»Habe ich Ihnen das nicht erzählt? Er hat heute morgen angerufen, kurz bevor Andy ins Studio gegangen ist. Sie haben sich fast eine halbe Stunde am Telefon unterhalten. Ich vermute, Tom hat Andy die Leviten gelesen.«

»Pater Walsh hat den Meßdienerinnen erst abgesagt, nachdem er mit Pater Dolan gesprochen hat?«

»Ja. Aber der Ziegenbock ist trotzdem aufgekreuzt. Und den hatte ich nicht erwartet.« Declan Boyd seufzte. »Ich sollte für kleine Gefallen dankbar sein. Wenn Tom und Andy nicht in der High School Freunde gewesen wären, dann wären die Mädchen wahrscheinlich trotzdem aufgetreten. Immerhin ist es einer dieser Tage. Andy hat die Medien benachrichtigt.«

»Weswegen?«

»Wegen der Messe«, sagte Boyd. »Die *Tribune* ist nicht gerade die pro-katholischste Zeitung der Welt, und *WCCN* als Fernsehsender ist nicht viel besser. Sie lieben den Scheiß, den Andy immer anstellt. Moment mal.« Boyd beugte sich auf dem Sofa nach vorne, um nahe genug an den Fernseher heranzukommen und die Lautstärke neu einzustellen. »Da kommt's«, sagte er. »Jetzt wird's spannend. Warum schauen wir nicht einfach mal und sehen uns an, was Andy diesmal anstellen wird.«

Was Gregor wirklich wollte, war Pater Andy Walsh persönlich kennenzulernen, und zwar so bald wie möglich. Je mehr er über den Mann hörte, desto mehr faszinierte er ihn. Da aber wahrscheinlich kein Treffen innerhalb der nächsten Stunden anzustehen schien, mußte eine Fernseh-Talk-Show also ausreichen.

Gregor nahm auf der Couch neben Declan Boyd Platz und wandte dem Fernseher seine Aufmerksamkeit zu.

Gregor Demarkian hatte in seinem Leben nicht besonders viel ferngesehen. Während seiner Kindheit gab es noch kein Fernsehen. Und seitdem er ein Mitglied der arbeitenden Bevölkerung geworden war, hatte er nicht die Zeit dazu gehabt.

Nachdem Elizabeth gestorben war, hatte ihn schlicht nichts interessiert. Die Programme schienen immer von irgend etwas Uninteressantem zu handeln und ergaben nur selten einen Sinn. Nachrichtensprecher vermittelten ihm immer das Gefühl, er sehe einem Schizophrenen zu, der eine halbe Stunde lang normal zu wirken versuchte.

Trotz alledem war er nicht gänzlich ohne Erfahrung, was dieses Medium anging. Es gab Nächte in seinem Leben, in denen er mit irgendeinem Auftrag in einem Hotelzimmer eingesperrt gewesen war, auf Telefonanrufe wartete oder sich Sorgen machte, in was für eine Sache er sich am nächsten Tag würde einlassen müssen. Ehe man ihn damit beauftragte, das Ressort für Verhaltensforschung zu organisieren, hatte er die meiste Arbeit für das FBI in hochsensible Entführungsfälle gesteckt. Eben diese Fälle hatten ihm ein gastritisches Magengeschwür beschert und eine flüchtige Bekanntschaft mit der *Tonight-Show.*

Er stellte fest, daß die *Tonight-Show* das war, was er von Barry Fields Talk-Show erwartet hatte. In gewisser Hinsicht war sie es tatsächlich. Es gab dieselben Topfpflanzen, dieselben von halbdurchsichtigen Vorhängen verdeckten falschen Fenster, dieselbe kleine Plattform, die die Möbel eine kleine Stufe über der Bühne erhob. Was es nicht gab, war ein Schreibtisch, ein Ansager, ein Helfer oder eine Combo. Barry Fields Bühne war so gebaut worden, daß sie aussah wie das Wohnzimmer einer überdurchschnittlich hübschen Vorort-Ranch, bis hin zu den typisch dekorationslosen Wänden. Noch nicht einmal ein Kreuz war vorhanden.

Barry Field sah auch nicht so aus, wie ihn sich Gregor vorgestellt hatte. Er war die üblichen zwanzig Pfund zu dick – wie kam es eigentlich, daß Fernsehprediger fast immer diese Probleme mit ihrem Übergewicht hatten? –, aber das

Gewicht war ziemlich unproportional über seinen Körper verteilt. Anstatt glatt, selbstgefällig und schmierig auszusehen, sah er lediglich klumpig aus. Das Leuchten seiner Augen strahlte außerdem auch keine Selbstzufriedenheit aus. Gregor kannte diesen Blick sehr gut. Es war blinder Ehrgeiz.

»Haben Sie gerade gesagt, daß dieser Mann einmal Katholik war?« fragte er Declan Boyd.

»Nicht nur Katholik, sondern auch noch dazu auserwählt, auf das Priesterseminar zu gehen«, sagte Boyd. »Nach dem, was ich gehört habe, war er einer der größten Protegés des Kardinals. Er und Tom Dolan, und, glauben Sie's oder auch nicht, Andy Walsh.«

»Ich hätte nicht gedacht, daß O'Bannion schon so lange Kardinal hier ist.«

»Ist er auch nicht. Er war ein Assistent des Erzbischofs – das ist zwei Erzbischöfe her. Wir sagen Hilfsbischof dazu. Er war Geistlicher Direktor der beiden *High Schools*, die von der Kathedrale unterhalten werden.«

»Und Pater Walsh und Pater Dolan und Barry Field waren alle zusammen Schüler dieser High School.«

»In der *Cathedral Boys'*, ja. Jetzt geht's los. Sehen Sie mal. Da ist Andy.«

Gregor schaute auf den Bildschirm. Barry Field war aufgestanden und hielt seine Hand ausgestreckt. Auf der rechten Seite des Bildschirms erschien ein kleiner, kompakter, sportlich aussehender Mann mit Fönfrisur und einem Priesterkragen aus den Kulissen, ebenfalls mit ausgestrecktem Arm. Als sie endlich aufeinandertrafen, hob Field ihre beiden Hände in die Luft, wandte sich an seine Zuschauer und sagte:

»Brüder und Schwestern, Pater Andrew Walsh!«

»Manchmal legt er einfach los und blubbert«, sagte

Declan Boyd, »man kann gar nicht erkennen, worüber er spricht oder was er eigentlich meint. Manchmal legt er los und läßt diese wirklich unglaublichen Bomben fallen.«

»Theologische Bomben?«

»Klatsch«, sagte Declan Boyd. »Hat Ihnen das noch niemand über Andy gesagt? Er ist nicht nur ein Spinner, er ist sogar fast so gut wie eine dieser Party Lines.«

Auf dem Bildschirm setzten sich Barry Field und Andy Walsh und machten es sich auf den skandinavisch-modern angehauchten Sofas gemütlich.

»Pater Walsh«, sagte Barry Field gerade, »ist, wie die meisten von Ihnen da draußen wohl wissen, ein langjähriger Missionar in dem weltweit verbreiteten Bemühen, die katholische Kirche zu reformieren – die katholische Kirche tatsächlich zu einer christlichen Kirche zu machen, wie sie es ja auch ursprünglich sein sollte. Nun, ich weiß, daß manche von Ihnen da draußen seinen Job als Priester etwas problematisch finden. Ich lese Ihre Briefe, und ich spüre Ihre Angst und verstehe, was Sie durchmachen. Es gibt einiges, was man von der Hure von Babylon zu fürchten hat. Aber ich muß Ihnen jetzt sagen, wie ich es Ihnen schon so oft gesagt habe, wirkliche Christen brauchen Männer wie Andrew Walsh. Wir brauchen sie genau dort, wo sie sich befinden, im Bauch der Bestie. Sie sind unser Auskundschaftungssystem. Sie sind unser Frühwarnsystem. Sie sind unser –«

»Ich persönlich denke, daß Barry und Andy irgendeine Form von Abmachung haben«, sagte Declan Boyd. »Barry kriegt, was er will – was heißen soll, ein riesengroßes Publikum, wann immer Andy sein Gast ist. Manche der Farmer da draußen sind richtig süchtig nach diesen Theorien einer katholischen Verschwörung. Andy hingegen kann sich einen Ruf als Dissidenten-Priester erwerben. In seinem Kopf vergleicht er sich wahrscheinlich mit Sacharow.«

Gregor grunzte. Der Priester auf dem Bildschirm sah eigentlich nicht danach aus, als betrachte er sich selbst als einen neuen Sacharow. Er sah aus, als betrachte er sich selbst als einen Skihasen. Priesterkragen oder kein Priesterkragen, alles, was er noch brauchte, um den Hasen perfekt zu erfüllen, waren ein Paar Skistöcke und eine Skibrille.

»Nun, Brüder und Schwestern«, sagte Barry Field, »Pater Walsh ist heute hier, um über etwas zu sprechen, das zunächst auf den ersten Blick überhaupt nichts mit der katholischen Kirche zu tun zu haben scheint. Es könnte sogar auf den ersten Blick so scheinen, als habe es gar nichts mit uns hier in Colchester zu tun. Colchester ist im großen und ganzen eine priesterliche Stadt, und das wissen wir alle. Die Kräfte des Herrn sind hier schon seit langen Jahren tätig. Pater Walsh ist heute hier, um uns zu erzählen, daß auch die Kräfte des Teufels hier zugange gewesen sind.«

»Benutze nie nur ein Wort, wenn zehn dasselbe sagen können«, sagte Declan Boyd. »Jede Wette, er hat seine Aufsätze in genau fünfzehn Minuten fertiggeschrieben.«

»Nun, Pater Walsh«, sagte Barry Field, »viele der guten Menschen dort draußen denken, daß der Satanskult in unserer Gemeinde etwas ganz Neues ist, daß es ihn noch nicht lange gibt. Da wissen Sie genauer drüber Bescheid, nicht wahr?«

»Oh, ja«, sagte Andy Walsh. Seine Stimme war träumerisch. »Ich weiß viel besser darüber Bescheid.«

»Nun, Pater Walsh, wie lange ist es her, würden Sie sagen, daß der Satanskult in diese Stadt kam?«

Andy Walsh lächelte. Aber eigentlich grinste er. Für Gregor sah er aus wie ein Mann, der sich darauf vorbereitet, einen ungeheueren Streich zu spielen, und zwar jemandem, den er nicht besonders mag.

»Nun, Barry«, sagte er, »jeder, der schon lange genug lebt und ein ausreichend leistungsfähiges Gedächtnis hat, muß einfach wissen, daß dieser Kult seit mindestens zwanzig Jahren hier sein Unwesen treibt.«

»Zwanzig Jahre? Sagen Sie da gerade, daß es hier in Colchester Männer und Frauen gibt, die den Prinz des Bösen anbeten, ihm Opfer bringen, und das seit zwanzig Jahren?«

»Das habe ich gerade gesagt.«

»Aber warum haben wir davon nicht gehört? Warum ist das nicht auf den Titelseiten aller Zeitungen gewesen? Warum ist das nicht von den Mattscheiben-Gelehrten der Fernsehsender verkündet worden? Warum ist das nicht –«

»Das hasse ich«, sagte Declan Boyd plötzlich. »Das hat er einstudiert. Können Sie das nicht sehen? Barry Field ist wirklich ein schrecklich schlechter Schauspieler.«

»Er ist unglaublich schlecht«, pflichtete ihm Gregor bei.

»Ich verstehe nicht, warum die Leute nicht sehen, wie gestellt das alles ist«, sagte Declan Boyd. »Er gibt sich überhaupt keine Mühe, das zu verstecken.«

Auf dem Bildschirm wedelte Andy Walsh mit seinen Armen herum und tat so, als erhebe er Einspruch. »Aber es stand doch in den Zeitungen«, sagte er. »Es war auch im Fernsehen. Jeder da draußen, der alt genug ist, muß es gesehen haben.«

»Was gesehen haben, Pater Walsh?«

»Die Berichte über die Tieropfer in Black Rock Park. Soweit ich mich erinnere – wir waren ja damals beide in der High School –, ist das von jedem Nachrichtensender in der Gegend aufgegriffen worden.«

»Haben Sie da gerade *Tieropfer* in Black Rock Park gesagt?« fragte Barry Field. »Nun, Pater, ich erinnere mich an den einen oder anderen Bericht über irgendwas, das sich in Black Rock Park zugetragen hat, aber an keine Tieropfer. So, wie ich das damals verstanden habe, ist das, was damals vor zwanzig Jahren dort passierte, von irgendwelchen straffälligen Jugendlichen verübt worden, die ihr schlimmes Werk an irgendeinem räudigen Hund anrichteten.«

»Drei räudige Hunde«, sagte Andy Walsh. »Und zwei Katzen.«

»So oder so, Pater Walsh, erinnere ich mich nicht, irgend etwas über Teufelsanbetung in dem Fall gehört zu haben.«

»Ich auch nicht«, sagte Andy Walsh. »Das ist es auch nicht, was von den Zeitungen berichtet wurde. Das heißt aber nicht, daß es nicht so war.«

»Haben Sie irgendeinen triftigen Grund dafür, zu glauben, daß es wirklich so war?«

»Natürlich«, sagte Andy Walsh. Gregor merkte plötzlich, daß die Augen des Priesters zwinkerten. Er hatte Spaß. »Ich habe den besten Grund der Welt dazu. Ich habe die Teufelsanbeterei gründlichst studiert, Mr. Field, und ich kann Ihnen hier und heute sagen, daß dieser Zwischenfall alle Anzeichen davon trug.«

Gregor spürte neben sich eine Bewegung und wandte sich um. Er fand Declan Boyd an seiner Seite, der sich so weit vorlehnte, daß er bald von der Couch fiel. Aus seinem Engelsgesicht war die Freundlichkeit gewichen. Es war schockiert, durcheinander und ein bißchen grün.

»Was macht er denn da?« verlangte Boyd zu wissen. »Was im Namen Gottes *macht* er da eigentlich?«

Eigentlich war das genau die Frage, auf die auch Gregor eine Antwort haben wollte.

SECHS

Es war 9:16 Uhr, als Judy Eagan den Aufgang zu Peg Morrissey Monaghans Vordertür hochpreschte, und einige Sekunden später kam sie durch die Diele gefegt, die Tür hinter sich zuknallend, und begann, auf ihrem Weg in den hinteren Teil des Hauses Pegs Teppich aufzupflügen. Peg war in der Küche, mit einem Blick auf nichts Erbaulicheres als einen Fernseher, der noch immer auf *WNVB* eingestellt war, und den Hintergarten, aber sie wußte ja, wer das war. Judys Hacken waren so hoch und spitz, daß sie, wenn sie über Teppich ging, immer wie eine Nähmaschine klangen, die sich durch ein dickes Tuch hindurchkämpfen mußte. Peg wünschte, sie würde dasselbe Geräusch auf ihrem Weg nach draußen machen – und zwar jetzt gleich. Entweder das, oder Joe sollte sich endlich einmal daran erinnern, die Haustür vorne zuzuschließen.

Das war das Problem, wenn man mit einem Mann verheiratet war, der in einer Stadt groß geworden war, die viel zu klein war, um Kriminalität zu kennen. Er nahm die Möglichkeit eines Eindringlings einfach nie ernst.

Judy sagte ein hohes, flötendes und entnervtes »Hallo« in Richtung der Kinder, als sie durch das Fernsehzimmer kam und dann in die Küche hineinstürzte. Ihre Haare waren wild durcheinander, ihr Mantel war offen, und sie trug ihre Handtasche nicht bei sich. Peg konnte sich nicht vorstellen, wie sie es geschafft hatte, sie irgendwo liegengelassen zu haben. Judy war so paranoisch besorgt um ihre Handtasche, wie es Richard Nixon in bezug auf Tonbänder gewesen war.

Judy schlüpfte aus ihrem Mantel, warf ihn über den Küchentisch und sagte: »Hast du das gesehen? Hast du davon gehört? Hast du irgendeine Ahnung, was –«

»Ja«, sagte Peg. »Ich habe es tatsächlich gesehen. Ich bin gerade die Sender durchgegangen, und da sah ich Andy, und dann habe ich aufgehört umzuschalten, um ihn mir anzuhören –«

»Dieser verdammte lügnerische Ar –«

»Judy.«

Judy richtete einen schuldbewußten Blick auf die Tür ins Fernsehzimmer, aus dem klar und deutlich die Geräusche einer Videokassette mit dem Titel »Lern' die Buchstaben mit deinen Freunden aus der Sesamstraße« zu hören waren. »Entschuldige«, sagte sie. »Ich vergesse immerzu, daß die kleinen Monster da sind.«

Judys Mantel war in einen Korb mit Äpfeln hineingerutscht und hatte ihn umgeworfen. Judy hob ihn auf und legte ihn ordentlich zusammengefaltet über die Rückenlehne eines Stuhles. »Ob du es mir glaubst oder nicht, ich finde, meine Kinder sind keine Monster. Ich bin sogar ziemlich stolz darauf und bilde mir ein, daß sie sich sogar recht anständig benehmen.«

»Woher willst du das wissen? Himmel, das letzte Mal, das du eine Nacht durchgeschlafen hast, muß doch 1978 gewesen sein.«

»Ich schlafe wunderbar.«

»Um Himmels willen. Wie kannst du eigentlich so leben?«

»Weil ich es mir so ausgesucht habe«, sagte Peg. Dann schalt sie mit sich selbst, weil sie Judy gereizt hatte – sich ›etwas aussuchen‹ war eines von Judys Lieblingsworten – und fing an, Äpfel zurück in den Korb zu räumen. Das Problem mit Judy war, daß sie eigentlich gar nicht an das Sich-Aussuchen glaubte. Sie war sich absolut sicher, daß sie den einzigen richtigen Weg zu leben, gefunden hatte, und sie war sich ebenfalls sicher, daß jede Frau, die nicht so leben wollte –, nun ja, mindestens einer Gehirnwäsche unterzogen worden war. Judy Eagan konnte nicht glauben, daß Peg Morrissey Monaghan überhaupt glücklich sein könnte.

Peg legte den letzten Apfel in den Korb und setzte sich. »Wie hast du es denn gesehen?« fragte sie. »Ich dachte, du wärest in der Kirche und schlägst dich mit der –«

»Der Ziege herum«, beendete Judy den Satz. »War ich auch. Ich hab's nicht gesehen. Declan Boyd hat mir davon erzählt. Er sprang sozusagen im Dreieck.«

»Declan Boyd?« Peg runzelte die Stirn. »Warum sollte er im Dreieck springen? Er hatte doch nichts damit zu tun. Er wohnte damals noch nicht einmal hier im Bundesstaat.«

»Aber er lebt jetzt im Bundesstaat«, sagte Judy, »und in O'Bannions Gerichtsbarkeit. Und du weißt doch, wie O'Bannion darüber denkt, was in Black Rock Park geschehen ist.«

»Ja, das weiß ich. Aber Pater Boyd war nicht –«

»Oh, Peg«, sagte Judy. »Wann immer Andy irgend etwas anstellt, wird Dec damit in die Pfanne gehauen. Das weißt du doch. Andy ist so verdammt gut darin, sich in Feuergefechten zurückzuziehen.«

Peg sah wieder auf den Fernseher. Es war ein kleines Schwarzweißgerät, das Joe gekauft hatte, damit sie sich Seifenopern ansehen konnte, während die Kinder im Nebenzimmer *Alice im Wunderland* sahen. Er war immer noch auf *WNVB* eingestellt, das mittlerweile einen Frauenchor in langen Roben zeigte, der *Rock of Ages* sang. Peg stand von ihrem Stuhl auf und schaltete es aus.

»Vielleicht sollten wir zum Kardinal gehen und die ganze Sache erklären.«

»Nein«, sagte Judy.

»Warum nicht? Wir waren noch nicht einmal dabei, was dann auch immer zum Schluß passiert ist.«

»Was auch immer dann zum Schluß passiert war, daß einer Menge Tiere die Kehle durchgeschnitten wurde.«

»Aber wir waren nicht da. Kath, du und ich. Wir –«

»Wir waren aber lange genug da«, sagte Judy. »Wir waren am Anfang da.«

»Und dann sind wir gegangen.«

»Ja, das sind wir. Aber wir haben niemandem was erzählt. Wir haben nichts getan, um es zu verhindern. Obwohl wir wußten, was da passierte.«

Peg lief rot an und sah weg. »Wir hatten damals Angst, es irgend jemandem zu sagen. Und wir waren –«

»High?« sagte Judy. »Wieso glaubst du eigentlich, du könntest dich damit herausreden? Kannst du dir vorstellen, wie du Kardinal O'Bannion erzählst, daß seine Lieblingsschuldirektorin zwei Dröhnungen Acid eingeworfen und eine halbe Kiste Bier gesoffen hat, um sich dann zur Komplizin beim Abschlachten von einem Haufen streunender Hunde und der Gruppenvergewaltigung des Schulflittchens zu machen?«

»Du läßt das alles so geplant erscheinen«, sagte Peg. »So war es ja überhaupt nicht.«

»Ich weiß, daß es das nicht war, Peg.« Judy seufzte. »Das Problem ist nicht, was es war. Das Problem ist, was es zu sein scheinen wird. Gewesen zu sein scheint ... Ich weiß nicht, wie ich das ausdrücken soll. Jedenfalls, erinnerst du dich an den Aufruhr, den die Zeitungen damals darum gemacht haben?«

Peg lächelte schwach. »Das klang damals wie Hiroshima. Mindestens.«

»Stimmt. Und das tun sie immer noch, alle ein, zwei Jahre, wenn sie sich entschließen, das wieder hochzuholen. Jedesmal, wenn da irgendein halbwüchsiger Abhängiger seinen Dealer im Jungen-Umkleideraum in irgendeiner zehntklassigen öffentlichen Schule umlegt, holen sie das wieder hoch. Sie lieben die Story einfach. Es ist das Aufregendste, was in den letzten zweihundert Jahren in Colchester passiert ist.«

Peg sah wieder auf den Fernseher, dessen Bildschirm nun leer war. »Ich habe mir das ganze Ding angesehen«, sagte sie. »Er hat nichts verraten. Hat er wirklich nicht. Es war so, als hätte er vergessen, daß er mit der Sache überhaupt etwas zu tun gehabt hatte und daß er es jetzt für irgend etwas anderes benutzte. Wie ein unschuldiger Passant, der ein Auge für den Volltreffer hat.«

»Den Volltreffer wovon?«

»Weiß ich nicht.« Peg sah sich in ihrer Küche um. Sie fühlte sich ausgelaugt und unruhig, vielleicht sogar ein bißchen fiebrig. Sie hatte sich von Zeit zu Zeit so gefühlt, seit Cheryl auf ihrer Türschwelle aufgetaucht war. Sie hatte das immer, selbst zu den Zeiten, als es angesagt war, Cheryl zu schneiden. »Ich hätte sie einladen sollen, hierzubleiben«, sagte Peg.

»Wen?«

»Cheryl Cass. Ich habe darüber nachgedacht, seit ich ihr Bild in der Zeitung gesehen habe, nachdem sie gestorben war.«

»Du hättest vielmehr versuchen sollen, den Mund zu halten«, sagte Judy. »Wenn du nicht an die Öffentlichkeit getreten wärest, dann hätten sie nie eine Verbindung zu uns geschaffen. Sie hätten niemals eine Verbindung zu irgend jemandem geschaffen.«

»Sie ›schaffen‹ immer noch keine ›Verbindung‹, so wie du das formulierst. Wenn ich sie eingeladen hätte, zu bleiben, dann hätte sie nie Selbstmord begangen.«

»Ist es das, was du denkst? Daß Cheryl Cass Selbstmord begangen hat?«

»Natürlich. Was sonst hätte denn überhaupt passieren können?«

Judy Eagan schnaubte verächtlich. Dann stand sie auf, zog ihren Mantel an und fing an, die Knöpfe zuzuknöpfen. »Vergiß es«, sagte sie. »Ich muß zurück in die Kirche und mit dieser Ziege klarkommen. Ich habe sie im Eingang festgebunden, und sie hat wahrscheinlich überall auf den Boden ge ... ihren Darm entleert. Du kommst doch zur Zehnuhrmesse?«

»Natürlich komme ich. Ich bringe die Mannschaft von da drinnen«, Peg machte eine Geste in Richtung des Fernsehzimmers, wo das Video zu Ende ging, »und der Rest kommt mit der Schule rüber. Ich frage mich, was Andy mit der Ziege will.«

»Ich frage mich, was Andy mit irgendwas will.« Judy sah sich nach ihrer Handtasche um, fand sie nicht und biß sich auf die Unterlippe. »Ich muß meine Tasche in St. Agnes gelassen haben. Ich habe wahrscheinlich mittlerweile kein Portemonnaie mehr. Geht Joe heute abend alleine zur Messe?«

»Ja, das wird er wohl.«

»Ich werde dann zurückkommen. Wir müssen diese Sache ausdiskutieren, Peg. Ich weiß nicht, was Andy vorhat, aber ich traue ihm nicht. Dir mag es ja egal sein, ob es auf die eine oder andere Art alles herauskommt, aber mir nicht.«

»Ich habe nicht gesagt, daß ich wollte, daß alles herauskommt. Ich sagte nur, vielleicht sollten wir den Kardinal darüber informieren.«

»Was ist denn da der Unterschied?«

Es gab da einen großen Unterschied, dachte Peg, aber das zu erklären würde die Unterredung nur unnötig verlängern. Und das wollte sie auf keinen Fall. Wenn Judy bei ihr zu Hause war, fühlte sie sich immer, als wäre sie farblos und ungepflegt, wie eine der häßlichen Stiefschwestern von Aschenputtel, die ja bekanntlich auch noch ein gerechtes Ende gefunden haben. Sie überlegte sich zuerst, Judy zur Tür zu bringen, ließ es aber dann doch sein. Judy kannte den Weg. Sie war in diesem Hause aus, und eingegangen seit dem Tag, an dem Peg und Joe es gekauft hatten.

Die Hacken stachen wieder durch den Teppich. Die Haustür öffnete und schloß sich wieder. Das Haus war still, bis auf Charlie, der sich mit seinen Schwestern stritt, wie man den Videorecorder zurückspulen lassen mußte. Peg machte sich zum Fernsehzimmer auf und fragte sich, wann sie eigentlich aufgehört hatte, in der Sache einen klaren Standpunkt zu vertreten.

Ich hätte sie einladen sollen, bei uns zu bleiben, dachte Peg. Dann wäre sie wenigstens nicht tot in einer Gasse aufgefunden worden.

Immer, wenn er so mit dem Kardinal umherging – in vollem Ornat und in einem »unprätentiösen« Mietwagen –, fühlte sich Tom Dolan, als reise er inkognito. Das Auto war ein kleiner brauner Buick, das absolut unscheinbarste Fahrzeug, das man sich denken konnte. Der Kardinal dagegen war ein Relikt aus der Zeit der Borgias, in Scharlach gehüllt und mit Gold behangen. Eine ausgesprochene Informalität war nach dem Zweiten Vatikanischen Konzil über die amerikanische Kirche hereingebrochen – so ausgesucht und hinterlistig, daß Tom manchmal vergaß, daß sie nur eine List war. Im Kampfanzug machte O'Bannion dem Traum der liberalen Luftschloßfetischisten, der selbstzerstörerischen Hierarchie ein Ende. Er war genau der Kardinal, wie sich Rom seine Kardinäle wünschte, und er hätte sich auf dem Thron Frankreichs zur Zeit der Renaissance niederlassen können, ohne auch nur das kleinste bißchen fehl am Platze auszusehen.

Einmal abgesehen von der Tatsache, daß er ziemlich offensichtlich ein Ire war.

Tom nahm seine Hände und rieb sich über das Gesicht. Er hatte seit fünf Uhr heute morgen gearbeitet, und er hatte das Gefühl, jeden Moment auseinanderzufallen. Das Auto rumpelte von Straßenloch zu Straßenloch weiter. Die Bewegung machte ihn seekrank. Vielleicht, dachte er, hätte er doch den Kardinal zu Fuß gehen lassen sollen, was der Kardinal sowieso hatte tun wollen. Es waren nur ein Dutzend Blocks von der Kathedrale zu St. Agnes. Andererseits waren es genau die falschen Dutzend Blocks: genau die Carver Street entlang, durch eine ganze Reihe von äußerst katholischen Siedlungen, bis hin zur Tür der Kirche von St. Agnes. Zuerst würden sie von den Gläubigen überfallen werden. Dann würden sie von den Medien überfallen werden. Im Moment steckten sie jedenfalls nur in einem Verkehrsstau.

O'Bannion griff unter seine Roben, brachte eine Zigarre hervor, die zu billig aussah, um überhaupt genießbar zu sein und zündete sie sich an. »Haben Sie heute morgen

Andy Walsh angerufen?« fragte er. »Haben Sie ihn erreicht?«

»Ich habe ihn kurz vor sieben angerufen, Eure Eminenz. Ich habe ihn wahrhaftig erreicht.«

»Er weiß, daß wir kommen?«

»Ja, Eure Eminenz.«

»Er weiß, was ich von Ministrantinnen halte?«

»Ich glaube nicht, daß es ihm entgangen sein kann, Eure Eminenz.«

»Das glaube ich auch nicht«, sagte O'Bannion, »aber irgendwie entgeht ihm doch immer was. Habe ich Ihnen schon gesagt, daß ich Rom gebeten habe, Sie zum Hilfsbischof zu machen?«

»Nein«, sagte Tom. Er ließ seine Hände fallen und sah O'Bannion erstaunt an. »Ich dachte, Sie würden das alles nicht gutheißen. Die Kanzlei mit Hilfsbischöfen zu überschwemmen.«

»Tue ich auch nicht. Einen zu haben ist nicht gerade gleichbedeutend damit die Kanzlei zu überschwemmen.«

»Das ist wahr«, sagte Tom. O'Bannions Vorgänger hatte nicht weniger als sechs Hilfsbischöfe in seinem Mitarbeiterstab gehabt. Niemand hatte je herausfinden können, wie er das erreicht hat. »Das ist sehr nett von Ihnen, Eure Eminenz. Ich bin Ihnen sehr dankbar.«

»Das sollten Sie nicht sein. Sie wären früher oder später ins Episkopat erhoben worden, wissen Sie.«

»Vielen Dank, daß Sie das so sagen, Eure Eminenz. Momentan bin ich dafür ja noch sehr jung.«

»Ja, das sind Sie. Ich andererseits werde langsam alt. Ich habe den Punkt erreicht, an dem ich sowohl meinen als auch den Hintern der Kirche gesichert wissen will.«

»Verzeihung, Eure Eminenz?«

John Kardinal O'Bannion seufzte. Der Verkehrsstau, in

dem sie sich befanden, war katastrophal. Sie waren auf halber Strecke zwischen der Kathedrale und St. Agnes, und sie hätten genausogut parken können. Tom sah an dem Kopf des Kardinals vorbei auf eine Reihe kleiner weißer Fachwerkhäuser, von denen alle ein Kreuz mit einem Symbol der Eucharistie an ihrer Tür hatten. Die Kreuze waren am Beginn der Fastenzeit von der Kanzlei an jeden in der Erzdiözese ausgegeben worden, der sie wollte. Es war die Art des Kardinals, den »säkularen Hedonismus« zu bekämpfen. Es würde keine fusseligen gelben Küken oder rosa Plastikosterhäschen geben, die dem Kardinal unter die Augen kommen könnten.

»Andy Walsh wird langsam unkontrollierbar«, sagte der Kardinal.

»›Wird‹, Eure Eminenz?« Tom lächelte. »Andy ist seit seinem sechsten Lebensjahr unkontrollierbar.«

»Nein«, sagte O'Bannion. »Nicht so, wie ich das meine. Haben Sie irgendeine Ahnung, was er heute morgen angestellt hat?«

»Nein, Eure Eminenz. Was hat er getan?«

»Das war keine rhetorische Frage«, sagte der Kardinal. »Ich weiß auch nicht, was er getan hat. Ich weiß nur, daß er etwas getan hat. Die Schwester hat es mir erzählt.«

»Hat er etwas in der Kirche getan?«

»Nein, nein. Er war Gast in Barry Fields Talk-Show heute morgen. Was auch immer er gesagt hat, es ließ die Telefonzentrale aufleuchten – und hier zitiere ich die Schwester – ›wie einen Weihnachtsbaum‹.«

»Oh.« Toms Interesse ließ nach. »Er ist oft in Barry Fields Talk-Show, Eure Eminenz. Und dann leuchtet die Telefonzentrale immer auf.«

»Ich weiß. Ich weiß auch, daß ich gerade vor einer Woche einen Brief an jeden Katholiken in dieser Erzdiözese und einen persönlichen Brief an jeden Priester geschickt habe, in dem ich ihnen allen praktisch die Exkommunizierung androhe, wenn sie sich das Ding ansehen, und wir wollen schon gar nicht erst über einen Auftritt als Gast reden. Er hört einfach nicht zu.«

»Das hat er noch nie getan, Eure Eminenz.«

»Früher hat er wenigstens direkten Befehlen gehorcht.«

Das, dachte Tom, war so nicht ganz richtig. Andy gehorchte mancher Art von direkten Befehlen. Er dachte, die Beichtstühle gehörten abgeschafft, aber er ließ Dec die Beichte in einem Beichtstuhl hören, weil der Kardinal es ihm gesagt hatte. Er war der Meinung, Messen sollten in Privathäusern gelesen werden und auf offenen Feldern, aber er las sie in der Kirche St. Agnes, um Ärger zu vermeiden. Wenn man ihm andere strikte Anweisungen gab, dann stellte er sich stur. Es gab immer noch Frauen und Ministrantinnen in Andy Walshs Gemeindekirche, die die Kommunion reichten. Es gab Messen für die katholische Jugendorganisation, bei denen Andy nichts anderes als ein T-Shirt und Jeans trug. Es gab Gruppenbußgottesdienste, die mit dem stillschweigenden Einverständnis aller Beteiligten gehalten wurden, daß diejenigen, die an ihnen teilnahmen, überhaupt keine Einzelbeichte mehr abzulegen hatten – und das verstieß gegen das kanonische Recht. Andy war, wie so viele seiner wohlhabenderen Gemeindemitglieder, ein Caféhaus-Katholik.

»Ich entnehme dem, daß Sie Ihre Idee, Mr. Demarkian könnte Sie von Andy befreien, aufgegeben haben«, sagte Tom.

»Eigentlich nicht«, sagte der Kardinal. »Ich habe Mr. Demarkian noch nicht abgeschrieben. Sie haben doch einen Termin ausgemacht?«

»Morgen um Viertel nach acht, Eure Eminenz, ja.«

»Ich verabscheue es, am Karfreitag Geschäfte abzuwickeln, aber ich vermute mal, dagegen kann ich nun nichts machen. Jedenfalls bin ich immer noch an Mr. Demarkian interessiert, und er könnte mich tatsächlich von Andy Walsh befreien, wie Sie so schön sagten.«

»Es ist gut, daß Sie noch an ihm interessiert sind, Eure Eminenz. Ich glaube nicht, daß es ihm gefallen hätte, ohne einen wirklichen Grund bis hierher hochgezerrt worden zu sein.«

»Nun, es wird ja nicht ohne Grund sein. Es ist da etwas unsauber an der offiziellen Erklärung für den Tod von Cheryl Cass.«

»Wenn Sie das so meinen, Eure Eminenz.«

»Egal, wie ich das meine. Denken Sie über Andy Walsh nach.« O'Bannion nahm die Zigarre aus dem Mund und starrte ihre Spitze an. Ihre fette Asche drohte, in Kürze seinen ganzen Aufzug zu ruinieren. »Wußten Sie, daß Paul Hessart krank ist?«

»Erzbischof Hessart in Mobile?«

»Krebs«, sagte O'Bannion. »Er ist zweiundfünfzig. Terry Baldwin drüben in Los Angeles hat eine Herzsache, die ihn die Hälfte der Zeit im Bett festhält. Er ist achtundfünfzig. Ich bin vierundsechzig.«

Tom spürte, wie Panik seine Wirbelsäule hochraste und kämpfte sie mühsam wieder herunter. »Ist etwas mit Ihrer Gesundheit nicht in Ordnung, Eure Eminenz?«

»Nein, nein«, sagte O'Bannion, »nicht daß ich wüßte. Aber es ist eben so. Es könnte da etwas sein, wovon ich nichts weiß. Tom, ich habe sehr viel Zeit in dieser Erzdiözese verbracht. Ich habe hier sehr viel gearbeitet. Ich habe sie fast schon umgewandelt.«

»Sie haben sie schon ganz umgewandelt, Eure Eminenz. Es ist ohne Zweifel so, daß die Mitgliederzahlen langsam wieder steigen.«

»Vielleicht. Was würde passieren, wenn ich morgen außer Gefecht gesetzt würde?«

»Das werden Sie nicht –«

»Aber wenn ich es würde? Wer, glauben Sie, würde hier meinen Platz einnehmen?«

»Eure Eminenz, wir haben einen sehr konservativen Papst. Er würde nie einen Mann einsetzen, der –«

»Er würde es vielleicht müssen«, sagte O'Bannion störrisch. »Er kann schließlich nur mit dem arbeiten, was ihm an Material zur Verfügung steht. Ich will sichergehen, daß er dann auch den Mann hat, den er braucht.«

»Und das soll ich sein, Eure Eminenz? Ein ehemaliger jugendlicher Straffälliger mit einer Familiengeschichte, die wie ein Roman klingt?«

»Der heilige Augustin war auch ein ehemaliger jugendlicher Straftäter. Und Ihre Familiengeschichte geht niemanden außer Sie selbst etwas an. Du lieber Himmel, schauen Sie mal da vorne. Ich glaube tatsächlich, es geht weiter.«

Tom wandte sich vom Kardinal ab und sah durch die Trennscheibe und die Windschutzscheibe bis auf die Kreuzung. Sie würden tatsächlich gleich vorankommen. Er schaute auf die Uhr.

»Wir könnten sogar halbwegs pünktlich ankommen, Eure Eminenz. Wenn wir weitere Verspätungen ausschließen, dann dürften wir gegen zehn vor da sein.«

O'Bannion sah ihn mit einem langen Blick durch die Rauchschwaden seiner Zigarre hindurch an. »Jedesmal, wenn ich nach St. Agnes gehe«, sagte er, »fühle ich mich, als würde ich zu meiner eigenen Beerdigung fahren.«

Schwester Scholastica hatte strengste Anweisung gegeben, daß sie bis nach der Zehnuhrmesse nicht gestört werden wollte. Um Viertel vor zehn war diese Anweisung jedoch bereits zweimal mißachtet worden – einmal von Benedict Marie, die gekommen war, um ihr zu erzählen, daß sich die Ziege im Eingang der Kirche befreit hatte und einen Stapel Flugblätter der Ökumene gefressen hatte, und davor war Pater Declan Boyd herübergeeilt, um ihr zu erzählen, was Andy Walsh in Barry Fields Talk-Show erzählt hatte. Oder vielmehr das, was Declan Doyd verstanden hatte. Denn für Scholastica hatte der Bericht ziemlich konfus geklungen. In mancher Hinsicht war er zwar plausibel gewesen. In anderer ergab er jedoch überhaupt keinen Sinn. Dec hatte zu ihrem Leid den halben Morgen damit zugebracht, ihr in allen Einzelheiten davon zu berichten, was er im übrigen immer tat, wenn er zu ihr kam, um über irgend etwas mit ihr zu sprechen.

Ob die Angelegenheit wichtig oder trivial war, Dec verwandelte sie immer gerne in ein Epos. Da Epen zu komplizierten Handlungsverläufen neigen, blieb keine Aufmerksamkeit über, die er ihren Reaktionen hätte widmen können – woran er aber bestimmt gutgetan hätte. Sie hatte sich sehr merkwürdig benommen. Der Teil des Berichts, der in ihren Augen Sinn ergab, war alles andere als eine gute Nachricht. Nein, vielmehr war es ein Schock gewesen. Sie hatte keine Vorstellung, wie sie damit umgehen sollte, also unternahm sie auch nichts. Sie erinnerte sich, einsilbig, kühl und schlechtgelaunt gewesen zu sein, drei Dinge, die sie sonst vermied, wenn sie es mit Gemeindepriestern zu tun hatte. Wenn Dec es bemerkt hatte, dann würde er es vielleicht auf die Schwierigkeiten mit der Organisation der Zehnuhrmesse beziehen.

Sie lehnte sich gegen das Fenster ihres Büros, das auf die

Ellery Street hinausging, und sah den Lastwagen von *WLTL* und *WRSX* und *WCCN* zu, die draußen vor der Kirche geparkt hatten. Was auch immer Andy seinen Freunden bei den örtlichen Nachrichtensendern erzählt hatte, es mußte interessant gewesen sein. Sie wären nicht in voller Kampfausrüstung hier erschienen, wenn sie nicht so einen Trubel erwartet hätten. In einigen Augenblicken würden ihre Schüler die Ellery Street herunterkommen und direkt an diesen hohlköpfigen Aasgeiern vorbeigehen müssen. Bei dem Gedanken wurde ihr ganz mulmig zumute. Aber die Idee, über den Hof zur Hintertür der Kirche zu gehen, behagte ihr genausowenig. Nachdem sie von Benedict Marie über die Flugblätter informiert worden war, hatte Scholastica die Ziege dorthin bringen lassen.

Jesus, Maria und Joseph, was wollte Andy mit dieser Ziege? Was konnte er überhaupt damit anfangen? Was hatte er mit all dem Müll, den er heute morgen im Fernsehen verzapft hatte, überhaupt sagen wollen? Schwester Scholastica hatte Andy Walsh noch nie für gefährlich gehalten – er war einfach nur lächerlich –, aber jetzt kam ihr der Gedanke, daß er doch gefährlich sein könnte. Denn er dachte einfach nicht nach.

Es klopfte an ihrer Bürotür. Scholastica wandte sich um und fragte »Herein« und blieb abwartend stehen, während die Schulsekretärin, die kleine Linda Healy, hereinkam. Das »klein«, das Linda Healys Namen immer monoton hinzugefügt wurde, war absolut wörtlich zu nehmen. Die üblichen Konnotationen des Wortes – von Niedlichkeit und Jugend und Unreife – waren allerdings nicht zutreffend, doch Linda Healy war einen Meter sechzig groß und wog achtzig Pfund. Sie war außerdem auf dem Weg in die mittleren Jahre, mit einem scharfgeschnittenen Gesicht und einer grundsätzlich schlechten

Laune. Wenn sie nicht von dem Tag an, an dem sie das Diplom der *Cathedral Girls' High* bekommen hatte, für die Schule gearbeitet hätte, wäre sie schon längst von Scholastica entlassen worden.

Linda schloß die Tür und blieb in der Mitte des Zimmers stehen. In ihrer Hand hielt sie einen blauen Besucherausweis. Sie machte ein Gesicht, als habe Sie gerade einen Blutegel an ihrem Schenkel entdeckt. Scholastica fragte sich, was wohl diesmal das Problem war. Oder vielmehr, wer das Problem war.

Scholastica zeigte auf den blauen Zettel und sagte: »Ich vermute, da ist jemand, der mich sehen möchte. Jetzt.«

Linda Healy schürzte die Lippen. »Ich weiß, daß Sie darum gebeten haben, daß man Sie nicht stört, Schwester. Und ich habe ihm gesagt, heute wäre es äußerst ungünstig. Aber er hat darauf bestanden.«

»Ist es Pater Walsh?«

»Natürlich nicht.« Linda Healy schien zu zögern. So sehr sie auch beleidigend sein wollte, sie wollte dennoch nicht dabei erwischt werden. Sie wollte nicht geradeheraus sagen, daß es gar nicht Pater Walsh sein konnte, weil er schließlich jetzt in der Kirche zu tun hätte. Also zwang sie sich, einen Schritt auf die Schwester zuzugehen und ihr den Besucherschein zu geben. »Er war wirklich sehr unhöflich«, sagte sie. »Natürlich, was hätte ich auch sonst erwarten sollen, aber ich glaubte bislang, daß auch Abtrünnige die übliche Höflichkeitsform beachten. Ich habe mich da wohl geirrt. Das ist mein Problem, wissen Sie, Schwester. Ich mache mir ein viel zu gutes Bild von den Menschen.«

Scholastica wollte sagen, daß die einzige Person auf dieser Welt, die ein noch pessimistischeres Bild von den Menschen als Linda hatte, Savonarola geheißen hatte – aber das wäre politisch unklug gewesen, und sie hätte die Worte sowieso nicht herausgebracht. Sie starrte auf den Besucherschein. Sie hatte ihn bereits gelesen. Aber sie las ihn noch einmal. Dann fragte sie sich, ob sie verrückt würde. »Guter Gott«, sagte sie. »Barry Field.«

»Es erstaunt mich, daß er die Frechheit besitzt, sich in dieser Gemeinde überhaupt zu zeigen«, sagte Linda Healy.

»Er wohnt in dieser Gemeinde«, sagte Scholastica abwesend. »In der Nähe von Peg Morrissey Monaghan.«

»Ich habe ihm gesagt, daß Sie heute zuviel zu tun haben und ihn nicht empfangen können«, sagte Linda Healy, »aber er hat mir einfach nicht zugehört. Er bestand darauf, daß ich hierher komme und Sie belästige.«

Scholastica setzte sich an ihren Schreibtisch und legte den Besucherschein darauf, wo sie ihn in Ruhe weiter lesen konnte. Aber warum wollte sie überhaupt weiterlesen? Alles, was auf dem dusseligen Ding stand, war Mr. Barry Field. 9:45 Uhr. Scholasstica stellte sich plötzlich vor, wie sie mit fünfzehn Jahren auf dem Autorücksitz von Barrys Bruder gekuschelt war und in Umschreibungen, die den Pulitzer-Preis wert gewesen wären, erklärte, warum sie Barry nicht erlauben würde, ihren BH auszuziehen. Auf dem Vordersitz machten sich Ben und seine Freundin Janie MacIver übereinander her, als wären sie Statisten in einem für die Bahnhofskinos vorgesehenen Orgienstreifen. Der Wagen parkte zwischen den Büschen oben auf Borodin Hill.

Das war das eine, und dann war da noch die Sache mit Barrys Namen. Er hieß gar nicht Barry, sondern Barrymore und war nach dem Lieblingsschauspieler seiner Mutter getauft. Scholastica konnte sich nicht erinnern, ob es Lionel oder John gewesen war.

Linda Healy war nähergetreten, um sich dichter an den

Schreibtisch zu stellen. Sie räusperte sich und zuckte mit der Nase. Der Himmel allein wußte, welchem Vergehen jetzt das Zucken galt.

»Jetzt, wo er beobachtet haben wird, daß ich hier hereingekommen bin, um mit Ihnen zu sprechen«, sagte sie, »kann ich ja gleich hinausgehen und ihm sagen, er soll verschwinden. Warum er wohl gedacht hat, daß er hier einfach so in Ihr Büro hineinstürzen kann und –«

»Lassen Sie ihn herein«, sagte Scholastica.

»Was?«

»Lassen Sie ihn herein«, wiederholte Scholastica. »Jetzt sofort.«

Linda schaute auf ihre Uhr. »Sie müssen in dreizehn Minuten in der Kirche sein.«

»Dann werde ich auch in der Kirche sein. Aber jetzt möchte ich, daß Sie ihn hereinlassen.«

Linda Healy war nicht die Art von Frau, die Priestern oder Nonnen oder irgend jemandem sonst, der in offizieller Funktion mit ihrer Kirche verbunden war, widersprach – jedenfalls nicht laut. Sie hatte viele andere Möglichkeiten, ihrer Mißbilligung Ausdruck zu verleihen.

Diesmal wurde sie vollkommen steif, senkte die Lider und zog ihre Lippen zu einem Lächeln zurecht, das sie aussehen ließ, als hätte sie das Gesicht eines Hammerhais. Dann sagte sie: »Selbstverständlich, Schwester. Ich werde ihn sofort hereinbringen.«

Scholastica beobachtete sie von hinten, bis sie endlich zur Tür hinausgegangen war. Dann nahm sie den Besucherschein von ihrem Schreibtisch und riß ihn in Streifen.

SIEBEN

Kurz nach neun hatte Gregor gerade begonnen, sich mit der Frage zu befassen, ob Barry Field Videoaufnahmen seiner Fernsehsendungen verkaufte oder ob er die Vormittagssendungen später am Tag noch einmal wiederholen ließ. Die Sendung auf Video oder als Wiederholung zu sehen, würde wahrscheinlich die einzige Möglichkeit sein, wie er sich versichern könnte, was Andy Walsh heute morgen über den Äther verbreitet hatte. Auf keinen Fall aber wollte er sich noch einmal eine Sendung zusammen mit Declan Boyd ansehen. Das eine Mal hatte ihm gereicht.

Declan sprang auf, Declan marschierte auf und ab, und Declan brüllte alles an – sich selbst, den Fernseher und die Möbel. Was er zu sagen hatte, war vollkommen klar. Der Kardinal wurde fuchsteufelswild, wenn das, was vor zwanzig Jahren in Black Rock Park passiert war, auch nur erwähnt wurde. Dec hatte keine Ahnung warum, es war eben so. Und wenn der Kardinal fuchsteufelswild wurde, dann teilte er aus. So, wie die Dinge standen, würde er Andy Walsh eins drübergeben wollen – aber wenn es hart auf hart ging, hatte Andy die Angewohnheit, zu verschwinden und solange wegzubleiben, bis sich der Kardinal wieder gefangen hatte. Wenn Andy sich dann zu seiner unvermeidlichen Strafpredigt begab, dann würde der Kardinal zwar böse, aber zurückhaltend und viel zu müde sein, um irgendwelche wirklichen Schwierigkeiten zu machen. In der Zwischenzeit würde er das erst beste Opfer, das ihm über den Weg liefe, zusammenstauchen. Declan Boyd wußte genau, wer das sein würde. Eben der, der es immer war. Er selbst.

»Andy tut mir das immer an«, hatte Declan Boyd gesagt. »Immer. Das eine Mal, als er die Müslibrötchen bei der Messe für die katholische Jugendorganisation geweiht hat, das eine Mal, als er für eine Woche nach Stowe in Vermont ging.«

»Mmhm«, sagte Gregor. Er hätte auch etwas anderes gesagt, wenn ihm etwas anderes eingefallen wäre, aber es machte auch nichts aus, daß ihm nichts einfiel. Declan Boyd hörte ihm sowieso nicht zu.

»Ich werde mich nicht zu Brei schlagen lassen deswegen«, sagte er daraufhin. »Auf keinen Fall. Nicht dieses Mal.«

»Aber Pater Walsh kann diesmal nicht verschwinden«, sagte Gregor. »Muß er nicht in einer Stunde die Messe lesen?«

Declan Boyd warf ihm einen mitleidigen Blick zu. »Er wird gerade rechtzeitig aufkreuzen, um gleich mit der Messe zu beginnen. Der Kardinal kommt nicht an ihn heran, wenn er gerade mitten in der Messe ist. Und danach, wenn die Messe vorüber ist, wird er einfach verschwinden.«

»Wohin?«

»Woher soll ich das wissen? Vielleicht versteckt ihn Judy Eagan in ihrem Keller. Die sind doch so dicke miteinander.«

Wenn sie so dicke miteinander waren, dann wußte der Kardinal das wahrscheinlich auch, was bedeutete, daß Judy Eagan eine der ersten sein würde, die er auf seiner Suche nach Andy Walsh befragen würde. Es klang logisch, aber Declan Boyd war jetzt nicht in der rechten Laune für Logik. Gregor begann langsam, sich zu fragen, ob er zu Logik überhaupt in der Lage war.

»Ich muß Schwester Scholastica finden und mit ihr darüber reden«, sagte Boyd gerade. »Sie kennt Andy seit Ewigkeiten. Vielleicht kann sie uns aus dem Schlamassel heraushelfen.«

»Wie?«

»Ich weiß nicht. Wenn ich wüßte, wie man uns aus diesem Schlamassel herausbringt, dann bräuchte ich sie nicht. Sie ist schlau. Sie ist sehr schlau.«

»Das ist mir nicht entgangen.«

»Nonnen sind immer schlau«, sagte Declan Boyd, »außer den Nonnen, die es nicht sind.«

Mit diesen Worten schoß Declan Boyd zur Tür hinaus und ohne sich vor Wind und Wetter zu schützen, rannte er in Hemd und Hose über den Hof. Da draußen pfiff ein kalter Wind, und es fing wieder an zu schneien, aber das schien ihn keineswegs zu stören.«

Das Problem war, dachte Gregor später – sehr viel später, nachdem die Kirchenglocken Viertel vor zehn geläutet hatten und er schon anfing, unruhig zu werden –, daß man Declan Boyd nicht davon abhalten konnte, voreilige Schlüsse zu ziehen, und wenn er einmal zu einem Schluß gekommen war, dann schien er seinen Mund nicht halten zu können. Er hatte damit begonnen, Gregor ein paar sehr wichtige Informationen zu geben – einige Details dessen, was in Black Rock Park geschehen war –, aber dann war er ins Schwärmen gekommen und hatte denselben Punkt zu

Tode geritten, bis Gregor sich nur noch einer Sache sicher war: daß Declan Boyd aufgeregt war. Es war, als ob Boyd in eine Art von wachendem Schlafwandel getreten war. Schade. Denn als Gregor zuhören wollte, was da über den Äther kam, fand er es deutlich interessanter als das, was er aus Declan Boyds Rasereien ziehen konnte.

»Es ist nicht nur die Sünde, um die man sich kümmern muß«, hatte Andy Walsh gesagt, »sondern das, was sie verursacht. Es ist das, was die Sünde erzeugt. Wenn Sie die Sünde betrachten, dann sehen Sie einen Vorfall. Wenn Sie sich das Leben, das dieser Sünde gefolgt ist, betrachten, dann sehen Sie eine Katastrophe.«

Gregor klopfte genervt mit den Fingern auf die Armlehne der Couch. Was war davor gekommen? Was war danach gekommen? Er hatte hier gesessen, seit Declan Boyd sich im Galopp nach St. Agnes aufgemacht hatte, und er hatte sich noch keinen Reim auf Andy Walshs Andeutungen machen können. Was noch schlimmer war, hatte er den Eindruck, daß es Barry Field ähnlich erging. Durch die kurzen Blicke, die er auf das speckige Gesicht des Evangelisten hatte werfen können – und man konnte nicht gerade viel sehen, wenn Declan Boyd auf und ab marschierte –, hätte er gedacht, daß er einen untypischen Ausdruck von Verwunderung gesehen hätte. Es hätte sogar Erleichterung sein können. Er wußte es einfach nicht.

Das alles erinnerte ihn stark an einen Entführungsfall, den er einmal in Marin County in Kalifornien gehabt hatte, in den frühen Anfängen seiner Karriere beim FBI. Es war ein sehr geradliniger Fall gewesen und hätte sich in einigen Tagen beenden lassen können, wenn der örtliche zuständige Beamte kein sentimentaler Quatscher gewesen wäre und obendrein noch ein Angsthase. Er war fast hirnlos vor Angst und vollkommen unfähig, sich im Zaum zu halten – und er hatte Gregor etwas über sich selber beigebracht. Gregor konnte unter hundert verschiedenen Formen von Streß arbeiten und gegen tausend verschiedene Ablenkungen anhalten, aber er konnte nicht mehr richtig denken, wenn er mit einem aufgeregten und ununterbrochenen Monolog bombardiert wurde.

Natürlich war die Situation hier ganz anders. Hier hing nicht das Leben einer gebrechlichen alten Dame von irgend etwas ab. Es gab keine zeitlichen Vorgaben. Er würde nicht um vier Uhr morgens von einem *jungen Polizisten* geweckt werden, der ihm lediglich mitteilte, daß die Leiche eine Meile von dem Ort entfernt gefunden worden war, wo er sie sowieso von Anfang an vermutet hatte.

Er stand von der Couch auf, nahm seinen Mantel und seinen Schal und ging in die Diele. Seit dem Tod von Elizabeth wurde er von Erinnerungen geplagt. Er erinnerte sich immer an seine Fehlschläge, nie an seine Erfolge. Dabei hatte es wesentlich mehr Erfolge als Fehlschläge gegeben – so viele, daß die Presse mitunter den Fehler beging, zu behaupten, er hätte noch nie versagt –, aber irgendwie schienen sie nicht richtig mitzuzählen. Es waren die verwesten Körper, an die er sich erinnerte: die Entführten, die nicht rechtzeitig gefunden worden waren, die Opfer von Mördern, die noch lange, nachdem er sie hätte aufhalten sollen, weitermordeten. Wenn er sich lange genug diese Gedanken durch den Kopf gehen ließ, dann sah er sich immer am Rand dieser Ausgrabung stehen, die entlang der Barnswallow Road außerhalb von Corrigan, Massachusetts, gemacht worden war. In diesem Graben lagen die Leichen von neun kleinen Jungen, nicht einer von ihnen war älter als fünf Jahre geworden. In der Welt irgendwo da draußen war der Täter, der sie umgebracht hatte, und war immer noch frei.

Eine Sache, von der er wußte, daß er besser nicht über sie nachdenken sollte. Der Graben war in jener Zeit gefunden worden, als Elizabeth in ihr letztes Lebensjahr kam, ein langes, quälendes Jahr, dessen einziges wirkliches Erlebnis ihr Tod gewesen war. Es war richtig gewesen, sich von diesem Fall zurückzuziehen, und zu recht erwartete er, daß der Mann, dem er den Fall überließ, ihn auch lösen würde. Die Tatsache, daß dieser Mann es nicht getan hatte, war nicht Gregor Demarkians Schuld.

Er konnte sich anscheinend nur nicht davon abbringen, zu glauben, daß es doch seine Schuld war. Er zog seinen Mantel an und band sich den Schal um. Über diese schreckliche Geschichte nachzugrübeln, war mehr als nutzlos. Jetzt war er pensioniert. Das ›Büro‹ würde ihn nicht wieder hereinlassen, es sei denn, es gäbe einen direkten Auftrag des Präsidenten der Vereinigten Staaten dazu. Gregor war allerdings nie auf besonders gutem Fuß mit dem gerade amtierenden Präsidenten der Vereinigten Staaten gewesen.

Die beste Art, nicht über die Vergangenheit nachzudenken, war, sich in die Gegenwart einzumischen. Es war zu schade, daß John Kardinal O'Bannion scheinbar alles aufgeboten hatte, was in seiner Macht stand, um sicher zu gehen, daß es nichts gäbe, worin Gregor sich hätte einmischen können. Jedenfalls nicht bis morgen früh. Gregor nahm an, der Kardinal würde irgendwann einmal wieder zurück auf die Erde kommen, sobald das Chaos des Gründonnerstags vorüber wäre. In der Zwischenzeit...

Gregor sah über den Hof auf die Kirche von St. Agnes. In der Zwischenzeit werde ich, wie alle anderen auch, in die Kirche gehen, dachte er.

Eine Weile lang zögerte er, ob er die näher gelegene Hintertür der Kirche nehmen oder zur Vordertür herumgehen sollte. Da es aber kalt war, entschied er sich für die Hintertür. Es war tatsächlich viel kälter geworden. Jedenfalls kälter als vorhin, da er das Kloster verlassen hatte, um ins Pfarrhaus zu gehen.

Eine dichte Wolkendecke hatte den Himmel zugezogen, so daß von der Sonne nichts mehr zu sehen war. Auch der Wind war stärker geworden.

Außerdem konnte er sehen, wie Menschen aus der Hintertür aus- und eingingen, sogar Schwester Benedict Marie war dabei. Wenn es einen Weg gäbe, von dieser Hintertür in den Hauptteil der Kirche zu gelangen, ohne einen Skandal zu verursachen, dann würde sie ihm bestimmt den Weg weisen.

Er rutschte den vereisten Asphaltweg entlang, der wie alle anderen Wege auch schon gestern zugefroren war – und kam just in dem Moment an die Tür, als die Frau mit dem roten Mantel herauskam. Durch die Tür hindurch sah er eine hinabführende Treppe und die Ziege.

Die Dame im roten Mantel sah ihn an und sagte unvermittelt: »Wer sind Sie?«

»Gregor Demarkian«, antwortete er ihr so freundlich, wie es ihm möglich war. Dann erinnerte er sich an etwas. »Sie sind Judy Eagan. Die Vorsitzende des Gemeindekirchenrates.«

Judy Eagan war bestürzt. »Stimmt. Bin ich. Woher wissen Sie das?«

»Pater Boyd hat Sie mir beschrieben.«

»Oh«, sagte Judy Eagan. »Pater Boyd.« Sie blickte zurück auf die Tür, die sie immer noch mit einer Hand offen hielt, und runzelte die Stirn. »Wollen Sie da hinein?«

»Wenn das gestattet ist«, sagte Gregor.

»Oh, es ist gestattet«, sagte ihm Judy Eagan, »solange sie sich vor der Ziege in acht nehmen. Das Miststück beißt.«

»Das tun Ziegen meistens.«

»Nun, schön, daß Sie Bescheid wissen, aber das ist die erste Ziege, deren Bekanntschaft ich je gemacht habe. Sie hat einen meiner Handschuhe gefressen. Und jetzt muß ich den Wein holen.«

»Den Wein?«

»Für die Kommunion«, sagte Judy Eagan ungeduldig. »Er ist nicht pünktlich geliefert worden. Ich mußte ihn abholen. Ich habe ihn im Kofferraum meines Wagens, und wenn ich ihn jetzt nicht hole, dann wird es keinen Wein geben.«

»Die Kirche hat keinen Wein mehr?«

»Ich habe das Gefühl, Andy trinkt das Zeug zum Abendessen. Wenn Sie hineingehen wollen, dann tun Sie das. Ich muß jetzt weitermachen.«

Sie ließ die Tür los und trottete los, ohne auch nur ein bißchen auf dem Eis zu wackeln. In so hohen Hacken war das schon eine beeindruckende Leistung.

Gregor öffnete wieder die Tür und ging die Treppe hinunter zur Ziege. Soweit er es erkennen konnte, war es ein Ziegenbock in den besten Jahren, alt genug, um ein beachtliches Paar an Hörnern zu haben und noch jung genug, um seine eigenen Launen zu besitzen. Er war durch ein sehr kurzes Seil mit den Endpfosten einer weiteren Treppenwindung verbunden, die nach links oben führte.

Die Treppe, die nach rechts führte, war allerdings viel interessanter. Die Tür an ihrem oberen Ende war offen, und Gregor konnte eine kleine Gruppe von Menschen sehen, die in einem Raum hin und her liefen, der aussah wie ein Vorzimmer, das zu einer kleinen Halle führte. Einer unter ihnen war Declan Boyd. Ein anderer war die Schwangere, die er am Morgen von seinem Fenster aus mit Judy Eagan gesehen hatte. Andy Walsh war nicht dabei.

Gregor hatte gerade beschlossen, die Treppe in diese Richtung hochzugehen, obwohl er das Gefühl hatte, daß es die falsche Richtung war. In diesem Augenblick kam auch Judy Eagan wieder herein. Sie trug vier Weinflaschen unter ihrem linken Arm und eine fünfte in ihrer freien Hand, und sie sah noch mehr mit den Nerven fertig aus als zuvor.

»Ach, Sie sind's«, sagte sie. Sie machte einen weiten Bogen um den Ziegenbock und versuchte gleichzeitig, an das vordere Ende der Treppe zu kommen. Ein fast unmöglich zu lösendes geometrisches Problem, aber sie schaffte es. »Wenn Sie mitkommen wollen, dann sollten Sie das jetzt tun. Alles ist so durcheinander.«

Sie eilte die Treppe hoch in den Vorraum. Gregor folgte ihr.

Als er angekommen war, konnte Gregor sehen, daß der Vorraum größer war, als er gedacht hatte. Eine Wand hatte ein eingebautes Bücherregal, voll mit Büchern über Liturgie und Heilige. In einer anderen Ecke, die er vorher nicht richtig sehen konnte, stand ein langer Tisch, der mit einem knitterigen weißen Tischtuch bedeckt war. Darauf hatte Judy Eagan die Weinflaschen gestellt. Mittlerweile öffnete sie die Flaschen mit dem Korkenzieher eines Schweizer Armeemessers. Wie Gregor erkennen konnte, war sie sehr geschickt im Öffnen von Weinflaschen. Sie stach hinein, sie drehte, und schon hatte sie die Flasche entkorkt.

Neben ihr war die Schwangere dabei, ihre Haare zu ordnen. »Der Kardinal kam gerade durch die Tür«, sagte sie, »und Ihr wißt alle, was das heißt. Er wird absolut ausflippen, wenn diese Messe sich verspätet.«

»Diese Messe wird nicht verspätet anfangen. Geh und hol mir die Karaffe.«

»Wieso machst du eigentlich so viel Wein auf?« fragte die Schwangere.

»Andy will, daß die Gemeinde in beiderlei Gestalt die Kommunion empfängt. Da draußen sitzen sechshundert Leute.«

»Nun ja, das stimmt, Judy, aber es sind hauptsächlich Kinder, und du würdest ein Dutzend Karaffen brauchen, um –«

»Peg.«

Peg errötete, schüttelte den Kopf und ging zur Tür hinaus, die in einem rechten Winkel von der Treppe zum Eingang wegführte. Aber es kam gerade jemand herein. Peg trat zurück und ließ einen hochgewachsenen, asketisch aussehenden jungen Mann an sich vorbei.

»Oh, Tom«, sagte sie. »Ich bin ja so froh, daß du hier bist. Alles ist so verrückt.«

»Das sehe ich«, sagte Tom.

Peg machte sich erneut auf den Weg nach draußen.

Mittlerweile bezog Gregor einen Posten neben der Tür, die zur Eingangstreppe führte. Er hatte eigentlich nur vorgehabt, diesen Raum auf dem Weg zu einer Kirchenbank zu durchqueren. Er hatte nicht erwartet, daß ihn dies hier so faszinieren würde. Seit Wochen – seit Monaten – hatte er John Kardinal O'Bannions Geschichten über die Gemeinde von St. Agnes gehört. Es war so, als hätte er ein Buch von einem schlechten Autor gelesen. Bis er hier in Colchester angekommen war, kannte er nicht einmal die Gesichter der Leute. Andy Walsh kannte er ja aus dem Fernsehen, und genauso hatte er sich ihn auch vorgestellt. Und Declan Boyd, den O'Bannion immer nur als den »beigeordneten Priester« bezeichnet hatte, entsprach ebenfalls seinen Vorstellungen, und genauso Barry Field, obwohl Field etwas verbrauchter aussah, als Gregor es sich in seiner Phantasie vorgestellt hatte. Schwester Scholastica war dagegen eine Überraschung, ebenso wie Judy Eagan. Und jetzt hatte er die beiden letzten auf der Bühne, um sich von ihnen einen Eindruck zu verschaffen. Auch sie waren eine Überraschung.

Peg, dachte Gregor, war wohl Peg Morrissey Monaghan, die das Bild von Cheryl Cass in der *Tribune* identifiziert hatte und diese ganze Geschichte dem Kardinal ausgeplaudert hatte. Der Kardinal hatte nichts darüber gesagt, daß sie schwanger sei, aber er hatte gemeint, daß sie geistig nicht ganz klar sei. Nun, sie war hochschwanger, und Gregor dachte, daß sie wahrscheinlich nicht verrückt war. Nein. Bei diesem Streß und Durcheinander, obendrein in ihrem sensiblen körperlichen Zustand, verfügte sie immerhin über ausreichend Geistesgegenwärtigkeit, um Judy Eagan mit einem kritischen Blick zu betrachten.

Tom, der eben hereinkam, mußte wohl Pater Tom Dolan sein, der Hauptassistent von John Kardinal O'Bannion. Gregor hatte eine Mischung aus einem Heiligen und fleischgewordener Tüchtigkeit erwartet. Statt dessen sah er einen Mann, der bis an den Rand zum physischen Kollaps erschöpft war. Gregor hatte schon FBI-Agenten gesehen, die nach einer Woche nächtlichen Wachdienstes ausgeruhter ausgesehen hatten.

Tom Dolan lehnte sich gegen den Tisch, an dem Judy Eagan immer noch mit dem Wein herummachte. Sie betrachtete ihn mit giftiger Miene.

»Was willst du denn hier?« fragte sie ihn.

»Ich schaue nur, wie Ihr hier so vorankommt«, sagte er. »Der Kardinal hat mich darum gebeten.«

»Natürlich hat dich der Kardinal darum gebeten«, sagte

sie. »Der Kardinal denkt, er sei der einzige in der ganzen verdammten Erzdiözese, der über ein Hirn im Kopf verfügt.«

In diesem Moment kam Schwester Scholastica durch die Tür gelaufen. »Judy«, sagte sie, »die Bücher sind weggestellt worden. Ich weiß nicht, wohin –«

»Ich auch nicht«, sagte Judy.

»Ich schau mal auf dem Dachboden nach«, sagte Scholastica. Sie ging an Gregor vorbei, lächelte ihn an und sauste in die Halle, die er vom Eingang aus gesehen hatte.

Sekunden später kam Declan Boyd aus derselben Halle gelaufen, in seinen Händen einen großen goldenen Kelch und eine flache goldene Patene. »Schaut mal, was ich gefunden habe«, sagte er. »Schaut mal, was ich gefunden habe. In den Sakristeischrank hineingestopft, und keiner hat gewußt, daß sie da sind.«

»Ach, um Himmels willen«, sagte Tom Dolan. »Ich nehme sie mal raus.«

»Ich hab' jetzt doch zu viel Wein«, sagte Judy Eagan.

Declan Boyd gab Tom Dolan den Kelch und den Teller. »Ich muß noch mal zurück, die Altardecke holen«, sagte er. »Sie ist auch noch da hinten. Ich habe sie eben vergessen.«

»Du würdest wahrscheinlich deinen Hintern vergessen, wenn du nicht drauf sitzen müßtest«, sagte Judy Eagan.

Tom Dolan schüttelte den Kopf, trat zurück, um Peg Monaghan hereinzulassen, und ging dann selber hinaus. Peg stellte eine große silberne Karaffe auf den Tisch.

»Tut mir leid, daß ich so lange gebraucht habe«, sagte sie zu Judy, »aber sie war nicht an ihrem Platz. Nichts hier ist noch da, wo es eigentlich hingehört.«

»Das kommt immer darauf an, wer gerade definiert, was Ordnung ist.« Judy goß die Karaffe halb voll mit Wein, sah dann die ganzen anderen offenen Weinflaschen auf dem Tisch und schüttelte den Kopf. »Ich bin verrückt geworden. Ich muß gedacht haben, ich würde eine Weinprobe machen.«

»Das habe ich dir auch gesagt.«

»Jetzt nimm einfach die Karaffe, und stell sie auf den Tisch.«

»Mach ich.«

Peg nahm die Karaffe und ging los und ließ Judy Eagan zurück, die mit hektischen Bewegungen die Korken in die Weinflaschen zurückdrückte. Dann erschien Declan Boyd wieder aus der Halle, in seiner Hand eine kleine weiße Stola, die in der Mitte steif war. Nach ihnen tauchte Scholastica anscheinend aus dem Nichts auf und trug zwei große, schwere Meßbücher mit Goldschnitt. Sie verließen beide das Zimmer durch die Tür, die neben Judys Tisch hinausführte. Minuten später kam Tom Dolan wieder hereinmarschiert.

»Du solltest lieber mal da raus gehen und das selber begutachten«, sagte er Judy. »Dec und Peg und Scholastica sind alle da draußen und rasen herum, und ich bin zu müde, um da noch etwas zu verstehen.«

»Es ist Andy, der da hinausgehen sollte und sich das ansehen sollte«, sagte Judy.

»Lass' uns jetzt nicht über Andy streiten. Geh mal hin, und schau es dir an. Mach dich darauf gefaßt, daß der große Pater Walsh seinen Auftritt um genau eine Minute und dreißig Sekunden nach zehn machen wird.«

Judy seufzte, sah die Weinflaschen mit einer Grimasse an und wandte sich zur Tür. Dabei sah sie Gregor aus ihrem Augenwinkel. Sie hielt mitten in ihrer Pirouette an, wandte sich zurück und starrte ihn an.

»Guter Gott«, sagte sie. »Sie sind's. Sind Sie die ganze Zeit hier gewesen?«

»Ich fühlte mich ein wenig fehl am Platz«, sagte Gregor.

Das war halb gelogen, aber er hatte es dennoch in seiner nettesten Stimme gesagt.

»Nun«, sagte Judy, »dann sollten Sie mal besser mit mir mitkommen. Die Messe wird jede Sekunde anfangen, und ich muß sowieso zum Altar.«

»Ich soll zum Altar gehen?«

»Natürlich nicht. Sie werden am Altar vorbeigehen, die Stufen der Seitenkapelle hinunter und werden sich irgendwo einen Platz suchen. Muß ich mich denn wirklich um absolut jeden hier kümmern?«

Der Platz, den Gregor sich ausgesucht hatte, befand sich im hinteren Teil der Kirche auf einem Klappstuhl und nicht in einer Kirchenbank. Sein Platz war allerdings direkt am Gang, und dankbar für die gute Sicht, setzte er sich schließlich. Judy Eagans Einschätzung der Besuchermenge in der Kirche war zurückhaltend gewesen. St. Agnes war eine große Kirche, und sie war knallvoll. Vorne saßen Reihe für Reihe, die Kinder der Gemeindeschulen in ordentlichen kleinen grünkarierten Uniformen. Hinter ihnen waren mehrere Reihen Kinder in Zivil, die wohl aus den öffentlichen Schulen kamen. Wiederum hinter ihnen, auf der Evangelistenseite, saßen John Kardinal O'Bannion und Pater Tom Dolan. O'Bannion war so extravagant gekleidet, daß er fast wie ein Schauspieler aussah, der eine Rolle in einer mittelalterlichen Moritat spielte.

Gregor ließ seinen Blick über die Gemeindemitglieder und über den kleinen Pulk von Fernsehleuten gleiten, die sich in einer der hinteren Ecken postiert hatten. Als das Kommen und Gehen sich gelegt hatte, richtete er seine Aufmerksamkeit auf den Altar. Dort stand nur ein Mann, ein kleiner dicklicher Mann in einem schlechtsitzenden grauen Anzug, der aber anscheinend nicht viel zu bedeuten hatte. Während Gregor ihn beobachtete, berührte er das Tuch, das den Altar bedeckte, schüttelte den Kopf und wandte sich ab. Dann eilte er die Treppen zur Seite hinunter und verschwand in der Menge in den Kirchenbänken.

Das war Barry Field, dachte Gregor. Ich weiß, daß er es war. Was kann er bloß hier wollen?

Er wollte sich gerade umdrehen, um zu sehen, ob noch jemand dies bemerkt hatte – vielleicht die Fernsehleute, die ja nun auch Grund genug dazu hatten –, aber plötzlich wurden die Türen in der Kirche aufgezogen, und über seinem Kopf auf der Empore fing die Orgel an zu stöhnen. Dann hob der Chor an, und der Mittelgang war voller Leute.

Es war Jahre her, daß Gregor eine römisch-katholische Messe besucht hatte – tatsächlich war es zu Zeiten gewesen, als die Messe noch im alten Tridentinischen Ritus abgehalten wurde und nicht in diesem neuen. Man hatte ihm erklärt, daß der *Ordo Novo* ein radikaler Bruch mit der Vergangenheit gewesen sei. Der Tridentinische Ritus war dem alten armenischen ziemlich ähnlich, der wiederum fast identisch mit der Liturgie des Johannes Chrysostomus war, wie sie seit mehr als 1600 Jahren von der griechisch-orthodoxen Kirche praktiziert wurde. Die Kontinuität war absichtlich und unvermeidlich. Die Brüche zwischen den drei Kirchen resultierten daraus, daß alle den leidenschaftlichen Wunsch hatten, das zu erhalten, was sie als ihre Tradition verstanden. Ein ganz anderer Fall also als in der protestantischen Reformation, die die Tradition zerstören wollte, um sie durch etwas Neues zu ersetzen. Dann war das Zweite Vatikanische Konzil gekommen und damit – den Armeniern und den Orthodoxen zufolge – war die Kirche von Rom in die Fänge des Modernismus geraten.

Er machte es sich auf seinem Platz bequem, in der Erwartung, etwas Neues und Anderes zu sehen. Die Prozession kam an ihm in langen roten, goldbestickten Roben vorbei, und Andy Walsh führte die Reihe an. Er sah so wie Tibor aus, wenn man den entsprechenden Tag im armenischen Festkalender beging. Hinter ihm schritten zwei Männer mittleren Alters, die Bücher trugen. Sie hatten weiße Musselinegewänder an, die billig aussahen, schlecht genäht und halb fertig. Die Ministranten, die ihnen folgten, waren genauso angezogen, nur mit dem Unterschied, daß ihre Gewänder noch billiger aussahen. Das war auf jeden Fall etwas Neues. Früher waren die Ministranten mit genausoviel Sorgfalt gekleidet gewesen wie ein Mädchen für seinen Debütantinnenball.

Gregor dachte, die ganze Sache würde nun doch nicht so interessant werden, wie er es sich erhofft hatte.

Wie sich herausstellte, war der größte Teil der Messe völlig uninteressant. Nichts als jede Menge Sitzen, Stehen und Kreuzschlagen. Und jede Menge Lieder. Die Gemeinde sollte mitsingen, aber sie folgte den Aufforderungen nicht und überließ die Vokalübungen dem Chor. Gregor konnte es den Leuten nicht übelnehmen. Die Musik war meist langweilig und manchmal einfach nur schrecklich. Eben die Art von Liedern, die die *Carpenters* an einem schlechten Tag hätten schreiben können. Langweiligkeit, so kam es Gregor vor, war die Hauptleistung, die diese neue Messe in ihrer englischen Version bewirkt hatte. Die Bibellesungen hatten Kraft, weil die Bibel selbst kraftvoll war. Selbst eine schlechte Übersetzung der Bibel konnte es nicht verhindern, daß etwas von der Leidenschaft, von der ihre Verfasser besessen waren, durchkam. Die neuen Gebete klangen, als wären sie von jemandem und für jemanden geschrieben, der mit seinem Wortschatz nie über das Niveau eines Grundschullesebuches herausgekommen war. Die alten Gebete, die beibehalten worden waren, waren zu Gregors Unverständnis völlig umgeschrieben worden. Das *Confiteor,* das gemeinschaftlich gesprochene Sündenbekenntnis war seines Kerns beraubt worden.

Er hatte erwartet, daß er irgend etwas in Andy Walshs Predigt hören würde, das sich lohnen würde – er hatte schon so viel über Andy Walshs Predigten gehört –, aber auch damit war es nichts. Sie war so weitschweifig und zusammenhanglos, wie man Gregor bereits vorgewarnt hatte. Aber es gab keine Seitenhiebe auf den Papst oder Gedanken darüber, wieviel besser die Welt doch sein würde, wenn sie ihre Anhänglichkeit an die Idee der Sünde aufgeben würde. Wenn die kleine Rede irgendein Thema hatte, dann war es Tierliebe. Das ließ Gregor an den Ziegenbock denken, und daraufhin schaute er sich nach ihm um. Er war nirgendwo zu sehen.

Dem kleinen Büchlein zufolge, das auf seinem Platz lag, sollte nach der Predigt die Fußwaschung folgen, wenn sie überhaupt stattfand. Anscheinend war das nicht der Fall. Andy Walsh beendete seine Rede und verließ das Lesepult. Der Chor stand auf und trillerte ein Liedchen über Frieden auf Erden. Andy Walsh kam nach vorne in die Mitte hinunter und sagte: »Könnten wir nun die Gaben an den Altar bringen?«

Es war alles sehr beiläufig. Es entstand ein Zögern in den Kirchenbänken. Dann standen zwei Leute, ein Mann und eine Frau, auf und gingen zu einem kleinen Tisch, der weit vorne im Mittelgang stand. Darauf befanden sich ein mit einem Tuch bedeckter Teller, ein kleines Kännchen und die große Karaffe, die Peg Monaghan vor dem Gottesdienst hin und her getragen hatte. Die Frau nahm den Teller und die kleine Kanne. Der Mann nahm die größere Karaffe. Beide gingen hinauf zu Andy und reichten ihm die Sachen.

Als der Mann sich umdrehte, um zu seinem Platz zurückzukehren, merkte Gregor, daß es Barry Field war. Schon wieder. Diesmal konnte es keinen Irrtum geben. Gregor starrte Field direkt ins Gesicht. Er setzte sich vor und versuchte, noch genauer hinzusehen. Field rutschte in eine Bank und verschwand.

Es gab Priester in der katholischen Kirche, die dafür bekannt waren, daß sie ihre Messen in null Komma nichts herunterratterten. Andy Walsh mußte einer von ihnen sein. Kaum war Field an seinen Platz zurückgekehrt, hatte er die Gemeinde auch schon aufstehen lassen. Kaum war sie aufgestanden, da hatte Andy sie schon durch einen Text gejagt, der in Gregors Heftchen wie ein Gebet mit vier Versen aussah. Dann dröhnte die Gemeinde wieder eine vereinfachte Form eines uralten Gebetes hervor – warum mußte man »Herr der Heerscharen« eigentlich zu »Herr, Gott der Kraft und der Macht« umändern? Wozu? –, und alle in der Kirche sanken auf ihre Knie herab.

Gregor war, wie die meisten armenischen Männer, ein Sitzriese mit Stummelbeinen. Auf seinen Knien hätte er normalerweise immer noch alles sehen müssen. Statt dessen konnte er nichts sehen außer den Rücken einer Frau, die vor ihm saß.

Er lehnte sich seitlich in den Gang hinein und versuchte, einen Blick darauf zu erhaschen, was sich vorne tat. Andy Walsh ging gerade den römischen Meßkanon durch, sehr viel langsamer als sonst. Aus irgendeinem Grund fand Gregor seinen Tonfall drohend.

Er bereitet sich gerade darauf vor, ein Ding zu drehen, dachte Gregor. Was?

Der Kanon war durch, Andy Walsh hatte eine große Hostie über sein Haupt gehoben und beging den Teil der Messe, der nicht verändert worden war.

»›Er brach das Brot und gab es seinen Jüngern mit den Worten: Nehmet hin und esset alle davon, das ist mein Leib...‹« Andy Walsh brach das Brot und aß. Dann hielt er sich an der Kante des Altars fest und kniete schnell nieder. Genauso schnell kam er wieder hoch.

Gregor hielt den Stuhl vor sich noch fester. Er lehnte sich so weit nach vorne, daß er schon fast in der Luft hing. Andy Walsh vollzog gerade die Wandlung.

»›...das ist der Kelch meines Blutes, des neuen und ewigen Bundes...‹«

Dann hob er den Abendmahlskelch in die Luft und führte ihn wieder herab. Er nahm einen langen Schluck und stellte ihn auf den Altar. Schließlich sah er über die Gemeinde hin und sang in einem der perfektesten Cantustöne, den Gregor je gehört hatte: »Laßt uns das Geheimnis des Glaubens bekennen.«

Das war der Moment, in dem es passierte. Während die Töne des Cantus noch in der Luft hingen und Andy Walshs Arme noch immer ausgestreckt waren, als würde er gekreuzigt, und er seinen Kopf zurückwarf, als wäre er kurz davor, loszulachen, genau da veränderte sich alles.

Es begann mit einem Zittern in Andy Walshs Kinn. Es wurde zuerst eine Versteifung und dann eine plötzliche Starre, als ob jemand ihm von hinten einen Stromstoß versetzt hätte. Gregor war aus seinem Sitz aufgesprungen und in den Gang gestürzt, ehe er überhaupt wußte, was er tat. Er war schon halb beim kleinen Tisch angekommen, auf dem die Karaffen standen, als Andy Walsh fiel.

Im Tod, wie auch im Leben, machte Andy Walsh eine Szene.

Er fiel rückwärts, warf dabei einen Stuhl um und traf auf das große Kruzifix, das an der Hinterwand hing. Das Kruzifix war nicht befestigt, sondern nur durch an Haken hängenden Ringen aufgehängt worden.

Nachdem Andy dagegen gestoßen war, kam es hinter ihm heruntergeknallt.

TEIL ZWEI

Gründonnerstag bis Karfreitag

Sie aber nahmen Jesu und führen ihn hin, und er trug sein Kreuz und ging hinaus zur Stätte, die da heißet Schädelstätte, welche heißt auf Hebräisch Golgatha. Allda kreuzigten sie ihn und mit ihm zwei andere …

Evangelium zur Passion unseres Herrn Jesus Christus am Karfreitag, nach Johannes 19, 16–30

EINS

Später würde Gregor Demarkian sich an die Dinge erinnern, die direkt auf den Tod von Andy Walsh gefolgt waren, und er würde sich als Zeuge eines Wunders betrachten. Es hätte Panik ausbrechen müssen, ein wilder Tumult, es hätte die Hölle sein müssen. Die Kirche war brechendvoll. Der einzige freie Raum befand sich am Altar. Das Kruzifix hatte Andy Walshs Rücken gestreift und war auf die Seite gefallen, wobei es durch die Sitzfläche eines Stuhles stieß und einen kleinen Tisch mit Kerzen umwarf. Die Kerzen waren angezündet gewesen, und die eine oder andere brannte noch, nachdem sie alle auf dem Teppich gelandet waren. Von seinem Aussichtspunkt im Mittelgang konnte Gregor eine winzige Flamme sehen, die anfing, im braunen Polyester-Flor Fuß zu fassen.

Die erste Reaktion der Menge war ein Schock, auf den normalerweise eine Hysterie gefolgt wäre. Daß dies nicht passierte, war ausschließlich John Kardinal O'Bannion zuzuschreiben. Während alle anderen – selbst Gregor – auf ihren Plätzen wie festgefroren saßen, erhob O'Bannion sich majestätisch von seinem Platz in der Kirchenbank, schritt den Mittelgang hinauf, stieg die wenigen Stufen zum

Altar hoch und stellte sich hinter dem Lesepult in Position. In seiner roten Robe und mit dem goldenen Kreuz sah er nicht unbedingt aus wie ein Fürst der Kirche, sondern schlicht wie ein Prinz, der regierende Herrscher dieser Monarchie. Gregor kam es vor wie eine Stunde Anschauungsunterricht vom Wesen der Autorität. John O'Bannion war ein kleiner, dicker, grobschlächtig aussehender Mann. Außerhalb seiner Uniform hätte er für die Art irisch-amerikanischen Handwerker gehalten werden können, der davon überzeugt war, seine Gewerkschaft sei das achte Sakrament. Aber mit einer Menge konfrontiert, die sich am Rande der Hysterie befand, war von diesem Gesicht nichts mehr übrig.

Am Lesepult war ein Mikrofon angebracht, das O'Bannion aber nicht benutzte. Er hatte eine starke Baßstimme, klar und mit vollem Klang, und die setzte er statt dessen ein.

»Meine Brüder und Schwestern in Christus«, sagte er und lehnte sich so weit über die angewinkelte Fläche des Pultes, wie es ihm sein kurzer Körper ermöglichte, »wie alle von Ihnen erkennen müssen, haben wir hier eine sehr ernste Situation. Pater Walsh fühlt sich nicht wohl. Er ist schwerkrank. Er schwebt vielleicht in Lebensgefahr. Es ist außerordentlich wichtig, um Pater Walsh willen und auch um Ihretwillen, daß Sie auf Ihren Plätzen bleiben. Pater Dolan, Pater Boyd, Schwester Mary Scholastica und ich werden einen Weg finden, wie wir Sie so schnell wie möglich und mit dem geringsten Aufwand hier herausbekommen. Wir werden versuchen, die Kinder zuerst herauszubringen. Bis dahin bitte ich Sie inständig, still sitzen zu bleiben und nichts zu tun.«

Ein Raunen ging durch die Kirchenbänke und ein kleines Schluchzen durch die Reihen der Gemeindeschulkinder, die ganz vorne saßen. Sonst tat sich nichts, obwohl die Kinder in den ersten Reihen gesehen haben mußten, was Gregor von seinem Platz im Gang klar erkennen konnte: Die winzige Kerzenflamme hatte sich inzwischen in den Teppich beißen können. Ein kleiner schwarzer Ring hatte sich neben dem gefallenen Tisch ausgebreitet und arbeitete sich langsam voran, von der Pfütze aus geschmolzenem Wachs um ihn herum nicht im mindesten behindert.

O'Bannion hatte ihn auch gesehen. Als Tom Dolan, Declan Boyd und Schwester Scholastica zu ihm kamen, flüsterte er Scholastica etwas ins Ohr und zeigte auf die Flamme. Sie sah hin, wurde rot und versuchte, sie auszutreten. Sekunden später war Declan Boyd in Richtung des Vorraumes verschwunden, in dem vor der Messe alle so hektisch umhergeeilt waren. Scholastica, die nunmehr das Feuer ausgestampft hatte, war zu Andy Walsh hinübergegangen und kniete neben seinem Körper. John O'Bannion sprach erneut mit Tom Dolan und sah dann den Mittelgang hinab zu Gregor.

»Sie sind Mr. Demarkian, nicht wahr? Ich kenne Sie von Ihren Bildern. Könnten Sie hierher kommen und uns etwas helfen?«

Gregor wollte nichts mehr als hinzugehen und etwas helfen. Er wollte *irgend etwas* machen. Das war erst das zweite Mal in seinem Leben, daß er der erste Mann – der erste ausgebildete Detektiv, ob in offizieller Funktion oder nicht – an dem Ort eines Mordes war. Das FBI wurde immer nach dem Ereignis hereingerufen, selbst bei Morden auf bundesstaatlichen Gebieten, bei denen es zuständig war. Er hatte bis zum Hannaford-Fall gebraucht, um zu erkennen, wie wichtig es war, zur Leiche und was auch immer sich um sie befand zu kommen, ehe die Techniker eine Chance bekommen hatten, die ganze Sache zu verwirren.

In diesem Fall, ungeachtet der sanften Worte des Kardinals über Pater Walsh und dessen Unwohlsein, gab es jede Menge, was Gregor interessierte. Es war seine mangelnde Autorität, die ihn frustrierte. Im Fall Hannaford war er nicht nur der erste am Ort gewesen, sondern auch der einzige, der sowohl zuständig als auch fähig dazu war, die Kontrolle zu übernehmen. Hier hatte er nicht mehr Autorität als irgendein anderes Mitglied der Gemeinde. Die Polizei wäre sicher der Meinung, daß er sogar weniger hatte. Dies war eine katholische Kirche in der Erzdiözese von Colchester. Es war John Kardinal O'Bannion, der das erste und letzte Wort zu sagen hatte.

Nach dem Zweiten Vatikanischen Konzil hatten sich die meisten amerikanischen Kirchen ihrer Altargitter entledigt. Das von St. Agnes war aus Marmor und mehr oder minder ein Teil des Fußbodens, deshalb stand es noch da. Es gab ein Tor in seiner Mitte und ein weiteres auf der linken Seite. Auf der rechten Seite, dort, wo die Tür ins Vorzimmer ging, gab es überhaupt keine Öffnung. Gregor machte am Gitter eine Pause. Er wollte sich davon überzeugen: Wenn man aus dem Vorraum auf die Altarstufen kam, mußte man auf dem Weg zu einem der Tore am Altar vorbei, oder man mußte sich umdrehen und zurück in den Vorraum gehen. Nein, dachte Gregor plötzlich, das war nicht ganz richtig. Man konnte ja immer noch über das Gitter klettern. Aber wenn man das tat, vor Hunderten von guten katholischen Laien, dann würde das irgend jemand sicherlich bemerken und später kommentieren.

Scholastica erhob sich neben Pater Andy Walsh's Körper. Sie klopfte den Rock ihrer Nonnentracht ab und ging über die Altarstufen zur Tür des Vorzimmers. Ihr Gesicht war gefaßt, aber ihre Schritte waren energisch. Sie sah nicht aus, als befände sie sich in Schock oder Trauer. Sie hätte eine Krankenschwester in einem Krankenhaus für Sterbende sein können, die Art Frau, für die der Tod zur Routinesache geworden ist.

»Mr. Demarkian?« sagte Kardinal O'Bannion.

Gregor öffnete das Tor an der Mitte des Altargitters und ging auf die Erhöhung. »Kardinal O'Bannion«, sagte er, als er zum Lesepult kam, »nett, Sie kennenzulernen. Endlich.«

»Nett, unter diesen Umständen?«

Es war ein ungeschickter Schachzug, also ignorierte ihn Gregor. Er wandte sich an einen verwundert aussehenden Pater Tom Dolan und sagte: »Wir sind uns vor der Messe im Vorraum begegnet. Ich suchte nach einer Möglichkeit, in die Kirche hineinzukommen.«

Dolans Gesicht erhellte sich. »Ja, das könnte sein. Ich erinnere mich an Sie. Es tut mir leid. Ich bin sehr müde.«

»Ich kann kaum verstehen, daß Sie sich noch an irgend etwas erinnern können«, sagte Gregor. »Da drinnen war ein Tollhaus.«

»Tom«, sagte der Kardinal. Er nickte in die Richtung des hinteren Teils der Kirche. Sie wandten sich alle um und sahen, daß einer der Kameramänner vom Fernsehen seine Minicam auf die Schulter gehoben hatte und anfing, zu filmen. Gregor hatte die Fernsehleute ganz vergessen. Die Presse erschien ihm nie ganz dem wahren Leben zu entstammen, selbst wenn sie gerade dabei war, ihn fertigzumachen.

»Ach, Himmel«, sagte Tom Dolan. »Das machen sie immer, oder? Ich frage mich, wie Andy sie hierher gelockt hat.«

»Andy hat sie mit der Ziege hierher gelockt«, sagte der Kardinal.

»Das glaube ich nicht«, sagte Tom Dolan. »Nun ja. In

Ordnung, Eure Eminenz. Ich kümmere mich um die. Ich hoffe nur, ich werde nicht gleich wütend.«

»Macht das einen Unterschied?«

»Ja.« Tom Dolan ging das Seitentreppchen hinunter und verschwand durchs Seitentor.

Kardinal O'Bannion wandte sich zu Gregor Demarkian und seufzte. »Was ich meinte«, sagte er, »ist, daß das Aufsehen wahrscheinlich sowieso dasselbe sein wird, egal, welcher Laune diese Leute da sind. Sie werden keine große Wahl haben, nicht wahr?«

»Ich weiß nicht.«

»Ich aber. Unter anderem habe ich auch schon als Direktor der Öffentlichkeitsarbeit einer Erzdiözese gearbeitet. Ich weiß, wie Zeitungen funktionieren.« Er wandte sich um und starrte die Leiche von Andy Walsh an. Sie war durch den Altar vor den meisten Blicken aus der Gemeinde geschützt, aber vom Lesepult aus gut zu sehen. »Nun ja«, sagte er. »Ich vermute, Sie sind nicht der Meinung, daß Andy durch einen Herzinfarkt so zusammengebrochen ist. Das wäre wohl zuviel verlangt.«

»Es wäre auch von Ihnen selbst zuviel verlangt«, sagte ihm Gregor. »Daran denken Sie ja auch nicht.«

»Nein?«

»Wenn Sie das täten, dann hätten Sie vorhin Schwester Scholastica beauftragt, Pater Walshs Puls zu prüfen.«

Der Kardinal erlaubte sich ein Lächeln. »Ah, ja. Nun ja, Tibor Kasparian hat ja auch gesagt, Sie wären gut. Sind Sie doch auch, oder?«

»Ich glaube schon.«

»Ich hoffe, Sie sind sehr, sehr gut. Ich habe das Gefühl, ich bin da in eine Situation geraten, die jetzt schon aus dem Ruder gelaufen ist. Glauben Sie, daß er an einer Nikotinvergiftung gestorben ist?«

Gregor sah erneut die Leiche an. Andy Walshs Körper lag ausgestreckt auf dem Boden, der Kopf zur rückwärtigen Wand gebogen. Leider war Walshs Gesicht vom Lesepult abgewandt, und es war nicht genügend andere Haut zu sehen, um die Farbe zu beurteilen. Nicht aus dieser Entfernung.

»Ich würde sagen, er ist durch irgendeine Art von Vergiftung umgekommen«, sagte Gregor langsam. »Von dem, was ich gesehen habe, scheint mir das unvermeidlich. Was für eine Art Gift, ist ohne eine genaue Untersuchung nicht so einfach festzustellen.«

»Aber es hätte auch Nikotin sein können? Genau wie bei dieser Frau Cheryl Cass?«

»Oh, natürlich. Arsen kann es nicht gewesen sein, weil das einen Brechreiz auslöst, und das Erbrechen hätte eine ganze Weile gedauert. Man kann fast immer etwas für die Opfer einer Arsenvergiftung tun, wenn man innerhalb einer halben Stunde, nachdem sie das Gift eingenommen haben, zu ihnen kommt. Und es kann auch nicht Zyankali gewesen sein. Dazu dauerte es zu lange.«

»Es dauerte zu lange?«

»Oh, ja«, sagte Gregor. »Wenn wir annehmen, das Gift hätte sich im Wein befunden, dann würde Nikotin ziemlich genau das richtige Mittel sein. Es dauerte noch zwei oder drei Minuten, nachdem er getrunken hatte, ehe er hinstürzte. Bei Zyankali wäre er innerhalb einer Sekunde gestorben, oder ziemlich dicht daran. Er hätte niemals die Zeit gehabt, den Kelch wieder auf den Altar zu stellen.«

O'Bannion senkte den Kopf und runzelte die Stirn. »Muß es ausgerechnet der Wein sein? Hätte es nicht in etwas gewesen sein können, das er gegessen hat?«

»Es hätte auch auf der Hostie sein können, ja, Eure Eminenz, aber dann haben wir es nicht mit Nikotin zu tun.

Wenn Sie suggerieren, daß es etwas gewesen sein könnte, das er vor der Messe noch gegessen hat, dann haben wir es mit dieser großartigen Erfindung aus Detektivromanen zu tun, nämlich mit dem langsam wirkenden Gift.«

»Sie meinen, es gibt keine langsam wirkenden Gifte?«

»Es kommt darauf an, was Sie unter langsam verstehen. Nach dem, was ich gehört habe, als ich hier ankam, war Pater Walsh hier irgendwo im Kirchengebäude und bereitete sich auf die Messe vor. Es gibt ein oder zwei Gifte, die eventuell so lange gebraucht haben könnten, um wirksam zu werden, vor allem dann, wenn er gerade eine große Mahlzeit zu sich genommen hatte. Aber die hätten auch fast sofort irgendeine Form von Nebenwirkung gehabt.«

»Er hätte sich krank gefühlt, meinen Sie.«

»Oder merkwürdig«, sagte Gregor. »Manche dieser Substanzen brauchen fast eine Stunde, ehe sie jemanden umbringen, aber sie verursachen auch jede Menge Muskelschmerzen in der Zwischenzeit. Mit irgendeiner Form von wirksamer Dosis hätte er es unmöglich geschafft, so vor dem Altar zu knien.«

»Und er hätte auch vor der Messe keine größere Mahlzeit zu sich genommen«, sagte der Kardinal. »Er nahm niemals große Mahlzeiten zu sich. Andy hat immer auf sein Gewicht geachtet. Aber vor der Messe hätte er sich auch um die Fastenzeit gekümmert.«

»Ich dachte, Pater Walsh wäre nicht – besonders pingelig in dieser Art von Sachen gewesen.«

»War er auch nicht. Aber immerhin ist heute Gründonnerstag. Haben Sie nicht bemerkt, daß er sein möglichstes tat, um mich nicht zu stören?«

»Sie meinen, weil es da keine Ministrantinnen gab und keine Frauen, die sich bereit machten, die Kommunion zu verteilen«, sagte Gregor.

»Stimmt genau. Er hätte sich nicht nicht über Spiegeleier mit Schinken – oder meinetwegen Sojasprossen und Tofu – hergemacht, wenn die Möglichkeit besteht, daß ich das erfahre.«

»Was ist mit dem Ziegenbock?«

»Ich habe da so eine Ahnung, was die Ziege angeht«, sagte der Kardinal. »Ich weiß nicht, ob es sich jemals bestätigen wird.« Er seufzte erneut und glättete seine lange scharlachrote Robe und rückte sein Goldkreuz zurecht. »Ich weiß nicht, ob Ihnen das bewußt ist, Mr. Demarkian, aber wir werden ein größeres Problem mit dieser Sache haben, als wir jetzt vielleicht noch ahnen.«

Gregor Demarkian blinzelte. Er wollte fragen, wieviel größer das Problem eigentlich noch werden könnte. Das war die nächstliegende Frage. Andy Walsh lag in seiner eigenen Kirche vor sechshundert Zeugen und drei Fernsehkameras tot da. Der Fall würde schneller auf dem Titelblatt von *People* auftauchen, als der Sieg von Mike Tyson über Michael Spinks gebraucht hatte. Und Colchester, diese sehr katholische Stadt, war von einem ländlichen Festungsring an antikatholischem Fundamentalismus umgeben.

»Ich glaube«, sagte er, »wir haben es mit einem Problem zu tun, wie es größer überhaupt nicht sein kann, wenn wir einmal einen Weltkrieg als Vergleichsgröße ausschließen.«

»Finden Sie das?« Der Kardinal lächelte schon wieder. Er hatte der Gemeinde den Rücken zugedreht. In dieser selbstgebastelten Privatsphäre konnte er die Maske seiner Autorität fallen lassen. Unter dem strengen Humor befand sich ein müder, alternder, sehr sorgenvoller Mann. »Sie sagen, das Gift befand sich wahrscheinlich im Wein«, sagte er.

»Stimmt«, sagte Gregor.

»Dann wird die Polizei den Wein mitnehmen wollen.«

»Aber selbstverständlich.« Gregor war verwundert. »Sie werden ihn mitnehmen müssen, Eure Eminenz. Den ganzen Wein. Die Flaschen im Vorzimmer, den Wein in der Karaffe, den Wein im Kelch. Selbst wenn das Gift auf irgendeine andere Weise verabreicht wurde, müssen sie Tests durchführen lassen.

Der Kardinal schüttelte den Kopf. »Sie können alle Tests durchführen lassen, die sie machen wollen«, sagte er, »mit dem Wein in den Flaschen und was auch immer an Wein in der Karaffe übrig ist. Aber sie können nicht den Wein im Kelch mitnehmen, Mr. Demarkian. Der ist geheiligt worden. Das ist kein Wein mehr. Das ist das eigentliche Blut Jesu Christi.«

»Aber«, sagte Gregor.

»Da gibt es kein Aber, Mr. Demarkian. Der Wein in diesem Kelch wird aus keinem noch so wichtigen Grund von irgendeiner weltlichen Autorität aus dieser Kirche entfernt werden.«

O'Bannion griff die Seitenflächen seiner Robe, wandte sich zur Gemeinde um und gab den Nonnen mit sonorer Stimme einige Anweisungen.

Weil weder Declan Boyd noch Schwester Scholastica aus dem Vorzimmer zurückkamen, beschloß Gregor, ihnen hinterherzugehen. Außerdem mußte er einen Moment nachdenken. Vor diesen Hundertschaften an Leuten war das fast unmöglich. Die Altarstufen befanden sich gerade so hoch über dem Fußboden, daß er sich wie auf einer Bühne fühlte, und Bühnen hatten ihn schon immer nervös gemacht. Er war kein Mann für die Öffentlichkeit. Wenn er es gewesen wäre, dann hätte er sich über das, was jetzt kommen würde, gefreut: die aufgeregten Übertreibungen von Zeitschriftenjournalisten, die nach einem Aufhänger suchen. Es waren immer die Journalisten, die ihm zusetzten. Zeitungsreporter brauchten nichts als eine oberflächliche Schlagzeile, an der sie ihre Stories festmachen konnten. Journalisten suchten immer nach fundierten Hintergrundinformationen«.

Er hatte sich trotzdem neben der Leiche von Andy Walsh hingekniet. Es gab Dinge, die er sehen mußte, ehe die Polizei aufkreuzte und ihn auf ein Teil der Zuschauerschaft reduzierte. Zuerst gönnte er sich einen langen Blick auf Andy Walshs Gesicht. Es war keine Blaufärbung der Haut zu sehen, was bedeutete, daß weder Zyankali noch eine Herz-Okklusion im Spiel waren. Eine koronare Okklusion hätte sehr massiv sein müssen, um das zu erreichen, was hier geschehen war, selbst wenn Andy Walsh eine Krankengeschichte mit starken Herzschwierigkeiten gehabt hätte. Gregors Eindruck war, daß Walsh ein außerordentlich gesunder Mensch gewesen ist. Außerdem war er jung.

Gregor stand auf und sah sich den Altar an. Von den Resten an Feuchtigkeit, die sich auf der Innenseite des Kelches befanden, nahm er an, daß Walsh ungefähr ein Drittel davon getrunken hatte. Wenn man die Größe des Kelches betrachtete, war das schon reichlich. Er überlegte, wie viel flüssiges Nikotin man brauchen würde, um einen Mann von Andy Walshs Größe umzubringen. Sachgerecht destilliert und unverdünnt, hätte es nicht sehr viel sein müssen. Pures flüssiges Nikotin war eines der wirksamsten Gifte, die der Medizin bekannt waren. Die Menge, die man in einer Packung normaler Zigaretten oder einer einzigen gut bemessenen Zigarre vorfand, könnte den größten Teil der Gemeinde, der gerade in der Kirche St. Agnes saß, ausschalten. Selbst wenn es von einem blutigen Anfänger destilliert worden wäre und stark verdünnt – so wie dies Gift stark verdünnt gewesen sein mußte, damit der Wein weiterhin nach Wein aussah –, hätte der Mörder mit einer Mischung von eins zu drei arbeiten können, oder sogar ein bißchen weniger. Es sei denn –

Dieses »Es sei denn« schien ihn aber nicht weiterzubringen. Selbst die ungeschickteste, willkürlichste Destillation von Nikotin – zum Beispiel aus dieser theoretisch angenommenen Zigarettenpackung – hätte ein Gift produziert, das stark genug gewesen wäre, in einer Menge tödlich zu sein, die nicht mehr gewesen wäre als das, was man in einem normalen Fingerhut hätte unterbringen können, wenn diese Menge mehr oder weniger pur eingenommen worden wäre.

Gregor kehrte fast schon dazu zurück, ernsthaft zu überlegen, ob das Gift nicht doch auf der Hostie gewesen sein könnte, da ja die Hostie, die Andy Walsh zu sich genommen hatte, immerhin zehnmal so groß war wie diejenigen, die an die Gemeinde ausgegeben worden wären. Egal, was er dem Kardinal gegenüber gesagt hatte, dies war einfach unmöglich. Wenn Nikotin auf der Hostie gewesen wäre, dann wäre Andy Walsh tot gewesen, ehe er den Kelch erhoben hätte.

Wenn das Nikotin direkt in den Kelch gebracht worden war, dann mußte entweder schon eine gut bemessene Menge darin gewesen sein, ehe Andy den Wein eingegossen hätte – um sowohl für die Verdünnung Sorge zu tragen als auch für die Tatsache, daß Andy, der angekündigt hatte, sowohl Brot als auch Wein zu reichen, nicht den gesamten Inhalt dieses Kelches leeren würde –, oder aber das Nikotin mußte irgendwie in den Wein gelangt sein. Gregor konnte sich nicht vorstellen, daß Andy es selbst dorthin getan haben könnte. Niemand hatte erwähnt, daß der Priester selbstmordgefährdet sei, und er hatte jedenfalls nicht selbstmordgefährdet ausgesehen, als er am Morgen in Barry Fields Talk-Show war. Weit gefehlt. Gregor konnte sich keinen Weg vorstellen, wie irgend jemand sonst das Gift da hinein bekommen haben könnte, zudem noch zum richtigen Zeitpunkt. Das wäre einem Zaubertrick gleichgekommen. Das Gift mußte in den Weinflaschen oder in der Karaffe gewesen sein. Das waren die einzigen vernünftigen Erklärungen. Und trotzdem –

Und trotzdem, dachte Gregor, verliere ich wahrscheinlich gerade den Verstand. Ich fange an, Gespenster zu sehen. Ich lasse eine persönliche Abneigung mein Urteilsvermögen behindern, und alles das führt nur dazu, mich lächerlich zu machen. Was ich in diesem Fall dann auch verdient hätte.

Er ging vom Altar weg. Im hinteren Teil der Kirche konnte er sehen, wie die drei Minicams in seine Richtung zielten, aber nicht genau auf ihn. Was die Fernsehleute momentan interessierte, war die Leiche. Pater Tom Dolan stand zwischen ihnen und redete ernsthaft auf sie ein, während er wie ein Schmierenkomödiant in einem alten Stummfilm gestikulierte.

Gregor ging zur Tür zum Vorzimmer, öffnete sie und schlüpfte hinein.

Gregor hatte erwartet, dort Schwester Scholastica vorzufinden. Auch glaubte er, Pater Declan Boyd dort zu treffen – der sich vielleicht gerade übergab, denn er war ganz grün im Gesicht geworden, als er vor zwanzig Minuten an Andy Walshs Leiche vorbeimußte. Gregor hatte jedenfalls nicht erwartet, daß Judy Eagan dort war, genau das war sie. Sie stand in der Mitte des Vorraums, rauchte mit ihrer rechten Hand wie wild eine Zigarette und fuhr mit ihrer linken durch ihr Haar. Aus dem Eingangsraum unten kam das aufgeregte Meckern des Ziegenbocks.

Sie musterte Gregor von oben bis unten, als er ins Zimmer trat, nahm einen tiefen Zug aus ihrer Zigarette, blies Rauch in die Luft und sagte: »Ach Gott. Sie habe ich vergessen. Sherlock Holmes im Anmarsch zur Rettung. Das ist ja genau das, was wir noch brauchen.«

»Ich bin nicht im mindesten wie Sherlock Holmes«, sagte er. Dann schickte er ein kleines Gebet zum Himmel, daß Judy Eagan diese Beschreibung nicht noch einmal gegenüber jemand anderem, wie zum Beispiel einem Reporter, wiederholen würde. Ein armenisch-amerikanischer Hercule Poirot zu sein, war schlimm genug.

Judy Eagan schnippste Asche auf den Teppich. »Ich habe aufgehört, diese Dinger zu rauchen, als ich noch im College war«, sagte sie ihm. »Da war ich noch sehr tugendhaft und lebte gesund. Jetzt wünschte ich, ich wäre tot und begraben.«

»Haben Sie eine Packung sonst auch immer bei sich?«

»Machen Sie sich nicht lächerlich. Das hier sind Pegs. Sie hat immer eine Packung bei sich, ab dem siebten Monat. Falls sie Wehen bekommt.«

»Ich wußte nicht, daß es Frauen erlaubt ist, während der Wehen zu rauchen.«

»Frauen ist es erlaubt, praktisch alles das zu machen, wozu sie noch fähig sind, wenn die Wehen kommen. Es gibt auf der Welt keinen einzigen Arzt, der während der Geburt eine hysterische Frau auf seinem Behandlungstisch liegen haben will. Außerdem, nach dem, was Peg mir erzählt hat, hat man jede Menge Wehen, ehe man überhaupt einen Arzt zu Gesicht bekommt. Versuchten Sie gerade herauszufinden, ob ich wohl zwischendrin einmal das Gebäude verlassen haben könnte?«

Es gab einen Stuhl, der gegen den Tisch geschoben war, auf dem immer noch die Weinflaschen standen. Gregor zog ihn hervor und setzte sich.

»Ich glaube, ich versuchte nur ein wenig Konversation zu treiben«, sagte er. »Ich bin herausgekommen, um Schwester Scholastica zu suchen, aber sie ist nicht hier.«

»Sie wartet vorne auf die Polizei. Warum sie auf die warten will, ist mir schleierhaft. Kath habe ich noch nie verstanden. Das ist Schwester Scholastica. Kath, meine ich.«

»Ich weiß. Die ehemalige Kathleen Burke.«

»Ich vergaß, daß Sie vom Kardinal schon eingeführt worden sind. Jedenfalls, ich habe das Gebäude nicht verlassen. Ich sollte es, aber ich hatte einfach keine Möglichkeit dazu. Ich darf ohne den Ziegenbock nicht weg.«

»Ah«, sagte Gregor. »Der Ziegenbock. Haben Sie irgendeine Idee, was Pater Walsh mit der Ziege wollte?«

»Haben Sie eine?«

»Nein. Eine Weile lang dachte ich, er würde vielleicht ihre Füße waschen –«

»Das dachte ich auch«, sagte Judy Eagan. »Ich dachte, das ist genau das, was er mit dem Viech tun würde. Entweder das oder er hätte es zur Predigt präsentiert. Dazu wäre es ja gerade die richtige Predigt gewesen. Dieser ganze Kram über Tiere.«

»Ich habe nicht viel davon verstanden.«

»Hat sonst auch keiner. Inklusive Andy. Er war immer schon so. Gott, es wird so merkwürdig sein, wenn er jetzt tot ist.«

So kann man es auch nennen, dachte Gregor bei sich. Es könnte sogar ehrlich gemeint gewesen sein. Er fragte sich, was für Gefühle diese Leute eigentlich wirklich für Andy Walsh hegten. Manchmal bei jemandem, der für viele Jahre im eigenen Leben zum festen Bestandteil geworden war, war man sich nicht immer genau im klaren darüber.

Gregor sah sich die Weinflaschen an. Sie sahen nicht so aus, als wären sie seit dem Zeitpunkt, an dem er sie zuletzt gesehen hatte, verstellt worden, aber er war sich nicht ganz sicher. Er setzte zu einem großen Seufzer an, aber bremste sich dann. Wenn er seufzte, dann fühlte er sich wie John Kardinal O'Bannion.

Judy hatte ihre Zigarette zu Ende geraucht und zündete sich mit dem Stummel die nächste an. »Dec hat das Gebäude verlassen«, sagte sie. »Er hat sich zu einem Spaziergang durch den Hof aufgemacht. Er fühlte sich schlecht.«

»Er sah eben schon so aus, als wäre ihm schlecht.«

»Ich vermute, ich kann ihm das nicht verübeln. Wenn ich es gesehen hätte, dann wäre mir jetzt auch schlecht.«

»Sie haben es nicht gesehen?«

Judy schüttelte den Kopf. »Ich bin die ganze Zeit über hier drin gewesen und habe mich um die Ziege gekümmert. Nicht daß der dumme Bock das nötig hätte, aber er hätte sich ja vielleicht befreien können. Meinte Kath jedenfalls.«

»Es war Schwester Scholasticas Idee, daß Sie hierbleiben?«

»Es war ihre Idee, daß irgend jemand hierbleibt. Sie konnte selber nicht bleiben wegen der Kinder aus der Schule, und sie wollte nicht, daß Peg es macht, weil Peg doch schwanger ist. Ich glaube nicht, daß sie besonders großes Vertrauen in Pater Declan Boyd hat.«

»Das hat auch sonst niemand, nicht wahr?«

»Vertrauen in Dec?« Judy war überrascht. »Ich weiß nicht. Ich habe nie wirklich darüber nachgedacht. Er ist einfach so – jung.«

Er war außerdem ein ziemlicher Idiot, jedenfalls bei einer oberflächlichen Bekanntschaft. Gregor mußte das den Gemeindemitgliedern von St. Agnes und den Mitarbeitern der Kanzlei zubilligen. Selbst wenn er der hervorragendste Priester in der gesamten Erzdiözese gewesen wäre, würde Declan Boyd Schwierigkeiten damit haben, daß man ihn ernst nähme. Gregor rückte in seinem Stuhl hin und her. Er war aus Holz, mit einer steifen Lehne, die überhaupt nicht nachgab, und er fühlte sich schon ohne diese Verstärkung durch den Stuhl unwohl genug. Er fühlte sich immer unwohl, wenn er das Gefühl hatte, er schwimme.

»Sagen Sie mir eins«, bat er Judy Eagan, »wann hat Pater Walsh zum ersten Mal angefangen, von diesem Ziegenbock zu reden?«

Judy hörte mitten im Zug auf, zu atmen. Dann hustete sie, lang und fest. »Die Ziege«, sagte sie, als sie endlich in der Lage war, Luft zu holen. »Wissen Sie, das ist sehr merkwürdig. In gewisser Hinsicht hat Andy nie angefangen, von diesem Ziegenbock zu reden.«

»Ich verstehe nicht, was Sie damit meinen.«

»Nun, es war so. Ich war gestern abend noch spät im Pfarrhaus, um noch einige Details zu regeln. Es sollte heute noch alle möglichen Geschichten geben, von denen ich jetzt annehme, daß sie nicht stattfinden werden. Sachen, die mit der Schule zusammenhingen, meine ich, zum Beispiel ein besonderes Programm im Auditorium, das Andy über die Fastenzeit gemacht hatte, und, ich weiß nicht, noch ein paar andere Sachen. Also war ich da, und wir unterhielten uns, und dann bin ich gefahren. Und als ich zu Hause ankam, hatte ich auf meinem Anrufbeantworter eine Nachricht von ihm.«

»War das spät?«

»Oh, ja. Ich bin nicht vor sagen wir mal zehn Uhr zurückgekehrt, und Andy ist dann in der Regel schon im Bett. War er auch. Aber er gab mir die Nachricht, daß ich zurückrufen sollte, egal wann ich zu Hause ankäme, also habe ich das getan.«

»Und das war das erste Mal, daß Sie von dem Ziegenbock gehört haben?«

»Genau. Aber wissen Sie, das muß nicht notwendigerweise das erste Mal gewesen sein, daß Andy von der Ziege gehört hat. Das hätte er auch seit Wochen planen können.«

»Meinen Sie, das hat er getan?«

»Da müßten Sie den Typen fragen, wie heißt er doch gleich, dem der Ziegenbock gehört. Alles, was ich weiß, ist, daß Andy wollte, daß ich ihn abhole und ihn als erstes gleich morgens in die Kirche bringe, und darauf bestand er. Absolut. Und es war schon alles vorbereitet.«

»Gestern abend«, wiederholte Gregor.

»Das sagte ich ja schon. Und ich hatte außerdem keine Gelegenheit, das mit ihm zu besprechen. Er sagte mir nur, er gehe jetzt ins Bett und hat aufgelegt. Und heute morgen –«

»War er nirgendwo auffindbar.«

»Ganz genau. Wenn Andy einmal beschlossen hatte, etwas zu tun, was er eigentlich nicht sollte, dann hatte er regelrecht eine Tarnkappe auf.«

Gregor begann, dies durch die andere Information durchfiltern zu lassen, die er gehört hatte – das Insistieren des Kardinals darauf, daß Andy die Fernsehreporter mit der Ziege hergelockt hatte; und im Gegensatz dazu beharrte der Kardinal darauf, daß Andy sich größte Mühe gab, es sich nicht mit der Kanzlei zu verderben –, aber das alles war immer noch zu durcheinander und inkohärent, als daß man daraus einen stimmigen Schluß hätte ziehen können. Er war sich aber sicher, daß hier irgend etwas falsch war.

Wenn er eine Möglichkeit gehabt hätte, Judy Eagan die nächste Frage zu stellen, die ihm in den Kopf kam, dann hätte er vielleicht ein wenig Licht in die Sache bringen können. Leider hatte er diese Möglichkeit nicht. Gerade, als er seinen Mund geöffnet hatte, flog unten die Tür des Eingangs auf, und Pater Declan Boyd kam heraufgelaufen.

»Sie sind da!« brüllte Boyd. »Sie sind da! Die Ambulanz! Die Polizei! Sie sind alle hier!«

Judy Eagan wurde leichenblaß. »Oh Gott«, sagte sie. »Ich muß hier raus. Ich kann es mir nicht leisten, im Fernsehen gesehen zu werden.«

ZWEI

Nicht alle Polizeistationen sehen gleich aus. Das wußte Gregor Demarkian aus eigener Erfahrung. Er wußte auch, daß die Kompetenz dieser Polizeistationen absolut nicht von der Größe der Gemeinden abhing. Die effizienteste Untersuchung, die er je betreut hatte, war auf der örtlichen Ebene von einem aus zwei Mitarbeitern bestehenden »Revier« geleitet worden – bzw. anderthalb Mitarbeitern, um genau zu sein. Der halbe war ein Teilzeit-Deputy gewesen, der einen Vollzeitjob im lokalen Eisenwarenladen hatte und eine unendliche Geduld für das Photokopieren aufbrachte. Der andere war ein Mann namens Richard George Derren, der Leiter der Polizei in einer Stadt namens Marion, New Hampshire. Der Fall war ein besonders unangenehmer gewesen, wie es Serienmörderfälle eben so an sich haben, obwohl er nicht ganz so unangenehm war wie die Fälle, in denen Kinder ermordet worden waren. Es hatte sich um das beiläufige Abschlachten von trampenden High-School-Mädchen gehandelt – so viele seiner FBI-Fälle hatten mit Trampen zu tun, daß Gregor sich schwor, jede seiner Nichten, die das versuchte, zu fesseln und zu knebeln.

Die Ermittlungen schleppten sich bereits seit einem Jahr dahin, als Gregor Richard George Derren traf. Und in desses Wortschatz existierte das Wort »schleppen« nicht einmal. Zwei Wochen, nachdem Gregor in Marion angekommen war, befand er sich schon wieder im Flugzeug auf dem Weg zurück nach Washington, D.C. Der Mörder saß im städtischen Gefängnis. Die Beweisstücke – und davon gab es jede Menge; Richard George Derren liebte Beweisstücke, und er wußte auch, wie man sie besorgte – waren alle vertütet, zugesiegelt, beschriftet und im Gewahrsam der bundesstaatlichen Polizei. Gregor fühlte sich ein wenig ausgeboxt, als hätte er gerade mit einem Taifun geschlafen, was vielleicht auch der Fall war.

Erfahrung oder keine Erfahrung, im Unbewußten hielt Gregor immer noch am Vorurteil fest, daß groß besser sei als klein. Colchester, eine gut bemessene Kleinstadt, sollte in der Lage sein, eine professionell geführte Morduntersuchung auf die Beine zu stellen. Daß Colchester hingegen nichts dergleichen vermochte, war ein Schock.

Es war Viertel vor zwölf, und die Menge wurde unruhig. Unter normalen Bedingungen wäre die Messe um elf oder schon kurz vor elf vorüber gewesen. Die Leute hatten Jobs, die auf sie warteten, und Termine, die einzuhalten waren. Selbst in den dicken Ziegelwänden von St. Agnes eingeschlossen, konnten sie erkennen, daß das Wetter draußen sich verschlechtert hatte. Etwas, das wie Schneeregen klang, schlug auf die gefärbten Glasfenster auf der Nordseite der Kirche ein. Es hätte auch Hagel sein können. Der Wind peitschte auf das Dach über ihren Köpfen ein und ließ die Dachbalken knarren. Von St. Agnes wegzukommen, vor allem, wenn jetzt der mittägliche Stau nahte, würde langwierig und unangenehm werden. Außerdem konnten sie alle langsam nicht mehr einsehen, warum man sie in ihren Kirchenbänken festhielt. Die Kinder hatte man gehen lassen. Der Altar war von einer verwirrenden Ansammlung von offiziellen Personen umzingelt: uniformierte Polizisten, weißbemäntelte Ambulanzleute, zerknitterte Polizeiphotographen und sogar Pater Tom Dolan in Vertretung der Erzdiözese. Pater Tom Dolan stand neben dem Kelch, um sicherzugehen, daß der geweihte Wein nicht in die Hände der uniformierten Polizisten und Techniker fiel. Die Gemeinde sah ihn dort sicher, wußte aber nicht, warum. Sie wußten auch, daß hier irgend etwas nicht stimmte. Pater Andy Walsh war tot, und niemand kümmerte sich auch nur das geringste bißchen um ihn. Seine Leiche war immer noch hinter dem Altar ausgestreckt, wobei sein Kopf an einem Ende sichtbar war. Die Leute hatten begonnen, darüber zu mutmaßen, was dort oben passiert war.

Gregor dachte, es würde ungefähr noch fünf Minuten dauern, bis jemand aussprach, was alle schon längst dachten: daß Pater Andy Walsh in seiner eigenen Gemeinde, mit vielen seiner Gemeindemitglieder sowie der gesamten Gemeindeschule von St. Agnes als Zeugen, ermordet worden war. Wenn die Polizei sich beeilte, würde es vielleicht noch möglich sein, den Ausbruch der unvermeidlichen Empörung und Panik zu verhindern. Das hatte die Polizei aber anscheinend nicht vor. Gregor fragte sich, ob Colchester einer dieser Orte war, in denen die uniformierten Polizisten Angst hatten, an einem Mordfall irgend etwas zu tun, ehe nicht die Mordkommissionsleute angekommen waren – und dann fragte er sich, wo eigentlich die Leute von der Mordkommission blieben. Mittlerweile hatten sie ausreichend Zeit gehabt, um hier einzutreffen. Selbst unter der Annahme, daß jemand in der Mordkommission von Colchester intelligent genug gewesen wäre, um genau die

Beamten zu schicken, die auch mit dem Fall von Cheryl Cass betraut gewesen waren, hätten sie ausreichend Zeit gehabt, um endlich hier anzukommen. Aber nach dem, was er in der letzten eineinviertel Stunde gesehen hatte, konnte Gregor nicht mehr glauben, daß irgend jemand in der Mordkommission von Colchester intelligent genug wäre, um auch nur die Hände fern von den Heizplatten eines Elektroherdes zu halten.

Gregor sah sich in der Kirche um. Der Kardinal war vom Lesepult herabgestiegen, aber er stand immer noch vor der Menge und ging unruhig zwischen dem Altargitter und der ersten Reihe Kirchenbänke hin und her. Tom Dolan sah neben dem Kelch erschöpft genug aus, um gleich in Ohnmacht zu fallen. Immer wieder vergaß er die polizeiliche Anordnung, »nichts berühren«, und streckte die Hand aus, um sich am Altar festzuhalten. Die meisten hatten sich jedoch einfach in der Menge vergraben. Declan Boyd saß neben einer gebeugten, uralten Frau, tätschelte ihre Hand und flüsterte ihr ins Ohr. Judy Eagen hatte ihren roten Mantel in einem erfolglosen Versuch, unauffällig auszusehen, abgelegt – sie war so offensichtlich reich und die Leute um sie herum so offensichtlich ärmer, daß sie Gregor an einen sibirischen Jagdhund erinnerte, der von lauter kleinen Rauhhaarterriern umgeben ist – und hatte sich hinten in der Kirche auf einem Klappstuhl zusammengekauert. Barry Field hatte sich in die genaue Mitte der zwölften Reihe von hinten auf der Evangelistenseite gesetzt und tat so, als würde er im Gesangbuch lesen. Schwester Scholastica stand in einem Pulk von Nonnen und Gemeindemitgliedern neben dem Weihwasserbecken an der Tür. Nur Peg Morrissey Monaghan war leicht wiederzufinden. Sie hatte einen Platz direkt am Mittelgang eingenommen, der durch den Fortgang der Kinder frei geworden war. Sie hatte ihren Kopf vor sich auf den Rücken der Bank gelegt und die Augen geschlossen.

Gregor löste sich von der Wand, an die er sich in der Zwischenzeit gelehnt hatte, und ging in Richtung des hinteren Endes, um nicht dem Kardinal in die Quere zu kommen. Er stieg den Mittelgang zu Peg hoch, kniete sich neben ihrer Bank nieder und sagte: »Mrs. Monaghan? Ist alles in Ordnung?«

Peg hob ihren Kopf. »Mr. Demarkian. Entschuldigen Sie. Ich habe Sie ja kommen hören. Ich hätte – etwas tun sollen.«

Ihre Augen waren rot und trübe, als hätte sie geweint.

»Wenn Sie sich krank fühlen, dann könnte ich Sie wahrscheinlich hier herausbekommen. Die haben keinerlei Grund, Sie hier festzuhalten, wissen Sie. In Ihrem Fall und in Ihrem Zustand läuft die Polizei nicht Gefahr, daß Sie nach Barbados ausbüchsen, und sie werden schon wissen, wo man Sie finden kann, wenn Sie ihnen Ihren Namen und Ihre Adresse geben.«

»Sie meinen, die werden denken, ich wäre durch das Familienleben gefesselt, wie Judy Eagan?«

»Ist Judy Eagan an ihr Familienleben gebunden?«

»Nein.« Peg lächelte blaß. »Judy denkt, daß ich es wäre. Wenigstens sagt sie das immer. Andy behauptete das früher auch immer.«

»Wollen Sie hier heraus, Mrs. Monaghan? Möchten Sie, daß ich der Polizei von Colchester ein bißchen Verstand beibringe?«

Peg sah ihn lang und erstaunt an, als würde sie in seinem Gesicht nach etwas suchen. Dann sah sie fort und legte ihre Hand auf die Rundung unter ihrem Trägerkleid. Die Hand sprang etwas aktiv, ungeduldig und beengt darauf herum.

»Nein«, sagte Peg. »Das ist schon in Ordnung, Mr. Demarkian. Ich würde lieber hier bleiben und die Sache zu Ende bringen. Kath hat meine Schwester angerufen, daß sie nach meinen Kindern sehen soll. Ich muß heute nachmittag nirgendwo hin.«

»Bis heute nachmittag wird die Sache wohl nicht aufgeklärt sein. Vor allem, wenn –«

»Wenn sich herausstellt, daß Andy ermordet worden ist. Kath denkt, daß es so war, wissen Sie. Das hat sie mir gesagt.«

»Was denken Sie denn?«

Peg warf einen kurzen Blick auf das sichtbare Ende von Andy Walshs Kopf und drehte sich schnell wieder um. »Ich frage mich die ganze Zeit, wer Andy Walsh hätte umbringen wollen«, sagte sie. »Eine Menge Leute mochten ihn nicht, aber niemand hat ihn wirklich gehaßt. Selbst der Kardinal nicht. Und er war so harmlos.«

»Ich glaube nicht, daß der Kardinal dem zustimmen würde.«

»Oh, der Kardinal würde in theologischen Zusammenhängen denken. Ich vermute, Andy war praktisch ein Häretiker. Ich weiß, daß er ein Schismatiker war – ich meine jemand, der die Autorität des Papstes ablehnt. Nicht, daß Andy das jemals in diesen Worten so gesagt hätte. Das hätte er nie getan. Aber er hat sich immer über den Papst aufgeregt.«

»Das habe ich schon des öfteren gehört.«

»Aber Andy war auf persönlicher Ebene harmlos«, sagte Peg. »Wir befinden uns hier nicht im Italien des Mittelalters. Die Leute bringen sich heutzutage nicht mehr wegen theologischer Differenzen um, außer vielleicht in islamischen Ländern. Ich glaube noch nicht mal, daß Andy sich sehr viel aus Theologie machte. Es war einfach nicht sein

Hauptanliegen. Er mochte es einfach – die Leute zu sticheln.«

»Sind die Leute, die er gestichelt hat, wütend geworden?«

»Oh, und wie.« Peg lachte. Es war ein echtes Lachen, und sie beeilte sich, es hinter ihren Händen zu dämpfen. »Er hat mal so eine Predigt über die Liberalen gehalten. Mario Cuomo hatte sich gerade als Kandidat für das Amt des Gouverneurs aufstellen lassen, und er kam nach St. Agnes zur Messe. Ich weiß nicht mehr, warum. Aber Andy stellte sich vorne hin und fing damit an, daß er sagte: ›Ich glaube nicht an Sozialhilfeprogramme. Ich denke, sie sind schlecht fürs Land und schlecht für diejenigen, denen sie helfen sollen. Ich denke, sie sollten abgeschafft werden. Aber ich bin ein Liberaler. Es gibt im Liberalismus Platz genug für jeden Meinungsgrad.‹ Es war wegen Cuomo und dieser Abtreibungsgeschichte, Sie wissen schon. Wegen dieses ganzen Unsinns von Cuomo von wegen ›Ich bin wohl ein Katholik, aber ich denke, die Frauen sollten staatliches Geld bekommen, wenn sie abtreiben wollen.‹ Er hatte ein wirklich sehr genaues Auge für die Unregelmäßigkeiten in den Dingen. Aber das bestätigt ja nur, was ich schon gesagt habe.«

»Was bestätigt es von dem, was Sie gesagt haben?«

»Daß Andy nicht ernst zu nehmen war. Theologisch oder philosophisch oder moralisch oder wie auch immer man das nennen will.«

»Was Sie mir da gerade beschrieben haben, klingt mir aber sehr ernst«, sagte Gregor. »Tatsächlich klingt es nicht nur ernst, sondern auch noch intelligent. Was ich bislang über Pater Walsh gehört habe, ging nicht in diese Richtung. Das erstaunt mich.«

»Es hätte mich auch erstaunt«, sagte Peg, »wenn er es

wirklich so gemeint hätte. Was nicht der Fall war. Er war nicht gerade ein energischer Gegner von Abtreibungen, wissen Sie.«

»Meinen Sie damit, Andy Walsh befürwortete Abtreibungen?«

»Oh nein. So weit wäre er nicht gegangen. Das hätte ihn möglicherweise seine Stelle hier in der Gemeinde gekostet. Er war einfach nicht gegen Abtreibungen. Es war alles ein Teil seiner Überzeugung, daß er nicht an Sünde glaubte.«

Gregor stand auf. Er war scheinbar seit einer Ewigkeit auf den Knien gewesen. Seine Knochen fingen an, zu schmerzen. Peg rutschte in die Kirchenbank hinein, und er setzte sich neben sie.

»Das alles wird immer merkwürdiger und merkwürdiger«, sagte er. »Wie kann ein katholischer Priester glauben, daß es keine Sünde gäbe?«

Peg streckte sich. »Oh, heute glauben jede Menge Katholiken nicht wirklich an die Sünde. Selbst manche von denen, die eigentlich glauben, daß sie es tun. Was ich aber versucht habe, Ihnen zu erzählen, ist, daß bei Andy das Sticheln immer einen Hintersinn hatte. Er fand manchmal etwas wirklich Schreckliches über irgend jemanden heraus, irgendeine Scheinheiligkeit. Andy konnte sich stundenlang über scheinheilige Menschen amüsieren. Er fand zum Beispiel heraus, daß irgendein großer Befürworter der Abstinenz sich jeden Abend in den Schlaf trank oder daß eine der großartigen Keuschheit-ist-alles-Kämpferinnen eine Affäre mit ihrem Chef hatte und er – ich weiß nicht, wie ich das beschreiben soll. Er würde das nicht herausposaunen, wenn Sie verstehen, wie ich das meine. Er würde nie jemanden bloßstellen, wie es manche Priester machen würden, wenn sie irgend so etwas über jemanden herausfänden und es nicht in der Beichte gehört hätten. Er würde auch nicht ein Gespräch herausfordern. Er würde einfach nur – sticheln.«

»Öffentlich?«

»Meistens in seinen Predigten. Er war darin sehr gut. Nach einer Weile verstand man, worüber er redete, aber man konnte einfach nicht erraten, wer es nun getan hatte.«

Das, dachte Gregor, war das Schlimmste, was er bislang über Andy Walsh gehört hatte – das Schlimmste, was die Einschätzung der Intelligenz dieses Mannes anging, jedenfalls. Es war eine todsichere Methode, sich Ärger einzuhandeln und keine schlechte Methode, sich ermordet im Himmel oder sonstwo wiederzufinden. Peg Monaghan mußte sehr naiv sein, daß ihr das nicht aufgefallen war.

Er war kurz davor, es ihr in höflicher Form beizubringen, als er im hinteren Teil der Kirche Unruhe bemerkte. Er wandte sich um, um den Mittelgang hinunter zu schauen, als gerade zwei Männer durch die Doppeltür hereinkamen. Sie waren beide sehr groß und sahen beide sehr zerknittert aus. Sie hatten beide dichtes schwarzes Haar, das um winzige Geheimratsecken auf ihren Köpfen einen dichten Rand bildete. Sie waren sich so ähnlich, daß es unmöglich schien, sie auseinanderzuhalten, außer vielleicht, daß der eine grinste und der andere wütend aussah.

Peg hatte sich ebenfalls umgewandt, aber ihre Ausbuchtung war ihr dauernd im Weg. »Die schon wieder«, sagte sie. »Außer, daß sie gerade wohl Rollentausch betreiben.«

»Wer sind die?« Aber Gregor dachte, daß er die beiden schon kannte.

»Maveronski und Smith«, sagte Peg und bestätigte seine Vermutung. »Die *Detectives.* Das letzte Mal war es Maveronski, der fröhlich aussah und Smith, der bereit schien, den nächsten Feind umzulegen.«

»Letztes Mal heißt, als Cheryl Cass tot aufgefunden wurde?«

»Mmmm hmm.«

»Es ist erstaunlich, daß Sie die beiden auseinanderhalten können. Sie sehen aus wie Zwillinge.«

»Nicht, wenn man sie von nahem sieht. Maveronski hat echte Wangenknochen unter dem ganzen Fett. Smith ist die schwabbelige Gartenzwergausgabe eines weißen, protestantischen Angelsachsen.«

Die beiden Männer kamen nun den Mittelgang entlang, und Gregor und Peg setzten sich zurück, um sie beim Vorbeigehen zu beobachten. Füße donnerten über den Teppich im Gang. Ein Summen begann in der Gemeinde, das eindeutig die erste hektische Welle hysterischer Spekulation ankündigte. Jede Chance, einen Ausbruch von Panik oder Zorn in der Menge zu verhindern, war mittlerweile verspielt. Wenn die beiden Polizisten unter Gregors Aufsicht gewesen wären, dann hätte er sie gefeuert.

Sie kamen den Gang entlang, blickten nach links und rechts und betrachteten die Gesichter der Gemeinde. Smith war auf Gregors Seite. Er kam an ihnen vorbei, bemerkte Pegs Bauch und schüttelte den Kopf. Auf der anderen Seite des Ganges hatte Maveronski seine Augen auf den Kameramann von *WLTL* gerichtet, der sich an die Wand zurückgezogen hatte, um eine bessere Einstellung des hin- und herschreitenden Kardinals zu bekommen. Es schien der Kardinal zu sein, auf den die beiden Polizisten zustürmten, und nicht die Leiche oder ihre Kollegen auf den Altarstufen. Der Kardinal war ja nun auch das am leichtesten zu identifizierende Ziel.

Sie waren auf halbem Wege zwischen Gregors und Pegs Kirchenbank und dem Altargitter angekommen, als Smith seine Hand auf Maveronskis Arm legte und sie beide anhielt. Sie steckten die Köpfe zusammen und unterhielten sich, aber zu leise, als daß irgend jemand sie hätte hören können. Smith gestikulierte und nickte nachdrücklich. Maveronski schüttelte den Kopf und streckte seine Unterlippe vor. Smith ließ den Arm seines Partners los, drehte sich um und ging wieder auf das hintere Ende der Kirche zu.

Als er Gregors Bank erreicht hatte, hielt er an. Während er Gregors Gesicht inspizierte, verschwand sein Lächeln. Dann kehrte es zurück.

»Gregor Demarkian«, sagte er und streckte seine Arme aus wie der stereotype Bauer, der in schlechten Filmen einen verloren geglaubten Bruder begrüßt. »Ich habe Sie also doch richtig erkannt. Sie sind genau der Mann, den ich brauche.«

Gregor schaffte es, ein Lächeln aufzubauen, während er hinter ihn blickte und den ebenfalls wieder auftauchenden Maveronski bemerkte. Maveronski sah noch unzufriedener aus als eben, als er hereingekommen war.

Smith wandte sich zu ihm. »Siehste?« sagte er. »Es ist wirklich Gregor Demarkian. Habe ich dir doch gesagt.«

»Es ist mir egal und wenn er der verdammte Präsident der verdammten Vereinigten Staaten wäre«, sagte Maveronski.

Dann wandte er sich um, marschierte nach vorne und verbeugte sich kurz vor dem Altar.

Peg Morrissey Monaghan hatte Recht gehabt. Es war tatsächlich möglich, Smith und Maveronski von nahem auseinanderzuhalten – und nicht nur deswegen, weil Maveronski Wangenknochen besaß, sondern anhand der Farbe ihrer Gesichter. Abgesehen von den dunklen Haaren hatten die beiden Männer keinerlei körperliche Farbkennzeichen gemeinsam. Maveronskis Gesicht war rötlich getönt, mit einer Landkarte an geplatzten Venen auf der Nase. Smiths Gesicht war leichenblaß und ohne besondere Merkmale. Er hatte weder Aknenarben noch irgendwelche im Dienst erworbene Spuren von Gewalttaten aufzuweisen. Von diesen Dingen abgesehen, sah man ihnen ihre unterschiedlichen Charakteristiken an. Maveronski war ein Pessimist, wahrscheinlich selbst dann, wenn er einmal gewann, dachte Gregor.

Gregor saß auf einem Stuhl an den Altarstufen. Es war der Stuhl, auf dem Andy Walsh gesessen hatte, als die Lesung aus dem Alten Testament gehalten worden war, und er war gerade hoch genug, um wie ein Thron zu wirken. Für einen Mann, der äußerst ungern auffiel, war es eine ungemütliche Position, dachte Gregor. Er hatte aber zum Nachdenken keine Möglichkeit. Smith hatte ihn dort hingesetzt, nachdem er ihn aus der Kirchenbank herausgefischt hatte, und dann hatte er begonnen, auf ihn einzureden. Das war fünfzehn Minuten her. Seither hatte er ohne Pause geredet. John Reginald Smith hatte sehr viel zu sagen.

Das meiste, was Smith zu sagen hatte, hatte mit diesem »verdammten Kardinal, der sich in alles einmischt« zu tun. Gregor nahm an, daß er wahrscheinlich allen Grund dazu hatte. Es belief sich darauf, daß er, Smith, von Anfang an das Gefühl gehabt hatte, daß irgend etwas am Tod von Cheryl Cass nicht stimmte. Die Teile ließen sich nicht zu etwas Stimmigem zusammenaddieren. Wenn Peg Monaghan nicht gewesen wäre, nicht vorgetreten wäre und die Leiche identifiziert hätte – und damit den Fall zur Kenntnis des Kardinals gebracht hatte, was ihn außerdem noch dazu gebracht hatte, sich einzumischen –, dann hätte Smith ihn weiter auf seine Art untersucht. Statt dessen hatte sich nun herausgestellt, daß der Kardinal sehr klare Meinungen über das hatte, was mit Cheryl Cass geschehen war und was nicht. Maveronski war ein guter Katholik. Der Leiter der Mordkommission war ein guter Katholik. Selbst der Polizeichef war ein guter Katholik. Nichts davon hätte irgendeinen Unterschied gemacht, wenn der Tod von Cheryl Cass ein offensichtlicher Mord gewesen wäre, aber das war er nicht. Es war gerade soviel Mist drumherum gewesen, daß die Zeitungsberichte einen Selbstmord plausibel machten.

»Der Ärger mit dem Kardinal«, sagte Smith gerade, »ist, daß er nicht nur das eine tun und das andere nicht lassen will. Er will das eine tun, das andere nicht lassen, das dritte gleichzeitig machen und beim vierten zusehen. Also, als Sie angerufen haben, um wegen Cheryl Cass zu fragen –«

»Moment mal«, unterbrach ihn Gregor. »Mit Ihnen habe ich aber nicht am Telefon gesprochen.«

»Sie haben mit Maveronski gesprochen. Er hat mir davon erzählt. Sonderermittler, vom Kardinal bestellt. Ihr Name kam mir bekannt vor, also bin ich ins Archiv der *Tribune* gegangen und habe Sie nachgeschlagen. Ich habe da nichts gefunden, also bin ich in die Bibliothek gegangen. Da fand ich dann etwas. Ich habe noch nie jemanden kennengelernt, der im *People Magazine* gestanden hat.«

»Welcher Fall?« fragte Gregor resigniert.

»Sie meinen, es hat mehr als einen gegeben? Der hier ist ein paar Monate her. Eine Geschichte über irgendwelche Leute namens Hannadale.«

»Hannaford«, sagte Gregor.

»Was auch immer. Das war ein gutes Stück Arbeit. *People* hat Sie nicht als einen Typen dargestellt, der gekauft werden könnte, um einer Sache ein Anstandstüchlein zu verleihen.«

»Ich kann überhaupt nicht gekauft werden«, sagte Gregor. »Glauben Sie's oder nicht, aber ich bin nicht im Dienst. Ich habe noch nicht einmal eine Genehmigung, als Privatdetektiv tätig zu sein.«

»Und was machen Sie dann hier?«

»Ich tue einem Freund einen Gefallen«, sagte Gregor. Er sah sich in der Kirche um. Kurz bevor er sich in diesen Stuhl hatte setzen müssen, als Smith noch ruhig genug gewesen war, um Gregor noch ein Wort zu ermöglichen, hatte er einen Vorschlag gemacht. Der wurde gerade ausgeführt. Die beiden uniformierten Polizisten waren an der Doppeltür, die in die Eingangshalle führte, positioniert. Den Gemeindemitgliedern war erlaubt worden, einer nach dem anderen zwischen ihnen durchzugehen und ihnen ihre Führerscheine vorzuweisen. Da man im Staate New York seit neuestem auf den Führerscheinen Bilder hatte, hatte dieses Vorhaben eine gute Chance, relativ störungsfrei abzulaufen.

Gregor beobachtete die Szene an der Tür. Er war froh, daß die Uniformen mehr Intelligenz aufwiesen, als er ihnen zugetraut hatte. Die uralte Dame, die mit Pater Declan Boyd gesprochen hatte, ging zur Tür und konnte keinen Führerschein vorweisen, denn sie hatte schließlich nie einen gemacht. Der kleinere der beiden Polizisten akzeptierte einen zerknitterten Briefumschlag, den sie aus ihrer Handtasche gezogen hatte. Sehr gut, dachte Gregor. Niemand außer einem Wahnsinnigen würde sich vorstellen können, daß diese Frau in der Kirche umhergezogen sein könnte und mit der einen Hand Nikotin verteilen würde, während sie mit der anderen ihr Gehgestell vor sich herschob.

Gregor wandte sich wieder John Smith zu. Der Mann betrachtete ihn nachsichtig, aber er war offensichtlich nur zu bereit, wieder mit seiner Tirade anzufangen. Ob er ebenso bereit wäre, anderen zuzuhören, war eine müßige Frage.

»Das war schlau«, sagte Smith und nickte in die Richtung des Einganges. »Vielleicht werden Sie ja Ihrem Ruf gerecht.«

»Sie meinen, vielleicht werde ich der Pressemeldung in *People* gerecht.«

»Kein Unterschied. Ich kannn hier jede Hilfe gebrauchen. Ich kann mir nicht vorstellen, daß der Kardinal versuchen wird, diesen Fall hier auch zu einem Selbstmord zu erklären –«

»Das wird er nicht«, sagte Gregor. Aber dann wurde er sich doch unsicher. Nein, er glaubte nicht, daß der Kardinal schon über Selbstmord nachgedacht hatte.

»– aber wenn, dann würde mich das auch nicht in großes Erstaunen versetzen. Wenn Sie verstehen, wie ich das meine. Der Kardinal schätzt Skandale nicht.«

»Skandale«, wiederholte Gregor, der sich plötzlich an etwas erinnert fühlte. Er wußte nicht, wie er das hatte vergessen können. Schließlich hatte es den größten Teil seines Morgens eingenommen. »Wissen Sie eigentlich irgend etwas über einen Vorfall, der vor ungefähr zwanzig Jahren an einem Ort namens Black Rock Park passiert ist?«

Smith war erstaunt. »Selbstverständlich. Alle hier wissen darüber Bescheid. Das war hier in der Gegend eine größere Sache als die Ermordung von Kennedy. Egal, von welchem Kennedy.«

»Irgendwelche Tiere sind damals umgebracht worden«, deutete Gregor an.

»Jede Menge Tiere sind da umgebracht worden. Fünf oder sechs jedenfalls. Man hat ihnen die Kehle durchschnitten und sie ausbluten lassen. Gott, da oben war alles voller Blut. Als wir das zuerst gesehen haben – ich war damals Anfänger beim Streifendienst –, dachten wir, das war irgendeine Art von Massenabschlachtung. Sie wissen schon, eine ganze Gruppe von Leuten, die mit einem Maschinengewehr umgelegt worden sind. Dann kamen die Labortypen vorbei und haben das überprüft, und die haben überhaupt kein menschliches Blut gefunden.«

»Haben Sie die Tierkadaver gefunden?«

»Klar. In eine Schlucht nahe dem Reservation Lake hineingeschmissen. Da haben wir auch die Lavaliere gefunden.«

»Was für eine Lavaliere?«

»Sie wissen schon, eine Lavaliere. Eins dieser Kettendinger mit einer kleinen Plakette statt eines Anhängers. Warum denken Sie denn, daß sich der Kardinal so über die ganze Sache aufregt?«

»Keine Ahnung.«

»Die Lavaliere stammte von der *Cathedral Girls' High School.* Es war eins dieser Souvenirs von einem Abschlußball.«

»Ah«, sagte Gregor. »In Ordnung. Jetzt fangen manche Dinge an, einen gewissen Sinn zu ergeben.«

»Das freut mich, daß sie für Sie einen Sinn ergeben. Für mich ergeben sie überhaupt keinen Sinn. Warum reden wir eigentlich von Black Rock Park?«

»Weil Andy Walsh von Black Rock Park geredet hat. Heute morgen. Im Fernsehen. In einer Show, die Mr. Barry Field leitet.«

»Dieser Klapsmühlenkandidat.«

»Klapsmühlenkandidat oder nicht, er hat Andy Walsh ein Forum gegeben, und heute morgen hat Andy Walsh es genutzt, um über Black Rock Park zu sprechen. Jetzt ist es Nachmittag, und Andy Walsh ist tot.«

Smith steckte seine Hände in die Hintertaschen. »Vielleicht«, sagte er.

»Es ist ein Hinweis für die Untersuchung. Ist es nicht das, was Sie von mir wollten? Ideen für weitere mögliche Hinweise, die der Untersuchung nützlich sein könnten?«

»Teilweise. Aber Black Rock Park ist in diesem Fall eine Sackgasse. Es ist viel zu lange her, was da passiert ist. Selbst wenn ich jetzt sofort in dieser Minute sicher wüßte, wer darin verwickelt war, dann könnte ich trotzdem nichts damit anfangen. Nach all dieser Zeit könnte ich nichts mehr beweisen.«

»Vielleicht sind es nicht die Beweise für diesen Fall, die jemanden nervös machen. Vielleicht ist es eher die öffentliche Aufmerksamkeit, die ihn nervös macht. Oder sie.«

»Sie meinen, jemand, der daran teilgenommen hat, ist erwachsen geworden und hat eine bürgerliche Existenz gegründet und will nicht, daß irgend jemand das alles herausfindet?« Auf Smiths Gesicht zeichnete sich wachsendes Interesse ab, was aber schnell nachließ. Er schüttelte traurig den Kopf. »Nein. Das würde nicht funktionieren. Wenn man es nicht beweisen kann, kann man es auch nicht aufdecken.«

»Natürlich kann man das. Man kann Anschuldigungen erheben. Man kann zu den Zeitungen gehen. Man kann –«

»Man kann was? Lassen Sie uns mal annehmen, Sie kriegen die Zeitungen dazu, Ihre Anschuldigungen zu drucken. Die Sache an der Rechtsabteilung vorbeizuschieben wäre ein guter Trick, aber nehmen wir mal an, Sie schaffen auch das. Und dann? Sie könnten die Karriere dieses Typen möglicherweise zerstören, aber Sie würden gleichzeitig auch Ihren Ruf zerstören, Herr Demarkian. Sie wären innerhalb von Minuten vor Gericht geladen. Und den Fall würden Sie verlieren.«

»Vielleicht.«

»Nichts vielleicht. Wenn Sie glauben, Andy Walsh sei umgebracht worden, weil er drohte, jemanden wegen seiner Teilnahme an dieser Scheußlichkeit in Black Rock Park zu bezichtigen, glaube ich, das können Sie vergessen. Er hätte sich in der ganzen Sache auch selbst mit runtergerissen. Alle hier wissen, daß der Kardinal seit Jahren versucht, ihn loszuwerden. Es ist von den örtlichen Fersehsendern ausreichend breitgetreten worden. Der einzige Grund, warum der gute alte Andy so etwas getan haben könnte, wäre eine wirklich abgrundtiefe Abneigung gegen jemanden.«

»Und der gute alte Andy hatte keine wirklich abgrundtiefe Abneigung gegen irgend jemanden«, seufzte Gregor.

»So habe ich das gehört. Außerdem, was hat all das eigentlich mit Cheryl Cass zu tun?«

Gregor war es leid, zu sitzen. Es stand auf, streckte sich und sah sich in der Kirche um. Sie war mittlerweile fast leer. Die letzten der Gemeindemitglieder gingen aus den Doppeltüren hinaus. Die Hauptdarsteller in diesem Spiel – Peg Monaghan, Judy Eagan, Declan Boyd, Barry Field und Schwester Scholastica – waren in den Kirchenbänken verteilt und offenbar nicht dazu aufgelegt, miteinander zu reden. Gregor hatte vorgeschlagen, daß man sie hier behielte, und man folgte seinem Vorschlag. Pater Tom Dolan befand sich immer noch auf seinem Posten neben dem Kelch.

Gregor wollte John Smith sagen, daß Cheryl Cass eine ganze Menge mit »alldem« zu tun gehabt haben könnte. Eine Lavaliere war das Andenken einer Frau. Sie könnte ein Teil dessen gewesen sein, was in Black Rock Park geschehen war. Sie könnte jemanden genügend verabscheut haben, um ihn bloßstellen zu wollen. Soweit wie er das beurteilen konnte, hatten die Dinge erst angefangen schief zu laufen, nachdem sie in Colchester aufgetaucht war.

Aber er bestand nicht darauf, denn es gab noch zu vielen Ecken und Kanten in der Theorie, als daß sie vollkommen plausibel gewesen wäre. Statt dessen sah er zum Kardinal hinüber und sagte zu John Smith: »In Ordnung. Ich bin hier. Der Kardinal hat nach mir geschickt, und ich bin genau der Mann, den Sie zu finden hofften. Wofür brauchen Sie mich?«

Damit hatte er John Smiths Interesse geweckt. Sein Gesicht leuchtete praktisch vor Aufmerksamkeit. »Für alles«, begeisterte er sich. »Stellen Sie sich doch nur mal vor, wie das aussehen wird.«

»Wie was aussehen wird?«

»Sie und ich. Zusammen. Das ist es. Der Kardinal kann sich nicht beklagen, weil Sie der Mann des Kardinals sind. Und ich kann mich nicht beklagen, weil Sie mit mir einer Meinung sind. Es gibt nicht die geringste Möglichkeit auf dieser Welt, daß Cheryl Cass Selbstmord begangen hat. Und die Medien können sich nicht beklagen, weil Sie berühmt sind –«

»Berühmt«, sagte Gregor wenig begeistert.

»Ich werde in der Lage sein, alles zu tun, was ich will. Ich werde in der Lage sein, das hier mal vernünftig zu untersuchen. Ist das nicht wunderbar?«

Wunderbar, dachte Gregor, war nicht der ganz treffende Ausdruck dafür. *Entsetzlich* war angemessen. Er war mal wieder beschissen worden, wie seine Lieblingsnichte sich auszudrücken pflegte. Natürlich nicht, indem er den Fall übernommen hatte. In den wollte er schon einsteigen. Es war die Tatsache, schon wieder in den Zeitungen zu stehen, was einfach zuviel für ihn wäre.

Also rächte er sich ein bißchen.

Er erzählte John Smith nicht, was der Kardinal über den geweihten Wein gesagt hatte.

Und er erzählte ihm auch nichts von dem Ziegenbock.

DREI

Was Judy Eagan Gregor Demarkian über Andy Walsh gesagt hatte war: »Es wird so merkwürdig sein, wenn er jetzt tot ist.« Mehr als sechs Stunden später, als sie vor dem Glas-und-Chrom-Schrank im Wohnzimmer ihres Apartments stand, fiel ihr plötzlich auf, daß sie die Wahrheit ausgesprochen hatte. Es war merkwürdig, daß Andy jetzt tot war. Aber es war nicht so schmerzhaft, wie eine solche Sache es vielleicht sein sollte. Sie dachte dauernd, daß sie etwas fühlen müsse wie Trauer oder Schmerz, etwas, das sie bewegen würde. Das wäre nur natürlich gewesen. Sie hatte Andy Walsh ihr ganzes Leben lang gekannt. Er war ein Teil von ihr, auch wenn sie nie enge Freunde waren. Oder jedenfalls auf irgendeiner realistischen Ebene eine enge Beziehung gehabt hatten. Sie meinte sich zu erinnern, daß sie, wie Peg und Kath auch, sich mit Andy geküßt und gepettet hatte und nicht ganz-bis-zum-Letzten-gegangen war, wie sie sich auch mit Barry und Tom geküßt und gepettet hatte und nicht ganz-bis-zum-Letzten-gegangen war. So etwas hatte man damals eben getan, vor allem, wenn man *beliebt* war. Und Judy Eagan war beliebt. Sie war das zweitbeliebteste Mädchen an der *Cathedral Girls' High School*

nach Kath. Es überraschte sie immer wieder, wenn sie daran dachte, daß aus Kath schließlich Schwester Scholastica geworden war.

Damals suchte man sich die Freunde nach ihrem Status aus, nicht nach ihrer Persönlichkeit. Andy, Barry und Tom standen an der obersten Spitze der beliebtesten Clique der *Cathedral Boys' High School*, also waren sie, Peg und Kath, mit ihnen ausgegangen. Die Leute sagten immer, sie wären miteinander aufgewachsen, aber das stimmte nicht. Zum einen waren sie alle nicht mit Tom groß geworden. Seine Familie war mehr wie die von Cheryl Cass gewesen, und während der gesamten Grundschulzeit hatten ihnen ihre Mütter gesagt, sie sollten sich von ihm fernhalten. Toms Mutter trank, und sein Vater schickte monatlich das eine oder andere Kind mit gebrochenen Knochen ins Krankenhaus. Sie wohnten in einer Mietwohnung, die nie sauber war. Vor allem Andys Mutter mochte Tom nicht. Als sie alle anfingen, Marihuana zu rauchen – und das wußten Eltern immer, egal, wie sehr sich die Kinder Mühe gaben, das zu verstecken –, war sie immer davon überzeugt, es sei Tom gewesen, der ihnen das Kraut beschafft habe.

Zum anderen gab es jede Menge Jungens, mit denen Judy aufgewachsen war, mit denen sie in der High School nicht geredet hatte. Ein Trottel blieb ein Trottel. Sie war viel zu schlau, als daß sie nicht gewußt hätte, daß man nicht seinen Ruf als das zweitbeliebteste Mädchen der gesamten Stadt von Colchester riskiert, nur um seinen Gefühlen nachzugeben. Sie stand sowieso auf unsicherem Grund. Ihre Familie war genauso arm gewesen wie Toms, wenn auch ehrbarer.

Sie streckte die Hand aus, klickte die Glastüren des Barschrankes auf und starrte die Flasche Scotch an, aus der sie sich einen Drink eingießen wollte. Zwei Drinks. Stuart war im Fernsehzimmer und sah sich die Sechs-Uhr-Nachrichten auf WLTL an. Vielleicht spürte sie doch alle diese Dinge, von denen sie glaubte, daß sie sie spüren müßte. Vielleicht stand sie nur zu sehr unter Schock, um sie zu erkennen? Sie konnte einfach keinen klaren Gedanken fassen. Anstatt, daß sie sich Wege und Möglichkeiten ausdachte, wie man diese wirklich schreckliche Situation in irgend etwas verwandeln könnte, was nicht die ganze Arbeit und die ganzen Planungen, die sie in den letzten beiden Jahren aufgewandt hatte, zunichte machen würde –, mußte sie immer wieder an Andy, Tom und Barry, Peg, Judy und Kath denken. Sie wünschte sich schon fast, sie hätte nicht alle die Dinge weggeworfen, die Judy aufgehoben hatte, wie zum Beispiel die Jahrbücher.

Es war Andy, der ihnen das Gras besorgt hatte, jedesmal, wenn sie es geraucht hatten. Es war Andy gewesen, der das LSD an dem Tag im Black Rock Park mitgebracht hatte, der Cheryl Cass einlud und der die Idee für den ganzen Rest gehabt hatte – zumindest hatte er den Anfang gemacht. Judy hatte nie glauben können, daß alles so geplant gewesen sein sollte, wie es dann schließlich endete. Sie fragte sich nur, ob sie sich schuldig fühlen sollte, weil sie die arme Cheryl Cass mit den Jungens alleine gelassen hatten.

Sie holte den Scotch aus dem untersten Regal, zwei Gläser vom obersten Regal und zwei Eiswürfel aus dem automatischen Eiswürfelbereiter an der Seite des Eisschrankes. Ihr Kopf tat ihr weh. Der Fernseher brüllte. Stuart hatte die Lautstärke ganz aufgedreht, wie er es immer machte, als wäre er taub. Auf einem Regal neben dem Barschrank befand sich ein riesiger eingepackter Osterkorb, der in bernsteinfarbenes Zellophanpapier eingewickelt war und von einem grinsenden Schokoladenhäschen dominiert wurde, das eine aus Zuckermasse hergestellte bunte Brille trug. Es war Stuarts Ostergeschenk an sie. Es sollte ein Insiderwitz sein.

»Judy?« fragte Stuart.

Judy warf einen Eiswürfel in jedes Glas und öffnete den Scotch. »Einen Moment noch«, brüllte sie. Sie mußte brüllen. Er hätte sie sonst nicht hören können.

Aber er hörte so oder so nicht. Er sagte: »Komm schnell her. Ich kann gar nicht glauben, was ich hier gerade sehe.«

Da Judy wußte, was er gerade sah – und es nur allzu gut glauben konnte –, beeilte sie sich nicht sonderlich. Sie füllte beide Gläser zwei Drittel voll mit Scotch, trank die Hälfte des Drinks aus dem einen Glas und füllte es dann wieder auf. Dann sah sie sich im Wohnzimmer um und fragte sich, was sie sich eigentlich dabei gedacht hatte, als sie es eingerichtet hatte. Es war alles aus Glas und Chrom und Leder, lauter scharfe Kanten und glänzende Oberflächen. Es sah teuer aus, sowohl vom Preis her als auch im Unterhalt, und das war es schließlich auch. Das Problem war – und das war eine Parallele zu ihrer Reaktion auf Andy Walshs Tod –, daß es nach nichts sonst aussah. Wie etwa menschlich. Oder gar echt.

Sie trank noch ein halbes Glas Scotch, füllte das Glas erneut wieder auf, nahm dann beide Gläser und ging durch die kleine Diele ins Fernsehzimmer. Stuart hatte sich in einen ihrer beiden High-Tech-Sessel gezwängt und hielt die Augen fest auf die Mattscheibe gerichtet. Er hatte sein Jackett ausgezogen, seine Weste aufgeknöpft, sein Hemd offen, und seine Krawatte hing lose um seinen Hals. Nichts davon ärgerte sie – es war eher erleichternd, daß er in der Lage war, sich auszuruhen –, aber der Ausdruck auf seinem Gesicht tat es wohl. Er sah fröhlich aus.

»Schau dir das an«, sagte er. »Schau dir das nur mal an. Die verdammte Kirche muß ein einziger Zirkus gewesen sein.«

Judy reichte ihm seinen Drink. Das Bild auf dem Schirm zeigte den springenden und ziehenden Ziegenbock, der sich gegen sein Seil wehrte. Melissa Morris Wayne, die Nachrichtensprecherin, die Judy am wenigstens sympathisch war, stellte gerade wildeste Spekulationen darüber an, wofür Andy den Bock gebraucht haben könnte. Das Bild war verschwommen und undeutlich, als ob jemand Vaseline auf das Objektiv geschmiert hätte. Judy erinnerte sich an Tom Dolan im hinteren Ende der Kirche, wie er, kurz nachdem Andy gestorben war, mit den Kameraleuten redete und lächelte. Wahrscheinlich war er also dieser jemand.

»Sie haben mindestens zwei Minuten darüber berichtet, daß der Kardinal sich geweigert hat, der Polizei den Wein zur Analyse zu überlassen«, sagte Stuart. »Besser wird's nicht, oder?«

»Daß der Kardinal sich weigert oder daß es zwei Minuten gedauert hat?«

»Beides. Sie haben auch über diesen Mann berichtet, den der Kardinal aus Philadelphia hochgeholt hat. Ich denke die ganze Zeit, er wäre jemand, den ich kenne.«

Wenn Stuart jemals ins Repräsentantenhaus käme, dachte Judy, würde er wahrscheinlich den Namen des *Speaker of the House* vergessen. Vielleicht sollte sie anfangen, wichtige Informationen auf die Innenseite seiner Manschetten zu schreiben, damit er sie wenigstens nicht öffentlich blamierte.

Sie setzte sich in den anderen Designer-Sessel und sagte: »Wenn du gerade darauf wartest, mein Gesicht im Fernsehen zu sehen, vergiß es. Ich habe es heute nachmittag geschafft, die Kameras zu umgehen.«

»Wirklich? Das war sehr intelligent von dir.«

»Vielleicht war es das oder vielleicht auch nicht. Das wird eine sehr große Geschichte, Stuart, und ich bin Vorsitzende des Gemeindekirchenrates. Ganz abgesehen davon, daß ich diejenige bin, die den Ziegenbock angeschleppt hat. Irgendwann werden sie mit mir reden wollen.«

»Klar werden sie das. Aber wenn sie heute mit dir geredet hätten, dann hätte das so ausgesehen, als wärest du in die Angelegenheit verwickelt.«

»Der Mann, den der Kardinal aus Philadelphia hochgeholt hat, ist Gregor Demarkian. Er ist ein Experte für Mordfälle.«

Stuart versuchte, sich in seinem Stuhl zur Seite zu drehen. Das war in diesem Designer-Sessel ziemlich schwierig. Die Sitzflächen waren schmal und die Armlehnen viereckige, ausgeschnittene Stücke von angelötetem Chrom. Ein Ausdruck des Schmerzes ging über sein Gesicht, und Judy dachte: Jetzt hat er sich wieder eingeklemmt. Dann nahm sie einen großen Schluck aus ihrem Glas.

»Du bist auf mich sauer«, sagte Stuart. »Das sehe ich. Wieso bist du sauer auf mich?«

»Ich bin nicht sauer auf dich«, sagte Judy. »Ich bin nur müde. Es ist ein langer Tag gewesen heute. Und Andy Walsh ist tot.«

»Trauerst du um Andy Walsh?«

»Nein.«

»Das klingt nicht gerade logisch, Judy.«

»Tut es wohl. Ich trauere nicht um Andy Walsh, aber ich kann mich auch nicht an all dem erfreuen, verdammt noch mal. Es war schrecklich.«

»Ich freue mich ja nicht darüber. Nun ja, es löst jede Menge an Problemen, weißt du. Du wirst nicht mehr mit Andy Walsh verkehren müssen, weil Andy Walsh nicht mehr da ist, um Leute mit sich verkehren zu lassen.«

»Ich hatte keine Probleme damit, mit Andy Walsh zu verkehren.«

»Ich aber. Ich meine, ich hatte Probleme damit, daß du –«

»Vergiß es, Stuart.«

»Sag mir nicht, ich soll es vergessen«, sagte Stuart. »Ich glaube nicht, daß du mich überhaupt verstehst, Judy. Glaube ich wirklich nicht. Manchmal denke ich, du gibst dir noch nicht einmal Mühe.«

Judy Eagan sah in die kleine Pfütze Scotch und geschmolzenes Eis in ihrem Glas. Es sah genauso einsam aus, wie sie sich fühlte, nur matschiger. Sie war nicht im mindesten matschig. Sie stellte das Glas neben ihre Füße auf den Teppich und dachte: Mein Gott, dieser Mann ist ein vollendeter und unreuiger Arsch. Und ich habe das schon immer gewußt.

Stuart hatte sich aus seinem Stuhl erhoben. Er schritt durch das kleine Zimmer und versuchte dabei, sehr steif und sehr streng auszusehen.

»Ich glaube«, sagte er, »daß wir einmal ein ausführliches Gespräch führen sollten.«

Aber Judy sagte nur: »Stuart, ich führe nur mit Leuten ausführliche Gespräche, die um das Brett vor ihrem Kopf herumdenken können.«

»Hören Sie mal«, sagte Barry Fields Sekretärin, als er endlich in sein Büro zurückkam. »Das Büro von Reverend Candor hat angerufen. Ich habe gesagt, Sie würden zurückrufen, aber das war heute mittag um eins, und –«

Es gab einen digitalen Plastikwecker auf ihrem Schreibtisch, einen, den man normalerweise auf dem Nachttisch hat. Die beiden sahen den Wecker gleichzeitig an und schauten dann wieder weg. Es war 18:22 Uhr. Die Sekretärin war immer noch an ihrem Schreibtisch, weil sie so *engagiert* war, so wie alle von Barrys Mitarbeitern *engagiert* waren. Barry war immer wieder darüber erstaunt, wie *engagiert* sie sein konnten. Überstunden, niedrige Bezahlung, Arbeit bis in den späten Abend, merkwürdige Dienstpläne: Nichts davon schien sie jemals aufzuregen. Sie waren so durchweg fröhlich, daß sie Barry manchmal an singende Waschweiber erinnerten, wobei der Unterschied darin lag, daß die meisten seiner Leute Männer waren. Im Sekretariat saß allerdings eine Frau. Es war Teil seiner Bindung an *Tradition und Werte*, daß dort eine Frau saß.

Der Name seiner Sekretärin war Moira Dean. Sie war fünfzig und sah aus wie eine gewöhnliche Mutter und trug immer blumige Nylonkleider, die am Hals einen Knopf offen hatten, so daß jeder, dem sie begegnete, das kleine goldene Kreuz sehen konnte, das sie dort an einer Kette trug. Manchmal, und so auch heute, trug sie auch einen Button nahe ihrer rechten Schulter. Der heutige hatte den Slogan »CHRISTUS STARB FÜR UNS ALLE« in dicker, schnörkeliger, quasi-psychedelischer Schrift aufgedruckt. Barry starrte ihn eine Minute lang an und sah dann auf seine Schuhe nieder. Die Leute taten am liebsten immer so, als wären alle konservativen Christen entweder Idioten und Gelackmeierte oder aber scheinheilig, aber das war keineswegs so. Moira war wirklich engagiert. Sie glaubte an den auferstandenen Christus so, wie ein Botaniker an Bäume glaubt. Sie sah ihn ganz körperhaft vor sich in jeder wachen Minute ihres Lebens. Wenn sie betete, dann hörte sie seine Stimme genauso laut, wie sie die ihrer verheirateten Tochter während der stundenlangen Telefonanrufe von Colchester nach Sarasota, die sie jeden Samstag um drei Uhr nachmittags führte, hörte. Moira war einer der nettesten und anständigsten Menschen, die Barry Field jemals kennengelernt hatte, und sie war nicht dumm.

Nun starrte sie ihn sorgenvoll, mit einer Falte zwischen den Brauen, über ihren Schreibtisch hinweg an. »Es war ein schlechter Tag, nicht wahr? Ich habe die Nachricht über Pater Walsh im Radio gehört, vor keiner halben Stunde.«

»Ich hätte fast an einer Kneipe angehalten, um da einen Fernseher zu erwischen«, sagte Barry. »Aber das habe ich dann gelassen. Ich wollte es einfach nicht wissen.«

»Ist das der einzige Grund?«

»Ich trinke nicht, Moira. Das wissen Sie doch.«

»Oh, ich weiß. Darüber habe ich mir schon immer Gedanken gemacht. Ob Sie nicht trinken, weil Sie es nicht wollen, oder weil – Sie wissen schon.«

»Ich bin auch kein trockener Alkoholiker.«

»Gut.«

Er trug immer noch seinen schweren Wintermantel. Mehr als bei jedem anderen Kleidungsstück, das er besaß, fühlte er sich in diesem Mantel dick und unförmig. Er schüttelte ihn ab und hängte ihn auf den Kleiderständer. Der Kleiderständer war brüchig und abgenutzt. Der Teppich unter seinen Füßen war an mindestens einem halben Dutzend Flecken kahlgetreten. Alles im Studio und im Büro war schäbig, außer dem technischen Zubehör. Das war der Kompromiß, den er gemacht hatte. Aber ein guter Kompromiß. Er hatte die technische Ausrüstung im besten Laden von New York City gekauft. Er hatte alles andere im Sonderangebot bei Woolworth gekauft und benutzte die Sachen, bis sie zerfielen.

»Sie können es genausogut auch gleich wissen«, sagte er Moira, »weil es alle sowieso erfahren werden, früher oder später. Ich war da.«

»In dieser Kirche?«

Barry zwang sich, ihr Erstaunen zu ignorieren. »Ganz richtig. Ich saß in einer Kirchenbank genau hinter einem Haufen Schulkinder, als er vornüber kippte und – starb.«

»Im Radio hieß es, er sei ermordet worden.«

»Ich vermute mal, das stimmt.«

Er hatte den Kleiderständer zu lange angestarrt. Davon war er jetzt absolut überzeugt. Er wandte sich von ihm fort und setzte sich auf eines der langen, plastikbezogenen Sofas, die gegenüber von Moiras Schreibtisch an der Wand entlang standen.

»Er bat mich, zu kommen«, erzählte er Moira. »In die Kirche, meine ich, genau zu dieser Messe –«

»Versuchte er, Sie zu bekehren?« Moira war in einer Zeit groß geworden, in der Katholiken dauernd versuchten, alle Leute zu bekehren, ob die Leute nun bekehrt werden wollten oder nicht.

»Ich glaube nicht«, sagte er. »Ich glaube, er – plante irgendwas. Irgendwas, von dem er wollte, daß ich es sehe.«

»Hatte das irgend etwas mit einer Ziege zu tun?«

»Wurde das auch im Radio berichtet?«

»Das wurde besonders thematisiert.«

»Ich weiß nicht, ob es irgend etwas mit der Ziege zu tun hatte«, sagte er. »Wir sind nie bis zu dem Punkt gekommen, an dem der Ziegenbock hereingekommen wäre. Wenn er überhaupt einbezogen werden sollte. Andy ist – bereits davor gestorben.«

»Es wurde berichtet, der Kardinal hätte einen riesigen Aufstand wegen dieses Weines gemacht und hätte schreckliche Dinge gesagt, daß es echtes Blut wäre. Und er hätte die Polizei nicht drangelassen. Ich meine, Sie hätten mir einmal gesagt, es stimmt nicht, daß Katholiken echtes Blut in ihren Messen verwenden.«

»Das tun sie auch nicht. Sie nehmen Wein, den sie in

den Kelch, in so einen großen goldenen Becher, gießen. Dann sagen sie über dem Kelch Gebete, und dadurch soll der Wein in das Blut von Jesus Christus gewandelt werden.«

»Das klingt blasphemisch«, sagte Moira. »Oder wie Voodoo. Oder Kannibalismus. Oder noch was Schlimmeres.«

»Wirklich?« Barry stand von der Couch auf. Er war zu unruhig, um jetzt noch still zu sitzen. Er war zu durcheinander, als daß ihn der Effekt, den sein Zustand auf Moira hatte, kümmern könnte. Sie sah ihn während dessen argwöhnisch an. Ihr Gesicht hatte sich zu einer Maske arrangiert, als wenn sie es mit einem Verrückten zu tun hätte. Er vermutete, sie dachte gerade, daß er durch die Messe hypnotisiert worden wäre. Sie fürchtete, er laufe Gefahr, sich dem römischen Irrglauben erneut zu unterwerfen.

»Haben Sie sich nie gefragt«, fragte er sie, »warum ich mir nie die Mühe gemacht habe, mich weihen zu lassen?«

»Mühe machen? Ich dachte, das wäre etwas, was man nicht unbedingt als ›Mühe machen‹ bezeichnete.«

»Oh, ist es aber. Ist es wirklich. Man macht sich die Mühe, ins Priesterseminar zu gehen. Man macht sich die Mühe, von einem Haufen an langweiligen Kursen zu belegen über Bibelgeschichte und Predigttechniken und jede Menge anderer Sachen, die man nicht braucht. Man macht sich die Mühe, sich von einem Haufen alter Männer, die nicht so intelligent sind wie man selbst, lauter Unsinn beibringen zu lassen, von dem man schon als Kleinkind wußte, daß man es besser nicht glaubte –«

»Von welchem Seminar reden Sie da gerade? Deren oder unserem?«

»Ich dachte darüber nach, in ihres zu gehen, wissen Sie das? Wir wollten da alle hin. Andy Walsh, Tom Dolan und ich.«

»Wer ist Tom Dolan?«

»Momentan ist er Pater Tom Dolan. Er ist der Hauptassistent des Kardinals.«

»Sie meinen, Sie sind der einzige gewesen, der ihnen noch entkommen ist?«

»Wenn Sie das so formulieren wollen.«

»Ich weiß nicht, wie ich es anders formulieren soll«, sagte Moira. »Warum waren Sie der einzige, der ihnen entkommen ist?«

Das war eine gute Frage. Eine so gute Frage, daß er wußte, daß er eigentlich eine Antwort darauf haben müßte. Gott allein wußte, daß er diese Frage schon hundertmal beantwortet hatte – auf Sendung und in Zeltlagern und von Kanzeln dort, wo er Gastprediger war, obwohl er gar nicht geweiht worden war. Wenn er darauf zurückblickte, dann dachte er, daß er so gründlich und so gut und so lange gelogen hatte, daß er bereits vergessen hatte, daß er jemals eine wahre Antwort darauf gekannt hatte.

Plötzlich wollte er nicht mehr hier sein: in diesem Büro, mit dieser Frau, umgeben von den Stücken und Stückchen des Lebens, das er sich nach der Katastrophe von Black Rock Park geschaffen hatte. Andy Walsh war tot, und Andy Walsh war der einzige Mann, der ihm jemals ein Freund gewesen war. Die Zeitschriften waren immer voll mit Artikeln über die Freundschaften, die sich zwischen Frauen entwickelten. Männer sollten Kameraden sein und mehr nicht. Aber Andy Walsh hatte ihm viel mehr bedeutet.

Barry ging zum Kleiderständer, nahm seinen Mantel herunter und zog ihn wieder an. Er wollte durch die Eingangshalle und die vordere Eingangstür heraus, ehe er sich übergeben müßte.

»Ich werde den Reverend Candor morgen früh anrufen«, sagte er.

Moira zögerte. Der Argwohn war wie weggewischt, und

übrig blieb ihre Sorge. Barry dachte mit Bedauern, daß er sie gerade wohl zu Tode erschreckte.

»Der Reverend hat allerdings gesagt, es wäre dringend«, sagte sie ihm.

»Ich bin sicher, er hat es auch so gemeint. Wir können ja so tun, als wäre ich nie ins Büro gekommen.«

»Vielleicht sollte ich Sie nach Hause fahren.« Sie biß sich auf die Lippe. »Es kann nicht so schön für Sie sein, daß Sie so ganz alleine leben. Sie können ja auch einmal jemanden gebrauchen, der Sie mal bekocht.«

»Ich hole mir auf dem Weg was beim Chinesen.«

»Aber –«

»Kein Aber. Gute Nacht, Moira.«

Moira zögerte wieder. Barry stand mit seinem Rücken zu ihr und hielt die Bürotür auf, während er in den Flur schaute. Er konnte sich den Ausdruck auf ihrem Gesicht genau vorstellen. Sie dachte, er wäre kurz davor, Selbstmord zu begehen.

»Vielleicht rufe ich Sie später noch einmal an und schaue, wie es Ihnen so geht«, sagte sie.

Barry ging in den Flur hinaus und schloß die Tür hinter sich.

Er würde nicht Selbstmord begehen, weiß Gott nicht.

Er konnte gar keinen Selbstmord begehen.

Er war bereits tot.

Als es Viertel nach sieben war, hatte Peg Morrissey Monaghan ihre Familie versorgt, das Geschirr gespült, ihre Kinder vor einen Videofilm über den kleinen Jesus gesetzt und ihrem Mann, der auf dem Weg zur Gründonnerstagsmesse in der Kathedrale war, auf Wiedersehen gesagt.

Es war offensichtlich, daß es keine Abendmesse in St. Agnes geben würde. Sie hatte sich außerdem eine Tasse Tee gemacht, die neben dem Spülstein auf der Arbeitsfläche stand und so überzuckert war, daß sie einen Bodensatz vorfinden würde, wenn sie die Tasse ausgetrunken hatte. Sie war immer ganz versessen auf Zucker, wenn sie schwanger war, genauso, wie sie Schmacht nach Zigaretten hatte, wenn sie die Wehen bekam. Eigentlich hatte sie immer einen Schmacht nach Zigaretten. Anders als Scholastica und Judy, die nur ein bißchen mit dem Rauchen herumexperimentiert hatten, war sie vollkommen süchtig. In dem Sommer nach Black Rock Park hatte sie es geschafft, praktisch ohne Taschengeld und obwohl sie nie alleine war zwei Packungen am Tag aufzurauchen. Es war eine Gnade Gottes, daß sie nicht mehr so rauchte wie damals.

Es war eine Gnade Gottes, daß Judy sie um ihre Zigaretten gebeten hatte, nachdem Andy Walsh gestorben war. Hätte Judy es nicht getan, dann hätte sich Peg wild paffend in einer Kirchenbank wiedergefunden, und es wäre ihr egal gewesen, was für einen skandalösen Anblick sie dem Rest der Gemeinde geboten hätte. Sie zögerte zwischen ihrem Tee und dem Schrank und ging dann doch an den Schrank. Sie streckte die Hand zwischen den blau-weißen Porzellantellern hindurch und tastete nach der Packung, die sie für den Fall eines Falles dort aufbewahrte. Sie hatte neun Kinder zur Welt gebracht, und jedes einzelne davon war zu früh gekommen. Daher konnte man ja nie wissen. Eine Frühgeburt konnte jederzeit passieren. Deswegen kaufte sie immer ihre Zigaretten schon an dem Tag, an dem sie definitiv wußte, daß sie schwanger war.

Sie fand eine Packung Streichhölzer in einer Schublade neben dem Herd und steckte sie mit den Zigaretten in ihre

Schürzentasche. Dann nahm sie ihren Tee und ging ins Wohnzimmer.

Es gab einen Moment, kurz nach Andys Tod, in der Sterben das einzige gewesen war, woran sie hatte denken können: Andy, wie er hinter dem Altar ausgestreckt lag, mit dem Gesicht zur Gemeinde gewandt und seinen Händen über den Kopf geworfen. Sie hatte sich auf einen Platz am Mittelgang zurückgezogen, um von diesem Gesicht fortzukommen. Der Anblick war zu schlimm für sie und zu schrecklich, darüber nachzudenken. Selbst mit einem Platz am Gang und keinerlei Blick auf die Leiche hatte sie Wellen von Übelkeit niederkämpfen müssen, die weitaus schlimmer waren als alle anderen Formen von morgendlicher Übelkeit, die sie sonst erlebt hatte. Ihr Herz schlug so schnell und so fest, daß sie dachte, sie würde sich selber Frühwehen verursachen. Sie erinnerte sich dauernd daran, wie Andy sie auf der Schwelle ihres Elternhauses am Morgen nach dem Junior-Ball geküßt hatte. Es war damals sieben Uhr morgens, und sie waren die ganze Nacht aus gewesen. Während alle anderen auf der Straße in ihren Pyjamas und Bademänteln herumwanderten, waren sie immer noch in voller Ballmontur. Sie trug immer noch ihr Krönchen. Zu irgendeinem Zeitpunkt des Abends hatte sie Andy versprochen, sie würde es nie abnehmen. Es war solch eine Überraschung, es zu gewinnen. Bis dahin war es immer Kath gewesen, die zur Königin gewählt wurde. Danach war es dann immer Peg.

Peg stellte ihren Tee auf dem Kaffeetisch des Wohnzimmers ab, holte ihre Zigaretten hervor und zündete sich eine an. Wenn sie nach Hause in eine leere Wohnung hätte kommen müssen, dann würde sie wahrscheinlich immer noch über Andy und Andys Tod nachgrübeln. Es hätte nichts gegeben, was sie davon abgehalten hätte. Statt dessen war sie nach Hause gekommen, und ein Haufen Hausarbeit wartete auf sie, und da sie ein gewissenhafter Mensch war, fing sie an, sie zu erledigen. Die Arbeit hatte sie von ihrem Schock abgelenkt und wieder stabilisiert. Dann hatte ihre Schwester die Kinder zurückgebracht, Joe war von der Arbeit zurückgekommen, und die Nachricht war im Radio gesendet worden. Es gab so viel zu tun und so wenig Zeit und Energie, alles zu erledigen, daß nur wenig Platz für irgendwelche fixen Ideen blieb. Nach und nach begann sie, nachzudenken.

Es stimmte, Andy Walsh war jemand gewesen, der gerne piesackte und ärgerte und auch ein bißchen verrückt war. Aber es war nicht so, daß diese Verrücktheit in irgendeiner Form beliebig gewesen wäre. Er konnte manchmal in kleinen Dingen planlos sein, zum Beispiel in seinen Predigten, die er über El Salvador und Nicaragua hielt. Seine großen Skandale aber waren immer sorgfältig geplant gewesen, damit sie auch den richtigen Effekt hatten. Es hatte diesen ganzen Unsinn gegeben mit den Hafermüslibrötchen, die zur Messe für die katholische Jugendorganisation geweiht worden waren. Die Zeitungen hatten es wie eine bloße Laune dargestellt, aber das war es nicht. Andy wollte damit eine Aussage machen – oder er dachte, daß er damit eine Aussage über Götzenanbetung machte. Davor hatte er eine Woche lang Predigten darüber gehalten, daß die Katholiken mehr Respekt vor Christi Leib empfanden als vor seiner Person. Peg hatte den Verdacht, daß Andy nicht wirklich an die Transsubstantiation glaubte, aber das war jetzt nebensächlich. Der Punkt war, daß er niemals etwas wirklich Abscheuliches ohne Grund getan hatte.

Von daher war es ein einfacher logischer Schritt zur Feststellung, daß der Ziegenbock auch einen Grund gehabt haben mußte. Allein schon, das Tier in die Kirche zu bringen, hätte dem Kardinal einen Herzinfarkt verpaßt. Andy wußte das. Daher mußte Andy also den Ziegenbock hingebracht haben, um etwas zu bewirken.

Als sie dies alles so bedachte, war sie auf einmal ganz stolz auf sich. Es war, als wäre sie die Heldin eines der Kriminalromane, die sie so gerne las. Normale Hausfrauen schlugen dort die Polizei in deren eigenem Job, indem sie herausfanden, wer die siebzigjährige Bibliothekarin des Ortes umgebracht hatte. Nachdem sie nun festgestellt hatte, daß Andy etwas bewirken wollte – war es leider nur so, daß sie danach einfach nicht mehr weiterkam. Was wollte er tun? Sie hatte erwartet, daß er die Füße des Ziegenbocks waschen würde, als Protest gegen das Dictum der Kirche, daß er nicht die Füße von Frauen waschen solle. Statt dessen hatte er überhaupt niemandes Füße gewaschen. Dann dachte sie, er würde der Ziege die Kommunion geben, aber dieser Gedankengang war absurd. Wozu? Sie hatte einmal eine Geschichte gelesen, daß St. Franziskus den Vögeln die Kommunion gegeben hatte, und die Kirche hatte ihn nicht exkommuniziert.

Es war während des Spülens nach dem Abendessen, als sie auf eine andere Idee gekommen war. Die Idee war ihr so plausibel und offensichtlich, daß sie gar nicht fassen konnte, daß sie nicht gleich als erstes darauf gekommen war. Sie hätte vorhin in der Kirche darauf kommen sollen, als sie sich die ganzen Bücher ansah. Nun ja, sie hatte dann eben jetzt daran gedacht. Deswegen war sie ins Wohnzimmer gegangen, um zu sehen, ob sie das Buch finden könne.

Die Nordwand des Wohnzimmers war eine einzige Masse an eingebauten Bücherregalen. Die meisten der Regale waren von ihrer Sammlung an Erinnerungsstücken belegt. Da waren ihre Jahrbücher. Da waren ihre gebundenen

Bände mit Zeitungen, inklusive all derer, die Berichte über Black Rock Park gebracht hatten. In der Nähe des Fußbodens befanden sich die Bücher, die noch aus ihrer Zeit an der Gemeindegrundschule von St. Agnes stammten.

Sie stemmte sich gegen den Rücken des kleinen Zweiersofas und ließ sich langsam auf den Boden herabgleiten, bis sie mit gekreuzten Beinen auf dem Teppich saß. Was sie suchte, war nicht eigentlich ein Buch, sondern ein Heftchen, ein dickes Heftchen, das *Mit den Heiligen leben* hieß. Wie alle anderen auch, die die Gemeindeschule von St. Agnes in den frühen sechziger Jahren besucht hatten, hatte es ihr eine Nonne namens Schwester Joseph Bernadette zur Erstkommunion geschenkt. Andere Nonnen in der Schule hatten andere Sachen verschenkt – Schwester Donatus verteilte immer Wundermedaillons, und Schwester Valeria Anne fand braune Skapuliere schön –, aber Schwester Joseph Bernadette war auf die Heiligen ganz versessen gewesen. Sie wußte mehr über die Heiligen, als Peg mittlerweile übers Kinderkriegen wußte.

Peg ging ihre Bücher aus der zweiten Klasse durch – Englisch, Geschichte, Religion –, ohne das Heftchen zu finden. Dann durchsuchte sie ihre Bücher aus der dritten Klasse, aber fand es auch dort nicht. Sie lehnte sich zurück, holte ihre Zigarette aus dem Aschenbecher, in den sie sie gelegt hatte, ehe sie auf den Boden hinabgestiegen war, und nahm einen tiefen Zug. Sie könnte noch die nächste halbe Stunde hier sitzen und nach diesem idiotischen Ding suchen, oder sie könnte etwas Vernünftiges tun. Sie legte ihre Zigarette wieder in den Aschenbecher und entschied sich, um sicher zu gehen, für das Unvernünftige. Sie ging ihre Bücher aus der ersten Klasse durch. Das Heftchen fand sich dort ebenfalls nicht.

Wenn sie nicht schwanger gewesen wäre, dann wäre sie

aufgestanden und hätte die Bücher aus der vierten, fünften und sechsten Klasse durchsucht. Da sie immer alles aufbewahrte, wußte sie, daß das Heftchen in ihrem Besitz sein mußte. Es war nur eine Frage, es zu finden.

Aber sie war schwanger, und sie war müde. Sich mit Zwillingen zu bewegen, die mittlerweile so viel Platz im Bauch einnahmen, verursachte ihr physische Schmerzen. Das Telefon stand ganz in ihrer Nähe auf dem Tischchen, neben dem Aschenbecher, sie mußte nur den Arm ausstrecken.

Peg lehnte sich vor und zog das Telefon an der Schnur zu sich heran. Sie war nicht die einzige, die immer alles aufbewahrte. Die Nonnen machten das auch. Sie hatten Kisten und Kisten voller Zeug in ihrem Keller, die teilweise auf das Jahr 1901 zurückgingen, das Jahr, in dem die Gemeindeschule von St. Agnes gegründet worden war.

Alles, was sie also tun mußte, um herauszufinden, was sie wissen wollte, war, Scholastica anzurufen. Sie mußte ihr ja noch nicht einmal sagen, was sie in Wirklichkeit wollte. Es gab keinen Grund, warum sie sich lächerlich machen sollte. Sie könnte ja einfach sagen, sie wolle einmal in aller Vertraulichkeit auf einen Besuch vorbeikommen …

VIER

Die Kanzlei von Colchester, wie auch die Kathedrale, war zu einer Zeit gebaut worden, in der die amerikanische katholische Kirche fest in den Händen einer Manie der Gotik war. Sie wuchs mit ihren Spitzen und Türmchen über die State Street im Norden der Kathedrale hinaus, und sie erinnerte Gregor Demarkian an eine Kreuzung zwischen einer benediktinischen Abtei und den *Houses of Parliament.* Natürlich waren die *Houses of Parliament* keine gotische Architektur, aber nostalgische Manien ließen sich eher selten in ebenso starke Manien nach stringenter historischer und architektonischer Recherche umwandeln. Dem betreffenden Erzbischof, der sich entschlossen hatte, die Kanzlei zu bauen, waren die *Houses of Parliament* wahrscheinlich als gotische Architektur erschienen.

Es war Freitag, acht Uhr morgens, und Gregor war in der Kanzlei, um sich mit John Kardinal O'Bannion zu treffen. Endlich in der Kanzlei, dachte er. Spät am vorangegangenen Abend, als er in seinem Bett im Rosary House gelegen hatte, war es ihm fast so vorgekommen, als hätte man ihm mit dieser Fahrt nach Colchester einen großen Streich gespielt. Der Kardinal hatte ihn den ganzen Weg von Philadelphia hier heraufkommen lassen, um ihn so lange wie möglich hierzubehalten und nicht, damit er irgend etwas tun könne. Selbst die Unterhaltung zwischen Gregor und John Smith war von Pater Tom Dolan unterbrochen worden – mit Absicht und auf Anweisung des Kardinals, dessen war sich Gregor sicher. Der Kardinal schien zu denken, daß er das Recht hatte, nicht nur seine Erzdiözese unter Kontrolle zu behalten, sondern innerhalb ihrer Grenzen auch die Polizei und alle zufällig auftauchenden Fremden. Er wußte, was er von Gregor Demarkian wollte. Er erwartete, daß Gregor es auch wisse, ohne daß man ihm etwas sagen müßte. Wenn Gregor an den Kardinal dachte, kam er sich wie stranguliert vor – und dieses Gefühl des Erstickens wurde durch die Tatsache noch verschlimmert, daß Gregor wußte, wer Pater Andy Walsh umgebracht hatte. Er hatte es innerhalb von Sekunden, nachdem Andy Walsh tot hinter den Altar von St. Agnes gefallen war, gewußt. Er hatte es mit Bestimmtheit gewußt, denn obwohl es sehr viele Menschen gab, die Andy Walsh hätten ermorden können, und zwar zu dieser Zeit, an diesem Ort und auf die Art, wie es geschehen war, so gab es doch nur einen Menschen, der diese Möglichkeit in die Tat umzusetzen imstande war.

In den Wochen nach dem erfolgreichen Abschluß des Falles Hannaford gab Bennis Day Hannaford Gregor einen Stapel Krimis zum Lesen: Dorothy L. Sayers, Agatha Christie, John Dickson Carr und Ellery Queen. Gregor hatte sie an den Abenden, an denen er alleine in seiner Wohnung war, gelesen, oder wenn er sich zwischen Terminen befand. Zuerst dachte er, sie würden ihn aufheitern. Eines seiner größten Probleme seit Elizabeths Tod war, sich von seiner Trauer um sie abzulenken. Sie hatte so viele Jahre mit ihm verbracht, so daß ihr Fehlen manchmal die einzige wesentliche Tatsache in seinem gegenwärtigen Leben zu sein schien. Er hatte nicht nur eine Tendenz zu grübeln, sondern auch in Depressionen hineinzurutschen. Es war einfach nicht gesund, soviel darüber zu grübeln, und Elizabeth tat er damit am allerwenigsten noch einen Gefallen! Sie hätte es sogar verabscheut.

Also hatte Gregor die Krimis gelesen und darauf gewartet, amüsiert zu werden, aber die Sache funktionierte nicht. Er war allerdings abgelenkt worden. Um ganz ehrlich zu sein, hatten ihn die verdammten Dinger in Rage versetzt. Er hatte nichts gegen die Unwahrscheinlichkeit der Stories – das war in den klassischen Krimis immer der Punkt, den die Polizisten ablehnten –, denn er fand, diese Krimis waren eine begrenzte Form von Kunst, so wie ein japanisches Haiku. Die Form hatte vorgeschriebene Parameter, und jeder Künstler, der mit dieser Form arbeiten wollte, mußte sich an sie halten. Das galt auch für elisabethanische Liebeslyrik, und die Intellektuellen, die sich immer über die »Künstlichkeit« der klassischen Detektivromane ereiferten, regten sich nie über deren Künstlichkeit auf.

Es waren die Roman-Detektive, die Gregor wahnsinnig gemacht hatten, denn soweit er es beurteilen konnte, benahmen sie sich unmöglich. Und dafür gab es keine Entschuldigung. Ungefähr auf halber Strecke all der Bücher, die Bennis ihm gegeben hatte, wurde der fiktive Detektiv als »Hellseher« dargestellt, der wüßte, wer durch die Landschaft wütete und Beamte und die eine oder andere Jungfrau ermordete – es aber nie irgend jemandem sagte. Es war, als ob diese Helden sich zurücklehnten und sagten: »Nun ja, ich weiß ja, wer der Mörder ist, und da ich es weiß, muß ich mich jetzt nur noch zurücklehnen und auf den nächsten Mord warten, und der wird mir dann die Beweismittel liefern, die ich brauche, um ihn zu überführen.«

Auf den nächsten Mord warten, verdammt noch mal.

Eigentlich war Hercule Poirot gar nicht so mies wie der ganze Rest von ihnen. Gregor hatte Hercule Poirot ins Herz geschlossen, obwohl der *Philadelphia Inquirer* darauf bestand, ihn – Gregor – als einen amerikanisch-armenischen Ebensolchen zu bezeichnen. Trotz alledem konnte sich Gregor keine einzige Situation vorstellen, in dem ihm der Name des Mörders bekannt war und er nicht sofort dafür gesorgt hätte, daß dieser Mensch, ob Mann oder Frau, umgehend festgenommen wurde.

Bis heute.

Er stand auf den Stufen der Kathedrale, wobei er in dem dünnen Schneeregen leicht bibberte, und seufzte. Was er wußte, hatte er durch einen Prozeß logischen Nachdenkens herausgefunden. Andy Walsh war auf die denkbar öffentlichste Art und Weise umgebracht worden, während drei Kameraleute vom Fernsehen und Dutzende von Reportern zusahen. Und aus dieser Tatsache ergab sich zwangsläufig alles weitere. Leider war es so, daß logisches Nachdenken nur dann eine Überführung ermöglichte, wenn es durch konkrete Beweisstücke belegt wurde, und davon hatte er kein einziges. Die Mittel waren einer ganzen Menge an Leuten leicht zugänglich, wenn Nikotin als Mordinstrument angenommen werden konnte. Selbst wenn die Polizei feststellen konnte, daß die Konzentration, die Andy Walsh eingenommen hatte, zu stark war, um von normalen Zigaretten destilliert worden zu sein – und in der Regel waren die Tests nicht so genau –, dann würden da immer noch diese ganzen handelsüblichen Pflanzengifte sein, die jedem, der nach ihnen verlangte, in Gartenbedarfsläden zugänglich waren. Die Gelegenheit könnte einen sicheren Hinweis bedeuten, wenn man annahm, daß das Gift in den Kelch und nirgendwo sonst hineingetan worden war und wenn man annahm, daß Gregor herausfand, wie es geschehen war. Momentan hatte er keinen Schimmer. Dann gab es da die Sache mit dem Motiv. Das Motiv war zwar keine rechtliche Voraussetzung für eine Anklage, aber es war in jedem Geschworenenprozeß de facto eine Notwendigkeit. Deshalb ließ das Ressort für Verhaltensforschung gefangene Serienkiller sich immer zu Tode rationalisieren. Egal, wie verrückt die »Gründe« klangen – und egal, welch große Gefahr diese »Gründe« eines jeden Urteilsspruchs außer »unschuldig wegen Unzurechnungsfähigkeit« bedeuteten –, es waren immerhin Motive. Geschworene mögen Motive.

Alles, was er an diesem Morgen an Motiven zu bieten hatte, war die schwammige Überzeugung, daß alles irgend etwas damit zu tun hatte, was vor zwanzig Jahren in Black Rock Park geschehen war und daß Cheryl Cass und Andy Walsh mindestens gewußt haben mußten, was dort passiert war und daß der Mörder in das, was dort geschah, involviert war. Die Überzeugung wäre sehr viel weniger schwammig gewesen, wenn er nicht auch den Verdacht gehabt hätte, daß John Smith im Recht war: Was in Black Rock Park geschehen war, war viel zu lange her, als daß es ein echtes Motiv für einen echten Mord abgeben könnte.

Kurz, alles in allem war es ein einziger Knoten, und er sah auch keinen Weg aus dem Dilemma heraus. Aber er würde besser sein als die Krimi-Detektive der dreißiger Jahre. Er würde auf John Smith zugehen und dem Mann sagen, was er dachte und warum. Vielleicht würde er sogar ernst genommen werden. Das Problem war, und das war Gregor bewußt, daß Smith seine Vermutung durchaus als heilige Schrift auffassen würde und trotzdem nichts damit anfangen konnte. Im Moment hatte Gregor nicht nur unzureichende Beweise für eine Überführung, sondern er hatte noch nicht einmal ausreichende Beweise für eine Festnahme.

Es war eines der Gebote im FBI, daß, wenn man einmal wußte, wer der Täter war, man immer noch die Beweise auftreiben konnte, die man brauchte, um ihn festzunehmen. Aus eigener Erfahrung wußte Gregor, daß dieses Gebot falsch war.

Er drückte noch einmal auf die Klingel neben der Tür der Kanzlei – es war erst acht Uhr morgens und Karfreitag, und die Kanzlei öffnete selbst an Werktagen nicht vor neun –, und daraufhin wandte er sich um und betrachtete die Nachbarschaft. Die State Street ging genau geradeaus auf die Stufen der Kathedrale zu, und von dort war eine Ansammlung von kleinen Läden und Diners und Tankstellen und Parkplätzen zu sehen. Carver Street ging in Richtung Süden auf St. Agnes zu und nach Norden hin in den eigentlichen Geschäftsstadtteil. Dort oben wurden die Gebäude immer höher, neuer und kunstvoller, und die meisten von ihnen, mit Ausnahme der Hotels, hatten eine Reklametafel auf dem Dach. Die Hotels waren dafür mit Schildern ausgestattet, die aussahen, als könnten sie in der Nacht leuchten, was sie heute morgen eigentlich auch hätten sollen, denn es war noch sehr dunkel. Einer Eingebung folgend sah Gregor auf die Schilder der beiden Hotels, die so aussahen, als wären sie die nächstgelegenen und erkannte das Lombard und das Maverick. Das Maverick hatte quer über dem Schild einen Streifen, ähnlich den Streifen über den Reklametafeln im Bahnhof, auf dem stand: »Wegen Renovierungsarbeiten geschlossen, 17. Februar – 1. Juni.« Gregor runzelte die Stirn. Hier hatte er noch ein weiteres Indiz dafür, daß die Polizei von Colchester unfähig war. Einer der Detectives aus der Mordkommission, mit dem Gregor gesprochen hatte, als er noch von Philadelphia aus telefonisch Informationen zu bekommen versuchte, hatte ihm erzählt, Cheryl Cass hätte sich »quer durch die Stadt in den Hoteldistrikt« begeben. Aber von dem, was der Kardinal erzählte, wußte Gregor, daß das einfach nicht stimmte. Es konnte einfach nicht stimmen. Der Hoteldistrikt war hier. Das Maverick und das Lombard, zwischen welchen Cheryls Leiche gefunden worden war, befand sich genau im Schoß der Kathedrale.

Er wandte sich wieder zur Tür, drückte erneut auf die Klingel und blies einen langen Strom weißen Atem in die Luft. Er wünschte sich einen riesigen großen Osterkorb voller Geleebohnen, Marschmallow-Eiern und Schokoladenosterhasen. Er wollte ein Steak, einen Hummer und einen Berg Cholesterin-triefender Butter. Er wollte irgendwas, eigentlich alles, außer mit diesen Leuten an diesem Ort zu tun zu haben.

Der Kardinal war ein Tyrann. Die Polizei von Colchester hätte aus einem Laurel und Hardy-Film stammen können, nur, daß sie nicht sehr komisch war. Gegen das Klima von Colchester waren die schlimmsten Wintertage Philadelphias noch warm.

Es war alles einfach zu viel.

Pater Tom Dolan öffnete die Tür mit einer Benommenheit, als wäre er gerade in genau dem falschen Moment seines Schlafzyklus geweckt worden. Seine Augen waren glasig und rotgerändert. Seine Haut war so weiß, daß sein dunkelbraunes Haar schwarz wirkte. Er hätte schlampig aussehen müssen, und in gewisser Hinsicht tat er das auch. Seine rauhe, braune Franziskanerkutte sah ordentlich genug aus, bis man bemerkte, daß zu ihr eigentlich noch eine Kapuze gehörte. Dadurch, daß sie fehlte, schienen die Stoffleisten, die sie eigentlich festhalten sollten, von seinen Schultern aufzuspringen und ihm bei jedem Atemzug ins Kinn zu stoßen. Seine Masse an Haaren, ohne Tonsur, war, einem an sich guten Haarschnitt zum Trotz, falsch herum gekämmt. Irrte sich Gregor, wenn er dachte, daß ein Zweig der Franziskaner, der noch die Kutte trug, eigentlich auch die Tonsur tragen sollte? Das Haar hing Dolan zippelig entlang dem unteren Rand seines Schädels. Während er durch die verglaste, obere Hälfte der Tür sah, wünschte sich Gregor, er könne auch Dolans Füße sehen. Sollten Mönche in Kutten nicht Sandalen tragen? Tom Dolan war nicht die Sorte Mann, der unter welchen Umständen auch immer in Sandalen natürlich ausgesehen hätte.

Tom Dolan warf gerade die Riegel in der Vordertür der Kanzlei einen nach dem anderen um, die sodann exakt klickten, was Gregor verriet, daß sie teuer und mit einem Augenmerk auf wirkliche Sicherheit gekauft worden waren. Für Gregor wirkten sie genauso fehl am Platze wie Tom Dolan in Kutte – absolut falsch, etwa wie eine Espressomaschine auf einer Kaffeetafel mit einem silbernen Teeservice aus dem achtzehnten Jahrhundert. Er fragte sich, wovor die Kanzlei glaubte, sich schützen zu müssen.

Endlich hatte Dolan alle Riegel geöffnet. Er hatte zeitweilig gefummelt, als könne er seine Finger nicht richtig koordinieren – und die Tür ging auf. Er trat zurück, um Gregor hereinzulassen und dann wieder vor, um die Riegel zu schließen. In Anbetracht der Tatsache, daß die Kanzlei in einer Stunde aufmachen würde, fand Gregor das verschwendete Mühe.

Dolan schien ihn förmlich denken gehört zu haben. Er sagte: »Ich muß wieder abschließen, denn wenn die Schwester hier hereinkommt und die Riegel offen findet, soll sie augenblicklich die Polizei benachrichtigen. Und ich erreiche die Schwester nicht, um es ihr zu erklären.«

»Die Schwester wohnt nicht in der Kanzlei?«

Es war eine monumental dumme Frage, aber Tom Dolan bemerkte es nicht. »In der Kanzlei wohnen keine Nonnen«, sagte er, »nur Priester in einem Pfarrflügel auf der anderen Seite. Aber das ist nicht das Problem. Wenn sie eine normale Nonne wäre, könnte ich sie einfach anrufen und ihr sagen, was los ist.«

»Was ist sie denn dann, wenn sie keine normale Nonne ist?«

»Urkirchliche Observanz«, sagte Tom Dolan grimmig.

Die Riegel waren nun alle wieder gut und fest zu. Tom Dolan überprüfte sie trotzdem noch einmal, um sie dann kurz zu tätscheln, als hätten sie Gefühle und müßten dazu gebracht werden, sich zu benehmen. Dann sah er sich im Eingangsraum um und schüttelte den Kopf.

»Es ist alles fertig geworden«, sagte er. »Ich fasse es nicht. Eine halbe Stunde vor der Messe gestern abend sah ich mich um und dachte, das war's also, wir werden es jetzt endlich einmal vermasseln – und das auch noch in einer Kathedrale, um Himmels willen. In einer Kathedrale! Ich war kurz davor, mich zu erschießen.«

»Ich glaube, Sie sind übermüdet«, sagte Gregor.

»Oh, ich weiß, daß ich übermüdet bin.« Dolan versuchte es mit einem Lächeln, scheiterte aber und gab es wieder auf. »Das Problem ist, daß es egal ist, ob ich übermüdet bin. Es muß trotzdem alles gemacht werden. Wie die Statuen zum Beispiel.«

Dolan wedelte mit seiner Hand in der Luft, und Gregor sah sich im Foyer um. Er hatte es vorhin nicht aufmerksam betrachtet, denn es war sehr schwer, hier drin etwas zu sehen. Es war nicht mehr als eine viereckige Kiste voller Schatten. Es gab nur ein Licht, das dort brannte, und das befand sich eigentlich in der Halle, die rechts vom Foyer abging. Gregor sah, daß manche der »Schatten« gar keine Schatten waren, sondern große, massige Figuren, die mit schwarzem Tuch bedeckt waren.

»Es muß alles bedeckt werden, verstehen Sie«, sagte Dolan. »Alle Statuen, alle Kreuze und auch alle Gemälde. Die Sachen können nicht weggebracht werden, darum machen wir es halt so. Meistens bereite ich mich darauf nach der Salbungsmesse vor, hole die Decktücher heraus und alle diese Dinge, aber gestern war es einfach unmöglich. Die Salbungsmesse ging verspätet los, und dann kam die Polizei –«

»Gibt Ihnen der Kardinal denn niemanden an die Hand, der Ihnen bei alldem zur Seite steht?«

Dolan sah erstaunt aus. »Natürlich tut er das. Ich habe Nonnen und Seminaristen. Aber die haben auch ihre Stundenpläne, Mr. Demarkian. Gründonnerstag –«

»Ich weiß, ich weiß. Gründonnerstag ist ein anstrengender Tag. Es scheint mir immer noch, als ob man von Ihnen erwartet, mehr zu arbeiten als irgend jemand sonst hier.«

»Meistens ist es eigentlich nicht mehr, als eine Person schaffen kann.« Dolan versuchte es wieder mit einem Lächeln. »Und ich hatte auch nie etwas dagegen. Die Kirche hat mich gerettet. Sie hat mich aus der Armut geholt und weg von einem Vater, der trank und mich regelmäßig verprügelte.« Diesmal funktionierte es. »Gestern war ein sehr ungewöhnlicher Tag, Mr. Demarkian, selbst für einen Gründonnerstag. Es gab – Extraaufgaben, die bewältigt werden mußten.«

»Das kann ich mir vorstellen.«

»Ganz abgesehen von den normalen Unannehmlichkeiten, die nach einem solchen – Vorfall auftreten. Wissen Sie, was ich gestern nachmittag zwischen fünf und sechs Uhr gemacht habe? Ich habe den Bischof von Buffalo dazu überredet, dem Kardinal zwei seiner Priester zu leihen.«

»Damit sie Pater Walshs Messen übernehmen?«

»Damit sie neben diesem Kelch mit geweihtem Wein in St. Agnes Posten stehen. Wir haben der Polizei nicht erlaubt, ihn zu untersuchen, und die Polizei erlaubt uns nicht, ihn irgendwohin zu bringen. Er ist immer noch da, bewacht natürlich, von einer Polizeieskorte und einer kirchlichen. Polizist auf der einen Seite, Priester auf der anderen. Die einzige Sache ist, daß es scheinbar eine unendliche Menge an Polizisten gibt, die sich bei der Wache abwechseln können. Die Kirche hat dazu aber nicht genügend Priester zur Verfügung. Was wir anstellen sollen, wenn die beiden vor Erschöpfung tot umfallen, weiß ich nicht.«

Während ihrer Unterhaltung waren sie das Foyer hinuntergegangen. Nun waren sie an die Kreuzung mit der Halle gekommen. Tom Dolan hielt genau unter dem schwachen Licht an und zeigte über die Schatten hinweg auf das entfernte Ende des Foyers, wo sich eine Tür befand.

»Falls Sie sich orientieren wollen, das da hinten ist die Pfarre. Im Nordflügel die Pfarre, Kanzleibüros im Süden, Foyer und Kapelle in der Mitte. Obwohl ich nie habe herausfinden können, wozu wir eigentlich eine Kapelle brauchen, wenn wir direkt nebenan die Kathedrale haben.«

Dolan wandte sich wieder um, marschierte die Halle hinunter und hielt wieder unter dem nächsten schwachen Licht an. Es brannte über einem Marmorstein, der sich genau vor den Aufzugtüren befand. Dolan drückte auf einen Knopf, und die Türen öffneten sich sofort.

»Kommen Sie nur herein«, sagte er. »Der Kardinal arbeitet schon seit fünf oder sechs Uhr. Im Gegensatz zu mir braucht er keinen Schlaf.«

»Im Gegensatz zu Ihnen bekommt er ihn aber.«

»Mhmm.«

»Darf ich Ihnen eine Frage stellen?« sagte Gregor neugierig, während er in den Aufzug stieg.

»Wenn Sie jetzt einen auf Sherlock Holmes machen«, sagte Dolan, »dann werde ich Ihnen nicht sehr behilflich sein können. Ich habe mich gestern nicht auf Andy Walsh konzentriert, wissen Sie. Ich habe mich auf den Kardinal konzentriert.«

Wenigstens einen Teil der Zeit hatte er aber damit verbracht, daß die Messe planmäßig vonstatten ging. Gregor hatte ihn gesehen. Die Tatsache, daß er ihn gesehen hatte, machte Fragen darüber allerdings überflüssig – wenigstens für den Moment –, und das war es auch nicht, was er fragen wollte.

»Ich würde gerne wissen, was ›Urkirchliche Observanz‹ ist«, sagte er zu Dolan.

Diesmal schaffte Tom Dolan nicht nur ein Lächeln, sondern sogar ein Lachen aus vollem Halse. Er klang fast wach. »Ach, Gottchen«, sagte er. »Also. Die Benediktinerinnen der Urkirchlichen Observanz sind ein Nonnenorden. Sie haben da draußen in Connecticut irgendwo eine Abtei und die Erlaubnis des Papstes, nach der Benediktinerregel aus dem Jahre, ich weiß nicht, zwölfhundert irgendwas, glaube ich, zu leben. Volle Nonnentracht. Sechs Lagen Unterwäsche. Mittelalterliche Bußpraktiken. Gebete auf Latein. Die ganze Chose. Die Privatsekretärin des Kardinals – auch Schwester genannt und auch bekannt als diejenige, die morgens die Kanzlei aufschließt – ist eine Benediktinerin der Urkirchlichen Observanz.«

»Aber sollte sie nicht im Kloster leben?«

»Die Benediktinerinnen waren nie so sehr ans Kloster gebunden wie die, sagen wir, die Karmeliterinnen oder die Klarissinnen. Aber ja, eigentlich sollte sie das, aber sie hat die päpstliche Erlaubnis, hier zu sein, denn der Kardinal will sie hier haben. Kardinäle, und vor allem jene, die beim Papst beliebt sind, tendieren durchaus dazu, das zu bekommen, was sie wollen.«

»Ihr Kardinal vermittelt den Eindruck –«

»Die Sorte Mann zu sein, der immer schon bekommen hat, was er wollte. Stimmt. Mit der Schwester haben wir allerdings ein paar Probleme.«

»Zum Beispiel?«

»Sie ist zwar hier, sie soll aber so weit wie möglich ihrer Regel folgen. Also hält sie von zehn Uhr abends bis nach dem Frühstück ein Schweigen ein. Sie wohnt in einem Kloster am anderen Ende der Stadt, das praktisch so urkirchlich ist wie sie selbst und ihr nicht einmal erlaubt, ans Telefon zu gehen. Dann gibt es das Triduum. Wir befinden uns momentan in diesem Triduum, also in der Osterwoche. Um drei Uhr heute nachmittag wird die Schwester die Stationen des Kreuzganges mit ein paar hundert anderen Leuten begehen. Dann wird sie eine Beichte ablegen. Dann wird sie vollkommen schweigen. Von dann an bis zur Ostervigilmesse, also bis ein Uhr morgens am Ostersonntag, wird sie zu nichts, was weniger entscheidende Bedeutung hat als die Rückkehr Christi, ein einziges Wort sagen.«

Mittlerweile hatte sich der Aufzug in den dritten Stock hinaufgeknarrt. Die Türen öffneten sich und führten auf einen Gang, der sehr viel prächtiger war als der unten, mit sechs Meter hohen Decken und eingelegten kreuzförmigen Mustern im Marmorboden. Gregor starrte ihn verwundert an.

»Aber sie ist doch die Sekretärin des Kardinals«, sagte er. »Was ist denn mit dem –«

»Telefon?« Tom Dolan lachte schon wieder. »Ich, Mr. Demarkian, werde dann für den Kardinal den Telefondienst machen. Letztes Jahr habe ich Scholastica dazu bekommen, mir eine Nonne zu leihen. Dieses Jahr hat das nicht funktioniert. Es gibt einfach nicht mehr genug Nonnen für alle Aufgaben, die wir zu erledigen haben. Hier gehen wir nach links. Das Büro des Kardinals ist genau am Ende des Ganges.«

Gregor wandte sich nach links und bemerkte sogar noch die Schönheit der Architektur um ihn herum, aber eigentlich dachte er die ganze Zeit nur daran, daß der Kardinal es verdiente, erschossen zu werden.

In seinen »Direktoren«-Drehstuhl zurückgelehnt, der etwas merkwürdig hinter seinem hochglanzpolierten viktorianischen Schreibtisch aus Mahagoni stand, wirkte der Kardinal fast wie ein Mensch, der bereits erschossen worden war. Entweder der Streß des Triduum-Wochenendes oder aber der Mord an Andy Walsh waren ihm an die Substanz gegangen. Er sah nicht so müde aus wie Pater Tom Dolan – so müde könnte auch niemand aussehen, dachte Gregor; darauf hatte Dolan das Monopol –, aber er sah ziemlich besorgt aus. Gregor war sich sicher, daß Sorge nicht zu den Gefühlen gehörte, die der Kardinal oft durch seinen Gesichtsausdruck bloßlegte. Er sah außerdem dick und untrainiert aus und nicht, wie gestern in St. Agnes, prächtig und kompakt. Rote Roben standen ihm besser als der Pullover und die ausgebeulten Hosen, die er außer Dienst trug.

Es lag eine Zigarre in einem Aschenbecher auf der Mitte

des grünen Filzes, der den halben Tisch bedeckte. Sie war angezündet und qualmte ruhig wie ein Räucherstäbchen. Der Kardinal starrte gerade den Rauch an, als Gregor eintrat. Er hörte auch nicht auf zu starren, nur weil eine Tür aufgegangen war und Tom Dolan mit lauter Unwesentlichkeiten begann. Er wartete, bis Dolan fertig war – oder, besser gesagt, bis seine Worte irgendwie im Nichts verlaufen waren – und er wieder verschwand. Dann nahm er die Zigarre auf, saugte an ihr, bis seine Wangen voll waren und blies dann den Rauch aus beiden Mundwinkeln.

Es war eine beeindruckende Vorstellung, so beeindruckend, daß Gregor applaudieren wollte. Statt dessen setzte er sich in den nächsten angemessenen Stuhl und machte es sich darin bequem. Der Stuhl war wirklich sehr bequem. Das war einer der Vorteile, wenn man es mit dicken Männern zu tun hatte. Sie umgaben sich nie mit diesen modischen Möbeln, die aussahen, als wären sie aus Streichhölzern gebaut.

Offensichtlich wartete der Kardinal darauf, daß er etwas sagte. Aber Gregor hatte nicht die Absicht, ihm darin entgegenzukommen. Er hatte es langsam mehr als satt, daß der Kardinal unermüdlich auch die kleinsten Details seiner Existenz zu seinen Gunsten zu manipulieren versuchte.

Aber der Kardinal war kein Dummkopf und beschloß, nachzugeben. Er lehnte sich über den Schreibtisch, ließ seine Zigarre in den Aschenbecher fallen und sagte: »Sagen Sie mir nur eins. Wie tief meinen Sie, daß wir in der Scheiße stecken?«

Gregor spürte, wie sich ein Grinsen über sein Gesicht ausbreitete, die Sorte Grinsen, das immer kam, wenn seine Vermutungen sich als richtig herausstellten und sein Denken sich als fehlerlos erwiesen hatte. »Ich würde sagen«, sagte er, »daß Sie so tief in der Scheiße stecken, daß Sie das

Wort *Scheiße* benutzen und dabei der Meinung sein können, das würde noch einen Unterschied machen.«

Der Kardinal lief rot an und begann, ärgerlich zu werden, ließ es aber schließlich bleiben. Er sah Gregor verlegen an und nahm seine Zigarre wieder auf. »Egal«, sagte er. »Ich weiß nicht, warum ich das so gesagt habe.«

»Ich aber. Ich hatte Sie mir intelligenter vorgestellt.«

»Momentan fühle ich mich aber überhaupt nicht intelligent.« Der Kardinal seufzte. »Ich habe nicht geschlafen. Ich bin nicht zur Ruhe gekommen. Andy ist tot, und ich fange an, mir Sorgen zu machen, daß Tom am Rande eines Nervenzusammenbruchs ist. Meine Nonne –«

»Pater Dolan hat mir von Ihrer Nonne erzählt.«

»Sie ist eine wunderbare Frau.« Der Kardinal gab sich größte Mühe, fromm zu klingen. »Sie ist wahrscheinlich eine Heilige, und sie ist nicht eine dieser Schlaffis, als die die ›neuen‹ Nonnen immer die alten Nonnen bezeichnen. Sie organisiert mein Leben mit bewundernswerter Effizienz, und ich kann absolut auf sie vertrauen, außer in diesen schlimmsten drei Tagen des Jahres.«

»Die dieses Jahr auch noch die schlimmsten drei Tage aller Jahre überhaupt sind.«

»Das ist kaum Schwesters Schuld. Ich weiß nicht, ob Ihnen das klar ist, Mr. Demarkian, aber nach all dem Unsinn, auf den ich meine Zeit verschwenden muß, indem ich Kardinal-Erzbischof spiele, soll ich mich eigentlich um das geistliche Wohlergehen der Menschen in dieser Erzdiözese kümmern. In letzter Zeit scheint es dafür nicht sehr viel Zeit gegeben zu haben.«

»Es könnte auch weiterhin sehr knapp mit der Zeit werden, Eure Eminenz. Jedenfalls eine Weile lang.«

»Das weiß ich.« Der Zigarrenrauch geriet in die Augen des Kardinals. Er legte sie wieder in den Aschenbecher.

»Haben Sie sich mit der Polizei unterhalten? Ich habe natürlich schon mit ihnen gesprochen, aber ich kann nichts aus ihnen herauslocken. Dieser Smith mag mich auch nicht das geringste bißchen.«

»Selbst wenn er Sie mögen würde, hätte er Ihnen sowieso nichts sagen können«, sagte Gregor. »Selbst wenn man die Tests als Eilauftrag weitergegeben hat, wären die Antworten auf ihre Fragen erst im Verlauf des Vormittags irgendwann gekommen. Und das setzt voraus, daß ihr Labor sehr gut organisiert ist.«

»Und Sie meinen nicht, daß sie gut organisiert sind? Kann ich Ihnen nicht verübeln. Es ist ein einziges Durcheinander mit dieser Polizei. Das war es schon immer.«

»Ich vergesse immer, daß Sie schon länger in Colchester sind, als Sie hier Erzbischof sind.«

»Hiergewesen, gegangen, hiergewesen«, sagte der Kardinal. »Ich war ein Gemeindepriester in dieser Erzdiözese, als ich anfing, drüben in der Holy-Rosary-Gemeinde im Norden. Dann war ich Kaplan der *Cathedral High School* während der Regierungszeit meines Vor-Vorgängers. Und dann war ich eine Weile lang Hilfsbischof in Boston.«

»Das kommt mir merkwürdig vor, daß man Sie bis nach Boston geschickt hat.«

»Alles, was der Vatikan tut, ist merkwürdig, Mr. Demarkian. Selbst dieser Vatikan, und ich mag diesen Papst. Aber man redet mit diesen Leuten aus Rom, und man fragt sich, ob sie vielleicht alle Drogen nehmen. Sie haben jedenfalls nichts mit der Realität zu tun.«

»Ich dachte, die Leute aus Rom wären Ihre Realität.«

»Meine theologische Glaubensrichtung, nicht meine Realität. Ich bin konservativ. Sie sind Konservative. Vor allem der Papst und Kardinal Ratzinger, die sowieso die einzigen sind, die zählen. Aber Realität, Mr. Demarkian, bedeutet zu wissen, wie die Menschen in der alltäglichen Welt leben. Und was den Punkt angeht, könnte die gesamte Kurie genausogut gestern mit einem UFO angekommen sein.«

»Hmmm«, sagte Gregor.

Der Kardinal lächelte ihn an. »Wollen Sie mich gerade zum Plaudern bringen, weil Sie meinen, dann mehr herausfinden zu können, oder hat das hier etwas mit Andys Mord zu tun? Denn Andy war kein Konservativer.«

»Nach dem zu schließen, was ich gehört habe, war Pater Andy Walsh auch kein besonderer Katholik. Entschuldigen Sie, Eure Eminenz. Ich versuche nur, ein paar Dinge in meinem Geist etwas klar zu kriegen. Sie sagen, Sie wären ein Konservativer –«

»Ein theologischer Konservativer«, korrigierte ihn der Kardinal. »Ich bin ein Gründungsmitglied der *Democratic Party* – nein, ganz so alt bin ich nicht, Sie wissen, wie ich das meine –, jedenfalls, ich war ein Unterstützer von Franklin Delano Roosevelt und ein Demokrat, bis dieser ganze Abtreibungsquatsch hochkam. Ich bin immer noch ein großer Unterstützer von Gewerkschaften.«

»Ja.« Gregor erinnerte sich genau daran, was der Kardinal wegen der Demokraten und »diesem ganzen Abtreibungsquatsch« getan hatte. Er war zum Rathaus gegangen und war den Republikanern beigetreten, und zwar in Anwesenheit von einem halben Dutzend Journalisten. Es war zwei Tage später in den Abendnachrichten von CBS gesendet worden. »Was ich wissen möchte, wäre vielleicht etwas naheliegender. Könnten Sie mir ›theologisch konservativ‹ definieren?«

»Ich kann Ihnen das ganz genau definieren. Ein theologisch Konservativer ist jemand, der denkt, daß Priester zölibatär leben sollten, obwohl nichts darüber in der Bibel oder bei den Kirchenvätern steht, daß sie es sollen.«

»Da steht nichts?«

»Nicht im mindesten. Katholische Priester haben Hunderte von Jahren lang geheiratet, ehe der Vatikan fand, er müsse ihnen auferlegen, Junggesellen zu bleiben, obwohl Bischöfe tatsächlich in der Regel aus den Reihen der Unverheirateten geholt wurden. Noch vor einigen Jahren durften Priester in den Kirchen, die dem Ostritus folgen – also Kirchen in orthodoxen Ländern, die nach dem griechischen Schisma Rom treu geblieben waren –, noch heiraten. Es ist nur dieser Papst gewesen, der beschlossen hat, sie mit dem Rest der Kirche konform zu machen.«

Guter Gott, dachte Gregor. Das griechische Schisma! Kein Wunder, daß sich der Kardinal gut mit Tibor Kasparian verstand. Aber das war es nicht, was Gregor wissen wollte.

»Lassen Sie uns das noch ein bißchen konkreter machen«, sagte er.

Der Kardinal war amüsiert. »Konkret«, sagte er zu Gregor, »ist ein theologischer Konservativer ein klerikaler Arsch.«

»Was bedeutet?«

»Daß ich Regelübertretungen bestrafe, wenn ich es kann, und das Strafmaß dabei voll ausschöpfe.«

»Was ist mit Pater Andy Walsh?«

»Pater Andy Walsh war darauf bedacht, immer genau außerhalb der Strafzone zu bleiben. Wenn ich ihn hätte erwischen können, meine ich.«

»Hafermüslibrötchen waren außerhalb der Strafzone?«

»Ich fürchte, Hafermüslibrötchen zu weihen ist eine liturgische Albernheit, aber keine Todsünde. Alles, was man braucht, um eine Hostie zu erhalten, ist Brot, das aus dem ›feinsten Weizen‹ hergestellt worden ist, um den Neuen Kodex Kanonischen Rechts zu zitieren. Hafermüslibrötchen sind hauptsächlich aus Weizen, und diese waren wahrscheinlich aus dem feinsten Mehl. Andy hat sie für fünfzehn Dollar das Pfund in einem Feinkostladen bestellt.«

Gregor runzelte die Stirn. Das brachte ihn auch nicht weiter. Und er konnte sich nicht vorstellen, was er noch machen sollte. Es war frustrierend, den Kardinal in solch einer kooperativen Laune vor sich zu haben und nicht zu wissen, welche Fragen man ihm stellen könnte.

Er bewegte sich in seinem Sessel und überlegte, welchen Anlaufpunkt er nun probieren sollte, als der Kardinal sich plötzlich nach vorne lehnte und ihm auf die Brust starrte.

»Guter Gott«, sagte der Kardinal. »Was ist denn mit Ihrer Krawatte passiert?«

FÜNF

Gregor Demarkian war schlechter Laune, als er das Büro des Kardinals verließ; frustriert und genervt von sich selber, und die Tatsache, daß er sich auf dem Weg zur Mordkommission von Colchester eine neue Krawatte würde kaufen müssen, verbesserte seine Stimmung auch nicht gerade. Zwei Krawatten!

Die zerfetzte und ausgefranste Krawatte, die er um seinen Hals trug, hatte George Telemakian gehört. Sie war unzweifelhaft von Georges Enkel Martin teuer gekauft worden. Es würde mindestens fünfundsiebzig Dollar kosten, sie zu ersetzen. Gregor wünschte sich, ein Mann zu sein, der Pullover trug und darin auch noch gut aussähe. Statt dessen war er ein großer, breit gebauter Mann, der nur dann sportlich gewesen war, als man ihn dazu zwang – zum Beispiel in der Armee – und der den Preis dafür seit seinen mittleren Jahren zahlte. Er hätte besser in den Roben des Kardinals ausgesehen als in irgendeinem Stück dehnbarer Wolle, die gestrickt worden war, um sich seiner Form anzupassen.

Er war genervt, weil seine Unterhaltung mit dem Kardinal sich im Kreise gedreht hatte und die Antwort immer am Rand zu warten schien, aber nie in den Kreis eintrat. Der Kardinal war ein Mann mit zu vielen Widersprüchen, dachte er. In den tagtäglichen Aufgaben seiner Erzdiözese war er ungeheuer praktisch. Das war Gregor in der langen Unterhaltung, die auf das Erstaunen des Kardinals über den Zustand von Gregors Krawatte gefolgt war, klar geworden. Der Kardinal kannte genauestens jeden Milliliter Meßwein, jeden Katechismus, jeden Rosenkranz, jedes Altartuch, jedes der Kirche gehörende Gesangbuch in dem riesigen Bereich, dem er vorstand. Er hatte diese Dinge inventarisieren lassen, als er den Bischofsstuhl bestieg und hatte seither den Ankauf, die Lagerung und die Verteilung der Kirchengüter zentralisiert.

Es war das private Warenlager der Kanzlei, zu dem Judy Eagan hatte fahren müssen, um den Wein abzuholen, den man bei der Gründonnerstagsmesse gebraucht hatte. Der Kardinal kam immer wieder übermäßig erregt auf diese Tatsache zurück, als ob die verfehlte Anlieferung von zwei Kisten Wein schockierender sei als der spektakuläre Mord an Pater Walsh. »Man kann so etwas nicht einfach unkommentiert durchgehen lassen«, sagte er immer und immer wieder. »Diese Erzdiözese ist ein geographisches Monster. Wenn man hier nicht organisiert ist, hat man ein komplettes Chaos.«

Chaos, hatte Gregor daraus geschlossen, war die angemessene Beschreibung für den geistigen Zustand des Kardinals – oder für den Teil seines Hirns, der sich mit denjenigen Dingen befaßte, die nichts mit der Erzdiözese zu tun hatten. O'Bannions persönlicher Stil war so bodenständig und sein Ansatz so pragmatisch und direkt, daß Gregor eine Weile brauchte, bis er festgestellt hatte, daß der Mann nicht die geringste Ahnung davon hatte, wie die Welt außerhalb der Kirche aussah. So wie er Rom ablehnte, war auch er unrealistisch. O'Bannion hatte noch nicht einmal die Eleganz gehabt, seine Idee einer polizeilichen Untersuchung aus einer schlechten Fernsehserie oder einem noch schlechteren Buch gewonnen zu haben. Gregor war sich nicht sicher, ob O'Bannion jemals das eine gesehen oder das andere gelesen hatte. Es war durchaus möglich, daß er seine Jugend damit verbracht hatte, Sir Arthur Conan Doyle zu lesen. Er deutete dauernd an, daß er von Gregor erwartete, er würde jetzt etwas ganz Dramatisches tun, wie zum Beispiel ein Vergrößerungsglas zücken und durch das Zimmer schreiten und dabei auf die Dielen starren.

Diese merkwürdige Sicht dessen, was in der Folge von Andys Tod passieren könnte, wurde noch verschlimmert durch die Sorge des Kardinals in bezug auf eine Entwicklung, über die er am meisten von allen Beteiligten wußte: die Entwicklung eines erstklassigen Medienskandals. Der Kardinal hatte in seinen besten Zeiten und auch sonst mit genügend Vorkommnissen dieser Art zu tun gehabt, um auf dieselbe Art und Weise, wie ein Genetiker den Erbgutverlauf eines mutierten Gens aufzeichnen kann, den Verlauf einer solchen Katastrophe vorauszusehen. Gestern abend waren es die örtlichen Fernsehnachrichten: nicht ganz so schlimm, wie es hätte sein können, da »Pater Tom etwas gesegnete Sabotage betrieben« hatte. (Gregor hatte den Eindruck gewonnen, daß Tom Dolan es geschafft hatte, vor den Augen der Gemeinde und der Kameraleute unbemerkt die Objektive der Kameras mit Vaseline zu verschmieren. Für Gregor eine Leistung, die durchaus mit allem, was sich der schlimme alte Boß jemals für das FBI erträumt hatte, vergleichbar war.) Heute morgen hatte sich die äußerst geschmackvolle *Colchester Tribune* mit einem Bild von Andy Walsh hervorgetan, wie er hinter dem Altar ausgestreckt lag. Darüber stand eine 32 Punkt große Headline: TOTENMESSE. Weder um die *Tribune* noch um die örtlichen Fernsehsender machte der Kardinal sich Sorgen. Tom Dolan hatte bereits ein halbes Dutzend Anrufe von den großen Sendern abgeschmettert. Sie waren schon gestern abend eingelaufen, gegen Mitternacht, als Dolan und der Kardinal sich durch die Änderungen kämpften, die in den Meßplänen der Stadt anlagen, da St. Agnes nun nicht mehr bereitstand. Es hatte sogar den Vorschlag gegeben – was, laut dem Kardinal, Tom Dolan fast hatte hysterisch werden lassen –, daß der Nachrichtensprecher von *CBS News*, Dan Rather, persönlich nach Colchester kommen wollte.

»Es ist wegen meines Rufs«, hatte der Kardinal am Ende seiner Litanei über seine medientechnischen Bedenken gesagt. »Wußten Sie schon, daß ich einen Ruf habe? Der König Etzel der amerikanischen katholischen Kirche.«

»Sagen wir lieber, ich wußte, daß Sie ein – wie nannten Sie das doch gleich? –, ein theologischer Konservativer sind«, sagte Gregor.

»Sie dachten wahrscheinlich, ich äße morgens zum Frühstück rohes Jungfernfleisch«, entgegnete der Kardinal. »So stellt man mich immer dar. Außer, wenn sie mich als den Held und Beschützer der Obdachlosen preisen, was sie auch ganz gerne tun.«

»Ich glaube, Eure Eminenz, in diesem Fall sind es eher die Umstände, die den Todesfall begleiten, die für die Medien interessant sind.«

»Machen Sie sich nicht lächerlich«, sagte der Kardinal. »Wenn das in Bischof Hunthausens Jagdrevier geschehen wäre, dann hätte es eine winzige Story im *People Magazine* gegeben, und das wär's gewesen. Auf nationaler Ebene jedenfalls.«

Hier, dachte Gregor, zeigten sich wieder die Probleme

mit der Realität. Der Kardinal war ganz offensichtlich einer dieser Menschen, die den Verdacht haben, daß in der Presse alles linkslastig gesehen würde. Gregors persönliche Meinung war, daß die Geschichte genauso groß geworden wäre, wenn sie, wie der Kardinal sich ausgedrückt hatte, »in Hunthausens Jagdrevier« stattgefunden hätte. Hunthausen hatte ebenfalls einen Ruf, auch wenn dieser die politische Antithese zu O'Bannions Ruf darstellte. Und Hunthausen war ebenfalls zu mehr als einer Gelegenheit das Objekt lebhaften Medieninteresses gewesen.

Aber der Kardinal hatte sich schon von Hunthausen und seinen eigenen Sorgen als theologischer Konservativer fortbewegt. Er dachte wieder an seine Sorgen als religiöser Vorgesetzter von Pater Andy Walsh. Er saß nach vorne gelehnt an seinem Schreibtisch und vermittelte den Eindruck, als würde er vor seinen Gläubigern flüchten.

»Dieser Mord«, sagte er, »scheint mir mehr zu sein als nur ein Mord. Es gibt in ihm ein Element der Böswilligkeit, das ich nicht mag. Ein Element von Böswilligkeit gegenüber der Kirche.«

»Sie glauben, Andy Walsh ist nur umgebracht worden, um der Kirche Schwierigkeiten zu machen?« Das war selbst für den Kardinal ein unglaubliches Maß an Verfolgungswahn.

Glücklicherweise aber schüttelte der Kardinal den Kopf. »Ich weiß nicht, warum Andy umgebracht worden ist«, sagte er. »Ich vermute, es muß irgend einen direkten Grund dafür gegeben haben. Aber die Art, wie er umgebracht wurde – mein Gott, Demarkian, Andy war überall anzutreffen. In den Häusern der Leute. In Fernsehsendungen. In Obdachlosenheimen – obwohl er an solchen Orten nicht häufig zu sehen war. Kein wirklicher Samariter, unser Andy. Er hätte aber an hundert anderen Orten umgebracht werden können. Warum in der Kirche von St. Agnes am Gründonnerstag während der Messe, wenn nicht mit dem Hintergedanken, der Kirche damit Schwierigkeiten zu machen?«

Eigentlich konnte Gregor mit einem Dutzend Antworten auf diese Frage dienen, aber eine von ihnen lautete wirklich: »Um der Kirche Schwierigkeiten zu machen.« Vielleicht hätte es den Punkt noch genauer getroffen, hätte man gesagt: »Um dem Kardinal Schwierigkeiten zu machen.« Gregor war der Meinung, daß O'Bannion ein Mann war, von dem eine Menge Leute finden könnten, daß man ihm mal ein paar Schwierigkeiten bereiten solle. Dennoch behagte ihm diese Erklärung nicht. Sie setzte einen Mörder voraus, ob Mann oder Frau, der wahrhaftig verrückt war, »mit organischem Hirndefekt«, wie es die Ärzte im Ressort für Verhaltensforschung nennen würden. Wenn es so jemanden gäbe, der in diesem Mordfall herumgeisterte – und Gregor konnte sich niemanden vorstellen –, dann hatte er oder sie sich unter besserer Kontrolle als die meisten anderen dieses Kalibers.

Wenn man die Hirngeschädigten beiseite ließ, dann gab es nur noch eine einzige andere Erklärung für die Art, wie Andy Walsh gestorben war: weil er sofort sterben mußte. Es hatte einfach vorher keine andere Möglichkeit gegeben. Die Umstände führten dazu, daß es keine andere Möglichkeit gegeben hatte und dienten somit als Antworten auf die Frage des Kardinals. Gregor überlegte sich, wie er das alles dem Kardinal beibringen sollte, aber er sagte kein Wort. Er hatte die Argumente in seinem Geiste hin- und hergewendet von dem Moment an, an dem Andy Walsh zusammengebrochen war, bis zu diesem Moment. Das alles noch einmal mit dem Kardinal zu besprechen, würde ihn nicht weiterbringen. Er wollte aber weiterkommen.

»Ich gehe davon aus, aufgrund der Dinge, die Sie erzählt haben und derer, die Sie ausgelassen haben, daß Sie gerne hätten, daß ich diese ganze Geschichte für Sie – aufdrösele«, sagte Gregor.

»Das wissen Sie doch schon. Für mich und nicht für –«

»John Smith?«

»Ich sage nicht, daß Sie nicht mit der Polizei zusammenarbeiten sollen.«

Nein, dachte Gregor. Das sagen Sie nicht. Aber Sie wollen, daß ich es so verstehe. Er ließ das unkommentiert durchgehen.

»Würden Sie mir einige Fragen beantworten?« bat er. »Fragen, die momentan vielleicht nicht besonders relevant wirken.«

»Selbstverständlich.« Der Kardinal war erstaunt. »Außer, wenn da besondere Dinge berücksichtigt werden müssen, wie zum Beispiel die Schweigepflicht des Beichtvaters –«

»Ich glaube nicht, daß das der Fall sein wird, Eure Eminenz. Ich bin vorrangig an kleinen Dingen interessiert. Wie zum Beispiel dieser Lavaliere, die man im Black Rock Park gefunden hat.«

»Was hat denn Black Rock Park damit zu tun? Das war doch vor zwanzig Jahren.«

»Ich weiß. John Smith erzählte mir, daß eins der wenigen Beweisstücke, die da oben gefunden wurden, eine Erinnerungslavaliere von einem *Cathedral-High-School*-Ball war –«

»Die hätte jeder da oben verlieren können. Black Rock Park war damals anders als heute. Die Leute sind dauernd da hoch gegangen –«

»Hätte diese Lavaliere Cheryl Cass gehören können?«

»Nein«, sagte der Kardinal.

Es war ein sehr deutliches Nein, und diesmal war es Gregor, der erstaunt war. »Wie können Sie so sicher sein? Von allem, was ich über diese Cheryl Cass gehört habe, war sie eine extrem sentimentale Frau.«

»Selbstverständlich war sie das. Ich vermute, wenn man die Umstände ihres Lebens in Betracht zieht, daß sie dazu vorbestimmt war. Leute, die sehr wenig Freude in ihrem Leben kennen, halten sich an allem fest, was sie nur kriegen können. Diese Lavaliere stammte von dem Junior-Ball der *Cathedral Girls High School*, der einen Monat vor dem, was in Black Rock Park geschehen war, stattgefunden hatte.«

»Und?«

»Und Cheryl Cass besaß keine Lavaliere von diesem Fest. Sie ist nicht zu diesem Ball gegangen. Sie ist nie zu irgend einem Fest gegangen, soweit ich weiß. Ich bin mir bewußt, daß dies brutal klingt, Mr. Demarkian, aber es gab niemanden, der um ihre Begleitung gebeten hätte.«

Gregor dachte nach und war durcheinander. »Nach dem, was ich gehört habe«, sagte er, »war sie ein sehr beliebtes Mädchen.«

»Nein, nein«, entgegnete der Kardinal. »Nicht beliebt. Judy Eagan war beliebt. Sie war beliebt, obwohl ihre Familie stinkarm war. So arm, daß sie sich Ballkleider von ihren Freundinnen leihen mußte. Das zeigt ihre Charakterstärke. Peg Morrissey – Peg Monaghan heißt sie jetzt – war auch beliebt. Und Kath Burke, also Schwester Scholastica. Cheryl Cass war – ähm –, nun ja, es war nicht so, daß die Jungen sie nicht ausgeführt hätten, wissen Sie, aber sie führten sie nur aus, um, ähm –«

»Sie flach zu legen?«

Der Kardinal wurde tatsächlich rot. »Ich muß hoffen, daß sie es nicht immer getan haben. Aber gut, darauf läuft es wohl hinaus. Die Jungen führten sie aus, wenn sie nichts Besseres vorhatten oder wenn ihre, hmm, ihre Hormone zu lebhaft wurden. Aber eine wirkliche Verabredung, nein. Und schon gar nicht eine Einladung zum Ball, jedenfalls nicht, was man damals als Ball ansah. Das wäre ein zu wichtiger Anlaß gewesen.«

»Es war ein Fest der *Cathedral Girls High School*, sagten Sie. Cheryl Cass hätte in diesem Fall ja auch Damenwahl betreiben können.«

»Man hätte es abgelehnt.«

»Sie sind sich da so sicher.«

»Ich bin mir sicherer, als Sie ahnen können. Es war der Junior-Ball – von Peg, Kath und Judy und deren Jahrgang. Ich war eine der Aufsichtspersonen.«

»In Ordnung.« Das schien nun dieses Thema erledigt zu haben. Cheryl Cass hatte keine Erinnerungslavaliere besessen, die sie in Black Rock Park hätte verlieren können, weil sie den Ball nicht besucht hatte, an dem die Lavalieren verteilt worden waren. Es hätte noch andere Wege geben können, auf denen sie zu dieser Lavaliere hätte kommen können, aber dieser Weg sah so aus, als wäre er voller unnötiger Komplikationen. Gregor wechselte den Kurs.

»Erzählen Sie mir mehr über den Ziegenbock von Andy Walsh«, sagte er.

Der Kardinal lachte. »Schon wieder Andys Ziegenbock? Sie ahnen gar nicht, wie sehr ich Andys Ziegenbock leid bin. Er wollte ihm aller Wahrscheinlichkeit nach die Kommunion geben, wissen Sie. Davon bin ich fast überzeugt.«

»Ich bin eigentlich nicht so sehr daran interessiert, was er mit ihm auf praktischer Ebene vorhatte, Eure Eminenz. Es ist nur, daß mir etwas aufgefallen ist. Peg Morrissey sagte mir gestern, daß Andy in der Regel einen Grund für sein unmögliches Verhalten hatte –«

»Wenn man das überhaupt einen Grund nennen konnte.«

»Sie schien zu denken, daß er diesen Ziegenbock zu irgend einem Zweck benutzen wollte, der ihm wichtig war, nicht nur, um Sie verrückt zu machen. Und sie sagte noch etwas, das mir in Erinnerung geblieben ist. Sie sagte, daß Andy Walsh gerne peinliche Dinge über die Leute herausfand und sie dann ärgerte, öffentlich. Hintenrum, wenn ich das richtig verstanden habe.«

»Das ist wahr«, sagte der Kardinal. »Sie meinen, daß Andy vielleicht vorhatte, irgend jemandem etwas klarzumachen – ich komme hier gerade durcheinander. Mal sehen. Sie meinen, der Ziegenbock müßte für irgend jemanden etwas symbolisiert haben –«

»Sagen wir mal, der Ziegenbock wäre eine Art Code gewesen, auf dieselbe Art, in der die Leute manchmal bestimmte Worte für einen Sachverhalt wählen. Ich kannte mal in Washington ein Pärchen, die benutzten den Begriff ›intellektuelle Diskussion‹, wenn sie Sexualverkehr meinten.« Der Kardinal zuckte zusammen. »Es war so ein Schlagwort zwischen den beiden, ein Insiderwitz. Ich frage mich, ob der Ziegenbock nicht etwas Ähnliches sein könnte?«

»Wenn es ein Insiderwitz war, könnte ich doch nichts davon wissen, oder?«

»Ich glaube nicht, daß der Witz so ausschließlich für Insider gedacht war. Es hätte eine Anspielung sein müssen, die mindestens einige verstanden haben müßten.«

»Sie meinen die ›Fünf von Colchester?‹«

»Sechs«, sagte Gregor flach. »Ich müßte Sie auch auf die Liste der Tatverdächtigen setzen. Sie hatten sowohl die Mittel als auch die Gelegenheit –«

»Und was ist mit dem Motiv?«

»Sie haben das einzige erkennbare Motiv, das ich weit und breit sehen kann. Wenn ich darüber nachdenke, dann müßte ich auch Pater Declan Boyd auf die Liste setzen. Lassen wir es also die ›Sieben von Colchester sein.‹«

»Wunderbar.«

»Am Anfang dachte ich, die Anspielung könnte vielleicht sehr direkt sein. Ein Hinweis darauf, was in Black Rock Park geschah. Aber John Smith hat mir erzählt, daß es keinen Kadaver einer Ziege am Tatort gegeben hat.«

»Natürlich nicht. Es waren alles streunende Hunde und Katzen. Tiere, die in der Wildnis lebten. Was immer gerade greifbar war. Ich glaube nicht, daß das, was dort geschehen ist, im voraus geplant war.«

Gregor nickte. »Den Eindruck habe ich auch. Irgend etwas Harmloses, das einfach einen Kurzschluß auslöste. Möglicherweise unter dem Einfluß von Drogen.«

Der Argwohn des Kardinals war nun wieder geweckt, so wie seine spröde An-der-Grenze-zur-Wut-Stimme zurückgekehrt war. »Was heißt hier Drogen? Es gab nie irgendein Anzeichen von Drogen.«

»Es hätte auch keine gegeben, wenn es die Art Drogen gewesen wäre, an die ich gerade denke: LSD, Peyote, Psilocybin. Halluzinogene.«

»Es gab nie irgendein Anzeichen von Drogen«, wiederholte der Kardinal mit fester Stimme.

Jawohl, dachte Gregor. »Später habe ich dann noch etwas anderes überlegt«, fuhr er fort. »Ich fragte mich, ob ein Ziegenbock auf einer religiösen Ebene etwas bedeuten könnte. Ob er ein Teil eines standardisierten symbolischen Systems sein könnte.«

»Standardisiertes symbolisches System?«

»Ich habe mal ein Kunstseminar am College besucht, wo uns die ganzen Symbole religiöser Kunst erklärt wurden«, sagte Gregor. »Augen auf einem Tablett für St. Lucia, nicht wahr?«

»Stimmt«, sagte der Kardinal. »Weil St. Lucia die Augen ausgestochen wurden, als Teil ihres Martyriums für den Herrn. Es gibt solche Dinge. St. Agnes wird häufig durch ein Lamm dargestellt, weil ihr Name Lamm bedeutet, wie das *Agnus Dei.*«

»Und was bedeutet eine Ziege?«

Der Kardinal warf die Hände hoch. »Ich habe noch nie davon gehört, daß eine Ziege als religiöses Symbol verwandt worden wäre«, sagte er, »aber das muß nicht heißen, daß es das nicht gibt. Es ist schwierig, diese Frage zu beantworten.«

»Gibt es da nicht eine Liste von diesen Sachen?«

»Es gibt wahrscheinlich Hunderte von Listen von solchen Sachen«, sagte der Kardinal. »Das ist nicht wie – wie die Mannschaften in der Baseball-Liga oder die fünfzig vereinigten Staaten, wo jeder einer Meinung mit dem Rest der Welt ist, daß es so ist und nicht anders. Es gibt Dutzende von Systemen von solchen Symbolen. Und manche Heilige haben mehr als ein Symbol, auch innerhalb desselben Systems, und manche Symbole dienen auch zwei oder drei oder sechs Heiligen. Dann gibt es da die verschiedenen Kategorien –«

»Kategorien?«

»Die Heiligen als Heilige. Die Heiligen als Schutzheilige. Die Heiligen als Märtyrer.«

»Schutzheilige«, sagte Gregor. Das gefiel ihm. Ein Schutzheiliger würde gleich doppelt aussagefähig sein, über die Frage »Wer?« und über die Frage »Was?« Vielleicht gab es da eine St. Margaret, Schutzheilige der Euthanasie. Oder einen St. Declan, Schutzheiliger der unermüdlichen Hilfspriester, die leider von ihren Gemeindepastoren verrückt gemacht werden. Gregor merkte, daß er müde war. Er wurde albern.

»Schutzheilige«, wiederholte er fest. »Ich würde gerne mit denen anfangen. Es muß von denen doch sicherlich eine Liste geben?«

»Es gibt eine offizielle Liste«, sagte der Kardinal freundlich, »denn um ein wirklicher Schutzheiliger zu sein, muß man von Rom als solcher bezeichnet werden. Allerdings –«

»Erzählen Sie es mir lieber nicht.«

»Ich kann es ruhig tun. Das Mittelalter, wissen Sie, war sowohl zutiefst religiös als auch zutiefst unorganisiert. Was kirchliche Dinge anging, meine ich. Die Prozedur für Heiligsprechungen war nicht festgelegt. Häufig haben örtliche Kirchenfürsten die vorherrschende Prozedur unterlaufen, indem sie irgend jemanden, der gerade gestorben war, für würdig erklärten, Wunder zu wirken, und damit hatte sich das. Dasselbe gilt für Schutzheilige. Es gibt eine offizielle Liste, aber es gibt auch andere Listen.«

»Hätte Andy Walsh auch etwas von diesen anderen Listen gewußt?«

»Wahrscheinlich jede Menge. Über manche von ihnen jedenfalls. Wegen der Nonnen. Sie wissen wahrscheinlich nicht sehr viel über die Geschichte der katholischen Erziehung in diesem Land, Mr. Demarkian, aber ich kann Ihnen sagen, daß es sich meistens um eine Übung in Krisenbewältigung handelte. Es gibt heutzutage viel über die Trennung von Kirche und Staat, in den Schulen wie auch an allen anderen Orten, aber damals, im neunzehnten Jahrhundert, war es anders. Es gab zu der Zeit jede Menge Schulgebete in den öffentlichen Schulen, und diese Gebete waren protestantisch. *Aggressiv* protestantisch. Die Antwort unserer Kirche darauf war, das größte System von Privatschulen in der ganzen Welt aufzubauen – und das möglichst schnell.«

»Aber was –«

»*Schnell* ist das entscheidende Wort. Wir brauchten Lehrer, und diese Lehrer mußten Nonnen sein. Laien hätten zuviel gekostet und hätten das Schulgeld für die Gemeindemitglieder zu sehr in die Höhe getrieben. Also haben wir uns jede Menge Nonnen geholt, haben sie in Null Komma nichts ausgebildet und losgeschickt, um zu unterrichten. Das Problem war, sie waren ausgebildet, aber nicht wirklich gebildet. Nur wenige waren wahre Wundertiere an Intelligenz. Zahlreiche von ihnen waren aber ungebildete Bauerntöchter, die sich am Aberglauben ihrer irischen Heimat mit allen zehn Fingern festklammerten – zu Anfang kamen die meisten von ihnen aus Irland. Sie haben diesen Aberglauben und ihre konventionelleren, aber immer noch unorthodoxen Traditionen an Generationen und Generationen von Schülern weitergegeben.«

»Waren diese Nonnen nicht schon tot, als Andy Walsh in die Schule kam?«

»Oh, ja. Aber sie hatten ihre spirituellen und intellektuellen Nachfolgerinnen gehabt. Sie vergessen die Epoche, mit der wir es zu tun haben. Andy ist vor dem Zweiten Vatikanischen Konzil und seinen Veränderungen zur Schule von St. Agnes gegangen. Ich erinnere mich daran, wie St. Agnes damals war. Jede Menge kleiner, alter Nonnen, die Ansichten weitergaben, die nirgendwo außerhalb des Ordens der *Sisters of Divine Grace* bekannt waren. Heilige, die nicht im Kalender auftauchten und die wahrscheinlich auch nie existiert haben. Legenden wie die, daß man sterben muß, wenn man eine geweihte Hostie kaut, und wenn dann eine Autopsie durchgeführt würde, dann würde man die Bisse im Herzen finden. Die mochte ich immer gerne.«

Gregor verschwendete keinen weiteren Gedanken daran. Er fühlte sich, als schwimme er durch ein Meer aus limettengrüner Götterspeise, einen zähflüssigen Widerstand und eine völlig verschwommene Sicht vor der Nase. Es war nur die Tatsache, daß er wußte, daß der Ziegenbock für Andy Walsh etwas bedeutet haben mußte – und daß dieses Etwas bestimmt wichtig war – die ihn davon abhielt, aufzugeben.

»Gibt es denn keine Möglichkeit, herauszufinden, was Andy Walsh über Heilige und Ziegen beigebracht worden ist?« fragte er etwas verzweifelt. »Wurde irgend etwas von all dem schriftlich festgehalten? Oder gedruckt?«

Gregor erwartete, wieder ein knappes Nein zu hören, das erneut gefolgt würde von einem Haufen schmunzelnd hervorgebrachter Verweise auf die labyrinthischen Untersuchungen, die jedem, der sich unterstände, diese Nebenwege der Kirchengeschichte untersuchen zu wollen, bevorstünden. So waren diese Diskussion und die ganze Untersuchung bisher gelaufen. Er sah keinen Grund, warum sich das jetzt ändern sollte.

Aber zum ersten Mal, seit er nach Colchester gekommen war, hatte er Glück. Der Kardinal schmunzelte nicht. Das breite Gesicht des Kardinals strahlte nicht vor lauter Freude darüber, wieder einmal das einfache Verlangen nach einer Information zu enttäuschen. Statt dessen lehnte er sich über den Schreibtisch, klopfte auf das Holz und nickte weise. Er hatte einen mitleidigen Ausdruck angenommen – den Gregor ihm nicht glaubte – und das Gebären von jemandem, der sich freute, behilflich zu sein.

»Tatsächlich«, sagte er, »gibt es mehrere Möglichkeiten, das herauszufinden, wonach Sie suchen. Vor allem, wenn Sie bereit sind, mit dem vorlieb zu nehmen, was die *Sisters of Divine Grace* unterrichteten, als Andy in der Grundschule war. Es gab da eine Nonne, Schwester Joseph Bernadette, die jedes Jahr so ein Heftchen an ihre zweite Klasse verteilte. Das Heftchen hat mich wahnsinnig gemacht.«

»Das wäre für den Anfang doch schon mal was«, sagte Gregor.

»Gut. Nun. Zunächst einmal weiß ich allerdings nicht, ob wir noch ein Exemplar dieses Heftchens haben, aber ich kann Ihnen ein paar Bücher leihen. Offizielle Bücher und andere. Unten im Keller der Kanzlei haben wir eine Sammlung der Unterrichtsmaterialien, die über die Jahre in dieser Erzdiözese verwandt wurden. Es könnte da genau das dabei sein, was Sie suchen.«

»Ich darf in Ihren Keller gehen?«

»Wenn Sie möchten. Ich kann Ihnen aber den Ärger ersparen, wissen Sie. Tom weiß, wo sich alles befindet. Ich werde ihm sagen, was Sie brauchen, und er kann die Sachen dann heute nachmittag zu Ihnen ins Rosary House rüberbringen. In der Zwischenzeit könnten Sie natürlich die einfachere Variante probieren.«

»Und die wäre?«

»Natürlich die, Kath Burke zu fragen. Schwester Scholastica. Sie war zusammen mit Andy in der Schule von St. Agnes. Sie ist vom Orden. Sie haben da drüben auch eine Sammlung der Unterrichtsmaterialien, und selbst wenn sie es nicht hätten, dann würde sie sich wahrscheinlich einfach daran erinnern.« Der Kardinal lehnte sich zurück und fing an, schon wieder ausladend auszusehen. Was immer ein schlechtes Zeichen war. Er sagte: »Die historische Scholastica war übrigens die leibliche Schwester von St. Benedikt. Sie ist die Schutzheilige aller Nonnen.«

Über eineinhalb Stunden später, während Gregor auf dem Bürgersteig der Marshall Street gegenüber dem Polizeirevier der Stadt Colchester stand, dachte er, daß das Gespräch mit O'Bannion, wie alle Unterhaltungen, die er mit den

Hauptakteuren in diesem Fall führte, überall und nirgends hin geführt hatte. Soweit er das erkennen konnte, hatte er aus dieser Unterhaltung genau eine und eine halbe brauchbare Information gewonnen. Die halbe war die Sache mit den Schutzheiligen. Mittlerweile war er felsenfest davon überzeugt, daß Andy Walsh versucht hatte, irgend jemandem irgend etwas zu erzählen. Wenn er erst einmal herausgefunden hatte, was es war, würde es direkt auf die Person verweisen, die er im Visier hatte. Er war sich sicher, daß es so sein müßte.

Die andere Information war viel interessanter, obwohl sie ihm nur als ein kleiner Hinweis zugespielt worden war, oder möglicherweise als ein Ausrutscher an Unaufmerksamkeit. Sie hatte etwas bestätigt, was er schon bald nach Andy Walshs Tod vermutet hatte: daß John Kardinal O'Bannion alles wußte, was es zu wissen gab in bezug darauf, wer damals in Black Rock Park involviert war.

Auf der gegenüberliegenden Seite der Straße sprang die Fußgängerampel auf Grün um. Gregor trat vom Bürgersteig in den Schneematsch und machte sich auf den Weg in Richtung des Granit-und-Marmor-Haufens, der sich auch Polizeihauptquartier nannte. Er hatte eine neue Krawatte umgebunden und eine weitere in einer Tüte unter seinem linken Arm. Er wurde von einem unwohlen Gefühl von Orientierungsverlust verfolgt. Die Gegend kam ihm sinnlos vor. Das Hauptquartier der Polizei von Colchester war von der Kathedrale aus gesehen tatsächlich »einmal quer durch die Stadt hindurch«, weit genug weg also, um der zügelnden Hand des Kardinals entkommen zu sein. Die Geschäfte um ihn herum waren überschwemmt von Plüschbabytieren und knallrosa Schleifen. Ein zwei Meter großer ausgestopfter Hase nahm fast das ganze spiegelverglaste Schaufenster eines übermäßig antiseptisch wirkenden Geschenkelädchens ein. Er war aus hellblauem und weißem Plüsch hergestellt, in einen Dreiteiler gekleidet und hielt in seinen Pfoten einen halboffenen Leder-Aktenkoffer, in dem sich feine Marshmallow-Eier befanden. Die Fassade der Unitarischen Kirche war noch schlimmer. An ihr befand sich ein selbstgebastelt wirkendes Kreuz, das in rosa und gelbe Bänder eingewickelt war, als ob der Pastor der Kirche ungeübt im Umgang mit der Trinität sei und die Feier der Wiederauferstehung mit einem Maibaum verwechselt hätte. Mitten in all dieser Dekorationsfreude war das Hauptquartier der Polizei von Colchester eine Erleichterung. Es war ein Denkmal der Bereicherung einzelner an städtischen Geldern in den zwanziger Jahren, als Schmiergelder noch wirklich Schmiergelder waren, und Gregor konnte es sich mit Freude anschauen. In jenen Zeiten erfanden Politiker nicht irgendwelchen frommen Quatsch, um ihre Raffgier zu entschuldigen. Sie stahlen und wußten, daß sie stahlen und genossen es. Dann dachten sie sich irgend etwas passend Hochherziges aus, was sie auf öffentlichen Versammlungen sagen konnten. In Gregors Augen schlug das die gequälten Selbstverteidigungen der gegenwärtigen Ansammlung von korrupten Senatoren und psychopathischen Kongreßleuten völlig aus dem Feld. Ein Satz des Kardinals hatte Gregor wirklich überrascht: *Niemand, der in diesen Unsinn im Black Rock Park verwickelt war, hätte Andy Walsh umgebracht, nur damit ich nichts darüber herausfände.*

Für sich genommen und oberflächlich betrachtet, war dieser Satz nicht kompromittierend. Es war die Art und Weise, wie er gesagt worden war, die Gregors Vermutung in eine felsenfeste Überzeugung verwandelte, wie Tibor sich ausdrücken würde. Der Satz sollte den Anschein von Abtun, von Irritation ausdrücken. Statt dessen hatte der

Kardinal gelächelt, voller Triumph und Amüsement, so daß er aussah wie Hunderte von anderen Männern, die Gregor in seinem Leben gekannt hatte. Es war die Visage eines Serienmörders, der zum Verhör hereingeholt worden ist und der glaubt, er hätte die Polizei komplett geblendet. Gregors deutlichste Erinnerung an solch einen Gesichtsausdruck war in einem Gespräch mit Theodore Robert Bundy, anderthalb Jahre, bevor das Ressort für Verhaltensforschung den Status einer vollgültigen Abteilung erreicht hatte. Einer der Gründe, warum Gregor den Fall Bundy als einen ganz besonderen Fall in Erinnerung hatte, war die Tatsache, daß er diese Unterhaltung – und diesen Gesichtsausdruck – nach Bundys zweiter Verurteilung wegen Mordes und nach seiner zweiten Urteilsverkündung erlebt hatte. Der Staat Florida hatte kurz davor sehr deutlich gemacht, daß der Mann auch zweimal auf den elektrischen Stuhl kommen würde, wenn er das müßte, aber man würde jedenfalls sichergehen, daß er tot sei.

Selbstverständlich war der Kardinal kein Psychopath, aber Gregor hatte sich noch nie die beruhigende Theorie zu eigen gemacht, daß Psychopathen unverbesserliche fremde Wesen seien und keine Menschen wie der Mann auf der Straße. Diese Freude daran, der Autorität eins auszuwischen, war der menschlichen Natur einverleibt, und der Kardinal hatte sie jedenfalls in bezug auf das Thema von Black Rock Park. Gregor ging die Stufen hoch und durch die gläserne Drehtür in die Eingangshalle des Hauptquartiers, wobei er noch an den Kardinal dachte und darüber, wie gefährlich es für das Hauptquartier einer Polizei war, ein Gebäude mit gläsernen Drehtüren zu haben. Dann legte er energisch seine Gedanken an den Kardinal beiseite und konzentrierte sich auf sein bevorstehendes Treffen mit Lieutenant John Smith.

SECHS

Für Barry Field waren die Morgen und die Abende immer die arbeitsreichsten Tageszeiten. An den Abenden hatte er die *Make a Joyful Noise Gospel Music Hour,* in der er in einem Chor von fünfzig Personen Bariton sang. Sich selbst zu gestatten, nur ein Gesicht in einer Menge von fünzig blauen Roben zu sein, war gut für sein Image. Das ließ ihn bescheidender wirken, nicht so wie einer, der gern im Scheinwerferlicht steht wie Bakker und Swaggart. Außerdem genoß er es. Er war in St. Agnes Mitglied im Chor gewesen und auch Ministrant, so daß er sonntags zwei Messen besucht hatte, um beiden Tätigkeiten gerecht zu werden. Ein Teil der Menge zu sein, hob seine Schüchternheit auf, die ihn in bezug auf seinen Gesang noch nie verlassen hatte, obwohl er sehr gut sang. Und es entspannte ihn. Nach *Make a Joyful Noise* mußte er seine Predigt halten, die die größte Zuschauerschaft während des ganzen Tages hatte. Um neun Uhr abends, wenn das Geschirr gespült war und die Kinder meistens schon im Bett waren, konnte sein Publikum sich ein bißchen Höllenfeuer und Verdammnis gönnen. Barry mußte immer seinen gesamten Mut für diese Predigt zusammennehmen und sich Spickzettel machen. Er war kein geborener Höllenfeuer-und-Verdammnis-Prediger. Glücklicherweise war er gebildeter, wenn auch nicht unbedingt intelligenter, als seine Konkurrenz. Er mußte nicht von seinen Zeit- und Berufsgenossen Jerry Falwell oder Oral Roberts abschreiben. Wenn er nicht mehr weiterkam, dann schrieb er die Predigten von Jonathan Edwards aus dem 18. Jahrhundert um.

Morgens war es schlimmer. Abends war er wenigstens nur eine Stunde unter echtem Druck. Nach seiner Predigt konnte er in den Hintergrund des Zirkusses treten, der *Your Prime-Time Encounter with Jesus* hieß – eine Irreführung, da es eigentlich eine offene Talk-Show war, die sich bis tief in die Nacht hinzog. In *Prime-Time* gab es Sänger, Tänzer, Bekenner, Bezeuger, Missionare und fundamentalistische Königinnen der Stunde, die alle in kurzen, kleinen Stößen auf Sendung gingen. Barry hielt diese Auftritte immer für »Reklame für Christus« und schämte sich dann. Die Leute, die in dieser Show auftraten, waren alle peinlich aufrichtig und empfanden oft echte Schmerzen. Sie waren Ex-Alkoholiker und jugendliche Ex-Straftäter und Ex-Frauen ohne Geld, ohne Ausbildung und ohne Zukunft, die ihren Weg durch persönliche Höllen schlurften, von denen Barry wußte, daß er sie nicht eine Minute ertragen hätte. Vielleicht war das der Grund, weshalb sie es weniger zu stören schien als ihn, daß Außenstehende annahmen, christliche Fundamentalisten seien dumm. Vielleicht waren sie es gewöhnt, für dumm gehalten zu werden und kamen mit der Zeit selbst dazu, daran zu glauben. Barry wußte es nicht.

Er wußte allerdings, daß die Morgen eine einzige lange Quälerei waren. Es fing um sieben Uhr an, wenn er seine erste Predigt des Tages hielt, dann weiter durch den Gottesdienst und die Talk-Show, zur Bibelstunde und dem Nachrichtenkommentar. Er mußte vier Stunden lang am Morgen aufgekratzt und wach sein und mußte dann, zwischen elf und zwölf, Anrufe in der Sendung entgegennehmen. Mindestens einmal in jeder Sendung erwischte er einen absoluten Spinner, und dann –

Und dann. Es war elf Uhr morgens am Karfreitag, und anstatt draußen auf dem Set zu sein und neben dem Telefon zu sitzen, befand Barry Field sich in seinem Büro und schaute sich den Vierfarbendruck von El Grecos *Kreuzigung* an. Er hatte sich von seiner Dumpfheit des vorangegangenen Abends erholt. Er fühlte sich nicht mehr so, als stünde er unter Drogen oder könnte jederzeit einem Nervenzusammenbruch erliegen. Allerdings fühlte er sich nicht ganz wohl. Es war Douglas Banner, sein Vize, der momentan draußen auf der Bühne stand, ein Zustand, den Barry nie vorher zugelassen hatte und den er auch jetzt nicht hätte zulassen sollen. Doug hatte ein wildes, ehrgeiziges Leuchten in den Augen, das Barry nur zu gut kannte, und er hatte ein hübsches Gesicht. Jeder, der Augen im Kopf hatte, konnte erkennen, daß Doug einen besseren Tele-Evangelisten abgeben würde als Barry, obwohl er weniger Vertrauen erweckte.

Der Druck des El Greco war so hoch, wie Barrys Schreibtisch tief war und fast ein Drittel so breit wie seine Länge. Er war eigentlich dazu gedacht, an einer Wand zu hängen, was aber nie der Fall gewesen war. Barry hatte ihn im *Metropolitan Museum of Art* anläßlich einer seiner Trips nach Manhattan gekauft, und soeben wurde ihm klar, daß das ein Fehler war. El Greco war ein durch und durch katholischer Maler. Seine ganze Sinnlichkeit – sein Auge, das ohne zu zucken die schreckliche Pein von durchbohrten Handflächen sah, die brutale Fleischlichkeit der einzigen ehrlichen Vision der Wiedergeburt – war dem Protestantismus, wie er sich im zwanzigsten Jahrhundert in Amerika entwickelt hatte, fremd. Sie war allerdings auch zum großen Teil dem Katholizismus, wie er sich im zwanzigsten Jahrhundert in Amerika entwickelt hatte, fremd. Vielleicht, dachte Barry, war sie einfach ganz Amerika fremd, kurz einem Ort, in dem Schmerz so selten vorkam und der Tod so geschickt gemanagt wurde, daß beide nunmehr als unerträglich aufdringlich in dem seichten, glatt fließenden Komfort des wirklichen Lebens wirkten.

Barry stand auf und ging von seinem Schreibtisch ans Fenster, wo er den Kunstdruck nicht mehr vor Augen hatte. Aus irgend einem Grund erschien es ihm falsch, ihn einfach auf den Kopf zu drehen, obwohl er seit Jahren in einem Schrank versteckt gelegen hatte. Ihn umzudrehen, erinnerte Barry an die Verleumdung Christi durch Petrus gegenüber den römischen Legionären. Er legte seinen Kopf gegen die Fensterscheibe und zählte bis zehn. Er mußte sich wirklich zusammenreißen. Er konnte sich ausgerechnet jetzt zu diesem Zeitpunkt keine religiöse Krise leisten. Es gab eine Menge an Details, die noch zu erledigen waren, ehe er sich mit Mark Candors Sender zusammenschließen würde. Er konnte mit der selbstgebastelten Ausstattung, die er bislang gebraucht hatte, nicht auf landesweite Sendung gehen, und diese Sendung stand vor der Tür. Das war das eine, und dann war da die Tatsache, daß Andy Walsh tot war.

Barry öffnete die Augen, sah auf die Straße hinunter – dort gab es einen Osterkorb von abenteuerlichen Sachen im Schaufenster von Bernie's *Hallmark Shop* – und faßte einen Entschluß. Er ging zurück an seinen Schreibtisch und nahm den Telefonhörer ab. Als er zu wählen begann, traf ihn der Blick Jesus' auf der Reproduktion, und er zuckte zusammen. Er beeilte sich, zu Ende zu wählen und wandte ihm den Rücken zu.

Zuerst versuchte die Sekretärin von St. Agnes so zu tun, als wäre Kath nicht zu erreichen, obwohl es fast Mittag war und damit fast genau die Zeit, zu der sie ins Kloster zum Mittagessen zurückkam. Das hatte Barry nicht anders erwartet. Er tat das, was er immer mit solchen Frauen machte. Er wiederholte seine Bitte mit fester und monotoner Stimme so oft, daß die Worte anfingen, wie Unsinn zu klingen. Er versuchte dennoch, vorsichtig zu formulieren, denn es war für ihn nicht leicht, sich seine Kathleen als »Schwester« vorzustellen.

Irgendwann gab die Frau wie immer auf – und stellte ihn durch. »St.-Agnes-Gemeindeschule, Schwester Scholastica am Apparat.«

»Kath«, sagte Barry. »Gott sei Dank. Ich dachte einen Moment lang, ich würde aus der Leitung geworfen.«

»Barry?«

»Diese Sekretärin von dir verabscheut mich wohl«, sagte Barry. »Sie hält mich sicher für den Teufel in Person.«

Es gab eine Pause und dann das Geräusch von Papieren, die umgeschichtet wurden, gefolgt von einem harten Knall, als wenn etwas gegen Holz fiel. Barry spürte einen Angststoß. Vielleicht war Kath sauer auf ihn. Vielleicht war Kath immer schon sauer auf ihn gewesen, und ihr Benehmen gestern war nichts anderes gewesen als kontrollierte Höflichkeit, die er falsch interpretiert hatte. Er zwang sich, sich zu entspannen. Wenn es eine Sache gab, die er immer schon gewußt hatte, dann war es die, daß er genau wußte, wer seine Freunde waren. Kath war immer schon seine Freundin gewesen, und sie hatte es auf mehr oder weniger subtile Art und Weise klargemacht, daß sie es auch immer bleiben würde.

Das Geräusch von etwas Hartem, das auf Holz umfiel, ertönte schon wieder. Kath sagte: »Mist – diese Vase – einen Moment – hier ist überall Wasser.«

»Kath«, wiederholte Barry.

»Entschuldige. Ich schmeiße hier alles um, und mein Schreibtisch ist voller Papiere für den Kommunionsunterricht und –«

»Kath.« Barry holte tief Luft. »Warte mal einen Moment. Ich muß dich unbedingt etwas fragen.«

»Nun ja, Barry, das hatte ich mir auch gedacht, daß es dringend sein muß. Du warst schließlich mal Ministrant. Du weißt, wie es hier karfreitags zugeht.«

»Nicht so schlimm wie am Gründonnerstag«, sagte Barry. »Vergiß das mal eben. Sag mir nur eins. Was hast du im Jahr nach Black Rock Park gemacht?«

Wieder gab es ein Schweigen in der Leitung, und Barry erkannte, daß er einen Fehler gemacht hatte. Er hätte sie fragen sollen, was sie in ihrem letzten Schuljahr gemacht hatte. Nur diejenigen, die in die Sache verwickelt waren, würden davon als »das Jahr nach Black Rock Park« sprechen. Er sandte ein Gebet gen Himmel, daß sein Telefon nicht abgehört werden möge, von Mark Candor zum Beispiel, den Steuerbehörden oder sonst jemandem.

Als Kaths Stimme wieder in der Leitung zu hören war, fiel es ihm schwer, ihren Ton zu interpretieren, aber wenigstens war sie nicht genervt. »Ich vermute, ich habe dasselbe gemacht wie alle anderen«, sagte sie. »In die Schule gehen, mehr lernen als sonst, so tun, als würde man irgendwelche Jungens mögen, die man eigentlich nicht so sehr mochte, nur damit man auf jeden Fall jemanden hatte, der einen zum Senior-Ball auffordert. Ich meine, du und ich, wir alle, wir haben –«

»Nicht mehr miteinander geredet«, sagte Barry. »Ich

weiß. Bist du sicher, daß es das war, was der ganze Rest von uns allen machte? In die Schule gehen, meine ich? Wie war das denn mit Cheryl Cass?«

»Oh.« Kath seufzte. »Nun ja. Ich weiß nichts über Cheryl Cass. Ich habe Judy und Peg ja kaum noch gesehen. Und ich glaube, daß Cheryl in dem Jahr mit der Schule aufgehört hat.«

»Was ist mit Andy und Tom?«

»Ich habe Andy und Tom jahrelang nicht mehr gesehen danach. Nicht, ehe ich hierher nach St. Agnes zurückkam, wenn du die ganze Wahrheit wissen willst.«

»Noch nicht einmal, um ihnen ›guten Tag‹ zu sagen, wenn sie auf der anderen Straßenseite gingen?«

»Nicht, daß ich ihnen ›guten Tag‹ gesagt hätte, nein. Ich habe möglicherweise einen von ihnen mal auf der Straße gesehen. Ich erinnere mich nicht daran.«

»Hast du die letzte Talk-Show gesehen, die Andy mit mir gemacht hat?«

Kath ließ ein langes, tiefes Glucksen hören. Barry fing an zu lächeln. Es erinnerte ihn an die Art, wie sie lachte, wenn er sie gefragt hatte, wie sie in Latein war.

»Habe ich nicht«, sagte sie, »aber alle anderen haben sie wohl gesehen. Declan Boyd ist hier nach den ersten Takten der Schlußmusik herübergerast und hat mir eine Art von wortwörtlichem Protokoll mitgeteilt. Jedenfalls hat es so lange gedauert.«

»Ich kann mir gar nicht vorstellen, daß es wortwörtlich war.«

»Ich auch nicht, ehrlich gesagt. So gut ist Dec nicht organisiert. Vom Intellekt her.«

»Ich glaube nicht, daß es ein wortwörtliches Protokoll war, denn wenn es das gewesen wäre, dann würdest du dasselbe denken wie ich.«

»Und das wäre?«

Barry zögerte. Er konnte ihr geradeheraus sagen, was er dachte. Sie würde ihm zuhören, und sie würde ihn ernst nehmen, wie sie es immer schon getan hatte.

»Schau mal«, sagte er, »hättest du vielleicht ein bißchen Zeit, damit ich rüberkomme und dir den Mitschnitt vorführe?«

»Barry, das Video ist doch mindestens eine Stunde lang.«

»Ich möchte, daß du nur zehn Minuten davon hörst. Weniger eigentlich, aber man muß auch den Kontext verstehen.«

»Barry, es ist Karfreitag.«

»Ich weiß, ich weiß. Hast du nicht doch ein bißchen Zeit, es ist doch jetzt Mittagszeit? Du mußt doch in der Mittagspause frei haben.«

»Natürlich habe ich in der Mittagspause frei.«

»Bitte?«

Wieder war ein Schweigen auf der Leitung. Barry hielt wieder die Luft an, denn er dachte, sie würde es ihm abschlagen. Es war Karfreitag. Sie mußte wahrscheinlich ihre Schüler in die Messe schicken und dann zur Beichte und zum Stationsgottesdienst, ehe sie nach Hause entlassen wurden. Der Himmel allein wußte, in welcher Kirche alle diese Aufgaben erledigt werden sollten, da ja St. Agnes geschlossen worden war.

Kath räusperte sich und sagte: »In Ordnung. Zehn Minuten oder maximal eine Viertelstunde. Aber es muß jetzt sein, Barry, jetzt sofort, weil –«

»O. K. Ich fahre sofort los.«

»Beeil dich.«

Kath legte auf. Barry sah den Hörer einen Moment lang an und legte ihn dann auch auf die Gabel. Er fühlte sich plötzlich viel leichter als vorher, als ob er einer Katastrophe entgegengesehen hätte und diese Katastrophe abgewendet worden wäre. Als Metapher gab das natürlich keinen Sinn, denn er war offensichtlich davon überzeugt gewesen, daß Kath zusagen würde. Neben dem El Greco hatte er ein Videoband der Show auf seinem Schreibtisch liegen, bereits auf die richtige Stelle gespult und zum Abspielen bereit.

Er legte das Band in seine Tasche und machte sich auf den Weg.

Es war ein Uhr, und Judy Eagan war sich darüber im klaren, daß sie sich nicht dort befand, wo sie eigentlich sein sollte. Kurz, sie war nicht in der Küche des Chesswell-Borden-Hauses, um dafür zu sorgen, daß der Lunch für dreißig Personen für Mrs. Hamilton Cordell planmäßig liefe. Judy Eagan wußte alles, was man wissen mußte, um einen erfolgreichen Party-Service aufzubauen. Vor langer Zeit hatte sie dieses Wissen in einer Reihe von klaren und unumstößlichen Regeln kodifiziert.

Die erste davon war, daß sie immer persönlich alle Aufträge für jeden *wirklich wichtigen Kunden* kontrollieren sollte. Mrs. Hamilton Cordell war eine *wirklich wichtige Kundin.* Sie hatte Geld, wußte nie, wo ihr der Kopf stand und hatte eine leidenschaftliche Begeisterung für das faule Leben und – das war am wichtigsten – ein lächerliches und gestörtes Verhältnis zum Prinzip des sozialen Aufstiegs. Sie lud dreißig zum Lunch, fünfzig zum Diner und tausendundeinen Gast zum Empfang. (»Genau wie diese arabischen Nächte, Judy Liebes, ist das nicht genial?«) Nächstes Jahr würden ihre beiden ältesten Töchter, Zwillinge, achtzehn werden. Mrs. Cordell war wild entschlossen, ihnen eine Debütantinnensaison zu bieten, selbst wenn sie diese selbst einführen mußte. Das war genau das, womit sie momentan beschäftigt war. Ihre geplanten Parties hatten begonnen, ins Maßlose auszuufern, wurden immer komplizierter und immer teurer. Wenn Judy weiterhin das Parfum von Tiffany benutzen wollte, dann sollte sie über der »Ente Genovese« selber wachen und zusehen, daß die Dekorationsmädchen blaue Papierhütchen auf die Entenbeine steckten und nicht die üblichen in Rosa, denn Mrs. Hamilton Cordell konnte Rosa nicht ausstehen.

Statt dessen stand sie frierend in der Mitte des Hofes von St. Agnes und unterhielt sich mit Declan Boyd. Es war eine Unterhaltung, die von Anfang an sinnlos war und es wahrscheinlich auch weiterhin sein würde, egal, wie lange sie noch zuhörte. Auf eine Art war es ein Segen. Es gab jedenfalls ein Problem, wenn ein Party-Service-Betreiber in einen Vergiftungsmord hineingezogen wurde, auch wenn er nur am Rande damit zu tun hatte. Es machte die Leute nervös. Auf jeden Fall war es ein Ärgernis, das einen zur Weißglut trieb. Sie war nur nach St. Agnes gekommen, um den Rest des Kommunionsweines vorbeizubringen und Kath guten Tag zu sagen. Sie ließ ihr Auto im Halteverbot vor der Kirche stehen, war ins Kloster gelaufen, um sich zwei Minuten zu unterhalten, und war wieder herausgelaufen. Kath spielte mal wieder mit Elan Schwester Mary Scholastica, vielleicht, weil es Karfreitag war und ein Tag, an dem man Religion ernst nehmen sollte. Was auch immer der Grund war, weder Judy noch Kath waren in der Laune für eine längere Unterhaltung gewesen, und Judy war wieder in den Hof gestürmt, in der Hoffnung, daß sie bald wieder in ihrem Auto säße und auf ihrem Weg zum unglaublich banalen Vorhaben von Mrs. Hamilton Cordell wäre. Als sie an der Statue der St. Agnes vorbeiging, die am Weg vom Kloster zum Haupttor stand, hörte sie, wie Declan Boyd sie rief.

Declan Boyd war gegen die Kälte in einen Fünfziger-Jahre-Dufflecoat eingemummelt, der sogar noch die Original-Knebelverschlüsse hatte. Er hatte einen riesigen russischen Hut aus künstlichem Fell auf dem Kopf und schwere rote Wollhandschuhe an den Händen. Wo er passende Handschuhe gefunden hatte, wußte Judy nicht. Judy selbst trug weder Hut noch Handschuhe, und ihr Mantel war offen. Sie hatte einen ihrer Lieblingspullover an, der ihr zwar sehr gut stand, aber verhinderte, daß man den Mantel darüber zuknöpfen konnte. Es waren gerade zehn Grad unter Null, und sie fror.

»Die Sache ist, ich habe darüber nachgedacht und nochmal nachgedacht, und ich denke, sie sollte zur Polizei gehen«, sagte Declan Boyd.

»*Wer* sollte zur Polizei gehen?« fragte Judy.

»Die Frau, von der ich dir erzählt habe«, erwiderte er. »Ich sah sie, als ich nach hinten ging, um die Ambulanz zu rufen, nachdem Andy gestorben war. Sie stand genau da.«

»Genau wo?«

»Gerade aus dem Vorraum heraus in der Eingangshalle.« Boyd zog die Augenbrauen zusammen. Es gab keinen anderen Begriff, dachte Judy: Er sah aus, als bekäme er gleich einen Trotzanfall. »Sie muß alles gesehen haben, verstehst du? Und vielleicht hat sie – vielleicht hat sie etwas berührt.«

»Was?«

»Alles, was man hätte berühren können.«

»Wenn du damit die Beweisstücke meinst, Dec, dann vergiß es. Nicht, wenn sie nach Andys Tod im Vorraum war. Ich habe gerade mit Ka –, mit Schwester Scholastica gesprochen.«

»Na und?«

»Und Schwester Scholastica hat gerade mit dem Kardinal gesprochen, und der Kardinal hatte gerade mit diesem Mann gesprochen. Demarkian. Er war beim Polizeihauptquartier. Die Laborberichte sind angekommen.«

»Wirklich?«

Judy Eagan war eine dieser intelligenten Frauen, die insgeheim dachten, sie wären gar nicht intelligent. Wenn sie mit unüberwindbarer Dummheit konfrontiert wurde, dachte sie meistens, das wäre nur aufgesetzt, um sie zu ärgern.

»Natürlich sind sie das«, sagte sie mit spitzer Stimme. »Die hatten schließlich mehr als vierundzwanzig Stunden Zeit, verdammt noch mal –«

»Ich glaube nicht –«

»Oh, ich will jetzt nicht eine lange Strafpredigt über meinen Sprachgebrauch hören. Halt den Mund, Dec. Das meine ich ernst. Sei still! Der Laborbericht ist zurückgekommen. Andy ist mit Nikotin vergiftet worden, aber es war kein Gift in der Karaffe, und in den Flaschen war auch keins. Es muß im Kelch gewesen sein, und der Kelch befand sich nicht im Vorraum.«

»Und was machte sie dann da drin?«

»Wie soll ich das denn wissen? Dec, es ist hier draußen eisekalt. Ich muß –«

»Sie hat sich die Bücher im Regal angesehen«, sagte Boyd starrköpfig. »Ich habe sie gesehen. Sie nahm sie nicht heraus oder so etwas, sie sah sie sich nur an. Aber sie muß schon länger dagewesen sein –«

»Wieso?«

»Nun ja, sie hätte es jedenfalls sein können. Ich hätte die Ambulanz holen sollen und dann gleich zurückkommen, aber ich – ich fühlte mich nicht wohl. Also setzte ich mich hin und habe versucht, meinen Magen zu beruhigen, und ich muß das mindestens fünfzehn Minuten lang gemacht haben. Sie hätte die ganze Zeit über dasein können.«

»Wer?« fragte Judy wieder.

Declan Boyd war nicht der Meinung, daß er es ihr sagen sollte. Das war ein wesentlicher Teil seiner Strategie in dieser Unterredung. Und ebenfalls ein wesentlicher Teil des Grundes, aus dem Judy ihn am liebsten umgebracht hätte. Jedesmal, wenn sie ihn fragte, bekam er diesen sturen Gesichtsausdruck und wechselte das Thema.

Judy bemerkte, er war auf das Thema *unsere Verantwortung als aufrechte Bürger und gute Katholiken* umgeschwenkt. Alle Monologe von Declan Boyd hatten einen Titel.

»Wenn sie nicht hingeht, dann werde ich es an ihrer Stelle tun müssen«, sagte er gerade. »Ich kann das einfach nicht durchgehen lassen. Es wäre nicht recht. Und es sah auch nicht rechtens aus. Da lag er, tot auf dem Boden ausgestreckt, und da stand sie und sah sich Bücher an. Findest du das etwa rechtens?«

Plötzlich ging ihr ein Licht auf. »Ach du liebe Mutter Gottes«, sagte Judy, »du glaubst, es wäre einer von uns gewesen.«

»Ich glaube gar nichts. Ich sah –«

»Es ist mir egal, was du gesehen hast. Es kann keiner von uns gewesen sein. Wir saßen alle in den Kirchenbänken, voll im Blick der –« Sie bremste sich plötzlich.

»Siehst du«. Boyd triumphierte. »Wart ihr nicht.«

»Waren wir sehr wohl zu dem Zeitpunkt, von dem du redest«, sagte Judy, »direkt nach dem Mord. Es war erst später –«

»Nicht später. Das war direkt danach, praktisch, ehe dieser Demarkian-Mensch anfing, herumzuschnüffeln. Ich habe mich so darüber aufgeregt, ich konnte nicht mal mehr essen. Ich wußte nicht, was ich machen sollte.«

»Und was hat dich zu einem Entschluß gebracht?«

Boyd sah selbstzufrieden aus. »Ich habe getan, was man tun mußte. Ich habe die Kanzlei um Rat gebeten.«

»Am Karfreitag?« Judy war starr vor Staunen. »Dec, um des lieben Jesus willen, der Kardinal muß dich doch umbringen wollen.«

»Ich habe nicht direkt mit dem Kardinal gesprochen. Ich weiß selbst gut genug, daß ich ihn nicht mit so was stören kann. Aber ich mußte einen Rat einholen, und den habe ich auch bekommen. Sie muß zur Polizei gehen. Das ist das einzige, was noch geht.«

»Wunderbar«, sagte Judy. »Ich hoffe, sie tut das. Wer auch immer sie sein mag. Ich gehe jetzt zur Arbeit.«

»Miss Eagan –«

»Danke schön, ich bin spät dran. Geh mir aus dem Weg.«

Sie mußte ihn mit Gewalt aus dem Weg schieben, damit er sie vorbeiließ. Sie wollte es eigentlich nicht – trotz Feminismus, Selbstbehauptungskursen, Selbstverwirklichung und dem ganzen Rest war sie im tiefsten Innern noch ein nettes katholisches Mädchen; es widersprach ihrer frühesten Erziehung, einen Priester herumzuschubsen –, aber wenn sie es nicht getan hätte, hätte sie ihr Auto niemals erreicht. Aus demselben Grund sperrte sie ihre Ohren gegenüber den Worten, die er ihr hinterherrief.

»Du könntest sie überreden«, brüllte er ihr hinterher. »Du könntest ihr das sagen, und dir würde sie zuhören.«

Judy wußte nicht, wer »sie« sein sollte, aber sie wollte es auch nicht wissen. Sie kletterte hinter das Steuer, versicherte sich, daß alle Türen geschlossen waren und ließ den Motor an. Sie wollte fort sein, ehe Dec die tolle Idee bekäme, sich auf ihre Kühlerhaube zu setzen. Oder so was. Sie langte in ihre Handtasche, holte eine Zigarette heraus und zündete sie sich an.

Ihr Herz klopfte, und ihr Kopf dröhnte. Dec, dieser kleine Bastard, hatte ihr einen gewaltigen Schrecken eingejagt. Sie konnte kaum noch atmen, und eigentlich war ihr zum Heulen zumute – und das Schlimmste war, sie wußte nicht warum. Was machte es schon, wenn »sie« im Vorraum gewesen war? Es gab nichts von Interesse im Vorraum. Überhaupt nichts. Und die Bücher auf dem Regal waren noch weniger als nichts: Bibeln, eine Konkordanz, ein erweitertes Glossar der Meßanlässe, das *Oxford Dictionary of Saints.*

Sie sah auf und bemerkte, daß ihre Zigarette eine lange Säule an Asche hatte. Sie tippte die Asche in den Aschenbecher im Armaturenbrett und fühlte das Gebläse nach warmer Luft ab. Dann schaltete sie den Gang ein und fuhr das Auto vorsichtig entlang der Bordsteinkante. Sie war noch nie gut darin gewesen, parallel zu parken oder aus einem Parkplatz gerade herauszukommen.

Die Ampel an der Ecke von Ellery und Carter war rot. Sie hielt an und dachte: Verdammter Declan Boyd. Verdammt, verdammt, verdammt, verdammt.

Das sagte einfach alles.

Die *Sisters of Divine Grace,* wie alle anderen traditionell eingestellten Nonnenorden in den Vereinigten Staaten, hatten zu einem Kompromiß mit dem »Geist« des Zweiten Vatikanischen Konzils gefunden. Sowohl ihre Tracht als auch ihre Schweigezeiten waren gekürzt worden. Eine beachtliche Anzahl der Regeln wurde weniger streng gehandhabt, und manche waren sogar ganz beseitigt worden. Die Schwestern konnten nun ihre Familien besuchen, wann immer sie wollten, konnten Ferien machen und weltliche Bücher lesen. Die Nonnen des Klosters von St. Agnes waren besonders begeistert von den Romanen Stephen Kings. Manchmal, wenn die langen, kalten Winternächte anfingen, saßen sie um das Kaminfeuer und brachten sich gegenseitig das Fürchten bei, indem sie laut Geschichten von Vampiren und besessenen Autos vorlasen.

Das hatte allerdings zur Folge, daß die weiterhin geltenden Verbote eher schwer zu ertragen waren, wie zum Beispiel die, daß Schwestern über ihre weltliche Vergangenheit weder reden noch sie sonst »Thematisieren« sollten. Um Viertel vor zwei am Nachmittag des Karfreitags beschloß Schwester Mary Scholastica, daß dieses Verbot unmöglich hinzunehmen war.

Es war weniger als eine Stunde Zeit, bis sie die Prozession von Schulkindern anführen würde, die von der Schule von St. Agnes aus zur Kathedrale für den Kreuzweggottesdienst gehen würde. Sie hatte einen langen Tag gehabt, wobei sie nur die Hälfte dessen geschafft hatte, was sie eigentlich hätte schaffen sollen. Der Schreibtisch in ihrem Büro war immer noch mit dem Papierkram für die Erstkommunionsempfänge sowie der ebenso schwierig zu bewältigenden Sitzordnung für die Firmungsmesse bedeckt. An jedem anderen Tag hätte sie an ihrem Schreibtisch hastig ein Sandwich heruntergebracht und ohne Pause weitergearbeitet, bis Peter Rose oder Benedict Marie sie vom Schreibtisch weggezogen hätten.

Irgend jemand würde kommen müssen und sie hier wegholen. Sie wußte nicht, ob sie sich ansonsten von alleine wegbewegen würde. Sie saß an ihrem Platz im Refektorium des Klosters und sah auf zwei Listen herab, die sie auf zwei Blatt liniertem Heftpapier geschrieben hatte. Daneben lag ein ausgebleichtes, schwarzweißes Gruppenfoto, das auf ihrer eigenen Firmung gemacht worden war. Jedes der Kinder war in einer Fußzeile unten mit seinem Firmungsnamen anstelle seines normalen Vornamen aufgeführt. Das Original der anderen Liste, die den Titel »Ziegenbock« hatte, bestand aus Erinnerungen, von denen sie nicht besonders angetan war. Es war zu lange her, und es war auch nichts, dem sie besondere Beachtung geschenkt hatte. Sie nahm diese Liste, zerknüllte sie in ihrer Hand und warf sie über den Tisch.

Sie hatte das Firmungsbild aus dem Keller des Klosters hochgeholt, wo es mit all den anderen Firmungsbildern, die jemals in St. Agnes gemacht worden waren, in einem großen metallenen Büroschrank neben dem Boiler verstaut war. Dann hatte sie es heraufgebracht und ihre Liste geschrieben. Sie mußte es tun, nachdem Barry ihr sein Videotape gezeigt hatte, denn Barry hatte recht. Andy hatte sich am Tage seines Todes noch mit etwas anderem beschäftigt als mit Black Rock Park.

Der Tisch war mit diversem Müll übersät, der ihr gerade anfing, auf die Nerven zu gehen. Sie schob die Bücher beiseite, die Tom Dolan für Gregor Demarkian vorbeigebracht hatte, sowie die von Judy stammende Extraflasche Wein »für nonnenspezifische medizinische Verwendung«, und Barrys Video, das er dagelassen hatte, damit sie es in Ruhe noch einmal anschauen könnte. Sie beugte sich wieder über ihre Liste und bemerkte, daß sie mit ihrem Namen begonnen hatte und lächelte.

Ich, begann sie – welch Beispiel für Egotismus –, und Martha nach Martha und Maria.

Judy: Theresa nach der Kleinen Blume
Barry: Franz nach St. Franziskus von Assisi
Tom: Joseph nach dem Ziehvater Jesu
Peg: Clara nach St. Clara von Assisi
Andy: Thomas nach St. Thomas, dem Apostel

Sie schaute noch einmal auf die Liste und fügte dann hinzu:

Cheryl: Brigitte nach St. Birgitta von Schweden

Scholastica legte den Stift hin und schloß die Augen. Es sah Cheryl so ähnlich, sich einen solchen Namen ausgesucht zu haben, einen hübschen Namen, den Mädchen anscheinend immer haben, wenn sie die verwöhnten Töchter von toleranten Vätern waren. Cheryl war keine verwöhnte Tochter gewesen, und sie hatte auch wenig Toleranz in ihrem Leben erfahren.

Dachte man über dieses Leben und diesen Tod nach, dann war es genug, um einen verzweifeln zu lassen, dachte Scholastica.

Sie stand impulsiv auf und holte den Wein, den Judy mitgebracht hatte und ging dann zur Kommode, um einen Korkenzieher zu suchen. Der Wein war für »nonnenspezifische medizinische Verwendung« gedacht, hatte Judy das nicht so gesagt? Scholastica hatte eine nonnenspezifische medizinische Verwendung dafür, und zwar genau jetzt. In einer Stunde würde sie in das lange Fasten von Karfreitag auf Ostersamstag eintreten, und dann durfte sie überhaupt nichts mehr trinken.

Der Korkenzieher war da, wo er hingehörte. Sie öffnete den Wein und sah sich die Gläser im Schrank an. Es gab dort kleinere Gläser und große Kelchgläser, beide aus Kristall. Wenn du schon schummelst, sagte sich Scholastica, dann sollte es sich wenigstens lohnen.

Sie nahm eines der Kelchgläser und füllte es so voll, daß es schon anfing, überzulaufen.

SIEBEN

Eines der ersten Dinge, die Gregor Demarkian beigebracht worden waren, als er noch in Ausbildung beim FBI war, lautete: Man bietet niemals ungefragt Hilfe an, wenn man es mit der örtlichen Polizei zu tun hat. Das war eine gute Regel, deren Weisheit Gregor sofort erkannt hatte. Demzufolge hatte er sie, anders als viele seiner Kollegen, in seinen zwanzig Jahren als Agent nie gebrochen. Vielleicht war dies die Verbindung seiner Kindheit mit seiner Berufsausbildung. Er war in einem ethnischen Ghetto groß geworden, einem dieser Orte, wo von Einwanderern und Armen erwartet wurde, daß sie sich, während sie ihre Arbeit verrichten, versteckten. Die Außenwelt dachte, daß sie ihre Arbeit liebten, wie zum Beispiel kleine und nicht sehr profitable Restaurants zu betreiben. Zur gleichen Zeit hatte er das System der öffentlichen Schulen von Philadelphia absolviert, und zwar in einer Zeit, in der Leistung, und nicht Problembewältigung, im Blickpunkt der Lehrer stand. Von dem Tag an, an dem seine Lehrerin in der ersten Klasse merkte, daß er lesen konnte, ohne daß sie es ihm überhaupt beigebracht hatte, bis zu dem Tag, an dem der Direktor der High School den versammelten Absolventen eröffnete, daß er ein Stipendium für die University of Pennsylvania bekommen hatte, war er endgültig der entsetzlichen Litanei unterworfen: Sei gut, sei besser, sei besser als besser, sei der Beste, arbeite schwer, arbeite schwerer, arbeite am schwersten und ruhe dich nie, nie aus. Heutzutage nannten die Leute so etwas Diskriminierung, das wußte er. Warum sollten die Armen und Entrechteten besser sein als die Reichen und Privilegierten, um gleichwertig behandelt zu werden? Warum sollten ein Schwarzer, ein Spanier, oder eine Frau doppelt so viel arbeiten, um Vizepräsident werden zu können, im Vergleich zu einem hübschen Jungen von nebenan, der auf Privatschulen ausgebildet worden war? Es gab eine gewisse Logik bei dieser Argumentation, dachte Gregor. Er hatte solche Auseinandersetzungen zur Genüge kennengelernt. Rein gefühlsmäßig aber hatte er sie nie akzeptieren können. Der Hindernislauf, den er hatte laufen müssen, hatte ihm im Endeffekt gutgetan. Er hatte bei ihm Verantwortungsgefühl, Konzentration und Durchhaltevermögen zur Gewohnheit gemacht. Die Leute, die das nie durchgemacht haben, schienen ihm immer, als fehle ihnen eine Qualität, vor allem, wenn es Agenten waren – eine wesentliche Intensität, die den Unterschied zwischen einem kompetenten und einem brillanten *Detective* ausmacht. Vielen der hübschen Jungen mit der Ausbildung an der Eliteschule fehlte irgendwie die Betroffenheit in Herz und Seele. Sie hielten ihre Distanz, und somit verpaßten sie manches. Gregor dachte manchmal, sie seien Männer, die zu faul sind, die Brille aufzusetzen, die man braucht, um beim Lesetest die Buchstabentafel zu lesen.

Die andere Sache, die ihm bei seiner Erziehung zugute gekommen war, war, daß er eine Sensibilität für Spannungen innerhalb hierarchischer Strukturen entwickel hatte.

Diese Spannungen waren besonders stark zwischen Bundesagenten und örtlichen Polizisten, da beide Seiten meistens dachten, daß die Bundesagenten die wichtige Arbeit machten und die örtlichen Polizisten in der Provinzliga spielten. Wenn der Bundesagent lange genug im Spiel blieb, dann wurde er meistens eines Besseren belehrt, vor allem, wenn er dem Ressort für Verhaltensforschung angegliedert war. Die Welt hatte sich in den letzten zwanzig Jahren verändert. Selbst in kleineren Städten verbrachte die örtliche Polizei ihre Zeit nicht mehr damit, autoknackenden Teenagern hinterherzujagen oder Schlägereien in billigen Bars zu unterbinden. Sie waren in einen Krieg verwickelt, der mit Uzis und Handgranaten geführt wurde und weniger in Samstagabend-Streitereien, die ein wenig außer Kontrolle gerieten. Ihr Feind war besser ausgerüstet und besser organisiert als die meisten Regierungen. Gregor wußte, daß Kokain daran schuld war, und daran war nichts Provinzielles.

Aus diesem und so manchem anderen Grund hatte Gregor Detective Lieutenant John Smith keinen Rat geben wollen. Das Problem war allerdings, daß Gregor keine andere Möglichkeit hatte, als Smith zu bitten, ihm das zu besorgen, was er brauchte, und das bedeutete, daß er ihm einen Rat geben mußte, egal, wie dezent der ausfiele. Wenn er noch beim *Bureau* gewesen wäre, hätte er andere Quellen angehen können: Leute anrufen, die ihm das lieferten, was er brauchte, ohne den offiziellen Dienstweg zu nehmen. Gregor ging davon aus, daß ihm diese Möglichkeit immer noch offenstand. Er hatte sich frühzeitig zur Ruhe gesetzt. Viele der Männer, mit denen er zusammengearbeitet hatte und fast alle, die er ausgebildet hatte, waren immer noch im Job. Sie wären froh gewesen, für ihn ein paar Überprüfungen laufen zu lassen oder eine Bitte um Information weiterzugeben. Gregor wollte sie nicht bitten. Vor allem wollte er niemanden bitten, wenn es nicht absolut notwendig war. Hilfsbereitschaft machte sich nach einer Weile schnell rar, und es konnte einmal eine Zeit kommen, in der seine Kontakte zum *Bureau* das einzige wären, das ihm bei der Lösung eines Problems helfen könnte. Colchester hatte eine ausgesprochen gut ausgerüstete, wenn auch nicht unbedingt übermäßig kompetente Polizei. Soweit er es beurteilen konnte, war sie in der Lage, alles auszuführen, was gemacht werden mußte. Aber er befürchtete, wenn er doch das *Bureau* anspräche und Smith das herausbekäme, dann würde Smith einen Anfall bekommen.

Dies alles hatte Gregor die ganze Nacht in seinem Kopf gewälzt, in den Pausen, wenn er nicht an den Tod von Andy Walsh dachte, und er dachte jetzt immer noch daran, während er in das Großraumbüro der Mordkommission von Colchester geführt wurde. Durch das Labyrinth aus Schreibtischen kam er zu der Ecke, in die sich Lieutenant John Smith eingegraben hatte. Smith selbst hatte ihn dorthin geführt. Sein großer Körper hüpfte und sprang von einem Schreibtisch zum anderen und stellte dabei Kontakt mit jeder Menge müde aussehender Leute her, die Gregor nicht kannte und wahrscheinlich auch nie kennenlernen würde. Das Großraumbüro bot ein Bild von unentwirrbarem Chaos. Die Schreibtische waren nebeneinander eingeklemmt und zu oft gestoßen worden, so daß sie alle nicht mehr im Lot waren. Es gab allenthalben Papiere, auf Stühlen und Fenstersimsen, auf Schreibtischen, auf Ablageschränken und auf dem Fußboden. Am schlimmsten jedoch war der Krach. Die Decke des Raumes war hoch und nicht gepolstert. Die Wände waren mit einem Putz versehen, der schon seit langem ausgetrocknet war und langsam zu Staub zerfiel. Das Fensterglas war seit Bestehen des Gebäudes noch nie ausgewechselt worden und hatte daher begonnen, blind zu werden. Das Resultat war ein gigantischer Echoraum, der selbst die kleinsten Geräusche vergrößerte und wiederholte. Telefone klingelten und klingelten noch einmal und noch einmal und noch einmal. Männer brüllten und brüllten noch einmal und noch einmal und noch einmal. Eine Frau schrie und schien eine halbe Stunde weiterzuschreien. Kein Wunder, daß die *Officers* der Mordkommission von Colchester so unorganisiert sind, dachte Gregor. Sie sind ja alle von der Arbeit hier wahnsinnig geworden.

Es war zwei Uhr nachmittags, und Gregor und Smith hatten gerade drei Stunden im Keller verbracht, wo sie die Laborunterlagen und Akten des Leichenschauhauses durchgegangen waren und mit den technischen Assistenten gesprochen hatten. Im ersten Moment kam es Gregor merkwürdig vor. Es war ein ganz normaler Akt der Höflichkeit, einen Besucher erst zum Arbeitsplatz zu bringen, es sei denn, dieser Besucher war ausdrücklich gekommen, um das Leichenschauhaus zu besichtigen. Es gab immer Dinge, die vielleicht unter vier Augen besprochen werden müßten. Nun merkte Gregor, daß Smith ihm einen Gefallen getan hatte. Niemand, der dieses Großraumbüro nicht gewohnt war, würde länger darin bleiben wollen.

Smith hatte eine Ladung von Photokopien aus dem Keller hochgebracht. Er warf sie auf seinen Schreibtisch auf einen Haufen anderer Papiere und setzte sich, wobei er Gregor mit einer Handbewegung in den Zeugenstuhl einlud. Er schien von der Unordnung völlig unberührt zu sein, obwohl sein eigener Schreibtisch viel ordentlicher war als die anderen Schreibtische um ihn herum. Zwar gab es Unterlagen, die darüber verstreut waren, aber seine Stifte waren alle züchtig in einem Stiftbehälter aus Pappe untergebracht, und keine seiner Schubladen lief über. Er hatte sogar ein kleines Plastiktablett mit Fächern für Heftklammern, Gummiringe und Heftzwecken.

Gregor setzte sich in den Stuhl, den Smith ihm angeboten hatte und streckte die Beine aus. Es war bereits Nachmittag geworden, und er verspürte Hunger, aber Smith hatte von Lunch nichts gesagt. Er sagte noch nicht einmal etwas von Kaffee, was Gregor immer für überlebenswichtig für Polizisten gehalten hatte. Ohne Kaffee wären sie alle tot.

Smith wedelte mit der Hand über Unterlagen, die er gerade hingeworfen hatte, und sagte: »Sie sehen, womit wir es zu tun haben. Nikotin und Wein in der Leiche. Kein Nikotin in der Karaffe. Kein Nikotin in den Weinflaschen. Es muß Nikotin im Wein, in diesem Kelch sein, und das heißt, daß wir den Wein in diesem Kelch untersuchen müssen.«

»Ich weiß.«

»Selbst wenn wir herausfinden, wer es getan hat, ohne daß wir den Wein testen, selbst wenn Ihre Idee richtig ist, selbst wenn wir noch andere Beweise haben, an denen wir das festmachen können –«

»Ich weiß«, sagte Gregor. »Würden die Geschworenen immer noch einwenden können, daß Sie den Wein nicht untersucht haben.«

»Es wäre ja nicht so schlimm, wenn wir sicher sein könnten, daß ein Geschworenengericht voller Katholiken tagen würde«, sagte Smith. »Aber das können wir nicht. Das Gerichtssystem hier in der Gegend wird von den Gemeinden organisiert. Wir hätten zur Hälfte einen Ausschuß von ländlichen Fundamentalisten, und wenn wir denen die Haltung des Kardinals erklären, dann wären sie vollkommen aufgebracht. Sie würden denken, der Kardinal hätte den Mord begangen und würde gerade versuchen, dem Angeklagten die Tat in die Schuhe zu schieben.«

»Ich glaube nicht, daß Sie mit Katholiken mehr Glück haben werden. Viele von ihnen wissen überhaupt nicht, worum es in ihrer Glaubensrichtung überhaupt geht. Manche von ihnen wissen es und glauben trotzdem nicht daran.«

»Deswegen bin ich auch nie hinter die katholische Kirche gestiegen«, sagte Smith. »Es ist ja nicht, daß sie Leute haben, die nicht wissen, was Sie tun, oder nicht mit der offiziellen Linie übereinstimmen, sondern es ist einfach merkwürdig, daß die Kirche solche Leute nicht einfach rauswirft. Können Sie sich vorstellen, daß der Bruderorden der Hibernianer jemanden als Mitglied behält, der meint, die Briten gehören nach Nordirland? Und sowas auch noch verbreitet? Können Sie sich vorstellen, daß die Jewish Defense League jemanden als Mitglied behält, der der Überzeugung ist, Hitler hätte recht gehabt?«

»Ich glaube, Sie werden da gerade ein bißchen melodramatisch«, sagte Gregor milde.

Smith zuckte mit den Achseln. »Vielleicht. Aber ich werde Ihnen mal was sagen. Ich verbringe jede Menge Zeit damit, diesem verdammten John Kardinal O'Bannion zuzuhören. Dazu bin ich verpflichtet. Ihm gehört praktisch die ganze Stadt. Ich glaube folgendes: Wenn er alles, was er sagt, auch so meint – und er hält seinen Mund ja nicht für eine Sekunde –, dann wäre Andy Walsh nicht Priester der katholischen Kirche geworden. Ich kann es den Fundamentalisten hierzulande nicht verübeln. Diese Institution ist so merkwürdig, man kann sich nicht davon freimachen, daß das alles irgendwie sehr komisch ist.«

Gregor war immer wieder verblüfft, wie besessen die Einwohner von Colchester von der katholischen Kirche und vom Kardinal waren. Es erinnerte ihn daran, wie sehr die Engländer von der Königin besessen waren. Er fand, es war an der Zeit, das Thema zu wechseln.

»Lassen Sie uns mal in ein ertragreicheres Feld der Diskussion kommen«, sagte er und mußte dann lächeln, denn dieser Satz war eine so wunderschöne Parodie des *Bureau*-Tonfalles, was sowohl er als auch Smith wußten. »Lassen Sie uns über Cheryl Cass sprechen.«

Smith zog ein Gesicht. »Ich weiß nicht, warum Sie glauben, das wäre ertragreicher. Cass ist vor über sechs Wochen gestorben. Andy Walsh ist gestern gestorben.«

»Ich weiß. Aber wir haben doch übereinstimmend festgestellt, daß es nur noch zwei wirkliche Fragen in bezug auf den Tod von Andy Walsh gibt: warum er geschah und wie das Nikotin in den Kelch kam.«

»Vielleicht befand sich das Nikotin schon am Boden des Kelches«, sagte Smith. »Das wäre das Einfachste gewesen.«

»Das wäre unmöglich gewesen. Sie haben ja die Laborberichte gelesen. Als Andy Walsh dieses Nikotin zu sich nahm, war es praktisch unverdünnt.«

»Wenn er nur ein bißchen Wein hinein –«

»Ich habe gesehen, wie er den Wein eingegossen hat, John. Er hat sehr viel eingegossen. Und der Kelch ist groß.«

Smith seufzte. »In Ordnung. Aber ich hasse solche Fälle. Sie geben mir immer so ein Gefühl, als ob ich Columbo schaue. Und was ist mit der Ziege?«

»Ich beschäftige mich mit dem Ziegenbock«, sagte Gregor, »aber er ist bestenfalls eine Bestätigung. Lassen Sie uns zu Cheryl Cass zurückkehren. Soweit ich das beurteilen kann, hat es mit unseren Leuten überhaupt keinen Ärger gegeben, noch nicht einmal mit der katholischen Kirche, ehe sie hier auftauchte.«

»Es gibt in der Regel keinen Ärger, der mit der katholischen Kirche zusammenhinge, keinen kriminellen Ärger, nicht hier in der Gegend. Abgesehen von diesem Kram in Black Rock Park.«

»Ja, nun ja. Wir kommen auf Black Rock Park gleich zurück. Ist eins dieser Papiere, die Sie hochgebracht haben, der Autopsiebericht von Cass?«

»Ja.« Smith ging die Papiere durch, schaute sich einige kurz an, legte einige beiseite und fand dann dasjenige, auf welches Gregor aus war. Er reichte es ihm hinüber. »Daran können Sie erkennen, was damals mein Problem war. Dieser Hummer.«

Eine der Feststellungen des Gerichtsmediziners lautete, daß die letzte Mahlzeit von Cheryl Cass aus Hummer, Shrimps, Champignons, Butter und Wein bestanden hatte. Gregor wußte, warum John Smith dies beunruhigte. Nur, er verstand nicht, warum das niemand anderen beunruhigte.

»Ich bin überrascht, daß der Hummer die Selbstmordtheorie von Anfang an nicht unterbunden hat«, sagte er. »Das ist doch dann unmöglich.«

»Ich weiß. Maveronskis Gedankengang, wenn man von Maveronski behaupten kann, er denke, war, daß sie viele Leute an dem Tag gesehen hatte, und einer davon hat sie mit Hummer bewirtet und ansonsten: Na und ?«

»Und keiner von denen hat sich gemeldet?«

»Ich glaube, ich habe schon angedeutet, daß das bei Maveronski mit dem Denken so eine Sache ist.«

Gregor winkte ab. »Wo ist die Liste der Sachen, die man bei ihr fand?«

Smith grub wieder in seinen Unterlagen nach. »Hier ist sie. Es ist eine sehr kurze Liste.«

»Ich weiß.« Gregor sah sie sich mit derselben Aufmerksamkeit an, die er ihr schon unten gewidmet hatte. Ein Kamm aus Plastik. Eine Plastikhaarbürste mit Plastikborsten. Zwei Packungen Zigaretten der Marke Virginia Slims. Ein vierundzwanzigkarätiger Ehering, von dem Ringfinger ihrer linken Hand abgenommen. Eine abgetragene Tragetasche aus wattiertem Synthetikstoff. Der Bericht hätte im Grunde auch schlicht »billig« schreiben können. Gregor gab Smith die Liste zurück.

»Dieser Ehering«, fragte er, »war das ihr eigener?«

»Wir wissen nicht, ob es ihr eigener war«, sagte Smith, »aber wir wissen, daß sie ihn schon lange trug. Das steht im Autopsiebericht, wenn sie durch den ganzen Fachjargon hindurchsteigen. Die Haut des Ringfingers war darunter ganz glatt, und zwar in der richtigen Größe und Form, um vom Ring so abgenutzt worden zu sein.«

»In Ordnung. Dann frage ich mich, warum hat sie ihn nicht versetzt?«

»Ich weiß.« Smith nickte. »Vielleicht hätte ihr Mann das nicht so gut gefunden.«

»Und wo ist dann der Mann?«

»Sie hat ihn zurückgelassen, von wo auch immer sie hierher gekommen ist.« Smith wußte selber, daß das schwach war. »Sie trug den Ring an ihrem linken Ringfinger – als Ehering. Wir müssen wenigstens die Möglichkeit in Betracht ziehen, daß sie immer noch verheiratet war.«

»Ja, natürlich. Wir müssen auch die Möglichkeit in Betracht ziehen, daß sie ungewollt geschieden war. Oder daß sie nie verheiratet war und nur den Anschein gab, verheiratet zu sein.«

»Ich glaube nicht, daß sie jemand war, der den Ring behielt, nur damit die Leute glaubten, daß sie verheiratet war«, protestierte Smith. »Nicht in ihrem Zustand. Sie hätten wirklich diesen Autopsiebericht mal sehen sollen. Sie hat möglicherweise für ihre letzte Mahlzeit ein paar Meeresfrüchte herunterbekommen, aber sie war unterernährt, und sie starb an Krebs. Sie war wirklich bedürftig. Und ich habe Ihnen ja den Ring gezeigt. Der muß mehr als tausend Dollar wert sein, bei den heutigen Preisen.«

Gregor bremste sich gerade noch im richtigen Moment und sagte nicht »sehr gut«. Smith war nicht einer seiner Agenten in der Ausbildung. Smith war in keiner Hinsicht Anfänger. »Genau das wollte ich hervorheben«, sagte er, »und daß dieser Ring ihr sehr viel bedeutet haben muß. Sie zog es vor, ihn zu behalten, anstatt das Geld zu nehmen, das er gebracht hätte, obwohl sie so pleite war, daß sie sich noch nicht einmal selber ernähren konnte. Irgendwo da draußen gibt es einen Mann, den sie mehr geliebt hat als sich selbst. Vielleicht liebt er sie immer noch.«

»Was würde uns das bringen?«

»Ein bißchen Hintergrundinformation, vielleicht. Haben Sie schon mal daran gedacht, das national publik zu machen?«

»Sie meinen, zum FBI gehen und die bitten, ihre Beschreibung in Umlauf zu bringen?«

»Warum nicht? Die werden sogar mehr tun, als nur ihre Beschreibung in Umlauf zu bringen. Wenn Sie an ein Faxgerät herankommen, dann werden die auch ihr Bild rumschicken. Wenn Sie denen sagen, daß es sich hier um eine Morduntersuchung handelt, dann geben die sich vielleicht sogar Mühe.«

Dieser Versuch, ihm hintenherum einen Rat zu erteilen, hatte nur zum Teil funktioniert. Smith war zwar nicht beleidigt, aber er war auch nicht überrumpelt. Er sah Gregor nur mit einem Ausdruck skeptischen Amüsements an.

»Ist Ihnen sonst noch was eingefallen, was uns entgangen sein könnte?«

Gregor wurde rot. »Nun ja«, sagte er, »ich habe an noch eine Möglichkeit gedacht.«

»Und die wäre?«

»Die könnte auch danebenliegen. Erinnern Sie sich noch an das Datum von Aschermittwoch?«

Smith konnte sich nicht erinnern, aber er hatte, wie jeder der anderen Detectives im Raum, einen Kalender auf seinem Schreibtisch, ein Geschenk der Erzdiözese von Colchester. Die Erzdiözese schien sie kistenweise an die Polizei geschickt zu haben. Smith blätterte die Seiten bis zum Februar zurück und sagte: »Der dreizehnte des vergangenen Monats. Das war der Aschermittwoch.«

»Gut. Dann war der Sonntag darauf der siebzehnte.«

»Stimmt. Das ist der Tag, an dem wir Cheryl Cass' Leiche gefunden haben.«

»Es ist außerdem der Tag, an dem ein Hotel in der Nähe der Kathedrale namens The Maverick wegen Renovierungsarbeiten geschlossen wurde. Die haben in der ganzen Stadt dafür Hinweisschilder aufgestellt.«

»Ich weiß«, sagte Smith, »aber wir haben das Maverick überprüft. Wirklich.«

»Wie haben Sie es überprüft?«

Smith dachte nach. »Nun ja, als wir da hinkamen, hatte es schon geschlossen. Das war am Montag, dem achtzehnten, bin ich fast sicher. Wir haben uns den Manager geschnappt und haben ihm ein paar Fragen gestellt, auf die er keine Antworten wußte. Manager in Läden wie dem Maverick verbringen nicht sehr viel Zeit am Empfangscounter. Und wir haben das Gästeverzeichnis überprüft.«

»Das habe ich mir schon gedacht«, sagte Gregor. »Beruhigen Sie sich, John. Ich bezichtige Sie nicht der Fahrlässigkeit. Das hätte ich zunächst auch getan, und Sie hätten danach keine große Chance mehr gehabt, nachdem Ihre ganze Behörde von der Selbstmordtheorie überzeugt war. Aber denken Sie mal nach. Woher wissen wir, daß der Name dieser Frau Cheryl Cass war?«

»Mrs. Monaghan hat es uns gesagt«, antwortete Smith prompt.

»Richtig. Und Mrs. Monaghan ist jemand, der Cheryl Cass in der High School kannte und seither keinen Kontakt mehr mit ihr hatte. Cass war der Mädchenname von Cheryl Cass.«

»Ach du liebes bißchen«, sagte Smith. »Und mit diesem Ehering –«

»Es ist nicht völlig auszuschließen, daß sie ihren Ehenamen benutzte«, führte Gregor zu Ende.

»Wenigstens weiß ich, daß sie nicht den Namen ›Cheryl‹ benutzte«, sagte Smith, »und sie hat auch keinen Namen mit dem Anfangsbuchstaben ›C‹ benutzt. Es gab keine Cheryls, ich habe alle Namen mit ›C‹ überprüft.«

»Von dem, was ich über Cheryl Cass erfahren habe, würde es mich nicht erstaunen, wenn sie sehr konventionell mit der ganzen Sache umgegangen wäre und sich Mrs. Earl Jones oder Mrs. Harold Doe nennen würde. Bei den Hotels, die noch offen hatten, haben Sie da die diensthabenden Mitarbeiter gefragt, ob sie sie gesehen haben? Haben Sie ihnen ein Bild gezeigt?«

»Selbstverständlich.«

»Das dachte ich mir«, sagte Gregor. »Was ist mit dem Maverick?«

»Ja, ja, das haben wir auch. Und das war nicht besonders einfach, kann ich Ihnen sagen.«

»Sie hat sich wahrscheinlich nicht selbst angemeldet. Das würde keinen Sinn ergeben, wenn sie das gemacht hätte, nicht, wenn das Hotel, in dem sie kurz vor ihrem Tod eine Nacht verbracht hat, das Maverick oder ein ähnliches Hotel war. So, wie sie aussah, hätten die sie wahrscheinlich gar nicht aufgenommen. Und sie selbst hätte wahrscheinlich Angst gehabt zu fragen. Was wir jetzt tun müssen, ist, die Adressen zu überprüfen und auch die Namen in den Gästeverzeichnissen. Dann denke ich, daß wir am besten noch einmal Mitarbeiter fragen und ihnen Bilder von all denen zeigen, die in den Mordfall Andy Walsh involviert waren –«

»Von allen? Selbst vom Kardinal?«

»Selbst vom Kardinal.«

John Smith grinste. Es war das Grinsen eines Mannes, dessen tiefster, geheimster, unmöglichster Wunsch endlich erfüllt worden war, mit Zins und Zinseszins.

»Oh, das gefällt mir«, sagte er. »Das gefällt mir sehr gut. Ich werde von einem Ende dieser Stadt zum anderen marschieren, mit dem Bild des Kardinals in der Hand, und werde sagen: ›Entschuldigen Sie, Ma'am, aber wir untersuchen gerade einen Mordfall und hätten gerne gewußt, ob Sie diesen Mann in der Nähe vom –‹«

»John«, warnte ihn Gregor.

»Verderben Sie es mir nicht«, sagte John. »Ich arbeite unheimlich gerne mit Ihnen zusammen. Das hier ist wunderbar. Gibt es noch irgend etwas anderes, womit ich Ihnen dienen kann?«

»Ja, gibt es. Ich möchte die Untersuchungsakte über Cheryl Cass.«

»Die habe ich gleich hier«, sagte Smith. Er öffnete die mittlere Schublade seines Schreibtisches, holte eine Akte heraus, die so dünn war, daß sie genausogut auch hätte leer sein können, und warf sie in Gregors Schoß. Dann sagte er: »Lesen Sie das mal. Ich gehe mal eben über die Straße und hole uns was Chinesisches.«

Gregor war sich nicht so sicher, ob er wirklich etwas Chinesisches wollte, aber er mußte zugeben, daß es immerhin einen Vorteil hatte. Es war sehr wahrscheinlich, daß darin haufenweise Leckereien enthalten sein würden, die eigentlich in seiner Fastenzeit nicht erlaubt waren. Er beobachtete, wie Smith das Großraumbüro verließ und dabei auf dem Weg mit einem halben Dutzend Leuten Kontakt aufnahm und beugte sich dann über die Akte und ermahnte sich selbst zur Konzentration. Das war nicht so einfach. Sein Frühstück hatte aus einer Tasse Kaffee bestanden. Sein Abendessen gestern abend war lediglich ein Haufen Bohnen gewesen. Sein Magen fühlte sich so breit, tief und leer an wie eine tiefe Schlucht.

Die Cass-Akte war ebenfalls breit, tief und leer – nicht unvollständig, aber frei von Überraschungen, wie die deprimierenden Fernsehspiele, die man spätnachts in den öffentlich-rechtlichen Fernsehsendern ausstrahlte.

Gregor glaubte nicht an die Vorbestimmung im Schicksal eines einzelnen, ob Mann oder Frau. Er dachte nicht, daß Kindheit und Umwelt die unabänderlichen Determinanten im Leben irgend einer Person waren. Er dachte aber, daß Cheryl Cass eine ganz andere Person hätte sein müssen, um den alltäglichen Auswirkungen ihrer Einflüsse zu entkommen. Um es deutlich zu sagen, war alles an ihrem Leben, vom Tag ihrer Geburt an, ein scheußliches Durcheinander.

Sie war als Tochter eines Alkoholikerpaares geboren worden und aus der Klinik in eine Mietwohnung gebracht worden, die gerade innerhalb der Gemeindegrenze von St. Agnes lag. Die Wohnung hatte sich über einer Kneipe befunden, und der Eigentümer der Kneipe schien die meiste seiner Zeit in den ersten sechs Jahren von Cheryls Leben damit verbracht zu haben, die Polizei wegen Cheryls Vater zu rufen. Die Liste von Polizeiberichten und Anzeigen war erschreckend lang. Cheryls Vater war nicht nur ein heftiger Säufer, sondern auch noch ein bösartiger obendrein. Er brüllte, er stampfte, er schlug und zerstörte. Einmal warf er ein Sofa durch das Wohnzimmerfenster. Es fiel ein Stockwerk tief auf die Straße und zerschmetterte zwei parkende Autos. Zweimal brach er den Unterkiefer von Cheryls Mutter und dreimal ihren linken Arm, so daß sich neben dem Verweis auf die Polizeiberichte ein weiterer Hinweis auf das Verzeichnis des Krankenhauses von Verletzungen befand. Selbst in den Tagen von relativer Gleichgültigkeit gegenüber mißhandelten Frauen hatte die Polizei von Colchester aber auch gar nichts mit Richard Cass anzufangen gewußt.

Dann, als Cheryl zehn war, verschwand Richard Cass. Ob er sich verdünnisiert hatte oder gestorben war, konnte Gregor aufgrund der Informationen, die Smith ihm gegeben hatte, unmöglich entscheiden. Aus welchem Grund auch immer, war er fort, und Cheryl und ihre Mutter befanden sich auch nicht mehr in der Wohnung über der Kneipe. Sie waren in ein gemietetes Haus umgezogen, das sich »um die Ecke von der Kirche« befand.

Die Dinge hätten eigentlich ein bißchen besser werden können, aber daraus wurde nichts. Myrna Cass war ebenfalls Alkoholikerin. Anstatt jedoch ihre Sucht in Aggressivität auszuleben, liebte sie Männer. In dem Jahr, in dem Cheryl zehn Jahre alt war, wurde Myrna wegen Prostitution dreimal verhaftet. In dem Jahr, in dem Cheryl zwölf Jahre alt war, wurde Myrna achtmal wegen Prostitution verhaftet. Und als Cheryl sechzehn Jahre alt war, wurde Myrna nicht wegen Prostitution festgenommen, sondern wegen mehrfachen Ladendiebstahls. So oft eigentlich, daß Gregor sich fragte, ob sie es irgendwann überhaupt einmal geschafft hatte, wirklich etwas mitgehen zu lassen.

Sechzehn, dachte Gregor, war das entscheidende Jahr. In dem Jahr wäre Cheryl in ihrem Junior-Jahrgang in der High School gewesen. Am Ende dieses Jahres war der Vorfall im Black Rock Park gewesen. Gregor dachte, er wüßte, wie das vor sich ging: Myrna ließ sich gehen, ihr war nicht mehr zu helfen oder zu vergeben, sie war hoffnungslos – und auch Cheryl war ohne Hoffnung, sie klammerte sich an die einzige Art von Liebe, die man ihr jemals angeboten hatte: auf den Rücksitzen von Autos und auf dem kalten Boden unter den Tribünenplätzen von Footballfeldern. Das Stadtflittchen, die Tochter des Stadtsäufers, gut genug für eine schnelle Rein-und-raus Nummer, aber nicht gut genug, um zum Ball eingeladen zu werden. Gregor blätterte ans Ende der Akte.

Das Ende war noch unbefriedigender als der Anfang, obwohl eine Sache auffiel. Es war ihm wiederholt und von mehr als nur einer Person gesagt worden, daß Cheryl Cass nach ihrem Junior-Jahr »aus der Schule ausgestiegen war«. Der Akte zufolge stimmte das nicht ganz. Am Ende ihres Junior-Jahres, drei Wochen vor dem Vorfall im Black Rock Park, hatte sich Cheryl für das Senior-Jahr an der *Cathedral Girls' High School* eingetragen. Sie hatte ein Stipendium bekommen – ein Gnadenstipendium, beschloß Gregor, wenn man die vagen Hinweise auf ihre Schulnoten in Betracht nahm –, und sie hatte ihrer Direktorin (selbstverständlich eine Nonne) gesagt, sie beabsichtige, es wieder zu versuchen. Dann, als das Schulsemester im September begann, erschien sie nicht. Sie hatte niemanden benachrichtigt, oder mit jemandem gesprochen, oder in irgendeiner Hinsicht eine Erklärung dafür gegeben. Wenn das der Fall gewesen wäre, dann müßte es in der Akte zu lesen sein, denn sie war ansonsten vollständig. Irgendwann zwischen dem Vorfall von Black Rock

Park und dem 11. September desselben Jahres war Cheryl Cass verschwunden.

Gregor überprüfte es noch einmal. Ja, da stand es. Cheryl Cass war am 9. Juni festgenommen worden, weil sie ein öffentliches Ärgernis am Lake Diantha erregt hatte. Der Vorfall im Black Rock Park, so wurde allgemein angenommen, hatte sich am 12. Juni ereignet, da die Tierkadaver am nächsten Tag in ziemlich frischem Zustand gefunden worden waren. Gregor überprüfte die Verweisnummer neben der Zeile zum Ereignis vom 9. Juni, lieh sich einen Stift aus John Smiths Stifthalter und ein Stück Papier von seinem Notizblock und schrieb sie auf. Es war nicht unüblich, daß jemand wegen der Erregung öffentlichen Ärgernisses ganz alleine festgenommen wurde, aber er wollte trotzdem den ganzen Bericht darüber lesen. Von dem, was Judy Eagan, Schwester Scholastica und Peg Morrissey Monaghan gesagt hatten, hatte er den Eindruck, daß es genau in die Zeit fiel, in der Tom, Barry und Andy Cheryl sexuell belagert hatten. Wenn das stimmte, dann wäre Cheryl möglicherweise am Lake Diantha nicht alleine gewesen.

Wenn er schon einmal dabei war, überlegte sich Gregor, wollte er auch die Akte über Black Rock Park lesen. Er war inzwischen bereit, John Smiths Beurteilung von Andy Walshs Ermordung zu teilen sowie die des Kardinals. Warum auch immer er geschehen war, er hatte nur indirekt mit den geschlachteten Tieren im Black Rock Park zu tun. Indirekt war allerdings auch ein anderes Kapitel. Black Rock Park war wie ein großer Leuchter, der in einem sehr engen Flur von der Decke hing. Seine Anwesenheit war unausweichlich und bedrückend, aufdringlich und fordernd. Das Schlimmste an Black Rock Park war, daß man nicht davon wegkam, egal, was man versuchte.

Er sah auf, dehnte seine Arme und Beine und war froh,

Smith zu sehen, wie er ins Großraumbüro zurückkehrte, mit einer großen, weißen, fettigen Papiertüte, die bis an den Rand mit weißen Kartons gefüllt war. Genau, was ich jetzt brauche, dachte Gregor. Etwas Richtiges zu essen und eine Chance, noch ein paar Informationen einzuholen.

Smith lief genau auf den Schreibtisch zu, wobei er mit niemandem sonst im Büro Kontakt aufnahm, und warf die Tüte voll Kartons in seinen Stuhl. Er war außer Atem und rot im Gesicht, als ob er die vier Treppen in die Mordkommission hochgelaufen wäre, anstatt den Aufzug zu nehmen.

»Kommen Sie«, sagte er, »wir müssen los. Ich bin Janice von der Disposition im zweiten Stock begegnet.«

»Wer ist Janice von der Disposition?«

»Die Frau, die mir sagte, daß wir jetzt eigentlich woanders sein sollten. Kommen Sie jetzt bitte, um Gottes willen? Es hat noch einen gegeben.«

Gregor fragte, obwohl er bereits die Antwort kannte. »Noch einen was?«

Smith griff sich seine Jacke von der Rückenlehne seines Stuhls. »Noch einen Mord. In St. Agnes. Wir müssen uns bewegen. Wir müssen dahin, ehe Maveronski davon hört.«

TEIL DREI

Karfreitag bis Ostersamstag

Dies ist das Passahfest des Herrn: Wenn wir die Erinnerung seines Todes und seiner Auferstehung ehren, indem wir sein Wort hören und sein Geheimnis feiern, dann können wir zuversichtlich sein, daß wir an seinem Sieg über den Tod teilhaben werden.

aus der Ostervigil, dem Auferstehungsamt

EINS

Zuerst dachte Gregor, daß es da einen Irrtum gegeben haben müßte. Es gab keinen Mordfall in St. Agnes. Es gab da irgendeine Art von medizinischem Notfall, eine Krise, eine Frage von Leben und Tod, die bislang noch unentschieden war. Nur das konnte die Tatsache begründen, daß die Ambulanzwagen, die an der Straßenseite außerhalb des Haupteinganges geparkt hatten, immer noch ihre Leuchten drehen und ihre Sirenen kreischen ließen. Dort standen sechs Krankenwagen und nur ein Polizeiauto. Was auch immer dort geschehen war, es brachte die Sanitäter aus dem Konzept. Sie wuselten mitten im Hof umeinander herum, rauchten verstohlen ihre Zigaretten und stampften mit den Füßen auf den Boden. Es schneite immer noch kräftig, und der Schnee fiel in die Aufschläge ihrer Hosen und über ihre Stiefel, so daß ihre Füße wie unförmige Kuchen aussahen, die mit Zuckerguß überzogen wurden. Hinter ihnen stand die Tür zum Kloster offen. Frauen gingen dort ein und aus mit dem raschen Gang, der exklusiv den Krankenschwestern einer Notaufnahme eigen ist.

In der Mordkommission von Colchester hatte Gregor,

ohne darüber nachzudenken, angenommen, daß der Mord in der Kirche von St. Agnes passiert war. Jetzt, während Smith seinen nicht gekennzeichneten Ford zwischen den Bussen und den Ambulanzen einfädelte, sah er, daß um die Kirche herum nicht die geringste Aktivität zu bemerken war. Die Vorder- und die Seitentüren waren alle geschlossen. Die Fenster waren ohne Licht. Smith schoß zwischen den Polizeiwagen und einem Porsche mit dem Schild »Arzt im Einsatz« durch und stoppte vor der Kirchentreppe. Es war der einzige freie Platz am Straßenrand, und es gab nicht viele davon. Smith mußte so parken, daß sein Wagen in die Ellery Street hinausschaute.

»Jesus Christus«, sagte er. »Was ist denn hier los?«

»Wer auch immer es ist, er oder sie ist noch nicht tot«, sagte Gregor.

Smith schnaubte Luft durch die Nase, drehte den Motor ab und riß die Tür auf. »Wenn es Nikotin war, dann ist er oder sie definitiv tot. Da bin ich sicher.«

Gregor wußte, daß dies, strenggenommen, nicht ganz stimmte. Es gab Gegengifte für eine Nikotinvergiftung. Die Schwierigkeit bestand darin, daß sie sehr schnell gegeben werden mußten, fast schon, ehe das Opfer die Wirkungen des Gifts überhaupt spürte. In einem Mordfall war das sozusagen unmöglich. Der Mörder müßte noch anwesend sein, seinem Opfer dabei zusehen, wie es den Todestrank einnimmt, und dann in letzter Sekunde seine Meinung ändern. Und er müßte das Gegengift kennen.

Er müßte, sie müßte, dachte Gregor. Er sollte sich nicht in diese linguistischen, pronominalen Fallstricke verwikkeln. Man konnte da leicht einem Irrtum unterliegen.

Er stieg aus dem Auto und folgte Smith durch das Tor in den Hof. Niemand versuchte, ihn aufzuhalten, weil auch niemand in der Nähe war, der die nötige Autorität besessen hätte. Die Polizisten, die zu dem schwarzweißen Polizeiauto gehörten, waren nirgendwo zu sehen. Gregor ging an den Sanitätern vorbei und streifte eine Krankenschwester, die in Richtung Ambulanzwagen ging. Dann ging er zur Vordertür des Klosters und schaute hinein.

Was er hier erwartet hatte, wußte er nicht. Eine Menge Leute vielleicht, die durcheinanderstoben und wichtig aussahen. Statt dessen sah er nur John Smith und Schwester Scholastica, die sich gegenseitig über eine leere Eingangshalle hinweg anstarrten.

»Jesus Christus«, sagte Smith gerade, »für wen hält sich diese Frau eigentlich? Es hat hier einen Todesfall gegeben, um Himmels willen.«

»Es hat hier einen Toten gegeben«, sagte Scholastica. »Halten Sie den Mund und verschwinden Sie. Halten Sie einfach den Mund und verschwinden Sie.«

»Ich verschwinde nirgendwohin, verdammt noch mal. Es hat hier noch einen Mord gegeben.«

Das konnte noch Stunden so weitergehen, dachte Gregor. Scholastica war hysterisch und Smith kurz davor. Er fragte sich, was in der kurzen Zeit, in der er Smith aus den Augen gelassen hatte, geschehen sein konnte. Er war über die Notfall-Atmosphäre in der Eingangshalle verwundert, die wie eine dicke Rauchwolke im Raum hing und umnebelnd wie eine Droge war. Die Szenerie hatte auch ihn ergriffen.

Smith und Scholastica standen sich noch immer gegenüber und merkten nicht, daß er in der Tür stand und ihnen zusah. In einer oder zwei Minuten würden sie wieder anfangen, sich anzubrüllen. Gregor räusperte sich.

Es dauerte länger als gut gewesen wäre. Sie waren vollkommen aufgebracht, und jeder zögerte damit, den Streit beizulegen. Auf eine bestimmte Weise hatte ihnen der

Streit als Anästhesie gedient. Denn solange sie sich stritten, waren sie für eine Weile vor dem, was hier passiert war, geschützt.

Irgendwann gaben sie dann beide auf. Gregor stand nur ein paar Meter von ihnen entfernt. Beide wußten, daß er da war. Sie drehten sich um und sahen ihn an. Dann setzte sich Schwester Scholastica in den einzigen Stuhl der Eingangshalle, legte ihr Gesicht in ihre Hände und fing an zu weinen.

»Oh, lieber Gott«, sagte sie. »Ich werde damit nicht fertig. Ich werde damit nicht fertig. Ich kann nicht mehr.«

Gregor sah John Smith fragend an, und Smith zuckte mit den Achseln. »Es ist diese Frau, diese Schwangere, Peggy Irgendwas.«

»Peg Morrissey.« Scholastica blickte auf. »Peg Monaghan, meine ich. Ich vergesse das immer. Ich – sie war im Wohnzimmer und ich – ich kam von hinten und ging zur Tür und da war sie – da war sie – so vornüber gebeugt und dann – dann habe ich – da sind die Babies und ich –«

»Mrs. Monaghan erwartete Zwillinge«, sagte Smith. »Die Ärztin da drin versucht gerade, sie zu retten. Mrs. Monaghan ist tot.«

Gregor nickte. Das erklärte natürlich alles: die Ambulanzwagen, den Notzustand, sogar Smiths' beginnende Hysterie. Der Gedanke daran brachte selbst Gregor fast an den Rand der Hysterie. Er kam in die Eingangshalle und schloß die Tür. Während dessen kam eine Krankenschwester aus einer Tür am hinteren Ende des Flurs und streifte ihn auf ihrem Weg. Sie hatte geweint und nichts dagegen unternommen. Die Tränen hatten wurmartige Rinnsale im pfannkuchendicken Make-up auf ihrem Gesicht hinterlassen. Ihr Mund war grimmig.

Scholastica schaute zu ihr, als sie vorbeikam. Nun wandte

sie Gregor den Kopf zu und sagte mit einer Stimme, die so ruhig war, daß sie durch Mark und Bein ging: »Es wird nicht funktionieren, wissen Sie. Ich wußte das von Anfang an. Sie haben zu lange gebraucht, um herzukommen.«

»Sie scheinen aber noch nicht die Hoffnung aufgegeben zu haben«, sagte Gregor sanft.

»Ich glaube nicht, daß die mit Hoffnung arbeiten«, sagte Scholastica. »Diese Ärztin da vor allem. Ich glaube, sie tut einfach, was sie tut und tut es weiter, bis irgend etwas sie zum Aufhören bringt.«

»Der Tod der Kinder könnte sie zum Aufhören bringen.«

»Ich weiß. Aber was wird das schon ausmachen, selbst wenn sie es schaffen? Peg war im neunten Monat, aber sie werden das Gift auch in ihrem Organismus haben. Und sie werden neun Geschwister haben und einen Vater, der zwei Jobs hat und keine Mutter.«

Das hörte sich an wie eine Szenenbeschreibung aus einer Seifenoper. Gregor mußte sich daran erinnern, daß Pathos nicht einem Mangel an Realität gleichzusetzen war. Wie melodramatisch es auch sein mochte – das, was hier gerade passierte, war sehr, sehr real.

»Ich glaube, das ist eine Spekulation, die Sie sich für später aufheben sollten«, sagte er Scholastica, »bis Sie wissen, was passiert ist. Jetzt darüber nachzudenken, wird niemandem weiterhelfen. Sie werden sich nur beunruhigen.«

»Ich bin schon beunruhigt«, sagte Scholastica. Smith schnaubte schon wieder Luft durch die Nase, aber sie bemerkte ihn nicht. Sie sah auf die Vordertür, an der ein Kruzifix aus Walnußholz und Gold hing. Es war nicht besonders groß oder besonders liebevoll gearbeitet. Das Christusgesicht hatte weder eine eigene Persönlichkeit noch irgend etwas Besonders. Im Gegensatz zu anderen Darstellungen sah es leblos aus. Scholastica schien trotzdem damit Zwiesprache zu halten.

Nach einer Weile schüttelte sie ihren Kopf und ihre Schultern und stand auf. Sie ignorierte John immer noch. Sie benahm sich tatsächlich so, als wäre er nicht anwesend.

»Wissen Sie«, sagte sie zu Gregor, »ich habe was für Sie. Tom Dolan hat sie gegen Mittag vorbeigebracht.«

»Bücher«, stimmte Gregor ihr vorsichtig zu. »Der Kardinal hat versprochen, sie mir zu leihen.«

»Tom hat versucht, sie im Rosary House abzugeben, aber die Schwester war nicht da. Er dachte nicht, daß es Ihnen etwas ausmachen würde, wenn er sie bei mir ließe.«

Selbstverständlich, dachte Gregor, würde es nichts ausmachen. Niemandem würde es etwas ausmachen. Es war schmeichelnd, daß Dolan sich in seinem völlig unmöglichen Tagesplan Zeit genommen hatte, um die Bücher persönlich vorbeizubringen. Selbst wenn er keine andere Wahl gehabt hätte – und so, wie die Kanzlei unter Personalmangel litt, hatte er keine – hätte er doch immer noch die Möglichkeit gehabt, bis nach dem Kreuzweggottesdienst zu warten, bis alles sich etwas beruhigt haben würde. Aber worauf wollte Scholastica hinaus? In diesem Moment und an diesem Ort, wieso kümmerte sie sich so um die Bücher?

Sie war aus ihrem Stuhl aufgestanden und in die Halle hineingegangen. Wenn die Krankenschwester zurückkäme oder eine andere versuchen würde, hinauszugehen, würden sie unweigerlich mit Scholastica zusammenstoßen. Die Krankenschwestern vergeudeten momentan keine Zeit mit solchen Trivialitäten. Scholastica bemerkte überhaupt nicht, daß sie einen Notausgang blockieren könnte. Sie sah auf die gerahmte Ikone an der Wand. Es war eine Madonna mit Kind.

»Die Bücher befinden sich im Eßzimmer«, sagte sie. »Es ist der einzige Raum in diesem Stock, der nicht von irgend jemandem in Beschlag genommen wurde. Die Ärztin ist in der Küche. Die Polizei ist im Wohnzimmer, denn dort war Peg, als sie – starb.«

»Und?« fragte Gregor.

»Ich denke, Sie sollten ins Eßzimmer kommen und diese Bücher holen.« Scholastica wandte sich um und sah Smith an. Sie hatte seine Anwesenheit keineswegs vergessen. Sie hatte ihn nur mit ihrem Willen als nicht anwesend verbannt. »Nur Sie. Er nicht«, sagte sie.

Gregor war die Flutwellen an Emotionen, die eine Morduntersuchung begleiteten, gewohnt. Niemand, der in einen Mordfall hineingeriet, schaffte es, für länger als zwei Minuten hintereinander psychologisch konsistent zu bleiben, vor allem in der ersten Stunde nach einem Todesfall oder nach der Entdeckung eines Todesfalles. Was ihn an Scholastica störte, war, daß sie ziemlich flatterhaft und deswegen besonders zerbrechlich wirkte. Es war keine gute Idee, diese Madonna mit Kind anzustarren, dachte er. Er folgte ihr die Halle hinunter in den einen Raum des Klosters, den er schon kannte. Es war das Eßzimmer, in dem er an seinem ersten Morgen in Colchester gefrühstückt hatte. Mit dem ungedeckten Tisch und ohne Tischtuch sah es eher dürftig aus.

Es gab auf der Anrichte eine Kaffeemaschine mit einer vollen Kanne, die auf der Platte warmgehalten wurde. Scholastica holte zwei Tassen und Untertassen aus einem Hängeschrank über der Anrichte und goß eine Tasse voll.

»Möchten Sie einen Kaffee?« fragte sie ihn. »Sie müssen

ihn schwarz nehmen. Sahne und Zucker wurden nach dem Mittagessen in der Küche verstaut, und ich könnte nicht –«

»Ich denke nicht, daß Sie das tun sollten«, sagte Gregor schnell. »Ich glaube auch nicht, daß Sie von diesem Kaffee trinken sollten. Wenn dieser Tod mit den anderen Todesfällen zu tun hat, dann wird Mrs. Monaghan vergiftet worden sein. Wir wissen noch nicht, worin sich das Gift befand.«

»Es befand sich nicht im Kaffee.« Scholastica lächelte bitter. »Peg hat nämlich nichts davon getrunken, verstehen Sie. Sie wollte hereinkommen und mich besuchen, aber sie ist nie hierher gekommen. Ich war in diesem Raum kurz bevor ich sie gefunden habe, wie sie da am Tisch einfach saß und – nachdachte.«

»Der Kaffee –«

»War die ganze Zeit über hier, während ich auch hier war.«

»Was wäre, wenn der Mörder durch die Hintertür hereingekommen wäre, während Sie die Polizei anriefen oder die Ärzte? Was wäre, wenn er oder sie beschlossen hätte, daß es jetzt ausreichend ungeklärte Vergiftungen gegeben hätte, so daß es mal nett wäre, wenn dieses eine Mal die Polizei herausfinden könnte, worin sich das Gift befand?«

»Das Gift, das Andy getötet hat, befand sich im Kelch. Das wissen wir alle.«

»Das ist nur in einem Eliminierungsverfahren erschlossen worden. Wenn der Kardinal durchsetzt, was er durchsetzen will, dann wird es auch auf keine andere Art und Weise bewiesen werden.«

Scholastica sah den Kaffee an, schüttelte den Kopf und stellte ihn beiseite. Dann reichte sie noch einmal in den Hängeschrank hinein und holte eine Packung Zigaretten hervor.

»Komisch, ich habe die Lust auf Kaffee verloren. Judy hat die Packung hiergelassen. Es ist kein guter Stil, in Nonnentracht zu rauchen, aber ich rauche trotzdem.«

Sie nahm eine der Untertassen, um sie als Aschenbecher zu benutzen, stellte sie auf den Tisch und setzte sich. Gregor setzte sich ihr gegenüber. Er wartete, während sie sich eine Zigarette anzündete und Rauch in die Luft blies.

»Was wissen Sie über diesen Zwischenfall in Black Rock Park?« fragte sie ihn.

Es war keine gute Idee, einen Zeugen merken zu lassen, daß man überrascht war. Das ließ sie entweder schweigen oder lügen. Aber er war einfach erstaunt. Er hatte nicht erwartet, noch mehr über Black Rock Park zu erfahren.

»Es kommt darauf an, was sie unter ›wissen‹ verstehen«, sagte er und zwang sich, dabei so langsam wie möglich zu sprechen. »Ich habe natürlich die Version der Polizei gehört. Ausgesetzte Hunde und Katzen, denen die Kehle durchgeschlitzt wurde. Jede Menge Tierblut und Kadaver. Eine Lavaliere vom Junior-Ball der *Cathedral Girls' High School.* Ich hatte den Eindruck, daß die Polizei irgendeinen sicheren Hinweis darauf hatte, daß diese Lavaliere ein Erinnerungsstück von diesem Ball war.«

»Ganz einfach. Sie war mit dem Schulwappen gestempelt, dem Datum und den Worten ›Frühling in Venedig – der Ball‹. Das war das Motto unseres Junior-Balls. Frühling in Venedig.«

»Mit ›unser‹ meinen Sie Ihren, den von Judy Eagan und Peg Monaghan.«

»Und auch von Cheryl Cass. Natürlich ist Cheryl nicht hingegangen. Niemand hätte sie dazu eingeladen, und sie hätte auch nicht das Geld für ein Kleid oder für die Eintrittskarten gehabt. Selbst Tom hätte sie nicht mitgenommen, und er stand sich besser mit Cheryl als wir anderen.«

»Was meinen Sie mit ›besser‹?«

Scholastica seufzte. »Manchmal frage ich mich, wieso man mich überhaupt in diesen Orden zugelassen hat. Es kann nicht wegen meiner Menschlichkeit gewesen sein. Davon hatte ich nichts. Ich habe auch heute nichts davon. Wir gingen schrecklich mit Cheryl um, alle sechs von uns. Von Anfang an. Schon in der Grundschule.« Scholastica stand auf, wandte sich um und griff noch einmal hinten in den Schrank hinein. Sie holte etwas hervor, was aussah wie eine große Pappschachtel. »Hier«, sagte sie und ließ es vor Gregor fallen. »Das ist es, was ich heute nachmittag gemacht habe, anstatt das zu tun, was ich eigentlich machen sollte. Ich schaute mir das an.«

»Das« war ein Schwarzweißfoto von uniformierten Schulkindern, die auf einer wacklig aussehenden Tribüne saßen. Gregor sah sich die Bildunterschrift an. Die Namen sagten ihm nichts.

»Was ist das?« fragte er Scholastica.

»Das ist ein Bild von unserem Firmungsunterricht. Die Namen unten sind unsere Firmungsnamen. Man bekommt da einen besonderen Namen, Sie wissen doch, wie das funktioniert, eine Art religiösen Namen. Ich – warten Sie.« Sie langte in ihre Tasche und holte ein gefaltetes Stück liniertes Notizpapier hervor. »Hier. Ich habe uns alle aufgeschrieben. Richtige Namen und Firmungsnamen. Cheryl ist die zweite von rechts in der vordersten Reihe. Ihr Firmungsname war Birgitta.«

Gregor sah auf das Bild und dann auf das Notizpapier und wieder zurück. »Kann ich diese Dinge einmal behalten?« bat er. »Nicht lange. Über Nacht würde mir schon reichen.«

»Solange Sie mir das Bild wiedergeben, gerne«, sagte Scholastica. »Das Bild gehört nicht mir. Es gehört dem Kloster.«

»Ich werde gut darauf aufpassen.«

»Wir waren alle zwölf, als es aufgenommen wurde«, sagte Scholastica, »genau in dem Alter, in dem Kinder zu Teenagern werden und die Schafe von den Ziegen getrennt werden. Wir waren auf jeden Fall die Schafe, wir sechs. Andy, Barry, Tom, Peg und Judy und ich.«

»Und Cheryl Cass war eine der Ziegen.«

»Wenn Sie denken, das wäre der Grund, aus dem Andy den Ziegenbock in die Kirche geholt hat, dann denken Sie das ruhig. Ich habe darüber auch nachgedacht. Irgendwie glaube ich nicht daran. Aber um Ihre Frage zu beantworten, ja. Cheryl war eine der Ziegen. Zu der Zeit war sie noch Schlimmeres als eine der Ziegen. Sie war eine Unberührbare.«

»Sie war hübsch«, sagte Gregor.

Scholastica lächelte wieder. »Sie meinen, sie sieht auf eine bestimmte Weise hübsch aus. Ich vermute mal, sie war es. Es war aber die falsche Art. Als ich zuerst ins Kloster ging, dachte ich manchmal über sie nach und dachte, wir wären so gemein zu ihr gewesen, weil sie, nun ja, weil sie arm war. Schlimmer als arm. Wir wußten alle, wie ihre Mutter war, wie ihre beiden Eltern waren. Wir fanden die ganze Sache abstoßend. Aber –«

»Aber?«

»Aber das wäre nicht die ganze Wahrheit gewesen«, sagte Scholastica. »Tom Dolans Eltern waren genauso schlimm. In gewisser Weise noch schlimmer, weil sein Vater sehr unreligiös war. Er stürmte häufig auf den alten Pater Deegan zu und schrie und brüllte lauthals vor allen Leuten über die Kirche. Er ließ sich jeden Sonntagmorgen besinnungslos vollaufen und machte dann eine Szene in der Zwölfuhrmesse. Es beschämte Tom endlos. Aber wir hatten nichts gegen ihn.«

Gregor wäre jede Wette eingegangen, daß Tom Dolan das nicht geglaubt hatte. Wenn er in Toms Lage gewesen wäre, hätte er es jedenfalls nicht geglaubt.

»Jedenfalls«, fuhr Scholastica fort, »das war es wahrscheinlich, warum Tom zu Cheryl nicht so gemein war wie wir anderen. Peg, Judy und ich sprachen noch nicht einmal mit ihr. Wann auch immer sie zufällig im selben Zimmer war wie wir, übersahen wir sie einfach. Als wir noch jünger waren, spielten die Jungens ihr Streiche, und quengelten sie mit Schimpfworten. Als wir älter wurden, fingen sie an, sie um andere Sachen anzugehen.«

»Sex.«

»Nun, das war ja auch nicht gerade ein Geheimnis, nicht wahr? Ein Dutzend Leute haben Ihnen wahrscheinlich alle dasselbe erzählt. Wir sind ja alle zu solch spießigen, konventionellen Bürgern geworden, daß Sie wahrscheinlich denken, wir wären alle kleine Streberchen in der Schule gewesen, aber das waren wir nicht. Wir waren sehr wild damals. Vor allem die Jungens.«

»Vor allem Tom Dolan?«

»Nein. Vor allem Andy, wenn Sie die Wahrheit wissen wollen. Ich weiß nicht, wo das herkam – Andys Eltern sind die süßesten, phantasielosesten Menschen, denen Sie je begegnen könnten – sie wohnen in Florida –, aber Andy war ein rasender Verrückter. Ich weiß nicht, ob er aus dieser Phase jemals wieder herausgekommen ist. Jedenfalls, es war Andy, der sowas mit Cheryl Cass anfing. Es war zu Beginn von unserem Junior-Jahr. Er ging damals mit Judy aus. Ich ging mit Barry Field aus. Wir waren damals unzertrennlich, außer, wenn wir im Unterricht saßen. Die *Cathedral High Schools* sind nach Geschlechtern getrennt.« Scholastica lachte. »Eines Tages beschlossen Barry und ich, daß wir so verliebt ineinander wären – Sie kennen diese

Art von Liebe; es ist Sex, man kennt sich ja gar nicht wirklich –, daß wir zusammen nach Maryland durchbrennen wollten. Das konnte man damals machen, nach Maryland fahren und mit sechzehn heiraten, ohne Wartezeit dazwischen. Aber wir fanden, daß wir es einfach nicht machen könnten, denn es hätte die Gruppe gesprengt.«

»Sie waren wahrscheinlich später froh, daß Sie nicht gefahren sind.«

»Manchmal waren wir es, und manchmal waren wir es nicht. Das war gerade nach unserem Sophomore-Jahr in der Schule. Andy war mit Judy ›zusammen‹, und sie hatten sich gestritten, hatten einen richtigen Krach. Peg, Judy und ich waren verrückt nach manchen Sachen wie zum Beispiel Bier und Marihuana, aber wir waren mit anderen sehr vorsichtig, und vor allem mit Sex. Ich glaube, Andy hat versucht, ihr ein Ultimatum zu setzen nach dem Motto: ›Entweder du tust es mit mir, oder du kannst gehen‹, und Judy beschloß, zu gehen. Andy fuhr mit seinem Auto los und landete am Lake Diantha. Und da war Cheryl. Später hat er Barry erzählt, daß sie ihn sofort mit ihr hat schlafen lassen.«

»Glauben Sie, daß er die Wahrheit sagte?«

»So genau kann ich das nicht sagen. Ich weiß allerdings, daß sie weniger als einen Monat später mit ihm geschlafen hat. Tom erwischte sie beide bei einer Tanzveranstaltung in flagranti in der Garderobe der Sporthalle. Ich weiß nicht, was Tom da zu suchen hatte. Eigentlich war er von allen außerschulischen Aktivitäten gesperrt, bis seine Noten besser wurden. Seine Noten waren miserabel.«

»Merkwürdig, nicht wahr? Wenn man bedenkt, wie klug er jetzt wirkt.«

»Er ist auch klug«, sagte Scholastica. »Es ist nicht nur die Art, wie er sich darstellt. Als er ins Priesterseminar kam, muß er sich wirklich zusammengenommen haben. Oder der Kardinal hat ihn zusammengestaucht, obwohl Tom ja irgendwo in den Mittleren Westen gegangen ist, also sehe ich nicht, wie das möglich gewesen sein sollte. In der *High School* brachte er die meiste Zeit den Kardinal zur Verzweiflung. Er hat sich so verrannt, daß er noch nicht einmal mit uns den Abschluß gemacht hat.«

»Wann hat er denn den Abschluß gemacht?«

»Ein Jahr später, glaube ich. Ich war damals schon im Kloster. Ich bin im Herbst nach meinem *High-School*-Abschluß eingetreten. Nach dem, was in Black Rock Park passiert war, haben wir alle Dinge getan, die wir von uns selbst nicht erwartet hätten. Barry ist aus der Kirche ausgetreten. Judy wurde auf die Art Feministin, wie manche Leute wiedergeborene Christen werden. Und Peg – wenn Sie mich in der High School gefragt hätten, wer am wenigstens dafür in Frage kommt, eine gute katholische Hausfrau zu werden, dann hätte ich auf Peg getippt. Damals wollte sie Tänzerin werden und nach Paris ziehen.«

»Kommen Sie noch einmal auf Black Rock Park zurück«, sagte Gregor.

»Ja. Sie müssen verstehen, und Sie verstehen das wahrscheinlich auch, Andy war niemals damit zufrieden, gewöhnlichen Wirbel zu verursachen. Es wäre ja schon schlimm gewesen, wenn er mit Cheryl geschlafen hätte und einfach nur uns anderen davon erzählt hätte. Aber dabei hat er es nicht belassen können. Er fing an, sie auf Partys mitzunehmen. Nicht auf Schulfeste, verstehen Sie. Das wäre selbst für Andy zu öffentlich gewesen. Er fing an, sie zu anderen privaten Feten mitzubringen, an den Strand, an die Orte, an die nur wir miteinander gingen.«

»Wie fand Miss Cass das?«

»Sie war überglücklich.« Scholastica sah aus, als schmerze sie die Erinnerung. »Ich glaube, sie dachte, jetzt würde es endlich für sie besser werden. Sie würde jetzt Freunde haben und es wäre die beste Art von Freunden. Leute, die den größten Einfluß hatten.«

»Niemand versuchte, sie eines Besseren zu belehren?«

»Wir taten alles, was in unserer Macht stand, um sie eines Besseren zu belehren. Wir sprachen immer noch nicht mit ihr. Bei manchen dieser Feten redeten wir auch nicht mit Andy. Aber sie kapierte es einfach nicht. Sie war nicht besonders helle.«

»Vielleicht kapierte sie es, aber wollte es nicht zeigen.«

»Vielleicht. Das ist noch schlimmer, nicht wahr? Ach, Gott. Nun ja. Andy war dann endlich die ganze Sache leid und war kurz davor, sie aufzugeben. Das wäre das Ende vom Lied gewesen, außer daß zu derselben Zeit Barry und ich Schluß machten. Lassen Sie mich ehrlich sein. Ich machte mit Barry Schluß. Tom zeigte mehr Interesse als sonst, und ich fand Tom gutaussehend. Ich war sechzehn. Barry war sehr verletzt, also fing er an, mit Cheryl auszugehen. Das Spiel begann von neuem, nur mit anderen Schauspielern. Um es deutlich zu sagen, es war der Anfang eines Pingpongspiels. Erst hatte Barry sie. Dann hatte Andy sie. Dann hatte Barry sie. Hin und her. Hin und her.«

»Aber nicht für Bälle«, sagte Gregor.

»Nein. Wir sechs gingen auf beide Veranstaltungen in dem Jahr zusammen, *Cathedral Boys' High* und *Cathedral Girls' High.* Wie immer.«

»War es Ihre Lavaliere, die im Black Rock Park gefunden wurde?«

»Meine Lavaliere befindet sich im Haus meiner Mutter. Meine Mutter heiratete nach dem Tod meines Vaters noch einmal und zog nach Westchester.«

»Lassen Sie«, sagte Gregor. »Es tut mir leid. Ich dachte, ich sähe, wohin das alles führt.«

Scholastica fingerte an der Zigarettenpackung herum und zog erneut eine Zigarette heraus, die sie anzündete. Das Streichholz ließ sie in den Aschenbecher fallen. Rauch rollte über ihren Kopf hinweg und bildete einen Heiligenschein. »Wir waren es, die im Black Rock Park waren. Barry und Tom und Andy, Judy und Peg und ich. Und Cheryl Cass. Andy brachte Cheryl Cass mit. Er war momentan im Pingpongspiel dran.«

»Schwester, entschuldigen Sie, wenn ich das sage, aber ich kann Sie mir nicht vorstellen, wie Sie einer Katze die Kehle durchschneiden. Oder dabei zusehen.«

»Ich habe keines von beiden getan. Wir waren nicht da, als das passierte – ich meine, Judy, Peg und ich waren nicht da. Es war spät und fast dunkel, und wir waren nach Hause gegangen.«

»Weil es spät war und schon fast dunkel?«

»Nein. Weil sich Andy und Barry dabei abwechselten, Cheryl oben auf dem Black Rock durchzubumsen, und zwar vor den Augen aller anderen.«

»Nicht Tom Dolan?«

»Nein, nicht daß ich das gesehen hätte. Möglicherweise hätte er später seinen Teil abholen können. Ich weiß es nicht. Aber ich glaube nicht, daß es eine Vergewaltigung war. Das war es nicht. Cheryl hat es angeboten.«

»Mit diesen Worten?«

»Ja.«

»Merkwürdig, merkwürdig«, sagte Gregor so nachsichtig, wie er es konnte. »Keine dieser Handlungen klingt im mindesten danach, von Ihnen begangen worden zu sein. Es hört sich auch nicht danach an, als wenn Sie alle damals so gewesen wären.«

»Nun, wir hatten ein bißchen Hilfe dabei. Tom hatte Bier mitgebracht. Sein Vater fing so früh am Morgen an zu trinken, daß er schon am frühen Nachmittag bewußtlos war. Er konnte sich nie daran erinnern, wieviel Stoff er besorgt hatte. Tom wartete immer, bis er zusammenkrachte und klaute dann die Hälfte aus dem Kühlschrank. Wir hatten also schon was getrunken. Barry hatte ein bißchen Marihuana gekauft – Andy besorgte es, weil Andy der einzige von uns war, der wußte, wie man sich Drogen besorgte, aber Barry hatte mehr Geld, also hat er es bezahlt. Und dann, Gott steh uns bei, war da das LSD.«

»Ah«, sagte Gregor. »Endlich.«

»Ja, endlich. Andy hat das auch besorgt. Er hatte viel davon. Es waren einfach so kleine feuchte Flecken auf kleinen viereckigen Kartons. Wir wußten nichts darüber. Es sah nicht nach etwas Besonderem aus. Wir haben jeder zwei genommen.«

»Sie hätten sich damit umbringen können.«

»Nun, haben wir nicht. Wir flippten nur aus. Andy war zum Park von der Meßdienerprobe gekommen – sie waren alle Ministranten. Der Kardinal bestand darauf; er wollte schon damals alle drei ins Priesterseminar bekommen. Andy hatte für eine Taufmesse geübt, und als er zum Park kam, hatte er immer noch sein Meßbuch bei sich. Er wollte die Messe rückwärts auf Latein lesen –«

»Eine traditionelle schwarze Messe also«, sagte Gregor. »Aber da ist mehr an einer schwarzen Messe dran als nur das, wissen Sie. Nur die Worte rückwärts zu lesen hätte nicht so viel gebracht.«

Scholastica schüttelte den Kopf. »Was gebracht? Den Teufel beschwören? Wenn er beschworen werden kann, dann haben wir das an dem Tag getan. Wir aßen diese Kartonstücke, und dann haben wir die Messe rückwärts gelesen, und dann fing Cheryl an zu kichern, und sagte, sie wolle – sie wissen schon. Sie zog sich nackt aus und tanzte um den Stein herum. Sie sagte die ganze Zeit: ›Leistet dem Baby Gesellschaft, leistet dem Baby Gesellschaft –‹«

»Warten Sie mal«, sagte Gregor.

»Ich werde nicht warten. Sie war schwanger, davon bin ich überzeugt. Sie sagte immer: ›Leistet dem Baby Gesellschaft‹ und tanzte um den Stein herum, und dann sprang sie auf den Stein hinauf und packte Andy am Handgelenk und zog ihn zu sich herauf. Es war, als sähen wir einen Pornofilm. Es war schrecklich. Peg übergab sich, und Judy fing an zu schreien, und ich griff sie mir alle beide und sah zu, daß wir da wegkamen.«

»Und?«

»Es gab kein und.« Scholasticas Augen waren schon wieder naß. Sie setzte sich vor dem Aschenbecher hin und rieb ihre Handflächen gegeneinander. »Wir sind danach nie wieder richtig zusammengekommen, bis – ich weiß nicht, bis wann. John O'Bannion wurde zum Kardinal-Erzbischof erhoben und brachte Tom mit hierher. Ich glaube, wir sind mit Tom nie wieder richtig zusammengekommen. Beruflich sehen wir ihn täglich, aber das ist auch alles. Andy hat sich für St. Agnes zuteilen lassen, indem er wie ein Verrückter Politik betrieben hat. Ich wurde hierher geschickt, weil mein Orden damals niemanden hatte, den er hierher hätte schicken können. Judy und Peg haben die Gemeinde nie verlassen. Wir vier sahen uns relativ oft. Es wurde nach einer Weile einfacher, wieder mehr oder weniger eng befreundet zu sein und diese Geschichte zu vergessen.«

»Was ist mit Barry Field?«

»Barry? Barry ist damit beschäftigt, hauptberuflicher Antikatholik zu sein. Ich hatte seit Jahren nicht mit ihm gesprochen, als Andy ermordet wurde.«

»Was ist mit Cheryl Cass?« fragte Gregor.

Scholastica weinte noch einmal, frei heraus. Sie drückte die Handballen gegen ihre Augen und schüttelte den Kopf. »Cheryl Cass verschwand. Ich habe sie nie wieder gesehen, außer am vergangenen Aschermittwoch, als sie hier auf der Klostertreppe erschien und sich mit mir unterhalten wollte. Sie wollte über Black Rock Park sprechen. Sie sagte, es wäre der zweitglücklichste Tag in ihrem Leben gewesen.«

»Schwester –«

»Nein«, sagte Scholastica. »Ich –«

»Ich habe grünes Licht bekommen«, sagte John Smith. Gregor und Scholastica schreckten hoch und sahen ihn, wie er in der Tür zur Halle stand, triumphierend und amüsiert. Sein Körper war so voluminös, daß er wie ein großes Bild aussah, das schlecht in einen zu kleinen Rahmen gepreßt worden war. »Die Ziege von Ärztin ist fertig. Ein Baby tot, eins lebendig und auf dem Weg ins Krankenhaus. Es wird uns nunmehr großzügigerweise erlaubt, uns wieder an unsere Morduntersuchung zu begeben.«

Falls er Scholasticas Tränen bemerkte oder Gregors inneren Aufruhr, so ließ er sich nichts anmerken.

ZWEI

Judy Eagan hatte es nie sinnvoll gefunden, das Unvermeidliche aufzuschieben. Wann immer sie es versuchte, wurde sie nervös und verwirrt und konnte nichts anderes mehr erledigen. Das Unvermeidliche, jetzt wo Peg Morrissey Monaghan tot war, war eine Fahrt hinaus zu Pegs Haus, um mit Joe zu sprechen und nach den Kindern zu sehen. Seit vier Uhr hatte sie das gewußt, von dem Moment an, als Tom Dolan nach der Kreuzgangmesse auf sie im weiten Marmorfoyer der Kathedrale zugeeilt kam und ihr gesagt hatte, daß sie am Telefon im Büro der Kathedrale erwartet würde. Der Anruf kam von Kath, Schwester Mary Scholastica, die ihr mitteilte, daß Peg tot war. Nach dem Gespräch hatte Judy aufgehängt, blieb am Schreibtisch sitzen, fühlte sich schuldig und starrte auf das Telefon. Der erste Gedanke, als sie Tom auf sich zukommen sah, war der, wegzulaufen. Sie dachte, er hätte bemerkt, daß sie ohne Beichte weggehen wollte und daß er ihr deswegen eine Strafpredigt halten wolle. Sie hatte keine Ahnung, warum er ihr sonst eine Strafpredigt hätte halten wollen. Er hatte auf sie kaum einen Gedanken verschwendet, seit er nach Colchester zurückgekommen war. Er hatte noch nicht einmal mit ihr gesprochen, bevor Cheryl Cass gestorben war. Sie fuhr fort, das Telefon anzustarren und sagte sich selbst, daß es albern sei. Wenn sie vor Tom weggelaufen wäre, wenn sie nie Kath's Anruf bekommen hätte, dann wäre Peg immer noch tot.

Anstatt zu Pegs Haus hinauszufahren, oder auch nur anzurufen, war sie in der Stadt einkaufen gegangen. Jetzt war es sechs Uhr, und sie saß in der Bar eines anmaßend überdekorierten Restaurants, das sich »Chez Where« nannte. Die Bar bestand aus Mahagoni und Glas, aber es war mehr als nur Mahagoni und Glas. Jeder Zentimeter Holz war zu kleinen Schnörkeln und Masken geschnitzt worden. Jeder Zentimeter der Spiegel war mit wirbelnden Mustern in einer vage an die Türkei erinnernden Weise graviert worden. Die Bar hätte wie ein halbprivater Londoner Club aussehen können, in den englische Gentlemen ihre Geliebten mitnahmen, wenn da nicht zwei Dinge gewesen wären: ein enorm großer Fernseher mit Breitleinwand, der genau über der Mitte der Bar von der Decke herabhing, und ein fast genauso großer Schokoladenosterhase, der in blauem, rotem und gelbem Stanniolpapier eingewickelt war und auf der runden Endkante des Bartresens saß.

Judy saß in einer Nische in der Mitte der holzverkleideten Wand gegenüber der Bar. Auf der lederbezogenen Bank neben ihr lagen die Sachen, die sie sich gekauft hatte, ohne Überlegung oder auch nur Aufmerksamkeit, in der einen Stunde, die sie mit ihren Kreditkarten im Anschlag verbracht hatte. Ein Armband, $ 22 000 bei der örtlichen Filiale von *Tiffany's*, eine Vase für $ 6000 von der lokalen Filiale von *Steuben Glass*, ein Wandteller für $ 14 000, der zur Hundertjahrfeier der Vereinigten Staaten gefertigt worden war, in einem Antiquitätengeschäft namens *Precious Heritage*. Es gab auch andere Sachen, Sachen, an deren

Kauf sie sich kaum noch erinnern konnte. Vier Pfund sahnegefüllte Schokoladeneier von *Cadbury*. Zwei Timexuhren, eine analog und eine digital. Sechs Paar flauschige Ohrmuffs aus Polyester in Grün, Lavendel, Koriander, Fuchsia, Marine und Braunrot. Sie aß keine Schokolade, mochte keine Timexuhren und haßte es, irgend etwas auf ihrem Kopf zu tragen. Wenn sie Dinge auf ihrem Kopf trug, hatte sie immer das Gefühl, sie sei damit für die nächste Köpfungsrunde vorgemerkt.

Auf der anderen Seite der Sitzecke saß Stuart, leicht zur Seite gewandt, um sich einen guten Blick auf den Fernsehschirm zu gönnen. Die Sechsuhrnachrichten liefen gerade. Die Hauptnachricht war natürlich Pegs Tod. Judy hatte in ihren Drink gestarrt, seit die Nachrichten begonnen hatten, nur falls man eine Szene zeigte, die sie nicht sehen wollte. Eine Szene mit Blut zum Beispiel.

»Das ist ja unglaublich«, sagte Stuart dauernd. »Ich kann das gar nicht fassen, daß die das geschafft haben. Eins der Babies ist da lebendig herausgekommen.«

»Ich finde das schrecklich, daß sie nur eins geholt haben«, sagte Judy. »Ich finde es noch schrecklicher, daß sie Peg nicht gerettet haben.«

Stuart wedelte seine Hände in ihre Richtung. »Du hast dich aufgeregt. Du denkst nicht geradeaus. Mit dieser Nikotinvergiftung, über die sie da reden, glaube ich nicht, daß sie Peg hätten retten können. Und was du noch nicht begriffen hast, das hier ist ein gewaltiger Vorteil für uns.«

»Was?«

»Es ist für uns ein gewaltiger Vorteil«, insistierte Stuart. Die Nachrichten waren in Reklame übergegangen. Er wandte sich ihr zu. »Jetzt ist doch der ganze Druck beseitigt, verstehst du das nicht? Pater Walshs Mord war spektakulär, aber nicht so aufsehenerregend wie das hier. Das hier interessiert die Menschen viel mehr. Der selbstlose Einsatz der medizinischen Kräfte. Das unschuldige Baby, das gerade noch gerettet werden konnte. Das interessiert die Journalisten mehr als diese andere Sache. Vor allem, weil sie ja nie irgendwelche anständigen Bilder davon bekommen haben.«

Judy starrte Stuarts seichtes, jetzt ernsthaftes Gesicht an, das so unabänderbar hochnäsig aussah, und dachte: Ich weiß gar nicht, was ich dazu sagen soll. Ich wüßte nicht einmal, wo ich anfangen sollte. Ich wüßte nicht, welche Worte ich benutzen könnte, die ihm verständlich wären.

Stuart machte es schlimmer, indem er sich so würdig gab, während er sprach. »Wir waren ja die ganze Zeit darüber besorgt, daß du in der Öffentlichkeit mit dem Tod von Andy Walsh in Verbindung gebracht werden könntest«, sagte er und ignorierte komplett die Tatsache, daß sie sich nicht die geringsten Sorgen gemacht hatte. »Jetzt müssen wir uns nicht mehr damit befassen. Niemand wird dich in Zusammenhang mit dieser Sache interviewen wollen. Du warst ja nirgends in der Nähe. Oder warst du das doch?«

»Ich weiß nicht«, sagte Judy kalt. »Ich weiß nicht, wann es passiert ist. Kath und ich sind unter den gegebenen Umständen nicht dazu gekommen, auch das noch zu diskutieren.«

Stuart winkte ab. »Du warst den ganzen Tag bei der Arbeit. Du warst in der Kathedrale zum Kreuzweggottesdienst vor Gott weiß wie vielen Leuten.«

»Ich stand mitten im Hof von St. Agnes und stritt mich lauthals mit Declan Boyd heute mittag um ein Uhr.«

»Na und? Sie kann nicht um ein Uhr umgebracht worden sein. Die Nachrichten haben berichtet, die Sanitäter wären um halb drei angerufen worden. Sei doch mal logisch, Judy. Wenn sie schon anderthalb Stunden tot war, dann wären die Babies auch tot gewesen.«

»Eins davon war es ja auch.«

»Ich wünschte nur, du hättest nicht mit der Polizei geredet, oder mit diesem Demarkian. Ohne einen Rechtsanwalt zu rufen, meine ich. Es wäre viel besser gewesen, du hättest mit keinem von beiden geredet.«

»Ich habe ihnen nicht viel erzählt«, sagte Judy. Und das stimmte auch. Sie war beiden auf ihrem Weg zum Ausgang der Kathedrale begegnet. Sie waren auf der Suche nach dem Kardinal, und sie war unterwegs zu dem, was sich später als ihr Kaufrausch herausstellen würde. Sie hatten ihr ein paar einfache Fragen gestellt. Sie hatte ihnen ein paar einfache Antworten gegeben. Und das war's.

Sie tastete in der großen Einkaufstüte umher, die sie von *Tiffany* hatte, um ihre Einkäufe darin verstauen zu können. Sie fand dann auch die Zigaretten. Sie hatte sie auch gekauft, eine ganze Stange, auf ihrem Weg die Bellwether Street hinunter. Sie öffnete eine Packung, zog eine Zigarette heraus und zündete sie sich mit einem Streichholz aus dem monogrammierten Heftchen, das im Aschenbecher lag, an. Stuart runzelte die Stirn und sagte: »Ich wünschte, du würdest nicht rauchen. Das hast du damals nicht getan, als ich dich kennenlernte. Und es geht den Leuten auf die Nerven.«

»Ich weiß. Es scheint eine Menge Leute zu geben, die das Nichtrauchen als Religionsersatz brauchen.«

»Ich sage nur, daß die Leute, die rauchen, sich nichts daraus machen werden, wenn du nicht rauchst, während die Leute, die es nicht tun, sich daraus etwas machen werden, wenn du es tust.«

Judy nahm einen tiefen Zug und seufzte. Da draußen, dachte sie, sind eine Million verschiedene Menschen mit einer Million verschiedener Leidenschaften. Beseitigen wir das Rauchen. Beseitigen wir Lebensmittel mit hohem Cholesteringehalt. Beseitigen wir alle Definitionen von »Feminismus« oder »Rassismus« oder »Sexualmoral« oder »Unanständigkeit« außer meiner eigenen. Peg hatte ihr einmal gesagt, daß es einen Sinn machte, einen wirklichen Glauben zu haben. Es gab einem ein Gleichgewicht, und man brauchte es so wie die Grundnahrungsmittel. Man versuche, ohne es auszukommen, und man würde feststellen, daß man es mit etwas anderem ersetzte: Politik oder Ehrgeiz, selbstgerechte Intoleranz in die eine oder andere Richtung. Es war die Art von Aussage, der Judy zuhörte, ohne wirklich aufmerksam zu sein. Sie hatte nie besonderen Respekt vor Peg als Philosophin gehabt. Jetzt dachte Judy, daß sie ihr damit vielleicht Unrecht getan haben könnte.

Sie nahm einen Schluck von ihrem Drink, einen Zug von ihrer Zigarette und sah durch den Rauch, den sie um Stuart herum geschaffen hatte. Er war immer noch ernsthaft und ermutigend. Er dachte immer noch, daß er sie davon überzeugen könnte, daß das Geschehene in Wirklichkeit ein Segen sei.

»Weißt du, was merkwürdig war?« sagte sie. »Was Gregor Demarkian mich gefragt hat. Das war wirklich merkwürdig.«

»Was hat er dich gefragt?«

»Er wollte etwas über mein Sophomore-Jahr in der High School wissen. Obwohl er es so formulierte: ›das Jahr vor diesem Vorfall in Black Rock Park‹.«

»Black Rock Park«, wiederholte Stuart, und Judy war genervt. Es war da immer noch nichts, keine Panik, keine Angst, keine Sorge, nichts.

»Er fragte mich«, sagte sie, »wer mit Cheryl Cass in diesem Jahr davor zusammen gewesen war – ehe diese Tiergeschichte passierte. Und ich habe es ihm gesagt. Andy war mit ihr zusammen. Und Barry Field war mit ihr zusammen. Und das halbe Footballteam war wahrscheinlich mit ihr zusammen, denn sie war diese Art von Frau.«

»Wer ist Cheryl Cass?«

»Sie war diese Frau, die angeblich Selbstmord in einer Gasse in der Nähe der Kathedrale begangen hat, in der Woche des Aschermittwoch. Ich bin mir sicher, daß du sie im Fernsehen gesehen hast.«

»Vielleicht. Was hat sie mit dir zu tun?«

Ein Zug an der Zigarette, ein Schluck vom Drink: Verzögerungsmanöver. Sie spürte eine plötzliche Regung, ihm alles zu erzählen, alles über das LSD und die Schwarze Messe und Black Rock Park – nicht, weil sie sein Mitleid gewollt hätte, das würde sie sowieso nie bekommen, sondern weil sie endlich einmal sehen wollte, ob er zu irgendeiner heftigen emotionalen Regung fähig wäre, irgendeiner. Sie wollte sich selbst davon überzeugen, daß er lebendig war.

Sie versuchte es auf einem Umweg. »Es gibt da«, sagte sie ihm, »die simple Tatsache, daß ich mit Andy Walsh in meinem Junior-Jahr an der High School zusammen war, und Andy Walsh hat mich nach allen Regeln der Kunst sitzenlassen, um an Cheryl Cass heranzukommen. Cheryl Cass ist an einer Nikotinvergiftung gestorben, Stuart. Vielleicht denken die, daß es gar kein Selbstmord war.«

Stuart bedachte dies ernsthaft, langsam, vorsichtig, wobei er sein allerschönstes ›*Schwierige Angelegenheit, schwierige Fragen, schwierige Antworten*‹-Gesicht aufsetzte. Dann lächelte er und sagte glücklich: »Das ist doch alles Unsinn. Das alles ist zwanzig Jahre her. Sie würden niemals auf die Idee kommen, daß du jemanden deswegen umgebracht hättest.«

Als Declan Boyd die Klingel des Klosters von St. Agnes drückte, sprach Schwester Scholastica immer noch mit Barry Field am Telefon, wobei sie mitleidige Geräusche machte und beruhigend mit der Zunge schnalzte, während sie versuchte, aufmerksam dem zuzuhören, was gesagt wurde und dabei leider gar keinen Erfolg hatte. Er hatte einen Besuch von Gregor Demarkian und John Smith empfangen, und der hatte ihn erschreckt. Sie hatten ihm eine Menge Fragen über Cheryl Cass gestellt; und noch mehr Fragen darüber, was er von seiner Kirchenbank aus am Gründonnerstag gesehen und nicht gesehen hatte. Sie hatten ihn – »endlos«, wie er es formulierte – verhört und seinen weiteren Tagesablauf wissen wollen. Scholastica war davon nicht überrascht. Sie war gebeten worden, die Namen all derer aufzuschreiben, von denen sie genau wußte, daß sie sich irgendwann an dem Tag im Kloster oder im Hof befunden hatten. Barry Field war einer der Namen, den sie aufgeschrieben hatte.

»Gregor Demarkian«, sagte Barry, »hackte wieder und wieder darauf herum, daß ich vorne am Altar gewesen bin. Verzeihung, das meine ich nicht so. Er ist nicht die Sorte Mann, der auf etwas herumhackt. Aber er hat mich immer wieder danach gefragt.«

»Du warst während der Messe am Altar?«

»Nicht während der Messe, vorher.«

Warum?«

»Ich war da nur eine Sekunde. Ich bin da nur hingegangen und hab mich umgesehen.«

»Aber Barry, wozu denn?«

»Ich weiß nicht«, sagte Barry. Er seufzte. »Ich bin nochmal da gewesen, weißt du. Nicht in St. Agnes. Die haben die Kirche immer noch versiegelt. Das habe ich nachgeprüft. Aber ich war heute in der Kathedrale zum

Kreuzweggottesdienst. Und ich – ich bin noch einmal zur Messe gegangen. Zur Karfreitagsmesse.«

Scholastica stellte fest, daß sie sich gerade fragte, ob der Gottesdienst am Karfreitag überhaupt als Messe bezeichnet werden konnte. Er war lang und kompliziert; die Priester verteilten zwar die Kommunion, aber es gab keine Weihe. Die Hostien, die am Karfreitag verteilt wurden, waren die überschüssigen, die am Abend des Gründonnerstag mit Absicht zuviel gesegnet worden waren. Sie dachte, daß sie wohl sehr müde sein müßte. Nichts von all dem war wichtig. Angesichts dessen, was mit Peg passiert war, fragte sich Scholastica, was überhaupt noch wichtig war. Sie sah auf die Uhr über ihrem Kopf an der Wand und stellte fest, daß es nach neun Uhr war.

»Sie wollten wissen, ob ich den Kelch berührt habe«, sagte Barry. »Beide haben sie mich das gefragt. Beide von ihnen haben mich das zweimal gefragt.«

»Und, hast du es?«

»Könnte sein.«

Stellte sie sich das nur so vor, oder war da ein kleiner Ton von Vorsicht in seiner Stimme. Sie dachte: Jetzt wird er anfangen, mich zu belügen, vielleicht nicht gerade heraus, aber er wird Stückchen von der Wahrheit absägen.

»Du mußt doch wissen, was du getan hast«, sagte sie ihm. »Da vorne hinzugehen vor allen Leuten! Du kannst ja erst zur Kirche gekommen sein, als sie schon ganz voll war.«

»Sie war auch voll.« Noch mehr Vorsicht. Noch mehr Zögern. »Ich saß in einer Bank am Mittelgang, in der Mitte ungefähr, genau hinter einem Haufen Kinder, die keine Uniformen trugen.«

»Die aus den öffentlichen Schulen, genau.«

»Nun ja, ich habe den einfach immer angeschaut. Den Altar. Die Sachen auf dem Altar. Ich hatte seit Jahren nichts mehr davon gesehen. Ich habe die Ministranten im Senior-Jahr verlassen. Nach – nachdem das alles geschehen war.«

»Nachdem wir sechs das alles geschehen ließen«, sagte Scholastica.

»Nein.« Barrys feste Stimme war wieder da. Diesmal also keine Lügen. »Du kannst dir dafür nicht die Schuld geben. Du und Judy und Peg. Ihr seid ja weggegangen. Es war nicht eure Idee.«

Wir haben aber auch nichts unternommen, um das alles zu verhindern, dachte Scholastica. Aber darauf wollte sie nicht eingehen. Sie und Peg hatten das immer und immer wieder besprochen. Sie sagte: »Hast du ihnen das alles erzählt? Daß du möglicherweise den Kelch berührt hast?«

»Ja.« Da war die Vorsicht wieder. »Ich habe ihnen sogar alles vom Senior-Jahr erzählt. Daß ich die Ministranten verließ. Daß ich die Kirche verließ. Daß ich auch noch von zu Hause weglief. Weißt du, daß ich das getan habe? Für drei Monate von zu Hause ausgebüchst bin?«

»Nein. Wie konntest du das denn, Barry? Du hast doch mit uns den Abschluß gemacht.«

»O'Bannion ließ mich an den Wochenenden und Feiertagen die Aufgaben nachholen. Ich bin zurück in die Schule gekommen und wollte mit dem allen nichts mehr zu tun haben. Messen. Katholisch sein. O'Bannion der dauernd hinter mir her war, weil er wollte, daß ich ins Priesterseminar gehe. Ich habe das für ungefähr zwei Monate ausgehalten, und dann bin ich zu meiner Großmutter in Cleveland gefahren.«

»Warum bist du zurückgekommen?«

»Meine Großeltern waren noch katholischer als meine Eltern. Die dachten, ich würde einen Kampf mit meiner Berufung durchmachen, daß ich die ganze Unentschlossenheit durchmachen müßte, ehe ich Priester würde. Ich habe sie gebeten, meinen Eltern nicht zu erzählen, wo ich war, und ich dachte, sie hätten auf mich gehört –«

»Wie konntest du das nur glauben?«

»Ich sagte ihnen, wenn sie es täten, dann würde ich wieder weglaufen und in Mülltonnen schlafen. Ich dachte, damit hätte ich sie erschreckt. Sie haben natürlich trotzdem meine Eltern angerufen, und die spielten mit. Du kennst ja meine Mutter. Alles, alles, solange sie nur einen Priester in der Familie haben.«

»Das muß sie ja schier umgebracht haben, als du aus der Kirche ausgetreten bist.«

»Hätte es wohl, aber mein Bruder Chris ist den Jesuiten beigetreten, und meine Schwester Bonnie ist eine *Daughter of Saint Paul.* Es ist merkwürdig, daß ich dir das alles erzählen muß. Alles, was du sowieso erfahren hättest, wenn die Dinge anders gekommen wären.«

»Ich wußte das alles, Barry. Die Zeitung der Erzdiözese veröffentlicht immer kleine Nachrichten über Ordenspriester und Nonnen, die in Colchester groß geworden sind.«

»Stimmt. Das hatte ich vergessen. Kath, was soll ich nur tun?«

»Weswegen?«

»Wegen der Fragen, die sie mir stellen. Über alles. Ich habe die ganze Nacht in meinem Wohnzimmer gesessen und habe über diesen Vertrag nachgedacht, der momentan bei mir in der Mache ist. Ich soll in dieses Kabelsystem aufgenommen werden, und in ein oder zwei Wochen sollen wir uns da einklinken –«

»Antikatholizismus von einer Küste zur anderen?«

»Ich habe Andy nicht umgebracht, Kath. Habe ich wirklich nicht. Und du weißt, was ich von Abtreibungen halte. Ich habe es oft genug in der Sendung verdeutlicht. Ich hätte Peg nicht umbringen können.«

Scholastica schloß die Augen. Barrys Vorsicht war zur falschen Aufrichtigkeit geworden – und in bezug auf was? Abtreibungen? Aus seiner Meinung über Abtreibungen hatte er nie einen Hehl gemacht. Sie hatte ihn oft predigen hören, und dies wußte sie genau. Was aber wollte er verbergen?

Sie langte in die Tasche ihrer Nonnentracht, fand Judys Zigarettenpackung und merkte, daß sie leer war. Wahrscheinlich war es auch gut so, schließlich bekam sie nur fünf Dollar die Woche für ihren persönlichen Gebrauch. Sie konnte es sich nicht leisten, ein Nikotinjunkie zu sein. Und Rauchen sah auch wirklich billig aus, wenn man eine Nonnentracht anhatte.

Nikotin!

Sie hörte ein dröhnendes, durchdringendes Klopfen an der Haupteingangstür und dann die Schritte von Peter Rose. Die tiefe Stimme, die durch die Eingangshalle und dann durch die Diele schallte, gehörte Pater Declan Boyd.

»Barry«, sagte sie, »ich muß jetzt los. Pater Boyd ist an der Tür. Er will irgendwas.«

»Du meinst, du willst jetzt aufhören zu telefonieren.«

»Ich muß jetzt los, Barry.«

»Ich habe gehört, daß Andy Walsh drohte, Boyd eine andere Unterkunft suchen zu lassen; er wolle nicht weiter im Pfarrhaus mit ihm wohnen.«

»Ich rede morgen wieder mit dir«, sagte Scholastica.

Barry fing an zu sagen, daß es ihm leid täte, und sie legte mitten im Satz den Hörer auf. Barry war immer schon so gewesen, dachte sie. Wahrheit und Lüge, Großzügigkeit und Kleinlichkeit, alles zusammen, und er überfiel einen immer dann, wenn man am wenigsten damit rechnete.

Sie stand auf, ging in die Diele hinaus und zur Eingangshalle. Peter Rose stand da mit Pater Boyd und hörte höflich zu, während Dec durch einen seiner unzusammenhängenden Monologe stapfte.

Dec sah sie, ehe sie auf fünf Meter herangekommen war. Sein Gesicht leuchtete auf. Er hatte Frischfleisch gesehen und gute Reaktionen auf sein Geschwätz geerntet, und das in nächster Nähe.

»Schwester«, brüllte er, »stellen Sie sich vor. Raten Sie mal, was gerade in der Kirche los ist.«

»Ich weiß es nicht, Pater«, sagte Scholastica, »was ist denn in der Kirche los?«

»Dieser Demarkian ist da«, sagte Declan Boyd, »mit diesem Lieutenant von der Polizei und allen anderen, dem Uniformierten und dem Priester, die den Kelch bewachen, alle sind sie da. Er hat die Erlaubnis vom Kardinal bekommen und sieht sich den Kelch an.«

»Was meinen Sie damit, sieht sich den Kelch an?«

»Er hat weiße Baumwollhandschuhe an wie eine alte Dame, und er hebt den Kelch hoch und schwenkt ihn umher und sieht ihn sich von innen an und zeigt daran herum. Er hat das drei- oder viermal gemacht, und er machte es gerade schon wieder, kurz bevor ich hierher kam. Und wenn er zeigt, dann sieht der Lieutenant von der Polizei hin und nickt mit dem Kopf. Wissen Sie, was ich denke? Ich denke, er hat herausbekommen, wie das Gift in den Kelch gekommen ist.«

Für Declan Boyd hätte es nicht besser sein können als eine dramatische Schlußszene der Serie *Miami Vice.* Für Scholastica war es etwas anders. Ihr drehte sich gerade der Magen um.

Ich erlebe jetzt endlich einen Nervenzusammenbruch, dachte Tom Dolan. Ich habe alle Stadien durchgemacht, Panik und Lähmung, Aufgedrehtheit und Erschöpfung, Euphorie und Verzweiflung. Ich stehe mitten in einem Krankenhausgang, umgeben von Krankenschwestern, und rede mit mir selber. Vielleicht rede ich sogar laut mit mir selber, aber da bin ich mir nicht sicher. Mein Verstand ist unkontrollierbar geworden.

Tom Dolan seufzte. Er wünschte, es wäre wahr. Er hätte jetzt in diesem Moment einen Nervenzusammenbruch gut gebrauchen können; es wäre eine gute Erklärung für das gewesen, was er gerade getan hatte. Oder unterlassen hatte, um es präzise zu formulieren. Es wäre ihm auch lieber gewesen, wenn sein Verstand sich nicht mehr hätte kontrollieren lassen, als daß er in dem Zustand war, in dem er sich momentan befand: höchste Alarmstufe. Joe Monaghan war gerade aus dem Zimmer der kleinen Peggy Monaghan gekommen.

Er wollte seine überlebende Tochter Margaret Mary, nach seiner Frau, nennen. Der Kardinal stand hinter ihm, in den gedämpften Roben, die er angelegt hatte, um am Karfreitag eine Nottaufe durchzuführen. Es war die Taufe, die Tom Dolan nicht ausgeführt hatte. Er hatte da gestanden, mit den Fläschchen geweihten Wassers und heiligem Chrisam in seinen Händen, doch in der letzten Minute war er nicht in der Lage gewesen, damit weiterzumachen. Das Baby hatte in einer durchsichtigen Krankenhausplastikschüssel gelegen, von Kanülen durchstochen. Er sah es an und dachte an Peg, wie sie steif geworden war wie Andy, hingefallen war wie Andy und auf dem Teppich des Klosterwohnzimmers genau rechtzeitig gestorben war, um von Kath gefunden zu werden. Sein Ethikprofessor im Priesterseminar hatte ihm erzählt, daß es so etwas wie einen schmerzlosen Tod nicht gab. Die Seelen der Sterbenden sind immer in Agonie, selbst wenn ihre Körper durch Medikamente oder durch ein Koma abgestumpft sind. Er konnte sich nicht mehr an das alles erinnern. Es füllte seinen Kopf, aber es ergab für ihn keinen Sinn. Es war da so viel Schmerz und Durcheinander und so wenig Zeit, um zu beten.

Der Kardinal und Joe Monaghan hatten aufgehört, sich zu unterhalten. Nun schüttelten sie sich die Hände, nickten sich zu und gingen in entgegengesetzte Richtungen los.

Joe ging auf die Aufzüge zu, nach Hause. Es gab nichts, was er hier heute nacht noch hätte tun können, und er hatte noch neun andere Kinder, die versorgt werden mußten. Der Kardinal war in Richtung des Wartezimmers der Kinderheilkunde unterwegs, wo Tom eigentlich auf ihn hätte warten sollen. Tom konnte sich nicht daran erinnern, warum er eigentlich die letzten Schritte nicht gemacht hatte, um das zu tun, was ihm der Kardinal befohlen hatte.

Der Kardinal kam auf ihn zu, nahm seinen Arm und fing an, ihn weiter den Gang hinunterzuschieben. »Lassen Sie uns mal ins Wartezimmer gehen«, sagte er. »Sie müssen sich mal hinsetzen. Sie brauchen jetzt Schlaf.«

»Ich habe das versägt«, sagte Tom. »Ich stand da, schon fertig für die Taufe, und ich habe es versägt. Ich habe dieses Baby gesehen, und ich konnte nicht –«

»Macht nichts, Pater. Joe war genauso froh, daß ich es getan habe. Mehr als froh. Der Kardinal persönlich für seine Margaret Mary.«

»Das ist die falsche Margaret Mary, Eure Eminenz. Und sie könnte auch noch sterben.«

»Ich habe das andere Baby auch noch getauft, in gewisser Hinsicht. Auf jeden Fall so, daß Joe den Unterschied nicht bemerkt hat, den ich machen mußte. Er wollte sie Margaret Rose nennen.«

Sie hatten das Wartezimmer erreicht, ein großes, viereckiges Zimmer, das von plastikbezogenen Sesseln gesäumt war. Tom ließ sich in einen Sessel fallen und legte seinen Kopf in die Hände.

»Wir sollten zurück in die Kanzlei gehen«, sagte er. »Es gibt da noch Dinge, die gemacht werden müssen. Ich muß die Vorbereitungen für die Osterabendessen in den Obdachlosenheimen noch einmal überprüfen. Ich muß auch noch klären, ob –«

»Nein«, sagte der Kardinal.

Tom sah hoch. Es stimmte da etwas nicht mit seinen Augen. Er schien den Kardinal verschwommen zu sehen. »Es wird nicht viel helfen, wenn ich nicht arbeite, Eure Eminenz. Ich werde nur in meinem Zimmer sitzen und an Peg denken. Und an Margaret Mary und an Margaret Rose. Und an die Arbeit, die getan werden muß.«

»Ich habe Dr. Markham angerufen. Er wird Ihnen ein Beruhigungsmittel geben. Sie werden von jetzt bis zur Vigilmesse schlafen.«

»Das kann ich nicht, Eure Eminenz. Da ist noch Arbeit –«

»Die kann Scholastica machen. Sie hat sich schon angeboten.«

»– und da ist noch Gregor Demarkian. Ich habe vorhin mit ihm gesprochen, nach der Kreuzgangsmesse.«

»Ich weiß. Er hat Ihnen von Peg erzählt. Ist das der Grund, warum Sie nicht gekommen sind, die Beichte abzunehmen?«

»Nein.« Tom wurde rot. »Entschuldigen Sie bitte, Eure Eminenz. Ich weiß, daß Sie mir das nicht glauben werden, aber ich habe es einfach vergessen. Kath – Scholastica – rief an und fragte nach Judy Eagan, und ich bin hinausgegangen und holte Judy, ich war zurück in mein Büro gegangen, um ein weiteres Gebetbuch zu suchen, ich hatte meines vergessen –«

»Ich habe Ihnen doch gesagt, Sie brauchen Schlaf.«

»Ich weiß, daß ich Schlaf brauche, Eure Eminenz. Jedenfalls war ich im Büro, als das Telefon klingelte, und ich ging hinaus und holte Judy. Scholastica muß angerufen haben, um ihr von Peg zu erzählen. Sie hat es mir nicht gesagt. Warum, weiß ich nicht. Vielleicht dachte sie nach all dieser Zeit, daß es mich nicht interessieren würde.«

»Sie hatte wahrscheinlich auch keinen klaren Kopf mehr. Das muß einen ganz schönen Aufruhr im Kloster verursacht haben.«

»Ja. Ja, das muß es wohl. Ich erzählte Judy von dem Anruf und bin dann nach draußen gegangen, um zur Tür des Pfarrflügels zu kommen. Ich glaube, ich war auf dem Weg, ein Buch aus meinem Zimmer zu holen. Im Büro gab es keins. Gerade, als ich die Treppe herunterkam, tauchte Demarkian mit diesem Lieutenant von der Polizei auf.«

»Was passierte dann?«

Tom Dolan zuckte mit den Achseln. »Wir haben uns unterhalten.«

»Worüber?«

»Alles mögliche. Darüber, wie ich die Kameras am Tag, an dem Andy starb, ausgeschaltet habe. Die Vaseline. Warum ich nicht zusammen mit meiner Klasse den Abschluß an der *Cathedral Boys's High School* gemacht habe. Ob ich bemerkt hätte, daß Barry Field sich in der Nähe des Altars aufgehalten hatte –«

»Field?«

»Er war in der Kirche, Eure Eminenz. Sie haben ihn da gesehen.«

»Ich habe ihn nicht in der Nähe des Altars gesehen.«

»Ich auch nicht. Das habe ich auch Demarkian gesagt. Als er Fragen über Black Rock Park stellte, habe ich –«

»Panik bekommen?« Der Kardinal lächelte.

»Es tut mir leid, Eure Eminenz. Ich wußte nicht mehr, was ich machen sollte. Ich entschuldigte mich und verschwand. Ich bin zurück in den Pfarrflügel gegangen und habe völlig vergessen, daß da noch die Beichte abgenommen werden muß.«

»Das macht nichts. Machen Sie sich keine Sorgen. Ich habe Sie in letzter Zeit zu sehr unter Druck gesetzt. Und was Black Rock Park angeht –«

»Ja?«

»Sie haben vor neunzehn Jahren das Richtige getan. Sie haben mir alles darüber erzählt. Sie wissen nicht, wie oft ich Sie dafür im Geiste gesegnet habe, seit dieser ganze Wahnsinn mit den Vergiftungen angefangen hat.«

»Es könnte trotzdem alles herauskommen, Eure Eminenz.«

»Das bezweifle ich. Aber selbst wenn, wird es weder mir noch Ihnen schaden. Lassen Sie uns jetzt zurück zum Pfarrhaus gehen, Pater. Sie sind müde. Ich bin müde. Es war ein sehr langer Tag heute.«

»Ja.«

Tom stand auf. Sich zu setzen hatte etwas geholfen. Er konnte jetzt klarer sehen. Er sah die Dinge nicht mehr wie unter Wasser. Der Kardinal ging aus dem Wartezimmer hinaus in den Gang, und Tom folgte ihm.

»Merkwürdig«, sagte der Kardinal. »Vor zwanzig Jahren sah ich mir einen Stapel Polizeifotos von einem Haufen geschlachteter Tiere an und dachte, ich würde da das Schlimmste sehen, das mir jemals in meinem Leben begegnen würde. Aber das zeigt nur, wie sehr wir im Leben verwöhnt werden.«

Der Kardinal wandte sich um und ging weiter. Tom beobachtete ihn, wie er in seiner Robe wegschritt, gewichtig und überfüttert.

Ich bin nie in meinem Leben verwöhnt worden, dachte Tom.

DREI

Für Gregor Demarkian war das Schlimmste am Mord an Peg Morrissey Monaghan – abgesehen von den offensichtlichen Dingen, die eine Gefühlssache waren; aber die waren nicht das, worauf es ihm ankam, denn wenn er sich jetzt von seinen Gefühlen gefangennehmen ließe, dann würde er nie mit klarem Blick ans Ende dieser Geschichte kommen –, das Schlimmste daran war also, wie sehr fast alles daran völlig falsch war. Eine Weile lang hatte er sogar gedacht, es gäbe kein »fast« in dieser Sache. Die Idee, daß jemand, der in diesen Fall verwickelt war, Peg vergiften würde, solange sie schwanger war, war nahezu undenkbar gewesen. Sie waren alle bis zu einem gewissen Punkt religiöse Leute. Bis auf eine Person waren sie alle strikt gegen Abtreibungen, selbst in den ersten Monaten; was bedeutete, daß sie das, was gerade passiert war, als Doppelmord verstehen mußten. Wer die Tat beschlossen hatte, mußte damit rechnen, einen dreifachen Mord zu begehen. Die Presse hatte recht gehabt, als sie die Rettung von Margaret Mary Monaghan ein »medizinisches Wunder« genannt hatte. Die Ausnahme war Judy Eagan; deren Sympathien für die »Mein-Bauch-gehört-mir«-Fraktion hatte er aus der zweizeiligen Minibiographie auf der letzten Seite des Gemeinderundbriefs von St. Agnes geschlossen. Neben ihrer Tätigkeit als Vorsitzende des Gemeindekirchenrates und als Besitzerin des »Judy, Judy, Judy – Catering Service« hatte sie einen MBA der Columbia University. Darüber hinaus hatte sie geschrieben, daß sie die Vorsitzende der Ortsgruppe der *Catholic Women for Equality* in Colchester sei. Gregor kannte die *Catholic Women for Equality*. Über Aktivitäten ihrer Ortsgruppe in Philadelphia wurde regelmäßig im *Inquirer* berichtet. Es war eine dieser liberalen Organisationen, die felsenfest davon überzeugt war, entgegen aller Hinweise, daß die katholische Kirche dazu gebracht werden könnte, ihre Haltung gegenüber der Sexualität zu verändern.

Ob nun für oder gegen Abtreibungen, erinnerte sich Gregor, war Judy Eagan die engste Freundin von Peg Morrissey Monaghan gewesen. Was auch immer ihre abstrakte Einstellung gegenüber Föten gewesen sein mochte, sie hätte von denen, die Peg unter ihrem Herzen trug, als Kindern gedacht. Diese besonderen Föten – Pegs zukünftige Kinder – wären in jeder Berechnung, die Judy Eagan vor einem geplanten Mord angestellt hätte, nicht außer acht gelassen worden.

Die einzige Erklärung, das wußte Gregor, war, daß dieser dritte Mord eine Paniktat gewesen war. Er mußte automatisch, wie mit eingeschaltetem Autopiloten ausgeführt worden sein. Man hatte es nunmehr mit einem Mörder zu tun, der völlig außer Kontrolle geraten war und ohne Überlegung handelte. Es war kein angenehmer Gedanke. Cheryl Cass hatte an diesem Aschermittwoch sieben Menschen gesehen, als sie nach Colchester zurückgekommen war, sieben Menschen, mit denen sie sich länger unterhalten hatte: Schwester Mary Scholastica, Andy Walsh, Judy

Eagan, Tom Dolan, Peg Morrissey Monaghan, Declan Boyd und Barry Field. Zwei dieser Menschen waren jetzt tot – und Cheryl selbst auch. Die beiden Toten waren die, mit denen sie sich am längsten unterhalten hatte. Peg hatte ihr einen Tee angeboten und mit ihr länger als eine Stunde die alten Jahrbücher und die Erinnerungsstücke aus *High-School-Zeiten* angesehen. Andy hatte sie einmal am Morgen und dann noch einmal am frühen Abend gesehen. Es schien gefährlich zu sein, Cheryl Cass längere Zeit wirklich zugehört zu haben. Gregor fragte sich, wer es noch getan haben könnte.

Oberflächlich war diese Frage einfach zu beantworten. Über ihren Tod stand alles in den Polizeiberichten, die John Smith photokopiert hatte und die Gregor in einer braunen Mappe ins Rosary House mitgenommen hatte. Scholastica hatte sich längere Zeit mit Cheryl im Wohnzimmer des Klosters über »Was haben wir damals für eine wunderbare Zeit im Sommer verbracht« unterhalten. Declan Boyd hatte sich ungefähr eine halbe Stunde lang mit Cheryl unterhalten, als sie beim zweiten Besuch auf Andy wartete. Nach der Aussage von Boyd hatte sie mit ihm über »Liebe und wie man, wenn man einen Menschen einmal wirklich liebt, nie damit aufhören kann« gesprochen. Die anderen drei – Judy Eagan, Tom Dolan und Barry Field – behaupteten, die Frau nur kurz gesehen zu haben. Sie wären auch gar nicht mit in die Untersuchung einbezogen worden, wenn Peg ihre Namen gegenüber der Polizei nicht erwähnt hätte. Sie nannte sie als Personen, von denen Cheryl gesagt hatte, sie hätte sie entweder schon besucht oder hätte das noch vor. Judy Eagan behauptete, sie hätte Cheryl »ein paar Minuten auf der State Street gesehen, und das war's«. Tom Dolan sagte, er wäre »an Cheryl in der Kanzlei vorbeigegangen, aber er sei sich nicht sicher«. Barry Field erzählte, er hätte mit ihr »am Ende der Predigt gesprochen, so wie auch mit einem halben Dutzend anderer Leute«. Cheryl war in sein Studio gekommen, nachdem sie seine erste Predigt des Tages angehört hatte.

Gregor bezweifelte, irgend etwas hiervon glauben zu können, auch wenn es schwarz auf weiß auf den Seiten, die Smith ihm gegeben hatte, geschrieben stand und im üblichen Polizeijargon formuliert war. Die Frau war tot, und Barry Field und Judy Eagan hatten gute Gründe, sich von ihrem Tod zu distanzieren. Field war sich mehr als die meisten anderen Fernsehprediger dessen bewußt, wie viel von den Medien abhing. Die Presse stand seinem Broterwerb feindlich gegenüber. Sie wäre mehr als glücklich gewesen, ihn in Zusammenhang mit dem Selbstmord eines Versagers zu bringen. Vor allem die *Colchester Tribune*, die sich ihrer römisch-katholischen Leserschaft bewußt war, suggerierte gerne, daß der Fundamentalismus das Opium für die Dummen, die Verzweifelten und die sozial Gestrandeten war. Judy Eagan, auf der anderen Seite, hatte eine sehr vornehme Klientel, die gerne das Gefühl hatte, sie sei eine von ihnen. Es hätte ihr nicht sehr viel weiter geholfen, wenn Cheryl Cass als eine ihrer »Freundinnen« publik gemacht worden wäre. Gregor kannte sich ein bißchen mit der Gesellschaft in der Provinz aus. Anders als die in den großen Städten, die längst vor dem Statussystem des nackten Kapitalismus kapituliert hatte, glaubten die kleinstädtischen Mitglieder der oberen Zehntausend immer noch an das Privileg der höheren Geburt.

Das ließ darauf schließen, daß Cheryl zu den Menschen, die sie gesehen hatte, etwas Wichtiges gesagt hatte. Gregor wußte, daß sie keinem von ihnen ihr wirkliches Geheimnis anvertraut haben würde, jedenfalls nicht geradeheraus. Wenn sie das getan hätte, dann wären die Dinge anders gekommen. Vielleicht wäre sie nicht umgebracht worden. Jedenfalls hätte Andy Walsh, hätte man ihm die Wahrheit direkt mitgeteilt, nie sechs Wochen gewartet, um dazu etwas zu unternehmen. Er besaß nicht die nötige Geduld für so etwas. Und Peg Monaghan …

Hätte Peg Monaghan persönlich von etwas wirklich Bedrohlichem erfahren, wäre sie sofort zur Polizei oder zum Kardinal gegangen, oder zu sonst irgendwem, der mit dem Fall zu tun hatte. Sie hätte das getan, genauso, wie sie zur Polizei gegangen war, um das Foto, das in den Sechs-Uhr-Nachrichten gebracht worden war, als Cheryl zu identifizieren. Sie war die einzige, die dorthin gegangen war. Tom Dolan hatte es möglicherweise nicht gesehen. Bei dem Leben, das ihn der Kardinal zu führen zwang, hatte er nicht sehr viel Zeit übrig, um fernzusehen. Das Bild war nur zweimal gesendet worden, einmal um sechs Uhr und einmal während der Elf-Uhr-Nachrichten. Selbst die örtlichen Fernsehsender waren nicht an Menschen wie Cheryl Cass interessiert, an Verlierern. Sie hätten ihnen vielleicht mehr Sendezeit eingeräumt, wenn sie in einen spektakulären Drogenfall verwickelt gewesen wäre oder in einen brutalen, blutigen Mord. Ein stinknormaler schmuddeliger Selbstmord war nur zum Gähnen. In diesem Fall taten die Medien der Mordkommission von Colchester, insbesondere John Smith, einen Gefallen. Mehr war nicht drin. Das war, ehe die Mordkommission von Colchester herausgefunden hatte, daß es möglicherweise eine Verbindung zwischen Cheryl Cass und der Kanzlei geben könnte und beschlossen hatte, daß ein Selbstmord die bessere Lösung sei.

Ob Judy, Andy, Barry, Scholastica oder Declan Boyd nun dieses Bild gesehen hatten, wußte Gregor nicht. Er nahm an, daß er es auch nie erfahren würde. Jeder von ihnen hatte gegenüber John Smith behauptet, es nicht gesehen zu haben. Was viel spannender war, war die andere Frage: Warum hatte Cheryl Cass keinem dieser Menschen geradeheraus das Geheimnis anvertraut, von dem Gregor überzeugt war, daß es das Motiv für ihre Ermordung war? Jeder Bericht, den er gelesen hatte, schrieb, daß sie weder intelligent noch besonders verschwiegen war. Auch war sie nicht sensibel, was die Feinheiten anging. Scholastica behauptete, Cheryl hätte den Abend im Black Rock Park als »den zweitglücklichsten Tag in ihrem Leben« bezeichnet – Black Rock Park, ausgerechnet das Ereignis, das ganz Colchester als Horrorstory betrachtete. Cheryl hatte Scholastica noch andere Dinge erzählt, über ihre Symptome, ihre Schmerzen und Leiden, die Verwüstungen, die der Krebs an den intimsten Stellen ihres Körpers hinterlassen hatte. Sie war nicht verschwiegen. Außer in bezug auf eine Sache.

Welche Sache?

Gregor Demarkian sah herab auf die Bücher und Papiere, die auf seinem Bett verstreut lagen. Es war der Morgen des Karsamstags. Schwache Lichtstreifen kamen durch die Fenster seines Zimmers im Rosary House; und er fror. Er glaubte, nicht geschlafen zu haben. Gregor rieb sich die Augen und lehnte sich gegen die Wand. Vor Stunden, als er endlich herausbekommen hatte, wie das Nikotin in den Wein im Kelch hineinmanövriert worden war, als er mit John Smith zum Altar von St. Agnes gegangen war, um das zu überprüfen, hatte Gregor geglaubt, der Fall wäre fast erledigt. Dann war er hierher zurückgekommen, und es wurde ihm klar: Motiv, Motiv, Motiv. Er hatte immer noch kein Motiv, und er hatte keine große Hoffnung mehr, daß er eines finden würde.

Die Suche in den Büchern über Heilige und ihre Symbole, die der Kardinal ihm nach St. Agnes durch Pater Tom

Dolan hatte bringen lassen, war bislang nicht ergiebig gewesen. Er stieß sich von der Wand ab und sah wieder auf die Papiere herab, die mit der großen, wohlgeformten, symmetrischen Handschrift bedeckt waren, die man ihm in der Schule beigebracht hatte.

Ziege, stand auf dem nächstliegenden Papier, und dann:

St. Margaret von Cortona (1247–1297) – Tochter eines Bauern – dargestellt als Ziege, die zum Feld des Bauern zurückkehrt, nachdem sie verlorengegangen war – Symbol der Häretiker und Sünder, die nach einem längeren und öffentlichen Bruch zur Kirche zurückkehren.

St. Franziskus von Assisi (1181–1226) – repräsentiert durch verschiedene Tiere, inklusive Ziege. Symbol für die Notwendigkeit, daß die Christen alle Kreaturen Gottes heilighalten, nicht nur die Menschen.

St. Joseph, Ehemann von Maria (erstes Jahrhundert) – dargestellt als Ziegenbock oder mit einem solchen in seiner Rolle als Schutzheiliger der verheirateten Männer – Rolle nicht von Rom anerkannt.

St. Theresa von Lisieux (1873–1897) – beschrieben als Hirtin, die die Ziegen und Schafe in den Stall führt – Darstellung als Symbol nicht erfolgreich – im frühen zwanzigsten Jahrhundert ausgestorben.

St. Birgitta von Schweden (1303–1372) – dargestellt, wie sie die Ziegen und die Schafe in Kirchen trennt – Symbol ihrer Rolle als Reformerin in den Klöstern für Mönche und Nonnen in Schweden und Rom.

St. Barrfoin (auch bekannt als St. Barry) (sechstes Jahrhundert) – genannt in manchen mittelalterlichen Handschriften, wie er eine Ziege fortstößt – Symbol für die Ablehnung sexueller Versündigung.

Da waren sie alle, dachte Gregor, die Heiligen der katholischen Kirche, die irgendwann mit einer Ziege oder als Ziege dargestellt worden waren. Was hatte er? Einen offensichtlichen Hinweis auf Barry Field, der vielleicht zu offensichtlich gewesen war. Einen ebenso klaren Hinweis auf Peg Monaghan, aber kein besonders treffender. Einen weniger deutlichen Hinweis auf Cheryl Cass durch ihren Firmungsnamen, der ihm von Scholastica in den Notizen und in dem Bild, das sie ihm für den Abend geliehen hatte, zugekommen war. Er konnte sich nicht vorstellen, wie Cheryl Cass Klöster reformierte, geschweige denn in eines eintrat.

Er hob das Papier hoch, um es anzusehen, legte es dann wieder hin. Er hätte etwas schlafen sollen. Entgegen dem Image, das Fernsehdetektive produzieren, funktionierten menschliche Wesen nicht sehr gut ohne Schlaf. Sein Hirn war wie mit Watte vollgestopft. Seine Augen waren trocken und brannten. Selbst wenn man ihm ein Porterhouse-Steak hätte vorsetzen wollen, hätte er die Mühe des Kauens nicht auf sich nehmen können. Und er hatte noch einen anstrengenden Tag vor sich.

»Ziegen«, sagte er sich und nahm wieder das Papier auf. »Ziegen.« Die Namen und Beschreibungen schwebten vor seinen Augen und wackelten wie Würmer, als wären sie lebendig. Er zwang sich, seine Augen auf die Buchstaben zu fokussieren und las den Text noch einmal durch, ohne Hoffnung, denn er hatte ihn ohne Erfolg schon die ganze Nacht durch gelesen. Draußen im Hof schlug die Glocke von St. Agnes sieben Uhr.

»Ziegen«, sagte sich Gregor. Und dann hielt er inne. Er sah es! Er war sich sicher, daß er es sah. Das einzige Unklare daran war, warum er es nicht schon vorher gesehen hatte. Das verdammte Ding hätte genausogut in Neon auf der elektronischen Anzeigentafel auf dem Times Square blinken können.

»Idiot«, sagte Gregor und meinte sich selbst. Dann stand er vom Bett auf und griff nach seinem letzten sauberen Hemd.

John Smith wurde heute morgen nicht im Büro erwartet. Er hatte gestern nacht seinen Wunsch, lange zu schlafen, bekanntgegeben und hatte sowohl Gregor als auch der gesamten uniformierten Schlagkraft der Polizei von Colchester mit sofortiger Erschießung gedroht, sollte man ihn vor Mittag stören. Gregor war das egal. Es war Zeit, daß John Smith aus den Federn kam.

Die Tatsache, daß Gregor überhaupt nicht mehr müde war, trug nicht dazu bei, sein Vorhaben zu unterbinden.

Am Ende der langen Karfreitagnacht hatte Gregor John Smith und die Mordkommission von Colchester gebeten, ihm einige Gefallen zu erweisen. Er wußte jetzt, wie der Kelch präpariert worden war, aber er wollte es selber wiederholen können.

Er brauchte also einen ungeweihten Kelch, mit dem er üben konnte. Smith hatte versprochen, daß er beim Kardinal nachfragen würde. Gregor hätte den Kardinal auch selber fragen können, aber er hatte keine Lust gehabt, sich mit dem Mann auseinanderzusetzen. O'Bannions Gegenwart behinderte jeden zusammenhängenden Denkprozess. Er hatte auch darum gebeten, daß man einige Teile der Berichte mit Daten auffüllte: alle Aussagen, die die Verdächtigen über Cheryl Cass gemacht hatten, alle Aussagen, die die Verdächtigen darüber gemacht hatten, was in der Kirche vor sich gegangen war in der Stunde, bevor Andy

Walsh gestorben war, und alle Aussagen, die die Verdächtigen in bezug auf den Tod von Peg Monaghan gemacht hatten. Die letzteren würden wahrscheinlich, das wußte Gregor, noch nicht zur Verfügung stehen. Er hatte Smith gebeten, diese Aussagen nach ihrem Eingang zu den anderen zu legen. Das war die Art von Arbeit, die Stunden, ja Tage dauern konnte. Allein schon, den Kardinal zu bitten, einen ungeweihten Kelch zu besorgen, würde jede Menge Zeit in Anspruch nehmen, denn die Mordkommission von Colchester konnte sich in der Kanzlei nicht als der Herr im Hause aufbauen. Sie würden diplomatisch vorgehen müssen, und Diplomatie braucht Zeit.

Als er bei der Mordkommission im Polizeihauptquartier von Colchester angekommen war, erwartete Gregor eigentlich nicht, daß sein Auftrag schon erledigt worden wäre. So war er mehr als erstaunt, als Smith ihm in der Haupthalle mit einer schwarzen, länglichen Box und einer Ladung Unterlagen entgegentrat. Nachdem Smith mit Gregor einen Termin um acht Uhr ausgemacht hatte, war er um sieben Uhr zwanzig erschienen und hatte ein paar Sachen aus seiner Ablage herausgesucht. Er hatte allerdings auch die Information dingfest gemacht, um die Gregor gebeten hatte. Die befand sich in der obersten Akte auf dem Stapel direkt unter der länglichen Box. Die Box enthielt einen Kelch.

»Wir mußten gar nicht bis zum Kardinal gehen, um den zu bekommen«, sagte er Gregor, während sie zum Aufzug gingen. »Ich habe gestern abend, als ich nach Hause gekommen war, in der Kanzlei angerufen, und es stellte sich heraus, daß man die Dinger in jedem größeren katholischen Devotionalienladen kaufen kann. Es gibt einen auf der State Street, ungefähr drei Blocks von der Kathedrale entfernt. Ich habe einen der Uniformierten losgeschickt, der hat den Besitzer des Ladens heute morgen aus dem Bett geholt und so ein Ding gekauft.«

»Wie früh heute morgen?«

»Sechs Uhr«, sagte Smith.

»Ich denke, sie wollten sich ausschlafen.«

Smith grinste. »Was ich tue, wenn ich ausschlafe«, sagte er, »ist, daß ich zur üblichen Zeit aufstehe und den Morgen damit verbringe, Kreuzworträtsel zu lösen. Ich liebe Kreuzworträtsel. Alle anderen hier denken, ich würde den Schlaf lieben.«

Die Aufzugtüren öffneten sich, und sie traten hinein. Smith drückte den Knopf für den fünften Stock. Das war nicht die Etage, auf der sich das Großraumbüro der Mordkommission befand. Smith sagte: »Wir werden mal in den Konferenzraum gehen. Der wird angeblich ohne schriftliche Erlaubnis vom Polizeichef nicht freigegeben, aber niemand wird ihn an einem Samstag brauchen. Es wird dort ruhiger sein. Während Sie die Aussagen lesen, werde ich losziehen und das tun, was ich eben tun wollte, als ich Ihnen in der Eingangshalle begegnet bin, nämlich den Rest von diesem Haufen in den Keller ins Archiv bringen.«

»Eigentlich«, sagte Gregor, »sind die Aussagen nicht das, was mich gerade jetzt interessiert.«

»Nein?«

Der Aufzug hatte den fünften Stock erreicht. Die Türen glitten auf. Smith und Gregor traten beide heraus. Sie hatten offensichtlich die höheren Bereiche des Rangs und der Bequemlichkeit und auch der Innenarchitektur erreicht. Anders als der Flur, der unten von den Aufzügen in das Büro der Mordkommission führte, war dieser hier mit einem dicken, sahnefarbigen Flauschteppich bedeckt. Die Wände um sie herum waren kürzlich frisch gestrichen worden und mit alten Drucken und Tuschezeichnungen von

Polizisten mit hohen Hüten und steifen Krägen aus dem neunzehnten Jahrhundert vollgehängt. Gregor war klar, daß kein normaler Verdächtiger jemals hier hochkommen würde.

Smith trat seine Schuhe ab, wobei er sagte: »Das hier ist die Sorte von Ort, an dem man eigentlich gar nicht sein darf, wenn man Dreck an den Füßen hat«, und führte Gregor einen Seitengang hinunter, der an einer verzierten Doppeltür endete. Er nahm seine Schlüssel heraus, öffnete sie und ließ Gregor hineingehen.

»Nicht gerade das Vorstandszimmer von der Morgan Bank«, sagte er, »aber auch nicht schlecht. Für Colchester.«

Es war für nirgendwo schlecht. Ein langer, schwerer Konferenztisch aus Kirschbaumholz nahm den meisten Platz im Zimmer ein. Er war von passenden Stühlen umgeben. Eine Wand von Fenstern sah auf Colchester hinaus in Richtung der Kathedrale. Gregor konnte den Kirchturm sehen, der sich über ein Nest von tieferliegenden Gebäuden erhob. Schwarzweißfotografien, die in Walnußholz und Glas gerahmt waren, hingen an den Wänden und zeigten einen Chief of Police mit Präsident Kennedy, einen anderen Chief of Police mit Vizepräsident Nixon, den dritten Chief of Police mit Präsident Jimmy Carter. Gregor sah sogar ein Bild vom lieben alten Onkel J. Edgar Hoover und zuckte zusammen.

»Nehmen Sie Platz«, sagte er Smith und setzte sich ebenfalls, »wir müssen uns unterhalten.«

»Ich weiß, daß wir das müssen.« Smith setzte sich, aber auf die Kante eines Stuhles. Er war bereit, sofort aufzustehen und weiterzumachen, sobald die höflichen Vorspiele vorüber wären. »Wir können uns den ganzen Tag lang unterhalten. Ich muß nur diesen Kram ins Archiv runterbringen. Und Sie haben ja auch genug zu tun, um sich die nächsten zehn oder fünfzehn Minuten zu beschäftigen. Sie können ja mit dem Kelch herumspielen.«

Smith reichte ihm die längliche Kiste. Gregor nahm sie, öffnete sie und blickte auf einen riesigen goldenen Kelch. Smith mußte einen ungeheuren Eindruck auf den Beamten gemacht haben, oder sich einen von außergewöhnlicher (für die Verhältnisse von Colchester) Intelligenz und Effektivität ausgesucht haben. Was sich in dieser Kiste befand, war nicht nur irgendein Kelch, sondern einer in genau der richtigen Größe und Form.

»Ich habe ihm gesagt, er soll ein Exemplar von der Art verlangen, wie sie von der Erzdiözese benutzt werden«, sagte Smith. »Die Erzdiözese kauft ihre Devotionalien nicht in normalen Läden. Keine der Gemeinden darf wissen, daß dieser Kardinal der Kardinal ist, wenn Sie verstehen, was ich meine. Es ist alles zentralisiert. Die Kanzlei kauft dieses Zeug in großen Mengen, und die Gemeinden kaufen es von der Kanzlei. Es sei denn, irgend jemand macht ihnen eine besondere Schenkung, natürlich.«

»Ich frage mich, ob man da mit allem so ist«, sagte Gregor. »Wäsche für die Pfarrhäuser, sagen wir mal. Geschirrspülmittel.«

»Pflanzengift?« Smith lachte. »Ja, sind sie wohl. Ich habe das noch mal überprüft, damals vor Urzeiten während der Untersuchung des Todes von Cheryl Cass. Die Kanzlei betreibt eine Art Supermarkt für die Gemeinden. Das einzige, was sie nicht führt, sind Lebensmittel.«

»Wein?«

»Meßwein, ja, den schon.«

Es war der Wein, an den Gregor gedacht hatte, nicht das Pflanzenschutzmittel. Obwohl das mit dem Pflanzenschutzmittel einen Sinn ergab. Er langte in die Innentasche seines Jacketts und nahm die beiden Blätter heraus, die er an dem Morgen betrachtet hatte: Scholasticas Liste von Firmungsnamen und seine eigene, die den Gebrauch der Ziege als Symbol für katholische Heilige betraf.

»Sehen Sie sich mal dies hier an«, sagte er Smith. »Sehen Sie sich die Dinger genau an. Sagen Sie mir, was Sie da sehen.«

»Hören Sie mal, Mr. Demarkian –«

»Nein«, kommandierte Gregor.

Smith beugte sich über die Listen, las sie einmal, las sie noch einmal und las sie dann ein drittes Mal. Dann sah er wieder auf und schüttelte den Kopf.

»Vielleicht bin ich ein bißchen unkonzentriert«, sagte er, »denn ich muß wirklich diese Papiere nach unten bringen. Die einzige Art, wie ich die Sachen machen kann, die ich mir hier leiste, ist, indem ich die Bürokraten nicht nerve, und die Bürokraten in diesem Laden sind sehr genervt, wenn ihr Papier nicht mit äußerster Ehrfurcht behandelt wird.«

»Ich weiß, John. Die Bürokraten werden warten müssen. Ich muß Ihnen etwas erzählen.«

»Was?«

»Eine Geschichte«, sagte Gregor. »Eine Geschichte über einen Priester namens Andy Walsh, der in einer beliebten Morgenfernsehsendung auftrat und sagte: ›Es ist nicht nur die Sünde, deretwegen man sich bekümmern muß, sondern das, was sie verursacht. Es ist das, was die Sünde erzeugt. Wenn Sie die Sünde betrachten, dann sehen Sie einen Vorfall. Wenn Sie sich das Leben, das dieser Sünde gefolgt ist, betrachten, dann sehen Sie eine Katastrophe.‹«

»Das versteh' ich nicht«, sagte Smith.

»Das habe ich auch nicht. Ich glaube, er hat das später noch verdeutlicht. Das konnte ich aber nicht hören, weil Pater Declan Boyd mir ins Ohr brüllte. Eine der Sachen, die ich heute machen möchte, ist, in Barry Fields Studio zu gehen und zu sehen, ob er eine Kassette von dieser Sendung hat.«

»In der Zwischenzeit –«

»In der Zwischenzeit«, sagte Gregor, »werden Sie jetzt hier ruhig sitzenbleiben und zuhören.«

Am Anfang war es natürlich so, daß John Smith nicht im mindesten ruhig dasaß. Er zappelte und wackelte, er zog Grimassen und wandte sich ab, um an die Decke zu starren. Gregor wußte, daß eines der Hauptprobleme in diesem Fall die Tatsache war, daß er auf fein verzweigte Weise mit der Vergangenheit verbunden war. Vieles befand sich im Hintergrund und erschien offensichtlich nicht relevant für das, was hier zu untersuchen war: sechs Leute, die sich seit ihrer frühesten Kindheit gekannt hatten, die sich vor der Angst des Heranwachsens geschützt hatten, indem sie eine verschworene Gemeinschaft bildeten, die gegenseitig von sich dachten, daß sie alles gemeinsam hätten, inklusive ihrer schlimmsten Sünden. Sie waren sich aber überhaupt nicht ähnlich gewesen, nicht einmal am Anfang. Dann kam eine siebte Person hinzu, Cheryl Cass. Wie der Wurm im Apfel des Garten Eden hatte sie alles verdorben.

»Das, was ich die ganze Zeit übersehen habe«, sagte Gregor, »war die Tatsache, daß es nicht nur wichtig war, was Cheryl Cass war, sondern auch, wer sie war.«

Mittlerweile hatte sich John Smith beruhigt. Seine Papiere lagen vergessen auf dem Tisch. Seine Hände waren in seinem Nacken verschlungen.

»Ich verstehe nicht, was sie mit diesem ›wer‹ meinen.«

»Verstehen Sie, was ich mit ›was‹ meine?«

»Natürlich«, sagte Smith. »Sie war das Schulflittchen.«

»Genau.« Gregor nickte. »Sie war nach allem, was ich gehört habe, ein besonders auffälliges Schulflittchen. Schwester Scholastica erzählte mir irgendwann, daß Cheryl ›wahrscheinlich mit dem ganzen Football-Team geschlafen hat‹. Das ist nicht die Art von bissigem Kommentar, für den Scholastica bekannt wäre.«

»Sie ist nicht wegen irgendwelcher bissiger Kommentare bekannt.«

»Sage ich doch. Sie ist überhaupt nicht wegen irgendwelcher spitzen Bemerkungen bekannt. Wenn sie mir diese Sache mit dem Football-Team untergeschoben hat, so billig, wie das klingt, dann muß sie dafür einen Grund gehabt haben. Cheryl Cass muß offensichtlich und öffentlich einen äußerst unsittlichen Lebenswandel gehabt haben.«

»So ging zumindest das Gerücht«, sagte Smith.

»Manche Dinge, die wir über Cheryl Cass wissen, sind keine Gerüchte. Sie war arm. Bitterarm. Ihr Vater war Säufer und prügelte seine Familie. Ihre Mutter war eine Prostituierte und eine Diebin. Ihre Kindheit war ein ununterbrochener Horror. Sie war weder intelligent noch schön. Ihre Chancen, dem Leben, das ihre Eltern ihr vorlebten, zu entkommen, waren gleich Null.«

»Das ist also was sie war, aber nicht wer sie war.«

»Richtig. Nicht was sie war, sondern wer sie war, hat letztlich all diesen Ärger verursacht. Wenn sie ein nettes Mädel aus der Mittelschicht gewesen wäre, dann wäre sie nicht an einer Nikotinvergiftung gestorben. Es wären weder Peg Morrissey Monaghan noch Andy Walsh gestorben.«

John Smith schloß die Augen. Mit seinen hinter dem Nacken verschränkten Händen sah er aus, als wäre er gerade eingeschlafen, sah man davon ab, daß seine Nase wackelte. Nach einigen Minuten begann auch sein Kiefer, sich zu bewegen. Es war so still im Raum, daß Gregor dachte, er könne seine Uhr ticken hören.

Endlich öffnete Smith wieder die Augen. Er sagte: »Sie machen einige Annahmen. Eine davon bezieht sich auf einen Vorfall, der vor zwanzig Jahren stattgefunden haben muß. Wie wollen wir das jemals beweisen?«

Gregor riß das Deckblatt einer vor ihm liegenden Akte ab, nahm seinen Stift heraus und schrieb den Namen eines Ortes und eines Bundesstaates auf.

»Lassen Sie jemanden nachsehen. Die Unterlagen müßten im Juni oder Juli desselben Jahres archiviert worden sein. Ich tippe auf Juni. Es müßte schnell oder gar nicht geschehen sein. Kontaktieren Sie einen Mann namens Leroy Merrick im FBI von Fredericksburg. Sagen Sie ihm, daß ich Sie schicke. Er wird Ihnen helfen, den Anfang zu finden.«

»Warum da?«

»Da war etwas, was Scholastica mir gestern gesagt hatte. Es fiel mir erst viel später auf, daß die Pubertät keine besonders tolle Phase ist.«

»Und dann?«

»Ich gehe davon aus, daß es andere Unterlagen geben wird, wenn nicht in derselben Stadt, dann auf jeden Fall im selben Bundesland. Aber vielleicht auch nicht. Sie sollten erst mal mit dem Üblichen anfangen. Hier und überall sonst. Sie könnten schon innerhalb eines Jahres nach den ersten Unterlagen archiviert worden sein. Sie könnten aber auch nie archiviert worden sein. Mein Instinkt sagt mir, daß sie mindestens drei Jahre später auftauchen werden.«

»Und Leroy Merrick kann mir damit auch helfen?«

»Natürlich.«

»Ich hoffe nur, Leroy Merrick hat einen ruhigen Tag.«

Gregor lächelte. Leroy Merrick würde sich die Zeit nehmen. Er war der erste Schwarze, der jemals als Chef einer örtlichen Niederlassung des *Federal Bureau of Investigations* eingesetzt worden war und der einzige, der unter dem Regime des alten Boss dazu ernannt worden war. Gregor war nicht eitel genug, zu glauben, daß er der einzige Verantwortliche dafür sei, Leroy dahin bugsiert zu haben, wo er sich jetzt befand. Leroy war gut, außerordentlich gut. In einem gerechteren Universum würde er schon am Schreibtisch von J. Edgar Hoover sitzen. In den schlechten alten Tagen des ›Bossman Eddie‹, wie ihn manche von Gregors Kollegen genannt hatten, war das FBI Lichtjahre davon entfernt gewesen, ein gerechtes Universum darzustellen.

Gregor stand auf, glättete die Falten auf seinem Anzug und nahm die Papiere auf, die John ihm besorgt hatte. Durch die Fenster an der gegenüberliegenden Wand konnte er den Beginn eines neuen Schneesturmes beobachten, einer Spezialität von Colchester. Morgen war Ostersonntag für die Katholiken und die Protestanten, wenn schon nicht für die Armenier und die Orthodoxen. Trotzdem war nirgendwo ein Anzeichen des Frühlings zu entdecken.

»Jetzt bewegen Sie sich«, sagte er Smith. »Bringen Sie Ihre Papiere den Bürokraten. Wir treffen uns gleich unten im Büro der Mordkommission an Ihrem Schreibtisch. Wir haben heute jede Menge vor.«

»Sie meinen, das FBI anrufen und warten, während die da herausfinden, was wir wissen wollen?«

Das war ein typischer Kommentar eines lokalen Polizisten über die Geschwindigkeit und Leistungsfähigkeit des *Bureaus.* Da er von jemandem gemacht worden war, der mit der Mordkommission von Colchester in Verbindung stand, war er eine Unverschämtheit. Gregor ließ es trotzdem durchgehen.

»Ich meine, sich mit Leuten über den Tod von Peg Morrissey Monaghan unterhalten«, sagte er. »Irgendwann wird euer Staatsanwalt sich mit dieser Sache in einen Gerichtssaal begeben, und wenn er das tut, dann wird es das eine oder andere geben, das er wissen sollte. Bewegen Sie sich, John. Sie wissen, wie man sich beeilt. Das machten Sie gerade, als ich hier ankam.«

John Smith wußte, wie man sich beeilte. Er tat das so gut, daß er schon den Knopf für den Aufzug drückte, ehe Gregor überhaupt aus dem Konferenzraum herausgetreten war.

VIER

Judy Eagan war an Samstagmorgen immer früh wach. Samstage, selbst der Ostersamstag, waren für Kinderfeste ein beliebter Termin. Es gab Geburtstagstorten, die Sie überprüfen mußte, Partyclowns, die noch angerufen, und Papierdekorationen, die gezählt werden mußten. Sie machte diese Dinge gerne selbst, wie sie es immer schon getan hatte, obwohl die Kunden, die ihre Dienste für Kinderfeste in Anspruch nahmen, nicht mehr für ihren Betrieb von Bedeutung waren. Sie hatte einmal eine eigene Geburtstagsparty gegeben, als sie acht war, auf der der Kuchen klitschig und das Geschenk, das ihre Mutter für sie bestellt hatte, nicht gekommen war. Die Party war nicht ausgerichtet worden – selbst Menschen aus der Mittelschicht ließen sich damals keine Feste catern –, aber sie hätte das Prinzip des Cater Service damals sowieso noch nicht verstanden. Was sie verstanden hatte, war die Demütigung. Sie konnte immer noch die Gesichter ihrer ganzen Freunde um den Tisch herum sehen, ihre eigene peinliche Berührtheit und ihre innere Verwirrung, ihre Überraschung und insgeheime Schadenfreude. Wie alle Kinder überall auf der Welt, hatten sie sich über das Unglück anderer Leute amüsiert. Selbst Kath und Peg.

Peg.

Es war dieser Karsamstag und neun Uhr dreißig, und sie saß immer noch an ihrem Küchentisch, trank Kaffee und war kaum in der Lage zu denken. Eine teilweise Begründung war die schlichte Tatsache, daß sie in der Nacht nicht hatte schlafen können. Nachdem sie gestern Stuart in dieser Bar sitzengelassen hatte, war sie zum ersten Mal in fünf Jahren an einem Freitagabend allein zurück in ihr leeres Apartment gekommen, hatte sich umgesehen – und nichts getan. Es hatte auch nichts gegeben, was sie hätte tun können. Sie hatte über Peg nachdenken wollen, aber es war ihr unmöglich. Es gab nichts, was man über Peg hätte denken können. Tod und Blut, Tod und Blut: Das würde alles sein, woran sie sich erinnern konnte. Die anderen beiden Morde waren so unglaublich sauber gewesen. Es war nicht fair, daß Pegs nun so häßlich war. Peg war immer eine so sorgsame und ordentliche Person gewesen.

Worüber sie dann letztlich nachdachte, war Stuart, beziehungsweise die Tatsache, daß er nicht da war. Sie hatte ihn im *Chez Where* verlassen, ohne ihm zu sagen, daß sie jetzt ginge. Als die Nachrichten vorüber waren, hatte sie ihre Handtasche genommen, hatte gesagt, sie verschwinde nur kurz einmal und war statt dessen nach Hause gegangen. Ihr Mantel hatte noch am Ständer neben der Sitzecke gehangen. Ihre Päckchen befanden sich immer noch auf der Sitzbank. Sie war hinaus zum Taxistand gegangen, hatte sich das erste vorbeikommende Taxi geschnappt und sich dann in ihrer Wohnung eingeschlossen.

Sie hatte den Ton ihres Anrufbeantworters laut gestellt und sich die nächsten fünf Stunden seine Nachrichten angehört: Wo war sie, er habe ihre Sachen, sie solle ihn anrufen, sobald sie nach Hause käme, er mache sich langsam Sorgen, daß sie entführt worden sei. Aber er machte sich keine Sorgen. Die einzigen Emotionen, die man seiner Stimme entnehmen konnte, waren Wut, Ungeduld und Entnervtheit, die Vermutung, daß sie ihm einen Streich gespielt hatte und daß sie jetzt aufhören sollte so kindisch zu sein. Dann, um zehn Uhr, trat er an ihre Tür und hatte geklopft, nachdem er vom Portier, der ihn gut kannte, in den Lift gelassen worden war. Sie hatte auf der Couch gesessen, keine fünfzehn Meter von ihm entfernt, in absoluter Stille, während sie dem Himmel für ihren Instinkt dankte, ihre Privatsphäre ausreichend geschützt zu haben, indem sie ihm nie einen Schlüssel gegeben hatte. Er war nach zehn Minuten weggegangen – Stuart machte ihr nicht in irgendwelchen Hausfluren Szenen, nur im Bett –, und sie schrieb einen Post-It-Zettel, um sich daran zu erinnern, dem Portier zu sagen, daß Stuart kein willkommener Gast mehr sei. Was sie selbst betraf, so konnte er das Armband und die anderen Sachen behalten, egal, wie teuer sie gewesen waren. Er könnte den ganzen Plunder wieder zu Geld machen und die Knete benutzen, um eine Wochenendreise nach Las Vegas mit einem Flittchen zu unternehmen. Wenn er nicht eine neue Judy Eagan fand, also eine andere Frau, die ihm erklären könnte, wie man sich als anständiger Mensch benimmt, wäre seine politische Karriere sowieso vorbei.

Sie nahm einen Schluck Kaffee, zog ein Gesicht und setzte die Tasse wieder ab. Er war abgestanden, bitter und viel zu stark. Sie hatte die ganze Nacht über einfach neues Pulver auf das alte geschüttet. Sie stand auf, goß den Kaffee in den Ausguß und nahm den übervollen Filter aus der Kaffeemaschine. Erst einmal würde sie sich einen frischen Kaffee aufbrühen, einen, der so schmeckte, wie sie wollte, daß er schmeckte. Dann würde sie ihn trinken. Dann würde sie nachdenken. Es gab eine ganze Menge, worüber sie nachdenken wollte, angefangen mit der Frage, ob sie heute zur Arbeit gehen sollte. Sie hatte ihre Assistentin um Viertel nach acht angerufen und ihr Anweisungen gegeben. Judy könnte somit den ganzen Tag zu Hause bleiben. Wenn sie das täte, dann müßte sie über ihr Leben nachdenken.

Tasse, Untertasse und Löffel, die sie benutzt hatte, sahen genauso schmuddelig und widerlich aus, wie der Kaffee geschmeckt hatte. Sie steckte sie in die Geschirrspülmaschine und holte neue hervor. Dann öffnete sie ihren Eisschrank und starrte auf den einzigen Inhalt, den er vorzuweisen hatte: drei Becher Erdbeerjoghurt.

Sie hatte sich gerade dazu durchgerungen, auswärts frühstücken zu gehen – wenn sie etwas Essen in sich hineinbekam, dann könnte sie vielleicht schlafen –, als der Portier klingelte. Sie erstarrte und wartete, weil sie vermutete, er würde ihr mitteilen, daß Stuart unten auf sie wartete. Sie hatte Stuart noch nie besonders aufmerksam gefunden, aber sie hatte ihn auch noch nie in solch einer Situation erlebt. Wenn sie hätte klar denken können, dann hätte sie sich daran erinnert, daß sie noch nicht mit dem Portier gesprochen hatte. Stuart wäre natürlich sofort hochgelassen worden.

»Miss Eagan?« fragte der Portier. Er war ein alter Mann, und über den Feminismus mit seinem ›Ms.‹ hatte er seine eigene Meinung. »Da sind ein Mr. Smith und ein Mr. Markian hier, die mit Ihnen sprechen wollen.«

Mr. Smith und Mr. »Markian«. Gregor Demarkian natürlich. Judy setzte die Kaffeetasse ab und ging hinüber zur Sprechanlage. Stuart verfügt nicht über die Intelligenz, sich so etwas auszudenken, und der Portier hätte bei so einem Trick auch nicht mitgemacht. Er war altmodisch, aber nicht romantisch. Sie drückte den Knopf auf der Sprechanlage und sagte: »Ja?«

»Ein Mr. Smith und ein Mr. Markian«, wiederholte der Doorman geduldig. »Können sie heraufkommen?«

»Ja«, sagte Judy noch einmal.

Sie stellte die Sprechanlage wieder ab und trat zurück. Sie konnte so viel über Stuart nachdenken, wie sie wollte, aber er war allen anderen egal. Letztlich auch ihr. Peg Morrissey Monaghan war tot und in den Sechs-Uhr-Nachrichten erschienen, und das hatte Vorrang vor allem anderen. Obwohl es noch viel zu früh war, ging sie zu der Wohnungstür, öffnete sie und sah in den leeren Gang hinaus.

Eine Minute später waren sie da. Ihre frühe Ankunft wurde sicherlich dadurch begünstigt, daß an einem Samstagmorgen wenig Verkehr an den Liften herrschte. Smith war so groß und hibbelig, wie sie ihn in Erinnerung hatte. Demarkian sah müde aus, genauso müde wie sie. Sie mochte ihn deswegen. Es machte sie wütend, wenn sie daran dachte, daß Smith nach Hause gegangen war und sich einen guten Nachtschlaf gegönnt hatte, jetzt, wo Peg tot war.

Als sie zur Tür kamen, trat sie zurück und bedeutete ihnen mit der Hand, hereinzukommen. Danach schloß sie die Tür wieder ab. Dann ging sie voraus in die Küche und öffnete den Schrank über dem Spülbecken, um noch zwei Kaffeetassen hervorzuholen.

»Es ist wegen Peg, nicht wahr«, sagte sie. »Sagen sie's mir nicht. Ich weiß, daß ich dumm bin. Natürlich ist es wegen Peg.«

»Sie sind nicht dumm«, sagte Gregor Demarkian. Er hatte eine sanfte Stimme, weich. Judy beschloß, ihn deswegen zu mögen. »Es tut uns leid, daß wir Sie so früh an einem Samstag stören müssen.«

»Ich war schon wach«, sagte Judy. »Ich koche noch einen Kaffee. Warum setzen Sie sich nicht einfach?«

Die beiden setzten sich, aber nur, nachdem sie den Tisch eher skeptisch begutachtet hatten. Er war eine große runde Scheibe aus poliertem Glas, die von einer Chromsäule getragen wurde. Die Stühle bestanden aus Chromrahmen, zwischen denen Leinentuch gespannt war. Das Ensemble sah zu filigran aus, um irgend etwas anderes tragen zu können als ein großgewachsenes Kind. Judy setzte vor ihnen die Kaffeetassen ab und sagte: »Ich hasse moderne Möbel. Sie sollen elegant aussehen, aber alles, was sie sind, ist phantasielos.«

»Mhmm«, sagte Gregor Demarkian.

»Ich habe den ganzen Morgen darüber nachgedacht«, sagte Judy und bemerkte plötzlich, daß das auch stimmte. »Ich werde den ganzen Plunder 'rauswerfen und alles neu mit viktorianischen Möbeln ausstatten.«

Sie sah sich die Kanne mit Kaffee an und wurde rot. Was für eine merkwürdige Sache sie da gesagt hatte, dachte sie, was für eine merkwürdige Sache sie da *gedacht* hatte, ausgerechnet jetzt. Sie griff die Kanne und sagte: »Entschuldigen Sie.«

»Ist schon in Ordnung«, sagte John Smith.

Judy füllte alle drei Tassen mit Kaffee, stellte die Kanne wieder auf den Tisch und ging noch einmal zum Schrank, um Zucker zu holen. Sie hatte weder Sahne noch Milch im Haus. Hatte sie nie. Die machten dick.

»Vielleicht sollten Sie mich danach fragen, was Sie gerne wissen möchten«, sagte sie. »Ich scheine heute morgen nicht so gut beieinander zu sein.«

»Ist schon in Ordnung«, sagte John Smith wieder.

»Es sind nur ein paar Fragen wegen gestern nachmittag«, sagte Gregor Demarkian. »Als sie in St. Agnes waren.«

Judy kam zurück an den Tisch und setzte sich. »Um ein Uhr und kurz davor. Ja. Ich war da.«

»Das hat uns Schwester Scholastica gesagt«, sagte Demarkian. »Weswegen waren Sie da?«

Judy blinzelte. Wenn Scholastica ihnen erzählt hatte, daß sie da gewesen war, warum hatte sie ihnen nicht auch erzählt, warum sie da gewesen war? Judy schüttelte den Kopf. Sie verwickelte sich da gerade in lauter Fragen. Vielleicht wie in ihrer Kindheit.

»Es war wegen des Weins«, sagte sie vorsichtig. »Die Kanzlei sollte eigentlich den Meßwein am Mittwoch der Karwoche liefern. Mittwochabend. Aber als ich am Morgen des Gründonnerstag zur Kirche kam –«

»Das war wegen der Ziege?« fragte Gregor Demarkian.

»Ich habe erst die Ziege geholt«, sagte Judy, »aber ich wäre sowieso noch vor dem Frühstück in die Kirche gegangen. Um alles noch einmal zu überprüfen. Das ist ein Teil meiner Pflichten. Eigentlich sollte das von der Gemeindesekretärin übernommen werden, aber sie hat sechs Kinder und ist nicht besonders zuverlässig. Also bin ich hingegangen, wie sich herausstellte, noch mit einer Ziege im Schlepptau, und stellte fest, daß der Wein nicht da war. Also habe ich im Lager angerufen, und die haben mich vertröstet. Sie könnten ihn mir vielleicht bis ein Uhr ausliefern, aber es könnte auch fünf Uhr nachmittags werden. Es war unglaublich. Also bin ich losgefahren und habe ihn selber abgeholt. Ich habe ihn in den Kofferraum meines Autos gepackt.«

»Und?«

Das war schon wieder Demarkian. Judy war verwirrt. »Sie müssen sich doch daran erinnern. Sie haben mich doch gesehen. Ich habe vier Flaschen für die Messe hereingebracht. Die Messe, in der – in der Andy umgebracht wurde.«

»Warum nur vier Flaschen?« fragte Gregor. »Hatten Sie nicht den ganzen Wein in Ihrem Auto?«

»Oh, natürlich. Ich hatte zwei Kisten geladen. Aber zwei Kisten sind sehr schwer zu tragen, und wir mußten uns beeilen. Und dann wurde Andy umgebracht, und ich habe es –«

»Vergessen?« John Smith lächelte.

»Ja, habe ich«, sagte Judy. »Ich habe mich später daran erinnert, aber die Kirche war ja sowieso versiegelt. Und gestern morgen fiel mir ein, daß ich am nächsten Tag meinen Kofferraum brauchen würde.«

»Warum?« fragte Smith.

Jetzt lächelte Judy selber. »Ich habe einen Catering Service, Lieutenant. Morgen ist Ostersonntag. Ich habe zwei Dutzend Eier, drei Osterhasenkostüme und einhundertvierundvierzig Schokoladenosterhasen, die ich zu einer Party in Oak Hill Ridge hinüberschleppen muß. Großes Geld, große Gesellschaft, großer Aufwand. Ich hätte das meiste davon auch auf den Rücksitz stellen können, aber der Rücksitz ist schon für sechsundfünfzig lebendige Küken reserviert.«

»Was für eine Party?« fragte Smith.

»Heben wir uns mal die Party für ein andermal auf«, sagte Gregor Demarkian. »Sie haben den Wein in die Kirche von St. Agnes gebracht. Und dann?«

»Ich konnte ihn nicht in die Kirche stellen, wo er eigentlich hingehört. Es waren da immer noch Polizisten, und der Altar wurde bewacht, und sowohl das Vorzimmer als auch die hintere Diele waren abgesperrt. Also habe ich den Wein ins Kloster getragen.«

»Das war um zwölf Uhr dreißig?« fragte Demarkian.

»Ein wenig später. Ich dachte, ich könnte die Kisten einfach im Eingang stehenlassen und wieder gehen, verstehen Sie, denn es war ja Karfreitag, und ich habe nicht damit gerechnet, daß irgend jemand da sein würde. Aber sie waren alle da. Es war Mittagszeit.«

»Mit allen meinen Sie die Nonnen«, sagte Smith.

»Stimmt. Kath – Scholastica – sah, ich weiß nicht, entsetzlich schlecht aus. Sie bat mich, zu ihr zu kommen und kurz mit ihr zu sprechen, was ich tat. Ich hatte noch eine Extraflasche Wein. Der Mann vom Lager hatte mich damit bestochen. Ich glaube, er dachte, wenn er nett zu mir wäre, dann würde ich dem Kardinal nicht erzählen, daß er Mist gebaut hatte. Also hatte ich diese überzählige Flasche Wein und gab sie Scholastica für die Schwestern. Für medizinische Zwecke, wenn Sie verstehen, wie ich das meine.«

»Ich habe selber bei Gelegenheit Wein zu medizinischen Zwecken gebraucht«, sagte Demarkian. »Was ist danach passiert?«

»Scholastica und ich haben uns eine Weile unterhalten. Dann stand ich auf, um zu gehen, und als ich in den Hof kam, traf ich auf Pater Boyd.«

»Sie haben sonst niemanden getroffen?«

»Ich habe Peg nicht getroffen«, sagte Judy. »Scholastica hatte erzählt, daß Barry Field da gewesen wäre, aber dem bin ich auch nicht begegnet. Nur Declan Boyd. Er – wollte mit mir reden.«

»Worüber?« fragte Smith.

Judy zog eine Grimasse. »Das sollten Sie ihn selber fragen. Er machte daraus ein absolutes Geheimnis. Was er sagte, war, daß er jemanden im Vorraum gesehen hatte, nachdem Andy gestorben war, und zwar jemanden, dessen Namen er nicht verraten würde. Ich habe später darüber nachgedacht und bin zu dem Schluß gekommen, daß er nur Peg gemeint haben könnte, aber dann –«

Gregor lehnte sich über den Tisch. »Warum nehmen Sie

an, daß er von Peg sprach? Warum hätte er nicht von einem anderen Gemeindemitglied, irgendeiner Frau, sprechen können?«

»Es war die Art, wie er sich ausdrückte. Er sagte dauernd, ich könnte sie dazu überreden, zur Polizei zu gehen. Ich könnte sie dazu bringen, über das zu reden, was sie da tat. Das konnte nur Peg oder Scholastica meinen. Und es hätte nicht Scholastica sein können, denn es war nicht ungewöhnlich, daß sie sich nach dem Tod von Andy im Vorraum aufgehalten hatte. Der Kardinal hatte sie dahin geschickt.«

»In Ordnung«, sagte Demarkian. »Wir nehmen einmal an, daß es Peg Morrissey Monaghan war. Was meinte denn Pater Boyd, was sie da gemacht hatte?«

»Sich Bücher ansehen«, antwortete Judy prompt. »Das war das, was mir in dieser Unterhaltung merkwürdig vorkam. Wenn sie mit den Weinflaschen herumgemacht oder irgend etwas hinter dem Bild von Johannes Paul II. veschwinden ließ, hätte ich verstanden, warum er sich so aufgeregt hat. Aber sie machte nichts dergleichen. Sie stand einfach im Vorzimmer und sah sich Bücher im Regal an. Er sagte, er hätte deswegen in der Kanzlei angerufen, das konnte ich gar nicht mehr fassen. Mitten in der Osterzeit!«

Judy beobachtete, wie Smith und Demarkian einen Blick tauschten, den sie nur schwer interpretieren konnte. Dann starrte sie in ihren Kaffee. Judy konnte sich genau an den Streit mit Declan Boyd erinnern. Sie konnte sich erinnern, wie sehr sie Angst gehabt hatte, wie irrational sie gewesen war, wie verrückt ihr der ganze Tag erschienen war, so verrückt, wie irgendein Tag nur werden konnte. Daß er später noch schlimmer geworden war, betäubte sie immer noch. Judy sah hoch und stellte fest, daß beide sie ansahen, und sie wurde wieder rot.

»Entschuldigen Sie bitte«, sagte sie und hatte das Gefühl, sie würde sich die ganze Zeit nur entschuldigen, »ich bin gerade – weggetreten.«

»Ist schon in Ordnung«, sagte Smith zum dritten Mal. Er stand auf und wartete neben seinem Stuhl, während sich Gregor Demarkian erhob.

»Es gibt nur noch eins, das ich gerne wissen würde«, sagte Demarkian. »Als Sie herausgefunden haben, daß Peg Morrissey Monaghan gerade im Kloster von St. Agnes gestorben war, anstatt an einem anderen Ort, hat Sie das überrascht?«

»Wenn Sie meinen, ob ich gewußt habe, daß sie da sein würde«, sagte Judy, »dann ist die Antwort nein. Aber ich war nicht überrascht. Peg ist – war eine dieser Frauen, die für die Gemeinde alles machen. Tombolakarten verkaufen, Wohltätigkeitsbasare veranstalten, den Altar dekorieren, verstehen Sie. Sie war dauernd da drüben. Und sie wäre auch gekommen, wenn Scholastica oder Pater Boyd sie darum gebeten hätten.«

»Glauben Sie, daß das passiert ist?«

»Ich weiß es nicht«, sagte Judy. »Wenn Scholastica sie angerufen hätte, hätte sie mir das wahrscheinlich gesagt. Wenn Scholastica irgend etwas gehabt hätte, was erledigt werden mußte, dann hätte sie wahrscheinlich mich gebeten. Peg hatte neun Kinder und war schwanger. Das einzige, was ich habe, ist ein Betrieb.«

»Wenn jemand sie wirklich angerufen hätte und sie gebeten hat, nach St. Agnes zu kommen, wäre sie dann ohne Kinder gekommen?«

»Das wäre sie, wenn man sie darum gebeten hätte, keine mitzubringen.«

»In Ordnung«, sagte Gregor Demarkian. Smith war schon an der Tür, Demarkian folgte ihm. Judy beobachtete, wie er ging, wobei sie vage spürte, daß sie aufstehen sollte, um die beiden zu verabschieden. Es wäre höflich gewesen. Als Demarkian die Tür erreichte, hielt er inne und sagte: »Vielen Dank. Sie waren uns eine große Hilfe.«

Eine Minute später war er weg, und Judy saß wieder über ihrem Kaffee, so müde, daß sie sich kaum an die Unterhaltung erinnern konnte, die eben geführt wurde. Aber sie war nicht schläfrig. O nein.

Sie war überhaupt nicht schläfrig.

Es gab in Barry Fields Vertrag mit *Mark Candor's All Christian Good News Gospel Network* eine Rücktritts-Klausel. Sie stand in dem Paragraphen Nummer sechsunddreißig, und dort stand, wenn man den ganzen juristischen Fachjargon wegließ, daß sowohl Mark Candor als auch Barry Field den Vertrag ohne Nachteil und aus jedem x-beliebigen Grund im Monat März eines jeden laufenden Jahres kündigen konnten. Es war Barrys Rechtsanwalt gewesen, der dies eine »Rücktritts-Klausel« genannt hatte. Dann, mit dem kleinen bitteren Lächeln, das er nur dann aufsetzte, wenn er den Leuten deutlich machen wollte, wie sehr er sich über die abgrundtiefe Schlechtigkeit des menschlichen Wesens im klaren war, auch wenn dieses menschliche Wesen in Form von fundamentalistischen Predigern erschien, hatte er sic in »Kalte-Füße-Klausel« umbenannt. Barry wußte nicht, was seinen Rechtsanwalt dazu gebracht hatte, ein Christ zu werden, aber er wußte wohl, daß er es nicht wirklich war. Letztlich war seine wirkliche Religion ein spitzgeschliffener Haß gegen alle zweibeinigen Kreaturen, im besonderen gegen Barry Field. Er war der unangenehmste Mensch, den Barry jemals kennengelernt hatte.

Andererseits war er ein sehr guter Rechtsanwalt. Er hatte alles sehr klar und deutlich erklärt, bis hin zur Zeichensetzung und den ganzen Querverweisen. Barry wußte damit genau, was er im Monat März machen konnte und nicht machen durfte. Er wußte aber auch, daß er das, was er gerade tun wollte, auch dann gemacht hätte, wenn es der Vertrag nicht erlaubt hätte. Eines war er nie gewesen: ein Heuchler. Auf eine Sache war er in seinem Leben wirklich stolz, so wie er sich für eine andere wirklich schämte. Sein Stolz bezog sich darauf, daß er in seinem Leben nie etwas für Geld gemacht hatte, ohne an die Sache zu glauben. Er war erleichtert festzustellen, daß sich dies nicht ändern würde, selbst für das Geld, das von Mark Candor kam, nicht. Das würde natürlich ein Loch reißen, das er irgendwie würde stopfen müssen. Er war ein ehrgeiziger Mann, so wie er schon ein ehrgeiziger Junge gewesen war. Er konnte die Vorstellung, den Rest seines Lebens an ein und demselben Ort zu verbringen, nicht ertragen. Wohin sollte er aber jetzt gehen? Er war sich nicht sicher.

Er blickte auf und sah durch sein Büro auf die beiden Männer in der hinteren Ecke, die eine Videokassette auf seinem Fernseher laufen ließen, Gregor Demarkian und John Smith. Sie waren schon seit über zwei Stunden hier und ließen die Kassette immer und immer wieder laufen. Auf ihr war die letzte Show, die Andy jemals mit ihm aufgenommen hatte, festgehalten worden. Die meiste Zeit war Barry auch hier gewesen. Es gab jede Menge, worüber er nachdenken mußte, und so konnte er im Moment nicht seinen Mitarbeitern gegenübertreten. Es waren gute Menschen, und sie machten sich um ihn Sorgen; und er war kurz davor, sie alle zu verraten. Er hatte sie sogar schon verraten.

Es gab eine Fernbedienung für den Videorecorder, nicht

aber für den Fernseher. Demarkian drückte auf den Knopf »Stop«, dann noch ein paar weitere Knöpfe und dann einen Knopf, der die Kassette von neuem laufen ließ. Andy erschien auf dem Bildschirm. Das war schon weit vorne auf dem Band. Andy saß da, lümmelte sich nicht wie einer der Gäste der *Tonight Show,* sondern saß vornübergebeugt, mit einer ernsten Miene und seinen Händen auf den Knien.

»Sünde ohne Buße«, sagte er gerade, »führt dazu, eine Lüge zu leben. Und das ist, was so viele von uns tun. Wir leben eine Lüge. Und wir hoffen, daß niemand auf der Welt unser Geheimnis kennt.«

Das ist es, was so viele von uns tun. Wir leben eine Lüge. Barry spürte, wie sich sein Magen umdrehte. Wo war er während der Sendung gewesen? Woran hatte er gedacht? Er war so überdreht gewesen wegen seines Vertrags mit Mark Candor und so berauscht vom Publikum, daß er gar nicht zugehört hatte. Erst, als die Sendung vorbei und er wieder in seinem Büro war, fing er an, darüber nachzudenken, was Andy gesagt hatte, und dabei hatte er bemerkt, daß die Rede merkwürdig gewesen war. Es war jedenfalls erst viel, viel später, daß er noch einmal die Aufnahme hatte ansehen können. Er hätte wissen müssen, daß da etwas im Busche war. Andy setzte sich nie so nach vorne, so angespannt, wenn er nicht etwas Ernsthaftes im Sinne hatte.

Wir denken, daß niemand sonst auf der Welt unser Geheimnis kennt.

Er stand von seinem Stuhl auf und durchquerte das Zimmer. Gregor Demarkian hatte die Kassette schon wieder zurückgespult und ließ noch einmal die Rede von der Lebenslüge laufen. Er zeigte auf den Bildschirm und sagte Smith etwas, zu leise, als daß Barry es verstehen konnte. Smith schüttelte den Kopf.

Barry legte seine Hand auf die Rückenlehne von Gregor

Demarkians Stuhl und sagte: »Haben Sie gefunden, was Sie brauchen?«

Demarkian stellte den Videorecorder ab und wandte sich um. »Ich habe das gefunden, was ich suchte. Ich gehe davon aus, daß auch Sie es gefunden haben. Das hier ist doch das, was Sie Schwester Scholastica zeigen wollten, als Sie gestern ins Kloster gekommen sind?«

Schwester Scholastica, dachte Barry. Kath. Er sagte: »Ja. Das stimmt. Ich hatte es mir noch einmal angeschaut. Es wieder und wieder abgespielt. Es war merkwürdig.«

»Es ist immer noch merkwürdig«, sagte Smith.

Barry schüttelte den Kopf. »Ich denke auch, daß es das noch ist. Ich wünschte, ich wüßte, worauf er hinauswollte. Er hätte sich anders benommen, wenn er nicht mit etwas ganz Bestimmtem beschäftigt gewesen wäre. Etwas, das er nicht gleich sagen wollte.«

»Hatte er so etwas schon einmal gemacht?« fragte Demarkian. »Ihre Show benutzt, meine ich, um Dinge anzudeuten?«

»Sie meinen, kleine codierte Botschaften aussenden?« Barry lächelte. »Oh, ja. Das machte er die ganze Zeit. Es drehte sich dann meistens um irgendeines seiner Gemeindemitglieder, das ihm auf die Nerven ging. Er war großartig darin, Sachen aus halben Andeutungen und Ungereimtheiten zu erschließen, aus kleinen Dingen heraus, auf die sonst niemand achtete. Geliebte. Finanzielle Sorgen. Diese Art von Sachen. Wenn er so etwas herausfand über irgend jemanden, der ihm gerade unangenehm war, dann –«

» – piesackte er die Leute.« sagte Gregor.

»Ich vermute mal, das haben Ihnen schon alle vor mir erzählt«, sagte Barry.

»Haben Andy Walshs Gemeindemitglieder häufig Ihre Sendung gesehen? Von dem, was ich bislang gehört habe, entnehme ich, daß Sie in den letzten Jahren konsequent anti-katholisch waren.«

Es gab einen metallenen Klappstuhl, der an der Wand lehnte, noch übriggeblieben von der Mitarbeiterversammlung, die letzte Woche gewesen war. Er hätte schon längst herausgeholt und weggeräumt werden müssen, aber aus irgendeinem Grund stand er immer noch da. Barry holte ihn herüber, stellte ihn auf und setzte sich.

»Alle haben sie diese Talk-Show gesehen«, sagte er, »selbst der Kardinal höchstpersönlich. Ich habe keine gerichtsfähigen Beweise für den Kardinal, aber ich weiß es trotzdem. Er hielt ganze Predigten über mich, wenn er fand, daß ich mal wieder ganz schrecklich gewesen wäre. Aber selbst wenn Andys Gemeindemitglieder nicht alle eingeschaltet hatten, oder es auf Kassette aufnahmen, um es sich später anzusehen, so hatten ihn doch alle irgendwann einmal in meiner Show gesehen. Andy war mein beliebtester Gast. Die Leute redeten über die Dinge, die er sagte, vor allem, wenn er mal wieder unmöglich gewesen war.«

»Würden Sie das, was er in dieser Sendung tat, als unmöglich bezeichnen?«

Barry zuckte mit den Achseln. »Das kommt darauf an. Darauf, wer gerade zusieht. Meine übliche Zuhörerschaft hätte das alles überhaupt nicht als unpassend empfunden. Fundamentalisten reden sehr viel vom Teufel. Sie glauben an ihn. Katholiken glauben angeblich auch an ihn – ich glaube, Papst Paul VI. hat einmal eine ganze Enzyklika darüber geschrieben, daß der Teufel wirklich existiert – aber unser gewöhnlicher, alltäglicher amerikanischer Katholik glaubt nicht wirklich daran. Wir sind alle in die Mittelschicht gerutscht, und der Teufel ist einfach zu sehr kleine-Leute-mäßig. Ich glaube, Andys normale Gemeindemitglieder wären wahrscheinlich schockiert gewesen.«

»Schockiert«, sagte John Smith. »Nach dem ganzen sonstigen Zeug, das dieser Spinner schon gemacht hat?«

»Andy war ein Spinner, Lieutenant, aber er war ein liberaler Spinner. Sie erwarteten durchaus von ihm, daß er Hafermüslibrötchen weihen würde. Sie erwarteten aber nicht von ihm, daß er anfangen würde, über die Macht der Hölle zu eifern und zu toben. Ich bin mir nicht sicher, ob Andy eigentlich an die Hölle glaubte.«

»Wie steht's denn mit Ihnen?« fragte Smith. »Glauben Sie, daß Andy Walsh jetzt in der Hölle ist?«

Das war eine der Fragen, die dauernd von Leuten gestellt wurden, die noch nicht wiedergeboren worden waren. Er konnte Smith nicht geben, was er wollte, nämlich Schaum vor dem Mund und weit aufgerissene wilde Augen; also beantwortete er die Frage erst gar nicht. Statt dessen wandte er sich an Gregor Demarkian. »Ich habe über diese Aufnahme oft nachgedacht, Mr. Demarkian. Ich habe alles immer und immer wieder überprüft. Ich weiß nicht, worauf Andy hinauswollte. Ich habe nicht den geringsten Schimmer.«

»Lassen wir das mal beiseite«, sagte Demarkian. »Erzählen Sie mir von gestern.«

»Was ist mit gestern?«

»Ihr Besuch im Kloster. Was Sie getan haben. Was Sie gesagt haben. Wen Sie gesehen haben.«

Barry war durcheinander. »Ich habe Kath Burke – Schwester Mary Scholastica getroffen. Das wissen Sie doch. Ich habe ihr die Videokassette, die Sie gerade gesehen haben, gezeigt.«

»Um wieviel Uhr sind Sie im Kloster angekommen?«

»Das war ungefähr um zwanzig nach elf, vielleicht halb zwölf. Ich habe Punkt elf Uhr angerufen. Ich hörte dabei nämlich die Glocken von der Kathedrale. Ich habe Scholastica erzählt, was ich ihr zeigen wollte, und sie meinte, ich sollte sofort rüberkommen.«

»War das nicht merkwürdig, am Karfreitag, bei allem, was sie sonst zu tun hatte?«

»Ich hatte ihr gesagt, daß es wichtig wäre. Und sie kennt mich. Sie weiß, daß ich nicht ohne Grund ihre Zeit in Anspruch nehmen würde. Wir waren mal – wir kannten uns einmal sehr gut.«

»Sie hatte etwas in dieser Richtung angedeutet«, sagte Demarkian. Barry fragte sich sofort: Wieviel hatte sie angedeutet? »Was passierte, als Sie zum Kloster kamen?«

»Sie war allein. Die anderen Nonnen waren alle noch in der Schule und unterrichteten. Sie würden erst später zurückkommen. Wir gingen ins Wohnzimmer und legten die Aufnahme ein. Kath erzählte mir alles über die Frau, die den Nonnen das Gerät geschenkt hatte, ein Gemeindemitglied, das fand, sie sollten einen Videorecorder haben, weil Gott sie vielleicht über dieses Gerät anrufen wollte. Ich glaube, sie ist jetzt in einer Anstalt untergebracht.«

»Was passierte danach?«

»Dann haben wir uns die Aufnahme angesehen. Wir haben uns, um genau zu sein, den gleichen Teil angesehen, für den Sie sich auch interessiert haben. Kath hatte keine Zeit, um sich das ganze Ding anzusehen. Wir schauten uns den Abschnitt zweimal an. Danach haben wir uns darüber unterhalten.«

»Schwester Scholastica hatte keine Idee oder Vorstellung darüber, worauf Andy Walsh hinaus wollte?«

»Nein.« Könnten die das nicht Kath fragen, wunderte er sich. Hatten sie das denn noch nicht getan?

Demarkian lehnte sich vor und drehte den Fernseher aus. Er hatte christliche Reklame, Werbung für Kreuze und

Bilder und Werbung für Bibeln und Reklame für Autoaufkleber gebracht. Barry hatte sowas bisher nie nervtötend gefunden – es war einfach ein Teil des Spiels –, aber jetzt empfand er diese Werbung als abgrundtief nervtötend.

»Sagen Sie mir«, sagte Gregor Demarkian, »wen Sie gesehen haben. Außer Schwester Scholastica.«

»Ich habe Schwester Peter Rose gesehen«, sagte ihm Barry. »Sie kam gerade herein, als ich hinausging. Kath stellte uns vor. Dann habe ich Schwester Benedict Marie gesehen. Sie war in der siebten Klasse meine Nonne gewesen; sie hat mich wiedererkannt. Ich habe sie nicht erkannt. Die Nonnen sehen in ihrem neuen Habit so anders aus.«

»Wann war das?«

»Ungefähr um fünf oder zehn nach zwölf.«

»Nicht später?«

»Nein. Kath hatte mir gleich gesagt, daß sie mich nur kurz würde sehen können. Irgendwann hat sie auf ihre Uhr gesehen, hat gesagt, daß es Mittag sei, und ich meinte, ich würde jetzt gehen. Wenn ich noch länger geblieben wäre, dann hätte ich alle Nonnen gesehen. Sie machen immer eine Mittagspause.«

»Ja«, sagte Gregor. »Das haben Sie uns erzählt. Was ist mit anderen Menschen?«

»Ich habe den Hilfskaplan gesehen, Pater Declan Boyd. Er kam gerade aus dem Pfarrhaus.«

»Haben Sie gesehen, wo er hinging?«

»Nein.«

»Sind Sie sonst noch irgendwo im Kloster gewesen außer im Wohnzimmer?«

»Nein.«

»Noch nicht einmal im Badezimmer?«

»Nein. Ich mußte durch die Eingangshalle, um ins Wohnzimmer zu gelangen, aber ich weiß nicht, ob die Eingangshalle auch zählt.«

»Was ist mit Schwester Scholastica? Hat sie irgendwelche Telefongespräche angenommen oder geführt, während Sie da waren?«

»Das Telefon hat, während ich dort war, nicht geklingelt. Kath traf mich an der Tür, wir gingen ins Wohnzimmer, und sie blieb bei mir, bis ich ging.«

»Und danach?« fragte Demarkian. »Sind Sie gleich danach ins Studio zurückgekommen?«

Barry stand von seinem Stuhl auf und ging zu seinem Schreibtisch zurück, dort blieb er stehen und sah auf seinen dort liegenden Vertrag herab. Er war ein einziges Durcheinander an Getipptem und Zusätzen, Streichungen und Notizen, ein Produkt zäher Verhandlungen und Kompromisse. Meistens Kompromisse seinerseits und Verhandlungen von Mark Candor.

»Nein«, sagte er Gregor Demarkian und John Smith. Smith war so still gewesen, daß Barry ihn fast vergessen hatte. »Ich bin nicht hierher zurückgekommen. Ich bin umherspaziert. Ich bin lange durch die Gegend gelaufen. Danach bin ich in die Kathedrale gegangen.«

FÜNF

Die eine Sache, die Gregor Demarkian an den Krimis, die ihm Bennis Hannaford zu lesen gab, gemocht hatte, waren die Szenen am Schluß, in denen der Detektiv alle Verdächtigen in einem Raum versammelte, um dann seine überragende Kunst vorzuführen, mit der er den Fall gelöst hatte. Diese Szenen hatten etwas, das besonders aufregend war. Es war so ordentlich, so organisiert. Das Zufällige und Unlogische war beseitigt worden. In den Leben von Hercule Poirot und Ellery Queen würde es nie versehentliche Verhaftungen geben, keine überraschenden Feuergefechte, keine unbeantworteten Fragen und keine unabgeschlossenen Untersuchungen. Gregors Erfahrung nach waren Morduntersuchungen voller offener Fragen, die auch meistens offen blieben. Verhaftungen waren generell ungeschickte Stümpereien, die weniger die Heiligkeit des Gesetzes bezeugten, als die Ungeschicktheit der verhaftenden Polizisten. Dies traf vor allem auf die Fälle zu, in denen der Mörder nicht aus einer für Mörder als typisch geltenden Bevölkerungsschicht stammte; es sich also um den örtlichen Arzt und nicht um den Dealer, um den Richter und nicht um das stadtbekannte Flittchen handelte. Selbst Polizisten mit Dutzenden von Jahren an Erfahrung waren oft ungeschickt und durcheinander, wenn sie diese Verhaftungen vornehmen sollten. Es war etwas an der Sache, das zu sehr nach Fernsehen roch. Es war zu schade, daß man ihnen den Mörder nicht in irgendeinem gut eingerichteten Wohnzimmer überreichen konnte, nachdem der ganze Fall für sie sorgsam zurechtgelegt worden war, so daß sich alle Ungereimtheiten reimten und alle Fehler im Gewebe gestopft worden waren. Dann könnte der Mörder durch einen gesichtslosen Beamten, der bislang irgendwo im Hintergrund stand und für die Drecksarbeit der Kriminaljustiz zuständig war, abgeholt werden.

Daß eine Wohnzimmer-Aufklärungsszene, zu der sich alle Verdächtigen einzufinden hatten, genau das war, was er gerade arrangiert hatte, bemerkte Gregor nicht, ehe er genau da hinein spazierte – vielleicht, weil er nicht vorgehabt hatte, es als Bühne zu nutzen, auf der er seine gesamte Untersuchung des Falles noch einmal wiederholte. Er wollte einen besonderen Punkt klären, und dabei sollten so viel Zeugen wie möglich anwesend sein. Er hatte den Kardinal angerufen und ihn gebeten, Judy Eagan, Declan Boyd, Barry Field, Tom Dolan und Schwester Mary Scholastica zusammenzurufen, aus einem ganz und gar, fast peinlich, alltäglichen Grund: Es war Samstag, dies waren die Menschen, die am engsten in den Fall hineingezogen waren, und er sah nicht ein, warum er in den Wochenendplänen unschuldiger Menschen herumpfuschen sollte. Es war Nachmittag, als er endlich den Kardinal anrief; um sechs Uhr sollte das Treffen abgehalten werden. Er hatte es eilig, die ganze Sache endlich aufzuklären und den Mörder verhaften zu lassen. Er hatte es nicht mit einem Psychopathen zu tun, das wußte er, aber er hatte es mit einem unberechenbaren menschlichen Wesen zu tun, das für die Menschen um ihn herum eine Gefahr bedeuten konnte. Gott allein wußte, was noch alles in der nächsten oder übernächsten Woche passieren könnte, um einen erneuten Mord auszulösen.

Zwischen dem Anruf beim Kardinal und dem Treffen in der Kanzlei wurde Gregor in der Mordkommission von Colchester beschäftigt. Leroy Merrick hatte nicht nur einen ruhigen Dienst gehabt, sondern auch noch viel Glück und damit Zeit für die besonderen Nachfragen von außerhalb. Die Urkunden der Stadt, die Gregor ihn zu überprüfen gebeten hatte, befanden sich schon seit fast fünf Jahren im Computer. Leroy stellte fest, daß die gesuchte Urkunde tatsächlich existierte. Er hatte sie sich besorgt, kopiert und sie direkt nach Colchester gefaxt. Gregor hatte das Fax mehr als einmal durchgelesen, es dann gefaltet und in seine Brieftasche gesteckt. Er wollte es mit in die Kanzlei nehmen.

John Smith hatte ebenfalls einen guten Tag gehabt. Es waren nur noch wenige Dinge, die Gregor noch wissen mußte, nachdem er mit Judy Eagan und Barry Field gesprochen hatte, und alle diese Dinge hatten mit Peg Morrissey Monaghan zu tun. Es schien einen guten Grund dafür zu geben, daß man am Tag nach ihrem Tod darüber nichts in Erfahrung bringen konnte. Smith hatte es aber geschafft, Joe Monaghan davon zu überzeugen, ihn in Pegs Jahrbüchern aus der High School blättern zu lassen; dabei hatte Smith Pegs Schwester vorgefunden, die die Kinder hütete, als er zum Hause Monaghan kam. Es war, so sagte er Gregor später, als ob es dieses eine Mal wirklich einen lieben Gott gäbe und daß Gott diesmal auf seiner Seite stand.

»Sie hat alle ihre Souvenirs in einer alten gesteppten *Whitmans*-Pralinenkiste aufgehoben«, sagte er und holte die Liste, um die Gregor ihn gebeten hatte aus seiner Tasche. »Sie hätten diesen ganzen Kram sehen müssen. Diese Frau hat alles aufgehoben und geordnet. Wenn ich die Sachbearbeiter und Büroleute hier dazu bringen könnte, auch so organisiert zu sein, dann hätten wir bald alle Fälle der letzten fünfzig Jahre gelöst.«

»Geben Sie mir die Liste«, sagte Gregor. Smith reichte sie ihm, und Gregor legte sie auf den Konferenztisch, wo sie einfacher zu lesen war. Sie befanden sich wieder oben im Konferenzraum im fünften Stock des Hauptquartiers. Es hatte sich herausgestellt, daß dies der einzige ruhige Raum im ganzen Gebäude war.

»Lavaliere von dem Senior-Ball der *Girls' High School*«, las Gregor. »Lavaliere von dem Senior-Ball der *Boys' High School*, Lavaliere von dem Junior-Ball der *Boys' High School*, Königinnenkrone von dem Junior-Ball der *Girls' High School* – sie war da tatsächlich die Königin?«

»Ja. Daran habe ich auch gedacht. Ich hab's noch mal in ihrem Jahrbuch nachgeschlagen. Sie hat alle Jahrbücher aufgehoben.«

»Wunderbar.«

»Die Lavaliere für den Junior-Ball der *Girls' High School* fehlt«, sagte Smith. »Ist es das, was Sie wissen wollten?«

»Ja.« Gregor schüttelte den Kopf. »Es wird nicht viel weiterhelfen, davon bin ich überzeugt, aber ich wollte das nur wissen. Es stimmt mit einer Geschichte überein, die ich mal gehört habe.«

»Das lasse ich jetzt mal durchgehen«, sagte Smith ausdruckslos. »Wie ich schon sagte, ich werde mich nicht in einen Fall von vor zwanzig Jahren im Black Rock Park hineinziehen lassen. Wollen Sie noch wissen, was mir Pegs Schwester erzählt hat?«

»Ja.«

»Gestern hatte Peg ihren üblichen ›freien Tag‹. Sie hatten beide einen, Peg und die Schwester. Am Freitag übernahm die Schwester Pegs Kinder. Montag übernahm Peg die Kinder der Schwester. Nach Aussage der Schwester sind sie dann aber nie besonders groß ausgegangen. Sie sind einfach zu Hause geblieben und haben die Ruhe genossen.«

»Ich kann es ihnen nicht verdenken. Ich bin froh, daß Sie mit ihr gesprochen haben, John. Es hatte mich gestört, daß niemand wußte, was Peg eigentlich in St. Agnes zu tun hatte. Bei all den Leuten um sie herum, wenn sie da einen Anruf bekommen hätte –«

»Das muß sie.«

»Stimmt. Aber wenn das geschehen wäre, an einem normalen Tag, dann hätte irgend jemand davon hören müssen. Sie hätte einen Babysitter organisieren müssen, wenn sie ohne die Kinder zur Kirche hätte kommen sollen. Es hätte eine Million Leute geben müssen, die gewußt haben müßten, wohin sie ging und warum und wer sie darum gebeten hatte, aber es gab niemanden.«

»Nun ja«, sagte Smith. »Das hier erklärt es. Was ich aber nicht verstehe ist, woher unser Freund wissen konnte, daß Peg ihren freien Tag hatte.«

»Das wußte unser Freund nicht; er hat es darauf ankommen lassen.«

»Er läßt vieles darauf ankommen.«

»Ja. Diesmal hatte er aber auch keine andere Wahl. Peg war auf der Suche nach diesem Buch. Das wußte unser Freund.«

»Warum hat sie sich zu einem Treffen bereiterklärt?«

»Weil sie die Beweise falsch verstanden hat«, sagte Gregor. »Wenn ich nicht gewußt hätte, gegen wen die Beweise gerichtet sein sollten, die ich suchte, dann hätte ich sie auch falsch verstanden. Das hätte leicht geschehen können.«

»Ich habe übrigens das Buch beschaffen können.« Smith langte noch einmal in seine Jacke und holte etwas hervor, das eher ein Heftchen war. Der Papierdeckel war verblichen, schmutzig und zerrissen. Durch den Schmutz konnte Gregor mühelos den Titel erkennen: *Unser Leben mit den Heiligen.* Darunter war ein Stempel: *Eigentum der Gemeindeschule St. Agnes.* Unter den Stempel hatte jemand vor so langer Zeit, »Zurück an Schwester Joseph Bernadette, Zimmer sechs« geschrieben, daß die Tinte des Kugelschreibers, der benutzt worden war, nun fast unsichtbar war.

»Sie hatten alle Schwester Joseph Bernadette in der zweiten Klasse«, sagte er, »alle sieben, Peg Morrissey, Barry Field, Tom Dolan, Andy Walsh, Judy Eagan, Kath Burke und natürlich auch Cheryl Cass. Sie müssen sie gehabt haben. Der Kardinal hat mir erzählt, daß die Schule damals sehr klein war. Es gab nur eine zweite Klasse. Er hat mir auch von diesem Heftchen erzählt. Schwester Joseph Bernadette ließ ihre Schüler immer, so der Kardinal, ›das Ding auswendig lernen, obwohl alles, was drinsteht, Unsinn war‹. Das ist damals alles an mir vorbeigerauscht. Ich rannte herum und schlug in irgendwelchen dicken Wälzern nach, die mir aus der Bibliothek der Kanzlei gebracht worden waren, und alles, was ich in Wirklichkeit brauchte, war dieses kleine Heftchen, von dem unzweifelhaft jeder, der in diesen Fall verwickelt ist, Kenntnis hat, oder zumindest vor langer Zeit hatte.«

»Ich habe übrigens nach einem Exemplar dieses Hefts in Pegs Sachen gesucht, als ich da war«, sagte Smith. »Ich habe aber keins gefunden.«

»Ich hätte auch nicht geglaubt, daß Sie es finden würden. Declan Boyd sah Peg Monaghan, wie sie nach dem

Mord an Andy Walsh im Vorraum stand und ›sich die Bücher im Regal anschaute‹. Das hat er jedem erzählt, soweit ich weiß. Judy Eagan. Der Kanzlei. Ich glaube, unser Freund nahm sich eines Tages ein bißchen Zeit und ist einfach rübergegangen und hat sich das Buch aus Peg Monaghans Regal geholt. Wenn sie so ordentlich war, wie Sie sagen, dann wäre das kein Problem gewesen.«

»Sie hatte alle ihre Schulbücher nach Klassen geordnet«, sagte Smith.

Gregor stand auf. Durch die Fenster konnte er erkennen, daß der Himmel dunkel geworden war. Seine Uhr zeigte fünf Minuten vor sechs an, und er war erstaunt, daß es um diese Jahreszeit schon dunkel wurde. Er vergaß dauernd, wieviel nördlicher er hier war, und wie sehr das das Wetter beeinflußte. Und ihn auch, sowohl physisch als auch emotional.

»Vielleicht sollten wir losgehen«, sagte er. »Ich bin es leid, hier herumzusitzen. Das hier«, er tippte auf den Stoff über seiner Jackettasche, in der er immer seine Brieftasche aufbewahrte und in der sich nun die von Leroy Merricks gefaxte Urkunde befand, »ist alles, was wir brauchen. Es ist das Motiv, schlicht und ergreifend.«

»Wir sollen aber erst um halb sieben in der Kanzlei sein«, sagte Smith.

»Ist mir egal.« Gregor nahm seinen Mantel von dem Stuhl, auf den er ihn geworfen hatte. »Dann sind wir eben früher da. Ich kann hier nicht mehr herumsitzen.«

Der Uhrzeit nach waren sie zwar zu früh, den versammelten Leuten nach zu urteilen waren sie es aber nicht. Als Gregor und Smith an der Kanzlei ankamen, waren alle Hauptdarsteller schon da. Sie saßen im Büro des Kardinals wie eine Gruppe Katzen, die im Haus eingesperrt, aber lieber draußen im Freien wären. Judy Eagan hatte Hosen und einen Pullover an; ihre Haare waren auf ihrem Kopf zu einem Knoten gesteckt. Sie saß neben Schwester Scholastica und sah auf ihre Schuhe hinab. Tom Dolan trug wieder sein franziskanisches Habit; dieses Mal war der Kragen richtig geknöpft. Er schien zu versuchen, sich möglichst weit entfernt von Barry Field aufzuhalten. Vielleicht, dachte Gregor, war es aber auch Barry Field, der versuchte, auf Distanz zu bleiben. Er stand am Fenster des Kardinals, alleine, und sah hinaus auf die Stadt, nicht auf die Versammlung, zu der er nur durch einen persönlichen Anruf des Kardinals gezerrt worden war, protestierend und starrköpfig. Gregor hatte dem Kardinal einen Rat gegeben, wie er Barry Field in diesen Raum bekommen könnte. Er wandte jetzt seine Aufmerksamkeit Declan Boyd zu und bemerkte, daß der junge Priester unglücklich und ärgerlich aussah und überhaupt nicht mehr begeistert darüber, an einem Mordfall beteiligt zu sein. Nun denn, dachte Gregor, das mußte ja auch so kommen. Diese Sorte Mann findet Gewalt am Anfang beeindruckend und interessant und am Ende nur noch enttäuschend. Es fehlt ihm sowohl Intelligenz als auch Mitgefühl; er denkt, die Phantasie wäre eine Sünde.

Der Kardinal saß an seinem Schreibtisch, rauchte eine seiner üblichen Zigarren und war in die priestergekrägelte Schwärze gekleidet, die er jedesmal, wenn Gregor ihn während des Triduums gesehen hatte, getragen hatte. Er saß offensichtlich schon geraume Zeit dort und widmete seiner Zigarre mehr Aufmerksamkeit als sonst. Um seinen Kopf hatte sich ein Rauchkranz gesammelt, der drohte, sich zu einer Wolke zu entwickeln. Gregor und Smith waren von der Privatsekretärin des Kardinals hereingeführt worden, von der Schwester, die bis zur Vigilmesse um Mitternacht nicht würde sprechen dürfen. Sie hatte zweimal geklopft und ihnen dann die Tür geöffnet, damit sie eintreten konnten, um ihnen direkt zu folgen, fast so, als wolle sie sich versichern, daß sie auch wirklich zum Kardinal gingen. Das hätten sie sowieso getan. Der Kardinal starrte sie an.

Gregor ging zum Schreibtisch, hielt seine Hand hin und sagte: »Eure Eminenz. Ich hatte schon Sorge, daß wir zu früh sein würden.«

»Alle waren zu früh hier«, sagte der Kardinal. »Barry war schon um fünf Uhr hier. Ich bin selber so nervös geworden, daß ich fast einen Wagen zum Polizeirevier geschickt hätte.«

»Zum Polizeihauptquartier«, korrigierte ihn Smith automatisch.

Der Kardinal ignorierte ihn. »Wir haben in der letzten halben Stunde alle zu viel Kaffee getrunken, wir sind geladen wie die Raketen. Fangen Sie bitte jetzt an.«

Gregor nickte. Er war durchaus guten Willens, jetzt anzufangen, er wußte nur nicht, wo er beginnen sollte. Es war ihm jetzt endlich aufgegangen, wonach die Szene in diesem Zimmer aussah, und das hatte ihn verlegen gemacht. Ganz offensichtlich waren die anderen nicht blind gegenüber der literarischen Reminiszenz gewesen. Sie erwarteten von ihm, daß er jetzt eine Show à la Hercule Poirot oder Lord Peter Whimsey bieten würde. Da er nicht mit dem Vorsatz gekommen war, das zu tun, wußte er nicht, wie er anfangen sollte.

Eigentlich war Kaffee eine gute Sache, aber er konnte keinen entdecken. Es gab nicht mal eine benutzte Tasse, die im Raum stand. »Haben Sie hier den Kaffee getrunken?« fragte er den Kardinal. »Wo sind denn die Kaffeesachen?«

»Was macht das denn aus, wo die Tassen sind?« fragte der Kardinal wütend. »Die Schwester hat den Kaffee weggeräumt. Sie räumt immer sofort auf. Es ist die Art von Disziplin, die ihr Orden –«

Der Kardinal redete weiter, aber Gregor hatte sich von ihm abgewandt. Er sah die Schwester an und sagte: »Könnten Sie etwas Kaffee herbringen, bitte. Sie müssen ihn nicht in Tassen ausschenken und sie auf einem Tablett hereintragen. Die Kanne und ein bißchen Geschirr, das wird ausreichen. Bitte machen Sie sich keine unnötige Mühe.«

Die Schwester stand still da und sah ihn merkwürdig an, wobei ihre scharfen alten Augen vor Intelligenz sprühten. Gregor sah sich um und war erleichtert zu sehen, daß die Idee ihr – und natürlich auch ihm –, aber sonst niemandem gekommen war. Sie nickte ihm ernsthaft zu und glitt aus dem Zimmer, mit stillen Bewegungen.

Gregor wandte sich wieder an den Kardinal. »Ich weiß, daß Sie alle beunruhigt sind«, sagte er. »Aber es gibt keine Möglichkeit, alles im Schnellverfahren zu betreiben. Es ist eine sehr lange Geschichte –«

»Wenn Sie schon wieder von Black Rock Park reden wollen«, sagte der Kardinal, »dann vergessen Sie das. Ich habe Ihnen doch schon gesagt –«

»Ich rede nicht schon wieder von Black Rock Park«, sagte Gregor scharf. »Ich weiß Bescheid und Sie auch. Und so wie Sie, glaube ich, alle anderen Anwesenden in diesem Raum auch.« Barry Field zuckte zusammen, wandte sich vom Fenster ab und starrte auf Gregor. Gregor fuhr fort: »Diese Geschichte ist noch viel länger her. Sie liegt nicht nur zwanzig Jahre zurück, sondern dreißig oder sogar fünfunddreißig Jahre.«

»Die meisten von uns sind erst sechsunddreißig«, sagte Judy Eagan, »was hätten wir denn als Kleinkinder anstellen können?«

»Nicht das, was Sie getan haben«, sagte ihr Gregor, »sondern wer Sie sind, ist entscheidend. Wer jeder einzelne von Ihnen ist. Wissen Sie, als ich mit Ihnen zu verschiedenen Zeiten und an verschiedenen Orten sprach, war der Eindruck, den Sie in mir erweckten, daß eine Harmonie zwischen Ihnen bestand, eine natürliche Verbindung der Familien und Hintergründe. Jedenfalls war es das , was Sie vermittelten, wenn Sie erzählten, was mit Cheryl Cass nicht stimmte. Sie war das Schulflittchen, nicht nur, weil sie ein promiskuitiver Mensch war, sondern auch, weil ihre Familie sie zu einem Außenseiter gemacht hatte. So wie Ihre Familienherkunft Sie nicht hatte zu Außenseitern werden lassen.«

»Das habe ich Ihnen gesagt«, sagte Scholastica, »aber das war nicht – wir waren nicht –, daran war nichts Besonderes –«

»In der Art, wie Sie mit Cheryl Cass umgingen?« fragte Gregor. »Nein, daran war nichts Besonderes. Kinder benehmen sich so. Was außergewöhnlich war, war die Art, wie Sie vier die beiden anderen betrachteten, die aus ähnlichen Familien wie Cheryl Cass kamen. Tom Dolans Familie war arm. Sein Vater war gewalttätig. Das hat er mir selbst erzählt, um mir zu erklären, wie sehr er der Kirche dankbar war – weil sie ihn gerettet hatten, wie er es nannte. Pater Dolan hat einen bemerkenswerten und beispielhaften sozialen Aufstieg hinter sich. Dann war da Judy Eagan. Judy Eagans Eltern waren arm. Der Kardinal hat mir erzählt, daß Judy sich ein Kleid von Scholastica ausleihen mußte, um am Junior-Ball der *Cathedral Girls' High* –«

»Wir waren aber nicht arm, weil wir faul gewesen wären«, sagte Judy mit scharfer Stimme. »Mein Vater zog nicht am

Sonntag früh los, um die Kirche aufzumischen. Wir waren arm, weil wir so viele Kinder waren –«

»Grundschulkinder haben wenig Verständnis für mildernde Umstände«, sagte Gregor sanft. »Sie waren nicht in der Lage, sich die Dinge zu leisten, die die anderen ohne den geringsten Aufwand tun konnten. Das hätte normalerweise schon gereicht. Aber wie ich schon sagte ist es bemerkenswert, daß es das nicht tat. Judy Eagan und Peg Morrissey und Kath Burke, Andy Walsh und Tom Dolan und Barry Field waren unzertrennlich, zumindest von dem ersten Schultag an, bis zum Tag von Black Rock Park.«

»Was für einen Unterschied macht das denn?« sagte Barry Field. »Also waren wir netter, als wir es hätten sein sollen, oder vielleicht klüger. Was soll da Ungewöhnliches dran sein?«

»Daran ist nichts, Mr. Field, aber die Annahme, daß das keinen Unterschied mache, ist falsch. Es mußte in einem wichtigen Punkt einen Unterschied machen, und zwar in der persönlichen Reaktion auf Cheryl Cass. Von allen Berichten, die ich gehört habe, haben Sie und Pater Andy Walsh Cheryl behandelt, wie ein Stück Fleisch, um es deutlich zu sagen. Nur Pater Dolan hier hat sich geweigert, das zu tun –«

»Sie tat mir leid«, sagte Dolan plötzlich. »Ich wußte – ich wußte alles. Ich fand das ungerecht. Ohne uns hatte sie sowieso schon so vieles, gegen das sie ankämpfen mußte, es war unrecht, sie zu –«

»Zu benutzen?« fragte Gregor. »Ja, Pater Dolan, es war unrecht. Es war sehr ungerecht. Aber Barry Field und Andy Walsh haben es trotzdem getan. Und die Mädchen? Ich hätte noch eine Frage. Von wem stammte die Idee, nie mit Cheryl Cass zu reden?«

Judy Eagan wurde rot. »Es war meine.«

»Natürlich«, sagte Scholastica, »schließlich war Andy dein Freund, und sie hatte ihn dir weggenommen. So ließ er es jedenfalls aussehen. Du konntest doch nicht –«

»Das war nicht der Grund«, sagte Judy. »Der Grund war, daß ich nicht mit ihr reden wollte. Ich wollte sie nicht ansehen. Ich dachte dauernd, wenn mein Vater sterben würde oder meine Mutter krank würde oder einem von uns so etwas wirklich Schlimmes passieren würde, eine dieser Krankheiten, von der man damals immer in irgendwelchen Sendungen im Fernsehen hörte, Polio oder sowas, ich dachte immer, es würde bei uns nicht viel brauchen, bei uns, wir standen dermaßen dicht an der Klippe, und – oh, Gott.«

Scholastica war wie betäubt. »Ich dachte, sie hätte keine Moral. Dachten Peg und ich. Wir wollten einfach nicht mit jemandem gesehen werden, von dem alle wußten, daß sie ein Flittchen war.«

Gregor räusperte sich. »Der Punkt ist«, sagte er, »daß Sie eben nicht alle gleich waren und daß sie eben nicht alle das gleiche über Cheryl Cass dachten. Andy, Barry, Peg und Kath verachteten sie, wenn auch nicht sehr energisch. Sie war einfach einer dieser Menschen, mit denen zu reden sich für sie nicht lohnte. Tom Dolan hatte Mitleid mit ihr. Judy Eagan konnte sie nicht ausstehen. Nichts davon hätte irgend etwas ausgemacht, wenn da nicht zwei Sachen gewesen wären. Erstens, Andy Walsh fand einen Weg, um Judy Eagan dafür zu bestrafen, daß sie nicht mit ihm geschlafen hat. Und dann schaffte Andy Walsh es, für den kleinen Ausflug nach Black Rock Park ein bißchen LSD zu beschaffen.«

»Aber«, fing Barry Field an.

»Halt die Klappe«, sagte Scholastica. »Ich hab's ihm erzählt. Ich habe es ihm gestern erzählt.«

»Ich habe das dem Kardinal vor Jahren erzählt«, sagte Tom Dolan still. »Bevor ich auf das Priesterseminar ging.«

Die Tür in das Büro des Kardinals öffnete sich, und die Schwester kam wieder herein. Sie schob einen Teewagen mit Tassen und einer Kaffeekanne. Sie blickte von einem zum anderen der im Zimmer anwesenden Menschen mit einem faltigen, regungslosen Gesicht, das nichts sagte, nichts andeutete und nichts anklagte. Dann rollte sie den Wagen zu Gregor und trat zurück.

»Danke«, sagte Gregor und fragte sich, ob er mit Luft redete. Die Schwester war so still, sie hätte genausogut taub sein können. Er setzte eine Tasse auf die Untertasse, füllte sie mit Kaffee und reichte sie dem Kardinal.

»Ich möchte keinen«, sagte der Kardinal.

Gregor stellte die Tasse auf den Schreibtisch des Kardinals. »Was in Black Rock Park geschah«, fuhr er fort, »war bis zu einem gewissen Punkt das Ergebnis von Drogen, es war aber auch das Ergebnis alter Gewohnheiten. Judy und Kath und Peg hatten auch diese Drogen genommen, aber sie blieben nicht da, als es ums Abschlachten der Tiere ging –«

»Das war Andys Idee«, sagte Barry verzweifelt, »es war immer Andys Idee, und dieses Flittchen, dieses Flittchen machte immer, was er von ihr verlangte, sie –«

»Sie hätte auch sonst zu niemandem gehen können«, sagte Gregor. »Ich weiß. Sie und Andy Walsh waren die einzigen Menschen, die ihr jemals Zuneigung gezeigt hatten, auch wenn sie geheuchelt war. Lassen Sie mich das zu Ende führen. Peg und Judy und Schwester Scholastica gingen, während Sie, Mr. Field, und Andy Walsh mit Cheryl Cass schliefen. Merken Sie, daß etwas fehlt?«

»Ich saß hinter einem Baum und rauchte eine Zigarette«, sagte Tom Dolan. »Ich war – ich wußte nicht, was ich tun sollte. Ich dachte, sie würden sie umbringen, so wie sie sie angingen, immer und immer wieder, nicht nur einmal, ich wußte gar nicht, daß man das überhaupt machen konnte, aber sie machten es eben, und –«

»Der Punkt ist«, sagte Gregor, »daß Sie geblieben sind. Sie blieben selbst noch, als der Sexualakt schon vorbei war, als Andy beschloß, dieser Schwarzen Messe ein bißchen mehr Glaubwürdigkeit zu verleihen und sich über ein paar streunende Tiere hermachte. Sind Sie auch beim Töten dabeigewesen?«

»Ja und nein. Ich wußte, daß es stattfand. Andy und Barry waren einfach wahnsinnig. Ich schnappte mir Cheryl und redete mit ihr.«

Gregor stellte noch zwei Tassen auf Untertassen und füllte sie mit Kaffee. Er reichte sie Judy Eagan und Barry Field, die sie beide ohne Kommentar entgegennahmen und wieder absetzten.

»Man konnte sich mit Cheryl zu diesem Zeitpunkt kaum unterhalten«, sagte Dolan. »Sie war ziemlich high. Sie sagte dauernd, daß sie sich zum ersten Mal wirklich geliebt fühlte.«

»Oh, guter Gott«, sagte Scholastica.

»Sie war eben so«, sagte Tom Dolan. Er nahm die Kaffeetasse, die Gregor ihm reichte, und sah hinein. »Sie verstand einfach nicht, wie die Dinge funktionierten, wie Menschen funktionierten. Sie war nicht sehr klug, und sie wollte eine Hoffnung haben.«

»Jetzt sprich sie mal nicht heilig«, sagte Judy Eagan. »Sie hatte immerhin genug Grips, um zu begreifen, was es in den Zeiten damals bedeutete, herumzubumsen. Und sie hat es trotzdem getan.«

»Sie hat es sogar angeboten«, sagte Barry Field. »Sie fragte danach, ehe ich es tat.«

»Sie war ein Flittchen«, sagte Judy Eagan. »Ein dummes, dumpfes, geiles Flittchen.«

Gregor schenkte sich einen Kaffee ein. »Ich werde ein wenig vorausgreifen, nicht bis zum Tag, an dem Cheryl Cass ermordet wurde – und sie ist ermordet worden –, sondern bis zu dem Tag, an dem Andy Walsh umgebracht wurde. Von dem Moment an, an dem der Mord geschah, wurde ich eine Idee nicht los. Der Mord an Andy Walsh war ein dummer Mord. Im Gegensatz zum Mord an Cheryl Cass – der ein sehr intelligenter Mord war. Er war praktisch daraufhin entworfen worden, einen Skandal auszulösen. Es gab sogar in der Kirche Fernsehkameras. Ein skandalöser Mord verursacht Aufmerksamkeit. Kein Mörder, der alle Sinne beisammen hat, will Aufmerksamkeit, und es gab keine einzige Person, die in diesen Fall verwickelt war, die nicht wenigstens offiziell als normal galt. Das ließ nur eine mögliche Alternative zu. Andy Walsh mußte auf diese Art und zu diesem Zeitpunkt sterben, weil es keinen anderen möglichen Weg gab und keinen anderen Zeitpunkt, um ihn umzubringen.«

»Aber das ist doch lächerlich«, sagte der Kardinal. »Der Mann war doch ein Gemeindepriester. Er saß doch auf dem Präsentierteller.«

»Ja, Eure Eminenz«, sagte Gregor. »Andy Walsh saß auf dem Präsentierteller. Aber auch hier gab es den Zeitfaktor, der einkalkuliert werden mußte. Cheryl Cass war am Aschermittwoch nach Colchester zurückgekehrt. Sie hatte den Tag damit verbracht, Menschen zu besuchen, die sie für alte Freunde hielt. Sie hat zweimal mit Andy Walsh gesprochen, einmal morgens und einmal abends, einmal, bevor sie ihren Mörder zum ersten Mal gesehen hatte, und einmal danach. Sie redete viel. Sie redete sogar mit Pater Boyd.«

»Hat mir das Ohr zugelabert«, stimmte Boyd zu. »Hat erzählt und erzählt. Nichts davon ergab Sinn. Liebe, Romantik und Valentinstag und was weiß ich nicht noch alles.«

»Da kann ich aushelfen«, sagte Gregor. »Allerdings muß ich dazu ein paar Annahmen aufstellen. Die erste ist, daß Cheryl Cass Andy Walsh nicht direkt erzählt hat, was das einzigartige Ereignis in ihrem Leben war, das sie später umbringen sollte. Wenn sie das getan hätte, dann hätte sich diese ganze Sache viel früher entwickelt und Andy Walsh wäre früher tot gewesen. Was sie aber getan hat, glaube ich, war, es anzudeuten. Ein kleiner Hinweis hier, ein kleiner Deut da, nichts, das Andy Walsh sofort hätte erkennen können. Aber ich denke mir, ihre Andeutungen haben ihn genervt, haben ihn irritiert, und er hat dauernd versucht, herauszubekommen, worum es sich handelte. Dann, wahrscheinlich irgendwann am Mittwoch der Karwoche, hatte er es herausbekommen.«

»Es war am Mittwochabend«, sagte Judy Eagan. Alle wandten sich ihr zu und starrten sie an; sie wurde wieder rot. »Ich sah ihn am Mittwochabend«, sagte sie, »und er – er hatte etwas herausgekriegt. Ich spürte das. Er schwebte geradezu.«

»Andy Walsh und sein Schwebezustand«, sagte Gregor. »Das Ergebnis seines Nachdenkens war der Entschluß, in der Messe am Gründonnerstag einen Ziegenbock zu benutzen. Judy Eagan sagte mir, daß Andy nichts davon erwähnte bis spät am Mittwoch Abend, und dann befahl er ihr, sie solle zu irgendeiner unchristlichen Zeit aufstehen, um die Ziege abzuholen. Die Ziege sollte die erste Attacke sein, die Andy in einer seiner berühmten Kampagnen reiten würde. Er war nicht davor zurückgeschreckt, den Gouverneur von New York öffentlich bloßzustellen. Warum sollte er davor zurückschrecken, jemanden in unangenehme Situationen zu bringen, den er schon sein ganzes Leben lang kannte? Er befand sich in einer viel besseren Situation, als sonst, denn er teilte Informationen, Erinnerungen, mit allen hier im Raum außer mit Pater Declan Boyd. Dazu gehören auch Sie, Eure Eminenz. Sie sind derjenige, der mir davon erzählt hat. Die wesentliche Information bestand aus dem Inhalt eines Heftchens namens *Unser Leben mit den Heiligen*, das jedes Jahr von einer Schulschwester namens Joseph Bernadette an ihre zweite Klasse in der Gemeindeschule von St. Agnes ausgegeben wurde –«

»Aber um Himmels willen«, sagte Barry Field. »Dieses Heftchen war doch Unsinn. Ein Haufen Aberglauben und Folklore aus Irland, ohne ausdrückliche Druckerlaubnis –«

»Es machte nichts, ob die Information in diesem Büchlein wahr war, Mr. Field. Wichtig war nur, ob sie von einer bestimmten Gruppe von Menschen erkannt werden würde. Wie ich schon sagte, gehört zu dieser Gruppe auch der Kardinal.«

»Glauben Sie wirklich, daß Andy von uns erwartete, daß wir uns daran erinnern, was in diesem Ding stand?« fragte Scholastica.

»Ich glaube nicht, daß er von Ihnen erwartete, daß Sie sich sofort daran erinnern«, sagte ihr Gregor. »Aber er hat sehr wohl erwartet, daß sich sein Mörder daran erinnern würde. Mit seinem Mörder hat er noch vor der Messe gesprochen. Dabei hat er, glaube ich, dessen Erinnerung auf die Sprünge geholfen. Ich habe ein Exemplar dieses Heftchens mit. Es gibt wahrscheinlich noch einige Exemplare, die irgendwo in der Erzdiözese herumschwirren, in Kellern und auf Dachböden, in Schulbibliotheken und in Klosterarchiven –«

»Wir haben welche«, sagte Scholastica.

»Sind Sie sich sicher?« fragte Gregor.

»Ja, natürlich. Ich – ich habe das Heft gefunden, als ich nach dem Bild suchte, das ich Ihnen gegeben habe. Das Bild von unserer Firmungsklasse.«

»Haben Sie sich das Heft einmal angesehen? Haben Sie überprüft, was darin über Ziegenböcke als Symbole für die Heiligen steht?«

Scholastica lächelte verlegen. »Ich habe mir eine ganze Liste gemacht mit Ziegen, die Symbole für die Heiligen sind. Nichts davon hat mir weitergeholfen. Nichts davon hat irgendeinen Sinn ergeben.«

»Es hat für mich auch lange Zeit keinen Sinn ergeben, Schwester. Ich versuchte, ein Motiv zu finden, das mit dem Vorfall in Black Rock Park zusammenhing. Mittlerweile wußte ich, daß Cheryl Cass nicht aus einem offensichtlichen Grund umgebracht worden war. Der Mord sollte nicht irgend jemandes Teilnahme an der Orgie in Black Rock Park verdecken. Aber ich wußte trotzdem, daß es irgendeine Verbindung gab. Ich sah es nur rückwärts.«

»Rückwärts?« fragte Tom Dolan.

Er hielt immer noch seine Kaffeetasse in seiner einen Hand, wobei er mit einem Finger am Rand der Tasse entlangfuhr. Sie war immer noch voll. »Trinken Sie etwas, Pater«, sagte Gregor. »Sie sehen müde aus.«

»Ich habe gerade dreizehn Stunden am Stück geschlafen.«

»Sie sehen trotzdem müde aus«, sagte der Kardinal.

Tom Dolan zuckte mit den Achseln. »Ich weiß nicht, was sie mit ›rückwärts‹ meinen«, sagte er. »Wenn Sie versuchen zu sagen, daß einer von uns sie umgebracht hat und daß einer von uns Andy Walsh umgebracht hat und einer von uns – einer von uns Peg umgebracht hat, welchen anderen

Grund könnten wir denn haben? Was gibt es denn sonst noch in unserer Vergangenheit, das ein Motiv für einen Mord abgibt?«

»Nichts«, sagte der Kardinal.

Dolan nahm mit seiner freien Hand die Tasse hoch, nahm einen langen Schluck und stellte die Tasse wieder zurück auf die Untertasse. Es dauerte eine Minute. Zuerst war er, wie er die letzte Zeit gewesen war, müde und ruhig. Dann stürzte er vor, ließ die Tasse zu Boden fallen und fing an zu würgen.

»Um des lieben Himmels willen«, sagte der Kardinal, »Tom, was zum –«

Scholastica sprang auf, packte ihn und fing an, ihm auf den Rücken zu schlagen. »Hol mal jemand ein Glas Wasser, um Gottes willen«, sagte sie. »Er hustet nur, er erstickt nicht. Er hat etwas falsch in den Hals bekommen.«

Die Schwester des Kardinals erschien aus dem Nichts mit einem Glas Wasser in der Hand, das sie auf wundersame Weise aus dem Hintergrund hervorgezaubert zu haben schien. Sie schob Scholastica von Dolan weg, kippte den Kopf des Priesters nach hinten und goß ihm das Wasser die Gurgel hinunter.

Sekunden später hörten die Erstickungsgeräusche auf, und Tom Dolan sank auf die Knie. Zuerst dachte Gregor, daß er einen Schwächeanfall durchmachte. Dann erkannte er, daß Dolan nur die Kaffeetasse einsammelte.

»Essig«, sagte Tom dauernd. »Essig, das war's, was drin war. Essig und –«

»Vaseline«, sagte Gregor Demarkian.

Tom Dolan stand auf.

»Sie haben eine Schicht Vaseline in den Kelch getan, als sie ihn zum Altar trugen«, sagte ihm Gregor, »oder auch, möglicherweise, nachdem Sie da angekommen waren. Sie haben das Nikotin auf diese Schicht gegossen. Nikotin von diesem Pflanzengift, das die Kanzlei in großen Mengen kauft und dann an die Gemeinden der Erzdiözese verteilt. Sie brauchten ja nicht viel, solange es sich im oberen Teil des Kelches befinden würde. Vaseline ist durchsichtig und Andy Walsh hätte sie nicht bemerkt, da der Altar nicht hell beleuchtet ist. Der Wulst ist wahrscheinlich zusammengebrochen, als der Wein darübergegossen wurde, aber das machte nichts. Das Nikotin war in dem ersten Schluck, den Andy Walsh aus dem Kelch trank. Sie hatten wirklich keine andere Möglichkeit, um das hinzubekommen. Es war Gründonnerstag. Sie hatten gerade noch die nötige Zeit und Bewegungsfreiheit, das zu tun, was Sie getan haben.«

Am Schreibtisch hatte der Kardinal aufgehört zu rauchen. Nun stand er langsam auf und sagte: »Das ist das Lächerlichste, was ich je in meinem Leben gehört habe. Pater Dolan hatte nicht den geringsten Grund, Cheryl Cass umzubringen oder Andy Walsh oder sonst irgend jemanden. Ich habe Ihnen das doch schon gesagt. Er hat mir seine Verwicklung in die Ereignisse von Black Rock Park gebeichtet, ehe er überhaupt geweiht wurde.«

»Ich habe Ihnen schon gesagt«, sagte Gregor, »daß dieser Mörder nicht tötete, weil er Angst davor hatte, als einer der Teilnehmer der Schwarzen Messe von Black Rock Park bekannt zu werden. Black Rock Park war der Auslöser, aber nicht das Motiv.« Er wandte sich zurück an Tom Dolan, der immer noch bewegungslos im Raum stand. Dolan lächelte auf eine kranke, gelähmte Art, die einer Todesgrimasse glich.

»Sie hätten ihr den Ehering abnehmen sollen«, sagte Gregor sanft. »Wenn da nicht der Ehering gewesen wäre, hätten wir nie gewußt, daß sie verheiratet war, und wenn wir nicht gewußt hätten, daß sie verheiratet war, dann hätten wir nie entdeckt, daß sie mit Ihnen verheiratet war. In den Augen der Kirche ist sie Ihnen seit dem Tag Ihrer Priesterweihe angetraut gewesen, und Ihre Ordination ist damit zwar vollzogen worden, aber nicht gesetzmäßig. Sie sind eigentlich gar kein Priester der römisch-katholischen Kirche.«

Epilog

Christi Himmelfahrt

Zuletzt, da die Elfe zu Tische saßen, offenbarte sich Jesus und sprach zu ihnen … Die Zeichen aber, die da folgen werden denen, die da glauben, sind die: In meinem Namen werden sie Teufel austreiben, mit neuen Zungen reden, Schlangen vertreiben, und so sie etwas Tödliches trinken, wird's ihnen nicht schaden …

Evangelium zu Christi Himmelfahrt, Markus 16, 14–20

Für die Presse dauerten die Untersuchungen der Morde in Colchester nicht lange genug. Die Presse tendierte dazu, ihre Spekulationen mit dem Tod von Andy Walsh beginnen zu lassen, und bis zum Tod von Peg Morrissey Monaghan waren weniger als drei Tage verstrichen. Der Story fehlte, was andere Stories geboten hatten: bizarre Entdeckungen, polizeiliches Umhertappen, Pressekonferenzen, Terror in der ganzen Stadt.

Das ließ eine Lücke. Die örtlichen Fernsehjournalisten und die Nachrichtensprecher der großen Sender hatten ein paar gute Tage gehabt. Die *Colchester Tribune* und die Lokalseiten einiger der wichtigeren Tageszeitungen hatten ein paar dicke Schlagzeilen. Es gab die üblichen Berichte über die Mordc, über die Untersuchung und die Verhaftung, aber danach schien es, als gäbe es nichts mehr, über das man berichten könnte. Dieser Mangel verursachte ungeheuren Ärger. Es gab keinen Zweifel – in den Augen der ganzen Marktforschungsleute von *Time* und *Newsweek* und *Esquire* und *The Ladies' Home Journal* –, es bestand ein enormes Interesse daran, zu erfahren, was in der römisch-katholischen Kirche von St. Agnes geschehen war. Die Revolverblätter verkauften sich wie warme Semmeln, indem sie Medien mit hellseherischen Fähigkeiten auf die erste Seite setzten, die behaupteten, mit Cheryl Cass und Andy Walsh und Peg Morrissey Monaghans ungeborenem Kind geredet zu haben. Bis auf eine Ausnahme wurde die gesamte ernstzunehmende Presse kalt erwischt, so ungeschickt und phantasielos wie ein Haufen Siebzehnjähriger, der unter Lehreraufsicht eine Schülerzeitung zusammenstellt. Die Ausnahme war, natürlich, *People Magazine.*

Es war das *People Magazine,* das Gregor Demarkian auf seinem Weg zurück in die Cavanaugh Street las, während er mit Pater Tibor Kasparian im Bus saß und dabei versuchte, die beiden Kätzchen, die man ihm eben anvertraut hatte, davon abzuhalten, sein Jackett in eine ästhetisch passende Form zu seinem blauen Schlips zu bringen, der schon zerfleddert war.

Es war Himmelfahrtstag, nach dem römischen Kalender, zweieinhalb Wochen nach Ostern im armenischen Kalender, und Freitag. Die Straßen von Philadelphia waren von ihrem Osterschmuck befreit worden. Flauschige rosa Häschen und noch flauschigere gelbe Küken waren durch die ersten Anzeichen des nahenden Muttertages ersetzt worden.

Durch den Regen und Schmuddel, der typisch für das frühe Aprilwetter von Pennsylvania war, entdeckte Gregor ab und zu Pyramiden von Kaffeebechern mit dem darauf eingebrannten Wort *Mom* und sich drehende Stapel von Konfektschachteln, auf deren Deckel zu lesen stand: »*Für Mutter in Liebe*«. Er und Tibor befanden sich in dem Bus, weil sie gerade die Kätzchen zu einem Tierarzt in der Bollinger Street gebracht hatten. Die Kätzchen waren Tibor von einer schwangeren streunenden Katze beschert worden, die eines Tages durch die Tür der Holy Trinity Church hineinspaziert war, ungefähr zu der Zeit, als Andy Walsh ermordet wurde. Sie hatte sie geworfen und war daraufhin prompt verschieden. Tibor wollte sicher sein, daß seine sechs Wochen Handfütterung und seine sonstige allgemeine Versorgung auch wirklich Erfolg gehabt hatten. Gregor wollte sicher sein, daß er in dieser Woche einen freien Tag hatte, an dem er sich nicht Bennis Hannafords Geschimpfe anhören müsse. Seit Gregor aus Colchester zurückgekehrt war, war Bennis Hannaford unerträglich gewesen.

Gregor schubste mit der einen Hand ein Kätzchen von seinem Hemdkragen, mit der anderen reichte er das Exemplar von *People* zu Tibor herüber. NACHBEBEN lautete die Schlagzeile und dann: »Durch den spektakulären Mord an Pater Andrew Walsh hat sich das Leben der Menschen, die ihn kannten, für immer verändert.«

»Andy Walsh«, sagte Gregor. »Cheryl Cass ist ihnen zu langweilig und Peg Morrissey Monaghan zu blutrünstig, also kramen sie Andy Walsh heraus.«

»Ich glaube nicht, daß das die Gründe dafür sind«, sagte Tibor. »Sie haben auch viele Artikel über das kleine Baby geschrieben, das überlebt hat. Sie brachten letzte Woche einen großen Artikel darüber.«

Gregor blickte wieder auf die Zeitschrift und seufzte. Nichts, was darin stand, bedeutete etwas Neues für ihn. Er erhielt regelmäßig Berichte von Schwester Mary Scholastica, die es sich angewöhnt hatte, ihn spätabends anzurufen, um mit ihm zu reden, »wie merkwürdig alles hier doch geworden ist nach dieser ganzen Sache.«

Gregor dachte, daß es ihre Art war, um nicht zu sehr über Peg nachzudenken und über das, was Peg geschehen war. Da er nicht an die Psychomode »Erkenne-Deine-Gefühle« glaubte, ließ er sie machen. Es war eine *Mitzwa*, wie einer seiner ehemaligen Kollegen im Büro das formuliert haben würde. Außerdem hielt ihn das davon ab, über sich selber nachzudenken. Er wußte, daß der Wein, der nach Tom Dolans Geständnis von der Polizei nicht mehr gebraucht wurde, in der Sakristei weggegossen worden war. Er wußte, daß Barry Field seinen Vertrag mit dem *Reverend Mark Candor's All Christian Good News Gospel Network* aufgelöst hatte und in den Schoß der katholischen Kirche zurückgekehrt war. Weiterhin hatte er sich geweigert, seinen Sender an seinen Stellvertreter zu verkaufen, und war statt dessen in Verhandlungen mit einer Gruppe von Leuten eingetreten, die ihn für einen Sender, der nur Filme ausstrahlen sollte, engagieren wollten.

Dann war da Judy Eagan, die mit ihrem Politikerfreund Schluß gemacht hatte und ihren Entschluß bekanntgegeben hatte, in den demokratischen Vorwahlen gegen ihn anzutreten und für den demnächst frei werdenden Platz im Repräsentantenhaus zu kandidieren. Wie Scholastica es ausdrückte: »Sie glaubt, sie kann sich alleine in Washington besser amüsieren, und das einzige, was mich daran stört, ist die Tatsache, daß ich ihr das schon vor drei Monaten gesagt habe und sie damals nicht auf mich gehört hat. Stuart ist ein Depp.« Über Scholastica selbst hatte Gregor nur verschwommene Informationen, und das mit einem Unterton, den er nicht ganz begriff. Sie hatte ihm erzählt, daß sie im Sommer in das Mutterhaus ihres Ordens zurückkehren würde, um dort den Posten der Postulantinnenmeisterin anzunehmen, unter der Führung einer neuen und dauerhaften Novizenmeisterin, Schwester Alice Marie. Es war etwas in der Art, wie Scholastica dieses Wort dauerhaft aussprach, das Gregor verwunderte. Aus irgendeinem Grund schien es Scholastica zu amüsieren.

Er wünschte sich, die Zeitschriften würden endlich aufhören, sich für ihn zu interessieren. Selbst in dem Artikel über die ›Nachbeben‹ kam er vor, in Wort und Bild, und wurde als ›Meisterdetektiv‹ und ›Spezialist für bizarre und sozial schwierige Mordfalluntersuchungen‹ dargestellt. Wo sie den Kram mit dem ›sozial schwierig‹ herhatten, wußte er nicht. Er wußte allerdings, daß sie die uralte Bezeichnung aus dem *Philadelphia Inquirer* wieder herausgekramt hatten und ihn einen ›armenisch-amerikanischen Hercule Poirot‹ genannt hatten. Er schloß die Zeitschrift und schob sie aus dem Blickfeld unter seine Füße.

»Die Sache ist«, sagte er Tibor, »ich war in diesem Fall überhaupt nicht intelligent. Nicht im mindesten. Als ich alles herausbekommen hatte, fühlte ich mich wie ein kompletter Idiot, und ich hatte dazu auch allen Grund. Und dann diese lächerliche Szene zum Schluß. Wie aus einem Landhauskrimi aus den späten dreißiger Jahren. Ich hätte die ganze Sache ja auch versauen können und Smith und seine Leute mit nichts dastehen lassen können.«

»Aber du hast die ganze Sache nicht versaut«, sagte Tibor, »und es ist ja alles gut gelaufen. Was ist denn mit so einer Szene falsch? Man hat seine Tatsachen beisammen –«

»Tibor, ich hatte meine Tatsachen nicht beisammen. Ich wußte nur ein paar Sachen.«

»Du hattest doch die Heiratsurkunde.«

»Ja, die hatte ich. Cheryl Cass trug einen Hochzeitsring, als sie gestorben war, einen großen schweren aus vierundzwanzigkarätigem Gold. Sie hatte sich also offensichtlich geweigert, ihn zu verkaufen. Sie hat ihn nicht verkauft, obwohl sie so pleite war, daß sie im Grunde auf der Straße saß. Er mußte ihr also enorm wichtig sein. Das alles war von Anfang an klar. Aber Tibor, vergiß nicht, ich habe gesehen, wie Andy Walsh starb. Ich wußte, daß er nur auf diese eine Art umgebracht werden konnte, weil es keinen anderen Weg mehr gab, ihn umzubringen. Ich wußte von nur einer Person, die möglicherweise – unter den Bedingungen, die da herrschten – für diesen Tod verantwortlich sein könnte. Dann habe ich zwei Tage damit verbracht, nach einem Motiv zu suchen, in den unwahrscheinlichsten Ecken, wo doch das Motiv da saß und mir ins Gesicht starrte.«

»Es starrte allen Leuten ins Gesicht, Krekor. Sie haben es auch nicht gesehen. Und du wußtest, wo man nach der Heiratsurkunde forschen kann. Nimm die Katze aus deinem Hemd heraus, Krekor. Sie macht dir einen Bauch.«

»Da drin ist sie sicher.« Gregor schüttelte den Kopf. »Ich wußte nur, wo ich nach der Heiratsurkunde zu suchen hatte, weil Schwester Scholastica mir gesagt hat, wo ich suchen soll. Sie sagte, sie und Barry Field hätten einmal beschlossen, miteinander durchzubrennen, und der Ort, an den sie durchbrennen wollten, hieß Elkton, Maryland. Alles, was ich getan habe, war zu erraten, daß; wenn die beiden über Elkton Bescheid wußten, daß dann Tom Dolan und Cheryl Cass davon gewußt haben müßten.«

»Und du hattest recht.«

»Ich hatte recht, aber dann habe ich nur noch spekuliert. Ich habe mir das so gedacht: Cheryl Cass hat die Kanzlei angerufen und nach Tom Dolan gesucht. Ich habe später übrigens herausgefunden, daß die Sekretärin des Kardinals das Telefon damals abgenommen hat. Jedenfalls hat er sich bereit erklärt, sich mit ihr zu treffen, und nachdem er sich das erste Mal mit ihr getroffen hatte, erklärte er sich bereit, sich noch einmal mit ihr zu treffen. Er nahm sie mit in ein Hotel namens *Maverick Inn,* das aus zwei Gründen eine gute Wahl darstellte. Es befand sich direkt neben der

Kanzlei, und es sollte bald wegen Renovierungsarbeiten schließen. Er besorgte ihr ein Zimmer – wir haben am Ende herausgefunden, daß sie als Birgitta C. Noald eingecheckt worden war, nicht sehr intelligent von ihm; Birgitta war Cheryl Cass' Firmungsname –, jedenfalls hat er ihr ein Zimmer besorgt und über den Room Service etwas für sie bestellt. Auf dem Weg ins Hotel hatte Dolan eine Flasche Wein gekauft. Er ging ins Badezimmer, um sie zu öffnen. Er hat zwei Gläser eingegossen und den Rest der Flasche mit Pflanzengift aufgefüllt. Sie tranken zusammen die Gläser Wein, dann ist er gegangen. Er kehrte drei Stunden später zurück, sobald es sein Zeitplan erlaubte, und fand das vor, was er vorzufinden gehofft hatte: Cheryl Cass-Dolan tot.«

»Und dann hat er sie in die Nebengasse geschafft?«

»Den Lastenaufzug runter und hinten raus. Er ging da ein Risiko ein, aber kein sehr großes. Es war spät, und das Hotel war wegen der bevorstehenden Renovierung sowieso halb verlassen.

»Was ist mit Pater Andy Walsh?«

Gregor hielt ein Kätzchen auf, das gerade versuchte, die Seite seines Gesichts hochzuklettern, und steckte es vorne in sein Hemd hinein, damit es mit dem anderen spielen konnte. Seine Krawatte war schon ein hoffnungsloser Fall. »Habe ich dir erzählt, wie man diesen Trick mit der Vaseline macht?« fragte er.

Tibor lächelte. »Du hast ihn mir vorgeführt«, sagte er. »Du hast ihn uns allen gezeigt. Du hast dem armen George Tekemanian fast einen Herzinfarkt beschert. Er dachte wirklich, du hättest Wasser in Wein verwandelt.«

»Ja. Nun ja. Es gibt nicht sehr viel darüber, was du nicht weißt. Es war wegen des Ziegenbocks. Sie hatten alle in der zweiten Klasse ein Heft bekommen über die Heiligen und ihre Symbole, und eines dieser Symbole war ein Ziegenbock, ein Zeichen für St. Joseph, dem Schutzheiligen aller verheirateten Männer. Dein Freund Kardinal O'Bannion hat etwas von einem Wüterich, weißt du. Er ist fast schon fanatisch damit, innerhalb der gesetzten Regeln zu bleiben.

Wie es sich herausstellte, war Dolan nicht nur für die Kirche am Tag seiner Priesterweihe schon verheiratet, auch in den Augen des Gesetzes war er verheiratet. Wir haben irgendwann das Scheidungsurteil gefunden; es war nicht einmal acht Jahre alt. Aber das hätte auch nichts mehr geändert. Obwohl er eine Scheidung eingereicht hatte, hatte er aber nicht um eine kirchliche Annullierung der Heirat nachgesucht. Bestenfalls wäre Dolan, wenn O'Bannion das herausgefunden hätte, gefeuert worden, in seinen Orden zurückgesandt worden, und man hätte ihm die Pflege des Gartens nahegelegt. Schlimmstenfalls wäre Dolan eines Morgens aufgewacht und hätte festgestellt, daß ihm das geistliche Amt entzogen worden war. Die Kirche war aber die einzige Sicherheit, die er im Leben gekannt hatte. Dolan konnte es nicht ertragen, diese Sicherheit aufzugeben. Er rief Walsh auf Bitten des Kardinals am Gründonnerstag an und sagte ihm, daß der Kardinal zur Kindermesse kommen würde, und Walsh hat ihm das mit dem Ziegenbock erzählt. Der Aussage, die Dolan gemacht hat, entnehme ich, daß Andys Andeutungen ein bißchen deutlicher als sonst ausfielen.«

»Ja, Krekor, ich verstehe. Und er mußte sein Motiv für den Mord ja verstecken. Aber da ist noch eine Sache, die ich nicht verstehe. Von dem, was du über ihn sagst, sieht ihm doch dieser letzte Mord an der Mutter mit dem Kind nicht ähnlich. Das ist zu –«

»Brutal?« fragte Gregor. »Ich weiß. Das stört mich auch. Aber er hat sie wirklich umgebracht. Alle beide. Er hat es gestanden. Sie hatte ihn nämlich wegen dieses Heftchens angerufen, weißt du. Sie hatte es noch nicht bekommen – sie sagte ihm, sie würde jetzt ins Kloster gehen, um es zu suchen; obwohl sie das nicht Kath gesagt hatte. Dolan hatte von Declan Boyd ja schon gehört, daß sie die Bücher im Vorraum ›angestarrt‹ hatte, und er wußte, daß diese Bücher hauptsächlich die Heiligen behandelten – und er war ja dahin gegangen und hatte das Buch weggenommen.

Aber Peg Morrissey Monaghan hat nie aufgehört, darüber nachzudenken, und das, woran sie sich erinnerte, war ein Hinweis auf St. Barrfoin, einen Iren, der manchmal dargestellt wird, wie er eine Ziege vertreibt, als Symbol für die Vertreibung sexueller Unreinheit. Sie wußte, daß Barry Field an der Messe teilgenommen hatte. Sie hatte ihn ja gesehen. Sie dachte, Andy hätte ihn wahrscheinlich eingeladen und vorgehabt, ihn mit der Ziege öffentlich bloßzustellen.«

»Und daß Barry Field Andy Walsh umgebracht hat?«

»Genau«, sagte Gregor. »Sie hat Schwester Scholastica angerufen wegen ihrer Suche nach dem Heft. Danach hat sie die Kanzlei angerufen. Sie wollte eigentlich mit dem Kardinal reden, aber es war der Morgen des Karfreitag, und der Kardinal war beschäftigt. Sie sprach statt dessen mit Tom Dolan. Er sagte ihr, er müsse auch gegen zwei in St. Agnes sein und sie solle ihn dort treffen. Sie würden sich zusammen das Heftchen ansehen, wenn Schwester Scholastica es dann gefunden hätte, dann könnten sie sich alle zusammensetzen und beschließen, was zu machen wäre.«

»Und statt dessen hat er sie umgebracht«, sagte Tibor, »er hat sie alle beide umgebracht.«

»In der Küche des Klosters befand sich Pflanzengift. Er

holte Peg zu dem Zeitpunkt ins Kloster, von dem er dachte, daß alle Nonnen weg sein würden, tat dann, als ob er nach Scholastica suchen würde, denn er hatte ja Peg erzählt, daß er sie bitten würde, sich mit ihnen zu treffen. Dann ging er in die Küche und kochte Kaffee. Eine der Tassen war mit Nikotin gefüllt. Sobald Peg angefangen hatte, zu trinken, ging er hinaus und zurück in die Kanzlei. Das Merkwürdige war nur, daß die Nonnen noch da waren. Scholastica selbst saß die ganze Zeit im Eßzimmer. Wenn sie sich plötzlich entschlossen hätte, in die Schule hinüberzugehen, dann hätte sie ihn erwischt.«

»Aber sie hat es nicht, Krekor. Er hatte Glück.«

»Hatte er das?« Gregor seufzte. »Er hat einen Zusammenbruch erlitten, weißt du, und der ist nicht gespielt. Er sieht jetzt Sachen, hauptsächlich dicke Würmer, die ihm aus den Poren kriechen. Er hört Stimmen, hauptsächlich Prophezeiungen über die Dauer seines Aufenthalts in der Hölle. Ich habe letzte Woche mit dem Kardinal gesprochen. Es gibt keine Möglichkeit, daß Dolan jemals vor Gericht kommt. Es gibt eine geringe Chance, daß er seine Zurechnungsfähigkeit zurückgewinnt. Er bestraft sich selber mehr, als der Bundesstaat New York es jemals hätte tun können.«

Die beiden Katzen, die Tibor hielt, fingen an, an seinem Bein hinunterzuklettern. Tibor holte sie wieder hoch und steckte sie beide auch vorne in Gregors Hemd. Er schnalzte mit der Zunge, als er den Zustand von Gregors Krawatte bemerkte. Sie war am Morgen brandneu gewesen und war jetzt ein einziger Fetzen.

»Weißt du«, sagte er, »die Bibel behauptet, daß es so etwas wie eine unverzeihliche Sünde nicht gibt. Gott vergibt uns alle unsere Sünden, wenn wir sie bereuen. Aber ich sage dir mal, was ich denke. Ich denke, es gibt ein paar

Dinge, wie zum Beispiel diesen Mord an der Mutter und dem Kind, die so schrecklich sind, daß Gott es so einrichtet, daß sie nicht bereut werden können. Reue ist ein Willensakt, Krekor. Man kann nicht Reue üben, wenn man wahnsinnig ist.«

»Vielleicht«, sagte Gregor. »Aber vielleicht ist es auch etwas anderes. Der Kardinal hat mir von einer Sache erzählt, die sich die zeitliche Strafe für Sünden nennt.«

»Ja, ja«, sagte Tibor. »Die Sünden werden vergeben, aber sie bleiben nicht ungestraft. Selbst nachdem man von ihnen freigesprochen wurde, muß man mindestens eine kurze Zeit für sie leiden, als Teil seiner Buße.«

»Nun ja, vielleicht hat Pater Dolan doch seine Sünden bereut. Und sein jetziger Zustand ist das Leiden, das einen Teil seiner Buße bildet.«

»Vielleicht«, sagte Tibor Kasparian. »Aber ich würde dich ernster nehmen, Krekor, wenn ich das Gefühl hätte, du würdest wirklich an Gott glauben.«

Minuten später hielt der Bus an der Ecke von Cavanaugh und Durant. Gregor und Tibor stiegen aus. Gregor hatte immer noch die Kätzchen in seinem Hemd. Als er anfing, sich zu bewegen, wurden sie ganz ruhig, vier kleine warme Knäuel vor seinem Bauch. Gregor knöpfte seinen Mantel über ihnen zu, um sicher zu sein, daß sie es auch warm hatten.

Von der Straßenecke waren es nur noch drei Blocks zu Gregors Wohnung und fünf zur Holy-Trinity-Kirche. Tibor sah die Straße hoch und sagte: »Guck mal, Krekor. Da sind sie. Bennis Hannaford und Donna Moradanyan sitzen auf der Treppe vor deinem Haus. Sie warten wohl auf uns. Ich frage mich, was passiert ist.«

»Ich weiß, was passiert ist«, sagte Gregor, »Bennis hat sich weitere hunderteins Argumente ausgedacht, mit denen sie beweisen will, daß ich ein kompletter Idiot war, sie nicht mit nach Colchester genommen zu haben, um an diesem Fall mitzuarbeiten. Oder ein anderes Thema: wie schrecklich gemein es von mir war, den Fall so schnell zu lösen, daß sie nicht einmal Zeit genug hatte, ohne meine Erlaubnis zu kommen.«

»Nein, Krekor«, sagte Tibor. »Dafür hätte sie eine schwangere Donna nicht in die Kälte hinausgezerrt.«

In diesem Fall, wußte Gregor, hatte Tibor Kasparian keine Ahnung. Es waren die alten Leute auf der Cavanaugh Street, die Donnas Schwangerschaft für einen »besonderen Umstand« hielten, der mit Vorsicht zu behandeln sei und in überheizten Wohnungen gepflegt werden müsse. Donna mochte frische Luft sehr gerne, und Bennis fand, daß sie die brauchte. Daß sie beide in der Kälte auf der Treppe saßen bedeutete, daß Lida Arkmanian nirgendwo in der Nähe war, um sie mit lautem Schimpfen wieder ins Haus zu zwingen.

Bennis und Donna hatten sich aneinandergelehnt und redeten miteinander. Jetzt sah Bennis hoch, sah Gregor und Tibor und knuffte Donna in die Seite. Donna wandte sich um, und Bennis stand auf.

Es war nicht nur ein kalter, sondern auch ein windiger Tag. Der Wind blies durch Bennis' wilde schwarze Mähne. Selbst in Jeans und einem zu großen Pullover unter einem quadratischen Daunenparka, der trotz der Kälte noch offenstand, war sie eine schöne Frau, mit der Art von Gesicht, auf das die Leute nicht zweimal, sondern ein halbes Dutzend mal starrten. Es war ein Gesicht wie kein anderes, das keine Kompromisse machte, mit hohen Wangenknochen und viel Stärke. Gregor dachte oft, daß, wenn er hätte ein

Kind haben und es nach eigenen Vorstellungen hätte formen können, es das geworden wäre, was Bennis Hannaford war: intelligent und schön und mit Charakterstärke, um niemals diese Schönheit zum einzigen Grund seines Lebens werden zu lassen. Aber dann dachte er, daß er dazu tendierte, Bennis zu idealisieren, wenn er einige Zeit von ihr weggewesen war, selbst wenn es sich nur um ein paar Stunden handelte. Vor lauter Vorzügen vergaß er immer ihre Sturheit und ihren Willen und ihre unaufhaltbaren Begeisterungsanfälle.

Sie waren nur noch einen halben Block voneinander entfernt, und Gregor rief: »Was macht ihr beiden denn da? Warum seid ihr nicht drinnen?«

»Wir haben nach dir Ausschau gehalten«, rief Bennis zurück. Dann wartete sie, bis sie die letzten Schritte auf sie zugegangen waren, warf Gregor einen merkwürdigen und staunenden Blick zu und sagte: »Da war ein Anruf, während du wegwarst. Eine Frau, die sagte, sie wäre Schwester Mary Scholastica aus Colchester, New York.«

»Tatsächlich?« sagte Gregor. »Vielleicht sollte ich hineingehen und sie zurückrufen.«

Donna Moradanyan begann, wild zu kichern, und Bennis lächelte. »Ruf sie mal lieber heute abend an. Sie muß heute nachmittag noch einige Sachen erledigen. Ich meine, zwei Stunden am Telefon zu verbringen kann jedem Menschen den Zeitplan völlig durcheinanderbringen.«

»Zwei Stunden?« fragte Gregor. »Worüber habt ihr denn zwei Stunden lang mit Schwester Mary Scholastica geredet?«

»Wir waren beide daran schuld«, sagte Donna. Sie hatte sich vom Kichern aufs Lachen verlegt, so stark, daß sie sich vornüberbeugte. »Ich bin an das zweite Telefon in der Küche gegangen.«

Gregor wandte sich zu Bennis und hob eine Augenbraue. Sie hatte ihre Arme über der Brust gekreuzt und grinste ihn triumphierend an.

»Was glaubst du wohl, worüber wir uns zwei Stunden lang unterhalten haben?« fragte sie. »Über Orgasmen.«